STUART
NEVILLE

DER
→VIERTE←
MANN

rütten & loening

STUART NEVILLE

DER VIERTE MANN

THRILLER

Aus dem Englischen
von Armin Gontermann
und Wolfgang Thon

rütten & loening

Die Originalausgabe unter dem Titel
Ratlines
erschien 2013 bei Harvill Secker, London.

MIX
Papier aus verantwortungsvollen Quellen
FSC® C083411
FSC
www.fsc.org

ISBN 978-3-352-00688-3

Rütten & Loening ist eine Marke der Aufbau Verlag GmbH & Co. KG

1. Auflage 2014

Umschlaggestaltung Büro Süd, München
unter Verwendung eines Motivs von plainpicture/Nitrox21
Druck und Binden CPI – Clausen & Bosse, Leck
Printed in Germany

www.aufbau-verlag.de

Für Isabel Emerald Neville

Kriegsmüde Hunde sind wir,
nagen an blanken Knochen,
kämpfen in jedem Land und in jedem Klima,
für jede Sache, außer für unsere eigene.

Präsident John F. Kennedy
Wexford, Irland, 27. Juni 1963

ANMERKUNG DES VERFASSERS

Dies ist eine erfundene, keine wahre Geschichte. Obwohl der Roman von tatsächlichen historischen Figuren und Orten inspiriert wurde, sind sämtliche hier geschilderten Ereignisse frei erfunden.

Folgende Tatsachen sind belegt: Nach dem Zweiten Weltkrieg suchten Dutzende Nazis und Kollaborateure der Achsenmächte Zuflucht in Irland. Für Otto Skorzeny richtete der junge Politiker Charles Haughey einen Begrüßungsempfang in einem Country Club aus. 1959 erwarb Otto Skorzeny das Martinstown House in Kildare. Auf eine Anfrage des Abgeordneten Dr. Noël Kildareder teilte Justizminister Charles Haughey 1963 dem irischen Parlament mit, Otto Skorzeny sei niemals in Irland ansässig gewesen. Der Rest ist nur eine Geschichte.

DER VIERTE MANN

I

SOLDAT

1. KAPITEL

»Sie sehen gar nicht aus wie ein Jude«, sagte Helmut Krauss zu dem Mann, dessen Spiegelbild er in der Fensterscheibe sah.

Vor dem Fenster krachten die anbrandenden Wellen gegen die Felsen der Bucht von Galway, dahinter wogte finster der Atlantik. Die Pension in Salthill war einfach, aber sauber. Das Küstenstädtchen außerhalb von Galway beherbergte Familien aus ganz Irland, denen in den Sommermonaten nach ein paar Tagen salziger Luft und Sonne war. Manchmal fanden hier auch unverheiratete Paare, Ehebrecher und Hurenböcke ein Bett, wenn sie die Stirn hatten, sich an den biederen Besitzern dieser Häuser vorbeizumogeln.

Krauss wusste das, weil er selbst schon in solchen Pensionen die Gesellschaft verschiedener Damen genossen hatte, um erfrischende Strandwanderungen zu unternehmen, verkochte Mahlzeiten in zumeist leeren Speiseräumen über sich ergehen zu lassen und anschließend das Gestell eines alten, unbequemen Bettes durchzuschütteln. Neben Verhütungsmitteln hatte er bei solchen Gelegenheiten stets eine Auswahl von Eheringen in verschiedenen Größen in der Tasche.

Diese trostlose Insel, die eher grau als grün war und an ihrer eigenen Frömmigkeit erstickte, bot ihm ohnehin so wenige Annehmlichkeiten. Warum also sollte er sich da nicht gelegentlich einen Ausflug mit einer liebeshungrigen Frau erlauben?

Vielleicht hätte Krauss sich den Luxus eines anständigen Hotels in der Stadt gönnen sollen, aber eine Beerdigung, selbst die eines engen Freundes, schien ihm dafür nicht der richtige Anlass zu sein. Allerdings wäre es dort vielleicht sicherer gewesen, und dieser Besucher hätte sich nicht so leicht Zutritt verschaffen können. Einen Moment lang bedauerte er seine Entscheidung zutiefst, doch er erkannte sofort, wie unsinnig das war. Wäre er ein Mann gewesen, der in Reue versank, hätte er sich schon vor zehn Jahren aufgehängt.

»Sind Sie Jude?«, erkundigte sich Krauss.

Das Spiegelbild bewegte sich. »Vielleicht. Vielleicht auch nicht.«

»Ich habe Sie auf der Beerdigung gesehen«, fuhr Krauss fort. »Die Messe war wunderbar.«

»Ja«, erwiderte das Spiegelbild. »Sie haben geweint.«

»Er war ein guter Mann«, sagte Krauss. Er sah den Möwen zu, die auf dem Aufwind dahinglitten.

»Er war ein Mörder von Frauen und Kindern«, sagte das Spiegelbild. »So wie Sie.«

»Mörder«, wiederholte Krauss. »Sie haben einen britischen Akzent. Für viele Leute in Irland seid ihr Briten die Mörder. Unterdrücker. Imperialisten.«

Der Mann kam näher, sein Spiegelbild in der Scheibe wurde größer. »Sie verbergen Ihren Akzent gut.«

»Ich schätze die gesprochene Sprache. Mag sein, dass ich es übertreibe, aber ich verbringe tatsächlich viel Zeit damit, meine Aussprache zu verbessern und zu üben. Außerdem fällt ein deutscher Akzent immer noch auf, sogar in Irland. Man gewährt mir zwar Unterschlupf, aber ich bin nicht bei allen willkommen. Einige klammern sich an ihre britischen Oberherren wie ein Kind, das schon zu alt für die Brust ist.«

In letzter Zeit spürte Krauss die Last des Alters häufiger. Sein einst dichtes schwarzes Haar war ergraut, die feinen Züge waren zerklüftet. Vom Wodka und Wein waren schon die ersten Adern in seiner Nase geplatzt. Wenn er seine nachmittäglichen Spaziergänge durch den Dubliner Ringsend Park unternahm, starrten die Frauen ihn nicht mehr aus hungrigen Augen an. Trotzdem hatte er noch ein paar gute Jahre vor sich, wenn auch nicht mehr so viele. Würde dieser Mann sie ihm nehmen?

»Sind Sie gekommen, um mich ebenfalls umzubringen?«, fragte er.

»Vielleicht. Vielleicht auch nicht«, antwortete das Spiegelbild.

»Darf ich etwas trinken und vielleicht eine Zigarette rauchen?«

»Dürfen Sie.«

Krauss drehte sich zu dem anderen um. Ein Mann mittleren Alters, zwischen vierzig und fünfundvierzig, also alt genug, um möglicherweise im Krieg gekämpft zu haben. Auf dem Friedhof hatte er in seinem Totengräber-Overall jünger gewirkt, aber jetzt aus der Nähe sah man die Falten auf seiner Stirn und um die Augen herum. Unter der Wollmütze auf seinem Kopf quoll sandfarbenes Haar hervor. Er hielt eine Pistole in der Hand, eine Browning mit Schalldämpfer, die direkt auf Krauss' Brust gerichtet war. Sie zitterte.

»Ein kleiner Wodka gefällig?«, fragte Krauss. »Der beruhigt vielleicht Ihre Nerven.«

Der Mann überlegte ein paar Sekunden. »Na gut«, sagte er.

Krauss ging zum Nachttisch, auf dem neben der Morgenausgabe der *Irish Times* eine Flasche importierter Wodka und ein Teeservice standen. Die Titelseite zierte eine Schlagzeile über den bevorstehenden Besuch von Präsident Kennedy und die Meldung über das Ersuchen der nordirischen Führung, er möge während seines Aufenthalts auf der Insel doch auch über die Grenze zu ihnen kommen. Die Iren vergötterten das amerikanische Staatsoberhaupt, weil es, wenn auch über viele Generationen hinweg, einer der ihren war, und die Art, wie seiner Ankunft entgegengefiebert wurde, grenzte inzwischen schon an Hysterie. Krauss hatte sich vorgenommen, während der Dauer von Kennedys Aufenthalt alle Radio- und Fernsehsendungen zu meiden.

Aber das hatte sich jetzt wohl erübrigt.

Er drehte zwei Teetassen um und goss jeweils eine ordentliche Portion ein.

»Kein Wasser, bitte«, sagte der Mann, als Krauss eine Tasse mit etwas Wasser aus dem Krug verdünnen wollte.

Krauss grinste und reichte dem Mann die Tasse. »Hab leider keine Gläser. Ich hoffe, das macht Ihnen nichts aus.«

Der Mann dankte nickend und nahm die Tasse in die linke Hand. Er kippte den unverdünnten Wodka, schluckte und musste husten.

Krauss griff in die Brusttasche seines besten schwarzen Anzugs. Der Fingerknöchel des Mannes im Abzugsbügel wurde weiß. Krauss holte ganz langsam das goldene Zigarettenetui hervor und zeigte es dem Mann. Dann öffnete er es und hielt es ihm hin.

»Nein, danke.« Der Mann zuckte beim Anblick des eingravierten Hakenkreuzes nicht, wie Krauss gehofft hatte, zusammen. Vielleicht war er ja gar kein Jude, sondern nur irgendein fanatischer Brite.

Krauss nahm sich eine Peter Stuyvesant, sein einziges Zugeständnis an alles Amerikanische, und schob sie sich zwischen die Lippen. Dann ließ er das Etui zuschnappen und steckte es wieder ein. Eigentlich waren ihm Marlboros lieber, aber die waren in diesem Land nur schwer zu kriegen. Krauss fischte das dazu passende Feuerzeug aus der Hosentasche und atmete den Gasgeruch der Flamme ein. Etui und Feuerzeug waren ein Weihnachtsgeschenk von Wilhelm Frick gewesen, Krauss hing sehr daran. Blaue Schwaden stiegen zwischen den beiden Männern auf.

»Setzen Sie sich doch«, bot Krauss an und zeigte auf den Stuhl in der Ecke. Er selbst setzte sich aufs Bett und nahm einen tiefen Zug aus seiner Zigarette. Die Hitze brannte ihm in Rachen und Lunge. »Darf ich Ihren Namen erfahren?«, fragte er.

»Das dürfen Sie nicht«, sagte der Mann.

»Wie Sie wollen. Also, warum?«

Der Mann nahm noch einen Schluck Wodka, verzog angesichts des Geschmacks das Gesicht und stellte die Tasse links neben sich auf die Fensterbank. »Warum was?«

»Warum wollen Sie mich töten?«

»Ich habe noch gar nicht entschieden, ob ich Sie töte oder nicht. Erst will ich Ihnen ein paar Fragen stellen.«

Krauss lehnte sich seufzend gegen das Kopfteil und schlug auf der Matratze seine Beine übereinander.

»Na schön.«

»Wer war der gutgekleidete Ire, mit dem Sie gesprochen haben?«

»Ein unverschämt junger Regierungsbeamter«, sagte Krauss.

Eoin Tomalty hatte Krauss nach der Beerdigung die Hand geschüttelt. »Der Minister lässt sein Beileid ausrichten«, hatte Tomalty gesagt. »Sie verstehen ja sicher, warum er nicht persönlich teilnehmen konnte.«

Krauss hatte lächelnd genickt. Selbstverständlich verstand er das, sicher.

»Ein Regierungsbeamter?«, fragte der Mann. »Die Regierung hat also tatsächlich einen Vertreter geschickt?«

»Aus reiner Höflichkeit.«

»Wer waren die anderen Trauergäste?«

»Das wissen Sie doch längst«, antwortete Krauss. »Wenn Sie mich kennen, kennen Sie die auch.«

»Sagen Sie es mir trotzdem.«

Krauss sagte die Namen auf. »Célestin Lainé, Albert Luykx und Caoimhín Murtagh als Vertreter der IRA.«

»Der IRA?«

»Das sind Trottel«, sage Krauss. »Bauerntrampel, die sich für Soldaten halten. Die glauben immer noch, sie könnten Irland von euch Briten befreien. Aber es sind nützliche Trottel, deshalb nehmen wir von Zeit zu Zeit ihre Hilfe in Anspruch.«

»Zum Beispiel, um eine Beerdigung zu organisieren.«

»So ist es.«

Der Mann beugte sich vor. »Wo war Skorzeny?«

Krauss lachte. »Otto Skorzeny vergeudet seine wertvolle Zeit nicht mit einfachen Leuten wie mir. Er wird viel zu sehr davon in Anspruch genommen, in Dublin auf Partys der besseren Gesellschaft zu gehen oder Politiker auf seinen Scheiß-Bauernhof einzuladen.«

Der Mann griff in seine Jackentasche und holte einen versiegelten Umschlag heraus. »Sie werden ihm diese Botschaft zukommen lassen.«

»Tut mir leid«, sagte Krauss. »Das kann ich nicht.«

»Sie werden es tun.«

»Sie missverstehen mich, junger Mann«, sagte Krauss. Er kippte den restlichen Wodka herunter und stellte die Tasse auf den Nachttisch zurück. »Ich gebe zu, dass ich manchmal etwas ausschweifend bin, das ist eine meiner Schwächen, aber diesmal habe ich mich doch klar ausgedrückt, glaube ich. Ich sagte nicht ›Das will ich nicht‹, sondern ›Das kann ich nicht‹. Ich habe keinerlei Beziehung zu Otto Skorzeny, weder gesellschaftlich noch politisch. Wenn Sie an ihn herankommen möchten, sollten Sie sich besser an einen der irischen Politiker wenden, die sich um ihn drängen.«

Der Mann stand auf und kam, ohne die Pistole zu senken, zum Bett. Mit der freien Hand öffnete er Krauss' Sakko und stopfte ihm den Umschlag in die Brusttasche.

»Keine Sorge. Er wird ihn schon bekommen.«

Krauss spürte, wie es in seinen Eingeweiden rumorte. Er zog heftig an seiner Zigarette und rauchte sie bis zum Filter, dann drückte er sie im Aschenbecher auf dem Nachtschränkchen aus.

Die Hand des Mannes wurde ruhig.

Krauss setzte sich auf, schwang die Beine vom Bett und stellte die Füße auf den Boden. Er drückte den Rücken durch und legte die Hände auf die Knie. Er richtete seinen Blick auf den Horizont jenseits des Fensters und sagte: »Ich habe Geld.

Nicht viel, aber doch einiges. Sie können es haben. Alles. Ich werde fliehen. Vom Regen in dieser verfluchten Gegend tun mir sowieso ständig die Gelenke weh.«

Der Schalldämpfer der Browning tippte an seine Stirn.

»So einfach ist das nicht«, sagte der Mann.

Krauss hievte sich hoch. Der Mann machte einen Schritt zurück, die Pistole schussbereit.

»Doch, ist es«, erwiderte Krauss mit zitternder Stimme und versuchte seine Tränen zurückzuhalten. »Das ist es. Ich bin ein Nichts. Ich war nur ein Schreiberling. Ich habe Dokumente unterschrieben, Formulare abgestempelt und mir in der feuchten Dunkelheit auf meinem Holzschemel Hämorrhoiden geholt.«

Der Mann drückte Krauss die Mündung direkt auf die Stirn. »Diese Dokumente, die Sie unterschrieben haben … Sie haben Tausende mit Ihrem Füller umgebracht. Vielleicht können Sie ja damit leben, indem Sie sich einreden, es sei nur Ihre Arbeit gewesen, aber Sie wussten genau, wohin …«

Krauss griff nach der Pistole, packte sie, drückte sie nach unten und brachte den anderen aus dem Gleichgewicht. Der Mann fand jedoch rasch die Balance wieder und suchte festeren Stand. Sein Gesichtsausdruck blieb unbewegt, nur die angespannten Kinnmuskeln verrieten, wie erbittert er sich wehrte.

Schweiß trat Krauss auf die Stirn, sein Kopf dröhnte. Er atmete keuchend durch die Zähne und versuchte, die Finger des anderen aufzubiegen. Der Mann hob die Waffe; er war so viel kräftiger als Krauss. Ihre Nasen berührten sich fast. Krauss brüllte und sah, wie sein Speichel auf das Gesicht des Mannes spritzte.

Er hörte einen dumpfen Knall und spürte einen Schlag in

den Bauch, dann breitete sich auf seinem Unterleib
te Hitze aus. Seine Beine fühlten sich plötzlich wie
Er ließ den Lauf der Pistole los und sackte auf die
sich mit den Händen den Bauch, rotes Blut sickerte zwischen seinen Fingern hervor.

Heißes Metall presste sich gegen Krauss' Schläfe.

»Eigentlich haben Sie viel Schlimmeres verdient«, sagte der Mann.

Hätte er noch die Zeit gehabt, hätte Helmut Krauss gesagt: »Ich weiß.«

2. KAPITEL

Albert Ryan wartete mit Direktor Ciaran Fitzpatrick im Vorzimmer. Ihnen gegenüber saß die Sekretärin und las eine Zeitschrift. Die Stühle knarrten und waren nur unzulänglich gepolstert. Ryan harrte reglos aus, während Fitzpatrick herumzappelte. Es war mittlerweile fast eine Stunde vergangen, seit Ryan im Innenhof des herrschaftlichen Gebäudekomplexes in der Upper Merrion Street mit dem Direktor zusammengetroffen war. Den Nord- und den Südflügel beanspruchten verschiedene Regierungsstellen, und unter der Kuppel, die auf der Westseite des Hofes in den Himmel ragte, residierte das Royal College of Science. Eigentlich hatte Ryan erwartet, sofort nach seiner Ankunft zum Minister vorgelassen zu werden, und Fitzpatrick empfand wohl dasselbe, seiner Miene nach zu urteilen.

Als Ryan sein Quartier im Camp Gormanston verließ, hellte sich der Himmel auf und verwandelte sich während seines kurzen Fußmarschs zum Bahnhof von einem tiefen Blaugrau in ein milchiges Weiß. Auf der Weide gegenüber dem Bahnsteig grasten zwei Pferde. Ihre Bäuche hingen herunter, ihr Fell war vernachlässigt und stumpf. Ihr leises Wiehern wurde von der salzigen Brise herangetragen. Im Hintergrund erstreckte sich die Irische See wie ein schwarzer Marmortisch.

Der Zug hatte sich verspätet. Auf seinem Weg nach Dublin hielt er an so ziemlich jedem Außenposten der Zivilisation und füllte sich allmählich mit Tabaksqualm und Menschen mit lustlosen Gesichtern. Fast alle Reisenden trugen Anzüge, ob sie nun auf ihrem täglichen Weg zur Arbeit in irgendeinem Regierungsbüro waren oder in ihrem Sonntagsstaat zu einem Ausflug in die Stadt.

Auch Ryan trug einen Anzug, und er nutzte mit Freuden jede Gelegenheit, das zu tun. Eine Begegnung mit dem Justizminister rechtfertigte den Aufwand allemal. Er war zu Fuß vom Bahnhof in der Westland Row bis in die Merrion Street gelaufen und hatte beim Näherkommen das Gesicht des Direktors studiert. Fitzpatrick hatte ihn von Kopf bis Fuß gründlich gemustert und erst dann, als billigte er Ryans Aufzug, mürrisch genickt.

»Also nichts wie rein«, sagte er. »Wir wollen nicht zu spät kommen.«

Ryan sah noch einmal auf seine Uhr. Gerade tickte der Minutenzeiger über den Stundenzeiger.

Er kannte die Geschichten über den Minister. Ein Politiker

mit grenzenlosem Ehrgeiz und Schneid. Der Emporkömmling hatte sogar die Tochter des Chefs geheiratet und war Schwiegersohn des Taoiseach geworden, Irlands Premierminister. Manchen galt er als der aufgehende Stern im Kabinett, ein Reformer, der dem Establishment die Türen eintrat. Andere verachteten ihn als karrieresüchtigen Winkeladvokaten. Für leichtsinnig hielten ihn alle.

Die Tür ging auf, und Charles J. Haughey kam herein.

»Tut mir leid, dass ihr warten musstet, Jungs«, sagte er, während Fitzpatrick sich erhob. »War ein ziemlich ausgedehntes Frühstück. Kommt rein.«

»Kaffee, Herr Minister?«, erkundigte sich die Sekretärin.

»Herrgott, ja doch.«

Ryan stand auf und folgte Haughey und Fitzpatrick. Als sie im Büro des Ministers waren, gab Haughey dem Direktor die Hand.

»Ist das Ihr Mann? Lieutenant Ryan?«, fragte er.

»Ja, Herr Minister«, bestätigte Fitzpatrick.

Haughey reichte Ryan die Hand. »Meine Güte, Sie sind ja wirklich ein Hüne. Habe gehört, Sie haben letztes Jahr gegen diese Schweinehunde von der IRA ganze Arbeit geleistet. Haben den Scheißkerlen das Rückgrat gebrochen, heißt es.«

Ryan schüttelte die Hand des Mannes und spürte seinen kräftigen Händedruck, den Händedruck eines Alphatiers. Haughey wirkte größer und breitschultriger, als er eigentlich war. Das schwarze Haar war mit Pomade aus der Stirn gekämmt, so dass sein Kopf wie der eines Falken wirkte, dessen Augen jede Schwäche erspähten. Er war nur ein paar Jahre älter als Ryan, aber sein Gebaren war das eines erfahrenen, weltgewandten Mannes, nicht das eines jungen Burschen, der ein höheres Amt bekleidete, als ihm gemessen an seinem Alter zugestanden hätte.

»Ich habe mein Bestes getan«, antwortete Ryan.

Es war eine langwierige Operation gewesen. Ganze Nächte hatten die Männer in Gräben verbracht und das Kommen und Gehen von Bauern beobachtet und sich die Besucher notiert, manchmal waren sie ihnen gefolgt. 1959 war die Grenzkampagne der Irish Republican Army endgültig den Bach runtergegangen, nachdem man ihr schon lange vorher das Rückgrat gebrochen hatte.

»Gut«, sagte Haughey. »Setzen Sie sich doch bitte.«

Sie nahmen auf lederbezogenen Stühlen vor dem Schreibtisch Platz. Haughey trat an einen Aktenschrank, kramte pfeifend die Schlüssel aus seiner Tasche, schloss eine Schublade auf und holte eine Akte heraus. Er warf sie auf die ebenfalls mit Leder bezogene Schreibtischplatte und ließ sich in seinen Schreibtischstuhl fallen, der sich ohne auch nur das leiseste Quietschen oder Ächzen drehte.

In einer Ecke hing eine irische Trikolore, an der Wand eine Kopie der Urkunde von der Proklamation der Irischen Republik, daneben Bilder von schlanken, stolzen Rennpferden.

»Woher haben Sie Ihren Anzug?«, erkundigte sich Haughey.

Ein paar Sekunden lang saß Ryan schweigend da, erst dann begriff er, dass die Frage an ihn gerichtet war. Er räusperte sich und sagte: »Vom Schneider in meiner Heimatstadt.«

»Und die wäre?«

»Carrickmacree.«

»Gütiger Himmel«, prustete Haughey. »Was macht Ihr Vater? Züchtet er Schweine?«

»Er ist Einzelhändler«, sagte Ryan.

»Ein Krämer?«

»Ja.«

Das Grinsen verzerrte Haugheys Gesicht, und sein Mund sah plötzlich aus wie ein Eidechsenmaul. Hinter den Zähnen schnellte die feucht glänzende Zunge hervor.

»Dann beschaffen Sie sich mal was Anständiges. Ein Mann sollte einen guten Anzug tragen. Sie können doch nicht ohne Arsch in der Hose in irgendwelchen Regierungsbüros herumlaufen.«

Ryan gab keine Antwort.

»Sie wollen bestimmt wissen, warum Sie hier sind«, fuhr Haughey fort.

»Ja, Herr Minister.«

»Hat der Direktor Ihnen schon irgendwas gesagt?«

»Nein, Herr Minister.«

»Sehr gehorsam«, sagte Haughey. »Jetzt darf er es Ihnen erklären.«

Fitzpatrick wollte gerade zu sprechen beginnen, als die Sekretärin mit einem Tablett hereinkam. Die Männer warteten schweigend, bis sie den Kaffee eingeschenkt hatte. Ryan lehnte dankend ab.

Als sie wieder gegangen war, räusperte Fitzpatrick sich und wandte sich in seinem Stuhl um. »Gestern Morgen ist in einer Pension in Salthill von der Besitzerin die Leiche eines deutschen Staatsangehörigen gefunden worden. Es wird vermutet, dass er am Tag zuvor an Schusswunden in den Bauch und den Kopf gestorben ist. Die Garda Síoána wurde zum Tatort gerufen, aber nachdem man die Identität des Toten festgestellt hatte, wurde die Angelegenheit dem Justizministerium übertragen und von dort meiner Abteilung.«

»Wer war er?«, fragte Ryan.

»Hier war er Heinrich Kohl, nichts weiter als ein kleiner Geschäftsmann. Er fungierte als Treuhänder für verschiedene Import-Export-Firmen. Eine Art Mittelsmann.«

»Sie sagen ›hier‹«, merkte Ryan an. »Das bedeutet, woanders war er jemand anders.«

»Woanders kannte man ihn als SS-Hauptsturmführer Helmut Krauss vom SS-Wirtschaftsverwaltungshauptamt. Das hört sich erheblich imposanter an, als es in Wahrheit war. Ich glaube, damals im Notstand war er nur so eine Art Bürohengst.«

Das Wort Krieg nahmen Regierungsbeamte nur selten in den Mund, als fürchteten sie, den Kampf, der Europa verwüstet hatte, dadurch irgendwie zu glorifizieren.

»Also ein Nazi«, sagte Ryan.

»Wenn Sie diese Terminologie verwenden wollen, ja.«

»Darf ich fragen, warum sich die Garda Síochána nicht um die Sache kümmert? Das klingt nach einem klassischen Mordfall. Der Krieg ist seit achtzehn Jahren vorbei. Das hier ist ein ziviles Verbrechen.«

Haughey und Fitzpatrick wechselten einen Blick.

»Krauss ist bereits der dritte Ausländer, der innerhalb der letzten vierzehn Tage hier ermordet wurde«, erklärte der Direktor. »Davor war es Alex Renders, ein flämischer Belgier, und Johan Hambro, ein Norweger. Beide waren Nationalisten, die sich als Verbündete des Reichs wiederfanden, als Deutschland ihre jeweiligen Länder okkupierte.«

»Sie vermuten also, dass die Morde zusammenhängen?«, fragte Ryan.

»Alle drei Männer wurden aus kurzer Distanz erschossen.

Alle drei waren zur Zeit des Notstands bis zu einem gewissen Grad in nationalistische Bewegungen verstrickt. Da dürfte es schwerfallen, die logische Schlussfolgerung nicht zu ziehen.«

»Warum waren diese Männer in Irland?«

»Renders und Hambro waren nach der Befreiung ihrer Länder durch die Alliierten als Flüchtlinge da. Irland hat schon immer alle willkommen geheißen, die vor Verfolgungen flohen.«

»Und Krauss?«

Fitzpatrick wollte schon sprechen, aber Haughey unterbrach ihn.

»Der Fall wurde der Garda entzogen, weil er ziemlich heikel ist. Diese Leute waren Gäste in unserem Land, und es gibt noch andere wie sie, aber wir wollen keine Aufmerksamkeit auf ihre Anwesenheit hier lenken. Zumindest vorerst nicht. Für Irland ist das ein wichtiges Jahr. Schon in wenigen Wochen wird der Präsident der Vereinigten Staaten von Amerika uns besuchen. Zum ersten Mal seit Bestehen der Republik kommt ein Staatsoberhaupt zu einem offiziellen Besuch, und zwar nicht irgendein Oberhaupt, sondern niemand Geringerer als der Anführer der freien Welt. Und damit nicht genug, er kommt auch noch sozusagen nach Hause, ins Land seiner Vorfahren. Der ganze Erdball wird auf uns schauen.«

Während er sprach, schien Haughey die Brust zu schwellen, so als rede er auf einer Kundgebung in seinem Wahlkreis.

»Wie der Direktor schon gesagt hat, diese Männer waren Flüchtlinge, und unser Staat hat ihnen Asyl gewährt. Trotzdem könnten vielleicht einige Leute, aus welchem Grund auch immer, Anstoß daran nehmen, dass in ihrer Nachbarschaft Männer wie Helmut Krauss lebten. Sie könnten viel Wirbel darum machen, genau den Wirbel, auf den wir gut verzichten können, wo der Besuch von Präsident Kennedy vor der Tür steht. Es gibt Leute in Amerika und sogar Leute in seinem eigenen Stab, die finden, sein Besuch hier sei Zeitverschwendung, wo gerade Castro in ihrem eigenen Hinterhof lauert und die Schwarzen Krawall machen. Sie raten ihm, den Besuch abzusagen. Wenn sie auch nur den leisesten Schimmer von dieser Sache bekommen, werden sie ihrem Wunsch sofort Nachdruck verleihen. Es ist also von entscheidender Bedeutung, dass diese Angelegenheit diskret behandelt wird. Dass sie sozusagen unter Ausschluss der Öffentlichkeit erledigt wird. Und hier kommen Sie ins Spiel. Ich will, dass Sie der Sache auf den Grund gehen. Sorgen Sie dafür, dass das aufhört.«

»Und wenn ich den Auftrag nicht annehmen möchte?«

Haugheys Augen wurden schmal. »Offenbar habe ich mich nicht klar genug ausgedrückt, Lieutenant. Ich bitte Sie nicht, diese Verbrechen aufzuklären. Ich befehle es Ihnen.«

»Bei allem Respekt, Herr Minister, Sie haben nicht die Befugnis, mir irgendetwas zu befehlen.«

Haughey sprang auf und lief rot an. »Machen Sie halblang, Freundchen. Wen, glauben Sie, haben Sie hier vor sich?«

Fitzpatrick hob beschwichtigend die Hände. »Verzeihen Sie, Herr Minister. Lieutenant Ryan wollte nur sagen, dass eine solche Anweisung durch die Befehlskette des Geheimdienstes erfolgen sollte. Er wollte Sie nicht despektierlich behandeln, da bin ich mir sicher.«

»Das würde ich ihm auch raten!« Haughey ließ sich wieder auf seinen Stuhl zurücksinken. »Wenn er eine Dienstanweisung von Ihnen braucht, dann erteilen Sie sie ihm gefälligst.«

Fitzpatrick wandte sich wieder an Ryan. »Wie der Herr Minister bereits erläutert hat, ist dies kein freiwilliger Auftrag. Sie werden ihm zur Verfügung stehen, bis der Fall abgeschlossen ist.«

»In Ordnung«, erwiderte Ryan. »Gibt es schon irgendwelche Mordverdächtigen?«

»Noch nicht«, sagte Haughey. »Aber natürlich liegt der Gedanke nahe, dass es Juden waren.«

Ryan verlagerte unmerklich sein Gewicht. »Herr Minister?«

»Jüdische Extremisten«, fuhr Haughey fort. »Zionisten, die auf Rache aus sind, würde ich sagen. Diese Spur werden sie als erste verfolgen.«

Ryan überlegte, ob er widersprechen sollte, entschied sich aber dagegen. »Jawohl, Herr Minister.«

»Bei Bedarf wird die Polizei Sie unterstützen«, sagte der Direktor. »Was wir natürlich lieber vermeiden würden. Je weniger Leute mit dieser Angelegenheit befasst sind, desto besser. Außerdem wird Ihnen ein Wagen und, wenn Sie in der Stadt sind, ein Zimmer im Buswells Hotel zur Verfügung gestellt.«

»Danke, Sir.«

Haughey schlug die Akte auf, die er aus dem Schrank geholt hatte.

»Da gibt es noch etwas, was Sie wissen sollten.«

Mit spitzen Fingern nahm er einen Umschlag aus der Akte. Eine Ecke war tiefrot verfärbt. Sorgsam darauf bedacht, die befleckte Stelle nicht zu berühren, nahm Ryan den Umschlag. Er drehte ihn um und las, was auf die Vorderseite getippt war.

»Otto Skorzeny.«

»Haben Sie von dem schon mal gehört?«, wollte Haughey wissen.

»Natürlich«, sagte Ryan. Er erinnerte sich an das Narbengesicht aus den Gesellschaftsnachrichten der Zeitungen. Jeder Soldat, der etwas von Kommandotaktik verstand, wusste von Skorzeny. In Militärkreisen wurde der Name mit Ehrfurcht ausgesprochen, ungeachtet der politischen Verstrickungen des Österreichers. Offiziere gerieten bei Skorzenys Heldentaten ins Schwärmen, als schilderten sie die Handlung eines Abenteuerromans. Häufigstes Thema war dabei die Rettung Mussolinis aus jenem Berghotel, in dem er unter Arrest gestellt gewesen war. Welch eine Kühnheit, welch eine Verwegenheit, mit einmotorigen Lastenseglern auf dem Berghang des Gran Sasso zu landen und den Duce auszufliegen.

Ryan schob seine Finger in den Umschlag, zog ein Blatt Papier hervor und faltete es auf. Er las, was dort getippt stand.

SS-Obersturmbannführer Skorzeny,

Wir kriegen Sie.

Erwarten Sie unseren Besuch.

»Hat Skorzeny das gesehen?«, fragte Ryan.

»Oberst Skorzeny wurde über diese Botschaft benachrichtigt«, erwiderte Fitzpatrick.

»Oberst Skorzeny und ich werden in einigen Tagen einer Veranstaltung in Malahide beiwohnen«, erklärte Haughey. »Sie werden uns dort über Ihre Erkenntnisse unterrichten. Die Einzelheiten erfahren Sie vom Direktor. Verstanden?«

»Ja, Herr Minister.«

»Großartig.« Haughey stand auf. Er hielt kurz inne. »Mein Schneider«, sagte er dann und riss einen Zettel von seinem Notizblock und kritzelte einen Namen, eine Adresse und eine Telefonnummer darauf. »Lawrence McClelland in der Capel

Street. Gehen Sie zu ihm und sagen Sie ihm, er soll Sie mit irgendwas Passendem ausstaffieren. Er soll es auf meine Rechnung setzen. In so einem Anzug können wir Sie Skorzeny nicht präsentieren.«

Ryan warf den blutverschmierten Umschlag auf den Schreibtisch und nahm mit ausdrucksloser Miene Haugheys Zettel. »Danke, Herr Minister«, sagte er.

Fitzpatrick schob Ryan zur Tür. Als sie gerade hinausgehen wollten, rief Haughey: »Stimmt es, was ich da gehört habe? Dass Sie während des Notstands für die Briten gekämpft haben?«

Ryan blieb stehen. »Ja, Herr Minister.«

Haughey musterte Ryan von Kopf bis Fuß, ein langer, abschätziger Bick. »Waren Sie dafür nicht ein bisschen zu jung?«

»Ich habe ein falsches Alter angegeben.«

»Hmm. Das erklärt dann wohl Ihr schlechtes Urteilsvermögen.«

3. KAPITEL

Die Sonne stand schon tief am Himmel, als Ryan endlich in Salthill ankam. Von der langen Fahrt quer durch das Land in Richtung Westen tat ihm der Hintern weh. Vor Athlone hatte er eine Pause gemacht und am Straßenrand seine Blase erleichtert. Dreimal hatte er anhalten und warten müssen, weil ein Farmer sein Vieh von einer Weide auf die andere trieb. Je weiter er sich von Dublin entfernte, desto weniger Autos begegneten ihm. Manchmal fuhr er kilometerweit, ohne etwas Fortschrittlicheres als einen Traktor oder einen Pferdekarren zu Gesicht zu bekommen.

Er stellte den Vauxhall auf einem kleinen Hof neben der Pension ab. Fitzpatrick hatte ihm die Schlüssel und ein Bündel Pfund- und Zehn-Schilling-Scheine gegeben und ihn ermahnt, nicht gleich alles auf einmal auszugeben.

Ryan stieg aus dem Wagen und ging zum Eingang. Ein harscher Wind blies salzige Gischt von den Felsen herüber. Ryan schmeckte sie auf den Lippen. Möwen zogen kreischend ihre Kreise. Ihr Kot besprenkelte die niedrige Mauer vor dem Haus.

Auf dem Schild über der Tür stand: PENSION ST. AGNES, EIGENTÜMERIN MRS. J. D. TOAL. Er klingelte und wartete.

Hinter der Milchglasscheibe tauchte eine weiße Silhouette auf, und eine Frauenstimme rief: »Wer ist da?«

»Mein Name ist Albert Ryan«, sagte er. »Ich ermittle in dem Verbrechen, das hier geschehen ist.«

»Sind Sie von der Polizei?«

»Nicht ganz«, sagte er.

Die Tür öffnete sich einen Spalt, und die Frau spähte zu ihm heraus. »Wenn Sie nicht von der Polizei sind, wer sind Sie dann?«

Ryan zog seine Brieftasche hervor und hielt seinen Ausweis hoch.

»Ich brauche meine Brille«, sagte sie.

»Ich bin vom Geheimdienst.«

»Wovon?«

»Das ist ganz ähnlich wie die Polizei. Aber ich arbeite für die Regierung. Sind Sie Mrs. Toal?«

»Ja.« Sie beäugte erneut den Ausweis. »Das kann ich nicht lesen. Ich muss meine Brille suchen.«

»Darf ich hereinkommen, während Sie sie holen?«

Sie zögerte, dann schloss sie die Tür. Ryan hörte, wie eine Kette zurückgeschoben wurde. Dann wurde die Tür wieder geöffnet und die Frau ließ ihn eintreten.

»Ich wollte nicht unhöflich sein«, sagte sie, während er ihr in die dämmerige Diele folgte. »Aber seit diese Sache bekannt geworden ist, drangsalieren mich alle möglichen Leute. Meistens Zeitungsleute, aber auch andere, die einfach nur wissen wollen, ob die Leiche noch da ist. Scheusale, alle miteinander. Ah, da ist sie ja.«

Sie nahm die Brille vom Tisch und setzte sie sich auf die Nase. »Lassen Sie mich noch mal sehen.«

Ryan reichte ihr den Ausweis. Sie studierte ihn gründlich, danach gab sie ihn zurück.

»Ich habe der Polizei schon alles gesagt, was ich weiß. Ich bin mir nicht sicher, dass ich Ihnen noch etwas Neues erzählen kann.«

»Vielleicht nicht«, sagte Ryan. »Aber ich würde trotzdem gern mit Ihnen sprechen.«

Er warf einen Blick in das Zimmer zu seiner Linken, wo ein Paar mittleren Alters und ein junger Priester saßen. Die Dame las ein Romanheft, der Herr rauchte derweil eine Pfeife. Der Priester studierte die Pferdesportseiten der *Irish Times* und markierte mit einem Bleistift die Ergebnisse. Mrs. Toal beugte sich vor und zog die Tür zu.

»Es wäre mir lieber, wenn Sie meine Gäste nicht stören«, meinte sie.

»Das mache ich nicht. Könnte ich einen Blick in das Zimmer werfen, in dem die Leiche gefunden wurde? Und danach könnten wir uns vielleicht ein wenig unterhalten.«

Sie warf einen ängstlichen Blick die Treppe hinauf, als lauschte dort oben eine schreckliche Kreatur. »Ich denke schon.«

Mrs. Toal ging voraus. An den Wänden hingen Fotos von Salthill und Galway und daneben Drucke von Christus und der Jungfrau Maria sowie offenbar die Porträts vergangener Generationen.

»Es ist schockierend«, sagte sie, während sie kurzatmig keuchend die Treppe erklomm. »Er schien ein so netter Mann zu sein. Ich verstehe wirklich nicht, warum ihm jemand so etwas angetan hat. Er mag ja Ausländer gewesen sein, aber das ist doch kein Grund, jemanden umzubringen. Dabei bin ich für nächsten Monat schon völlig ausgebucht. Alle möglichen Leute kommen und wollen Präsident Kennedy sehen, wenn er uns besucht. Die Hubschrauber landen dort drüben, ein Stück weiter die Straße hinauf, wissen Sie? Und jetzt habe ich überall Blut auf dem Teppich. Das Zimmer muss ich von oben bis unten renovieren lassen. Ich kann doch von niemandem erwarten, dass er dort übernachtet, mit dem ganzen Blut auf dem Teppich. So, da sind wir.«

Sie blieb vor einer Tür mit der Nummer 6 stehen und kramte einen Schlüsselbund aus ihrer Rocktasche. »Ich gehe da aber nicht mit Ihnen rein, wenn Sie nichts dagegen haben«, sagte sie und schloss auf.

»Kein Problem«, sagte Ryan.

Er griff nach dem Türknauf, aber da packte Mrs. Toal ihn am Handgelenk. »Eins kann ich Ihnen jedenfalls sagen«, raunte sie. »Es wurde getrunken. Auf dem Nachttisch habe ich eine

Flasche gefunden. Ich weiß zwar nicht, was das für ein Schnaps war, aber auf jeden Fall waren sie damit zugange, als es passiert ist.«

»Tatsächlich?«, fragte Ryan.«

»Allerdings. Er wäre ja auch nicht der Erste, der umkam, wenn getrunken wurde. Ich kenne mich aus. Mein Mann war auch so einer. Ist direkt vor meiner Haustür gestorben. Eines Abends war er randvoll mit Whiskey und Starkbier und ist da drüben auf die Felsen gefallen. Dabei hat er sich den Kopf aufgeschlagen, und als die Flut kam, ist er ertrunken.«

»Tut mir wirklich leid, das zu hören«, sagte Ryan mitfühlend. »Ich komme wieder zu Ihnen, wenn ich hier fertig bin.«

»In Ordnung.« Sie nickte und wandte sich zur Treppe. »Wenn Sie irgendetwas brauchen, rufen Sie einfach.«

Als Ryan allein war, öffnete er die Tür und betrat das Zimmer.

Der Gestank traf ihn wie ein Schlag. Es war eine Mischung aus Metall und vergammeltem Fleisch. Ryan hustete und hielt sich mit einer Hand Nase und Mund zu. Mit der anderen tastete er nach dem Lichtschalter und betätigte ihn.

Es war ein einfaches Pensionszimmer, so wie jedes, in dem er bislang übernachtet hatte. Dezent geblümte Tapeten, ein gemusterter Teppich, in einer Ecke eine Waschschüssel, in einer anderen ein Kleiderschrank. Ein Einzelbett mit einem Nachtschränkchen, gegenüber davon ein Stuhl.

An der Wand fand sich eine Ansammlung rotbrauner Flecken, kleine feste Brocken, die von der anderen Zimmerseite aus kaum zu erkennen waren.

Mit langsamen Schritten näherte Ryan sich dem Fußende des Bettes. Dahinter befand sich eine dunkle Lache, um die mit Kreide die vagen Umrisse eines zusammengekrümmten Körpers aufgemalt waren. Auf dem Fensterbrett und dem Nachtschränkchen lag eine dünne Puderschicht, auf der sich schemenhafte Fingerabdrücke verteilten.

Am Fußende des Bettes befand sich ein geöffneter kleiner Koffer auf dem Fußboden. Ryan hockte sich daneben hin und durchsuchte den Inhalt. Unterwäsche, Socken, drei Päckchen Peter Stuyvesant und eine Flasche importierter Wodka. Er stand auf. Auf dem Spülbeckenrand stand ein Kulturbeutel, daneben ein Pinsel, ein Rasiermesser, eine Zahnbürste und Kölnischwasser.

Aus dem Spiegel darüber blickte ihn sein eigenes Spiegelbild an. Die Erschöpfung ließ seine Gesichtszüge erschlaffen. Schon seit er Ende zwanzig war, hatte er Hängebacken. Jetzt, mit sechsunddreißig, fand er manchmal, dass er aussah wie ein einsamer Schnüffler, besonders, wenn man ihm die Erschöpfung an den Augen ansehen konnte.

Eine Bewegung im Spiegel ließ ihn hochfahren.

»Sind Sie der Kerl vom G2?«, fragte jemand.

Ryan fuhr herum. In der Tür stand ein Mann in einem schäbigen Anzug und mit einem dünnen Trenchcoat. Er hielt seine offene Brieftasche hoch.

»Detective Garda Michael Harrington«, sagte er und steckte die Brieftasche wieder ein. »Ihr Besuch wurde uns angekündigt, aber ich hatte Sie erst in ein oder zwei Tagen erwartet.«

Ryan streckte die Hand aus. »Ich wollte so früh wie möglich anfangen und das Zimmer sehen, bevor zu viel Zeit verstrichen ist.«

Harrington starrte Ryans Hand einen Moment lang an, dann schüttelte er sie. In seiner anderen Hand hielt er eine Aktenmappe. »Na schön. Ich habe hier diesen Bericht für Sie. Wenn Sie einen Blick auf die Leiche werfen wollen, sie liegt drüben im Regional Hospital.«

Krauss' nackter Körper lag auf dem Stahltisch. Seine Augen waren geschlossen und die trockenen Lippen ein wenig geschürzt und geöffnet, als wären sie in einem ewigen Flüstern erstarrt. Über den gesamten Torso, von dem angegrauten Büschel Schamhaar bis zu den Schultern, verlief ein Y-förmiger Schnitt. Er war sauber vernäht worden, nachdem man die Organe an ihren angestammten Platz zurückgelegt hatte. Unter dem Nabel befand sich ein angesengtes, ausgefranstes Loch.

Eine weitere Naht begann hinter dem einem Ohr, lief quer über den Kopf und endete am anderen Ohr. Ryan stellte sich vor, wie der Rechtsmediziner die Schädeldecke gespalten und abgeschält hatte, bis sie über den Augen lag wie eine Maske, dann einen Teil des Schädels wegsägte und schließlich das zerstörte Gehirn entfernte.

Es war Ryans achtzehnter Geburtstag gewesen, als er zum ersten Mal das Innere eines menschlichen Schädels sah. Ein nebelverhangenes Feld in Holland, ein paar Meilen nördlich von Nijmegen. An den Namen des Korporals konnte Ryan sich nicht mehr erinnern, nur daran, dass sein Kopf geplatzt war wie eine Melone. Knochensplitter und Blut spritzten heraus, und innen war es grau.

Er hatte sich zu Boden fallen lassen. Der nasse Schlamm durchtränkte seine Uniform. Dann kroch er zu einer Hecke zwanzig Meter weiter vorne, vollkommen sicher, dass im nächsten Moment auch ihm das Hirn aus dem Kopf geschossen werden würde. Als er wieder bei den anderen war, sagte der Sergeant: »Wisch dir mal das Gesicht ab, Junge.«

Ryan hob die Hand, fühlte die Nässe und die Brocken auf seinem Gesicht und kotzte sich voll.

Inzwischen war er nicht mehr so zimperlich.

Auf einem Abtropfständer neben einem großen Waschbecken standen zwei Acrylfläschchen mit den deformierten Projektilen. Nacheinander hob Ryan sie hoch und musterte sie.

»Eine haben wir aus dem Kopfende geholt«, erklärte Harrington. »Sie hat den Dickdarm und die Niere durchschlagen und ist hinten wieder ausgetreten. Die andere steckte noch in seinem Kopf. Der Arzt hat sie rausoperiert. Er sagte, das Gehirn war wie Brei. Er musste sie herauslöffeln. Verstanden habe ich das nicht. Auf der anderen Seite von der Stelle, an der die Kugel eingetreten ist, war ein Riesenloch im Kopf, und an der Wand klebte irgendein Zeug, aber die Kugel hat der Arzt trotzdem im Schädel gefunden.«

»Gase«, erklärte Ryan. »Sie dehnen sich im Kopf aus und drücken nach außen. Wenn der Mörder einen Schalldämpfer benutzt hat, hat der die Kugel abgebremst. Deshalb ist sie nicht aus dem Kopf ausgetreten, und die andere ist nur bis zum Kopfteil gekommen.«

»Ah.« Harrington bemühte sich nicht einmal, Interesse zu heucheln. »Man lernt nie aus.«

Während Harrington ihn zum Krankenhaus gefahren hatte, hatte Ryan die wenigen Informationen gelesen, die der Bericht lieferte. Die einzigen identifizierbaren Fingerabdrücke im Zimmer stammten von Krauss. Der Rest war ein Sammelsurium verblasster Spuren von Mrs. Toal sowie sämtlichen Gästen, die in den letzten Tagen das Zimmer benutzt hatten.

Anscheinend hatte der Mörder nichts mit bloßen Händen angerührt.

Auf einem Plastiktablett lagen ein paar Habseligkeiten. Das Feuerzeug und das Zigarettenetui erregten Ryans Aufmerksamkeit. Er nahm einen Füller aus der Tasche und drehte damit das Etui um. Das Licht fing die dünne Linie der Gravur ein.

Harrington bemerkte Ryans Interesse. »Ich nehme mal an, das ist der Grund, warum einer vom G2 die Sache untersucht.«

Ryan antwortete nicht.

»Es gab mal einen Mann, der draußen in Richtung Boleybeg einen Bauernhof gemietet hatte. Ein Deutscher. Ist sechs oder sieben Jahre dort geblieben. Es hat allen möglichen Tratsch über ihn gegeben. Ich weiß noch, als er wieder verschwand, hat seine Putzfrau mir erzählt, sie hätte an seiner Wand ein Hakenkreuz und ein Bild von Hitler gesehen. Ich habe ihr nicht geglaubt.«

Harrington wartete, so als hoffe er, dass Ryan sich irgendwie überrascht zeigte. Als der das nicht tat, fuhr Harrington fort.

»Und dann ist da noch dieser Österreicher, dieser Skorzeny, der draußen in Kildare wohnt. Ich habe ihn in der Zeitung gesehen, wie er irgendwelchen Parteibonzen die Hand schüttelt. Ich war noch nie für die Briten, aber was diese Nazis da gemacht haben, war nicht richtig. Mir gefällt es nicht, dass sie herkommen und sich hier niederlassen, bloß weil wir ihnen nichts tun.«

»Ich habe genug gesehen«, sagte Ryan.

4.

KAPITEL

»Was fällt dir denn ein, so spät hier bei uns hereinzuschneien?«, fragte Ryans Mutter.

»Ich bin zufällig vorbeigekommen«, log Ryan.

Er war in Athlone an die Seite gefahren und hatte fünf lange Minuten lang hin und her überlegt. Schließlich war er dann doch nicht sofort nach Dublin zurückgekehrt, sondern nach Carrickmacree, in Richtung Norden in die Grafschaft Monaghan.

Der Laden lag im Dunkeln, als sich Ryan über die Hauptstraße näherte. Er fuhr auf die Rückseite der Häuserreihe und stellte den Vauxhall hinter dem kleinen Lieferwagen ab, mit dem sein Vater in der Stadt Brot und Milch auslieferte. Er schlich sich auf den Hinterhof und klopfte an die Tür.

»Dann komm mal besser rein«, sagte seine Mutter. Sie trat einen Schritt zurück und ließ ihn in den schmalen Flur.

Ryans Vater stand auf dem oberen Treppenabsatz, einen Morgenmantel über dem gestreiften Schlafanzug und dicke Socken an den Füßen. »Wer ist das?«, rief er.

»Es ist Albert«, rief Ryans Mutter zurück und stieg zu ihm die Treppe hinauf. Ryan folgte ihr.

»Um diese Zeit?«

»Genau das habe ich ihm auch gesagt …« Sie warf einen Blick über die Schulter. »Wenn du rechtzeitig angerufen hättest, hätte ich noch was für dich vorbereiten können.«

Ryan warnte seine Eltern nie vor, wenn er sie besuchte, und er kam immer im Dunkeln an. Es war schon zehn Jahre her, seit es den letzten Ärger gegeben hatte, aber er blieb vorsichtig. Nach dem Anschlag mit dem Molotowcocktail hatten sie beinahe den Laden verloren. Vorher hatten Mahon und seine Kumpane Beleidigungen über die Straße gegrölt, Steine auf die Fenster geworfen und einmal das Schaufenster mit Farbe besudelt. Die Geschäfte waren so sehr zurückgegangen, dass sein Vater sich beinahe geschlagen gegeben und die Stadt verlassen hätte, aber dann hatten sich doch genügend Einheimische Mahons Druck widersetzt, den Laden zu boykottieren, und dafür gesorgt, dass er geöffnet blieb.

Am schlimmsten aber war das Feuer gewesen, der letzte verzweifelte Akt eines Mannes, der zu verbittert und hasserfüllt war, um Albert Ryans Verfehlung hinzunehmen. Danach war er ein ganzes Jahr lang weggeblieben und erst danach zurückgekehrt.

Gelegentlich fragte er sich, ob er wohl immer noch Soldat geworden und für die Briten in den Kampf gezogen wäre, wenn er gewusst hätte, was seine Eltern das kosten würde. Jedes Mal verwarf er den Gedanken als unsinnig. Er wusste, dass ein Junge von siebzehn Jahren nicht genug Lebensklugheit besaß, um das beurteilen zu können, selbst wenn er die Weitsicht besessen hätte. Ohne auch nur einmal an die Tränen seiner Mutter zu denken, hatte er aus dem Safe seines Vaters Geld gestohlen, um die Fahrt von Carrickmacree über die Grenze und bis nach Belfast zu bezahlen, und dann die nächstgelegene Rekrutierungsstelle aufgesucht.

Jetzt saß er mit einem dampfenden Becher Tee am Tisch seiner Mutter. Butter schmolz auf einer Scheibe Toast. Der unangenehme Gestank aus dem Leichenhaus hing ihm immer noch in der Nase, er hatte keinen Appetit, aß aber trotzdem.

Als er fertig war, fragte er seinen Vater, wie das Geschäft lief.

»Nicht besonders.«

»Warum nicht?«

Sein Vater starrte nur schweigend in seinen Becher. Ryans Mutter antwortete an seiner Stelle.

»Wegen der Handelskammer«, sagte sie, »und diesem alten Mistkerl Tommy Mahon.«

Sie schlug die Hand vor den Mund, entsetzt über ihre Ausdrucksweise.

»Was haben sie gemacht?«

Ryans Vater sah von seinem Teebecher auf. »Mahon hat beschlossen, mich endgültig aus dem Geschäft zu drängen, deshalb hat er seinem Sohn ein Stück weiter unten auf der Straße einen Supermarkt eingerichtet. Und er hat dafür gesorgt, dass seine Freunde in der Handelskammer ein Wörtchen mit einigen meiner Lieferanten geredet haben. Jetzt bekomme ich keine Milch und kein Brot mehr. Und Fleisch liefern mir nur noch der alte Harney und seine Söhne. Die schlachten ihr Vieh draußen auf der Farm selbst. An Eiern kriege ich nur noch das, was ich aufkaufen kann, wenn ich meine Runden fahre.«

»Das können sie doch nicht machen«, sagte Ryan. »Oder?«

»Natürlich können sie. Sie können machen, was sie wollen. Das nennt man Protektionismus. Die Handelskammern, die Gewerkschaften, da wäscht doch eine Hand die andere. Die haben dieses Land voll an den Eiern, und uns machen sie fertig.«

»Maurice!«, schimpfte Ryans Mutter.

»Das stimmt doch.«

Ryans Mutter wechselte das Thema. »Und, machst du jemandem den Hof?«

Ryan merkte, wie ihm die Röte vom Hals in die Wangen stieg. »Nein, Ma. Du weißt doch, dass ich für so was keine Zeit habe.«

»Junge, du bist sechsunddreißig«, erwiderte sie. »Wenn du noch länger wartest, bist du bald zu alt.«

»Lass ihn doch in Ruhe«, sprang Ryans Vater ihm bei. »Dafür hat er noch genügend Zeit. Die Söhne vom alten Harney sind alle über dreißig, und einer ist sogar schon über vierzig. Harney denkt gar nicht daran, sie jetzt schon heiraten zu lassen.«

Ryans Mutter schnaubte verächtlich. »Klar. Warum sollte er auch, wenn er vier große Jungs für sich arbeiten lassen kann und keinen Penny dafür bezahlen muss? Unser Albert ist aber kein Bauer. Er sollte sich ein nettes kleines Mädchen suchen und sesshaft werden.«

»Ich habe viel zu viel zu tun«, wehrte Ryan ab, »und außerdem wohne ich im Camp. Ich bräuchte erst einmal eine eigene Wohnung, bevor ich überhaupt daran denken kann, den Frauen nachzusteigen.«

Ryans Mutter lehnte sich auf ihrem Stuhl zurück und hob eine Augenbraue. »Wofür brauchst du denn eine eigene Wohnung? Kein anständiges Mädchen geht doch mit einem Junggesellen nach Hause. Und die, die das doch tun … na ja, die Sorte heiratet man ja wohl nicht, oder?«

Müde von der stundenlangen Fahrt, schlief Ryan in seinem alten Zimmer tief und fest. Als er sich beim ersten Morgenlicht regte, knarrte und ächzte das Bett. Er lieh sich das Messer seines Vaters und rasierte sich am Waschbecken in der Ecke seines Schlafzimmers. Es war so kalt, dass ihm eine Gänsehaut über den ganzen Körper lief.

Nachdem er sich gewaschen und angezogen hatte, ging er nach unten und schlich zur Hintertür. Seine Mutter fing ihn ab.

»Wo willst du denn hin?«, fragte sie.

»Ich wollte nur einen kurzen Spaziergang machen. Ich habe die Stadt seit Jahren nicht mehr gesehen.«

»In Ordnung«, sagte seine Mutter. »Aber bleib nicht zu lange weg. Wenn du zurückkommst, ist dein Frühstück fertig.«

Als er über die Hauptstraße schlenderte, lugte gerade die Sonne über die Dächer. Er sah nur einen einzigen anderen Menschen, einen Mann, der sein Pferd mitten über die Straße führte. Das Hufgeklapper hallte von den Häusern wider. Der Mann nickte ihm beim Vorbeigehen zu. Es wehte ein kalter Wind, und Ryan knöpfte sein Jackett zu.

Er kam an Geschäften vorbei, die es schon seit Generationen gab. Über den Schaufenstern hingen handgemalte Schilder, und auf dem Glas waren Preise und Sonderangebote notiert. Ein Handarbeitsladen, ein Damenschneider, ein Herrenausstatter.

Sie alle kamen ihm kleiner vor, so als wären Holz und Glas und Backsteine in den letzten zwanzig Jahren geschrumpft. Tief in seinem Inneren wusste Ryan, dass er sowohl wegen seiner Abneigung gegen diese Häuser als auch wegen Tommy Mahons Schikanen nur noch so selten hierher zurückkam. Schon als Junge hatte er empfunden, dass dies hier nicht der richtige Ort für ihn war, diese Stadt mit ihren wenigen und viel zu schmalen Sträßchen und den Leuten, die in ihr feststeckten wie in Treibsand. Selbst jetzt hatte er den Eindruck, als würde dieser Ort an seinen Füßen zerren und versuchen, ihn wieder zu packen.

Als Halbwüchsiger hatte Ryan sich gefragt, wie sein Vater es nur in dieser Stadt aushielt, warum er sich nicht nach einem besseren, großzügigeren Leben sehnte. Eines Tages hatte er seinen Vater dann gefragt, warum er eigentlich trotz des Hungerlohns, den der Familienbetrieb abwarf, das Geschäft übernommen hatte, statt wegzugehen und sich woanders ein eigenes Leben aufzubauen.

»Weil man nur das Leben hat, das einem gegeben wird«, hatte sein Vater geantwortet. »Und das ist gut genug.«

Für Ryan jedoch war es nie gut genug gewesen, weder damals noch heute.

Jetzt stand er vor dem Laden mit dem Schild MAHON'S CASH 'N' CARRY. Drinnen war alles dunkel. Er versuchte die Tür zu öffnen. Sie war verschlossen.

Ryan warf einen prüfenden Blick über die Straße. Sie war menschenleer. Er lief um das Haus herum zur Rückseite. In der schmalen Gasse dahinter stand ein großer Wagen, ein Rover. An der Mauer lehnte ein Fahrrad. Und drinnen hörte Ryan eine gebieterische Stimme, die Befehle erteilte. Gerard Mahon, Tommy Mahons Sohn, stand mit dem Rücken zur Gasse und rauchte eine Zigarette. Ein Junge, höchstens dreizehn oder vierzehn Jahre alt, stapelte auf Mahons Anweisungen Schachteln mit Waschpulver auf.

»Guten Morgen«, sagte Ryan.

Mahon drehte sich um. Seit Ryan ihn das letzte Mal gesehen hatte, hatte er zugelegt, und mit dem fortschreitenden Alter war sein Gesicht aufgeschwemmt. Einen Moment lang starrte er Ryan finster an, dann milderte das Wiedererkennen seine Züge.

»Albert Ryan? Du lieber Himmel, dich habe ich ja seit Jahren nicht mehr gesehen. Ich dachte, du hättest dich nach England verpisst.«

»Ich besuche nur meine Eltern.« Ryan trat in den Schatten der geöffneten Tür und spürte die Kälte des Gebäudes. Es roch nach Bleiche und Tabak. »Wie ich sehe, erweiterst du deine Aktivitäten.«

Mahon grinste und zog an seiner Zigarette. »Ein neues Projekt. Man kann deinem alten Knaben ja nicht das ganze Geschäft überlassen.«

»Nein, wohl nicht.« Ryan machte einen weiteren Schritt in das Lager. »Trotzdem ist es irgendwie komisch. Wie ich höre, hat er neuerdings Schwierigkeiten mit seinen Lieferanten, seit dein Vater dir diesen Laden hingestellt hat.«

Mahons Grinsen verzerrte sich zu einer wütenden Grimasse. Er drohte Ryan mit dem Zeigefinger. »Ich habe den Laden selbst aufgemacht. Jeder, der was anderes behauptet, ist ein dreckiger Lügner.« Mahon drehte sich zu dem Jungen herum, der aufgehört hatte, Kartons aufzustapeln und stattdessen die beiden Männer beobachtete. »Geh in den Laden. Der Fußboden muss gewischt werden. Na mach schon, beeil dich.«

Der Junge gehorchte und verließ den Lagerraum.

Mahon wandte sich wieder um und zuckte zusammen, als er merkte, wie nahe Ryan ihm gekommen war. Ryan war um einiges größer als der andere Mann und setzte jetzt jeden Zentimeter ein.

»Ich habe auch gehört, jemand hätte mit den Leuten von der

Handelskammer ein Wörtchen gesprochen und dafür gesorgt, dass mein Vater nicht mehr beliefert wird.«

Mahon schüttelte den Kopf. »Ich habe keine Ahnung, wovon du redest. Wenn dein Alter nicht ein bisschen Wettbewerb aushält, dann sollte er seine Sachen packen und verschwinden.« Ermutigt richtete sich Mahon zu seiner vollen Größe auf. »Der hätte schon längst verschwinden sollen. Von eurer Sorte könnten wir hier gut ein paar weniger vertragen.«

»Von unserer Sorte? Was für eine Sorte meinst du denn genau?«

Mahon leckte sich die Lippen, schluckte und zog an seiner Zigarette.

»Protestanten«, sagte er und blies Ryan eine Rauchwolke ins Gesicht. »Besonders, wenn sie Engländerfreunde wie dich züchten.«

Ryan schlug ihm die Zigarette aus dem Mund. Mahon machte einen Schritt zurück und riss die Augen auf.

»He, pass bloß auf, mit wem du dich …!«

Der Schlag erwischte Mahon unter dem Adamsapfel. Er presste die Hände an die Kehle und sackte zu Boden. Seine Knie knallten auf den Beton. Ryan verpasste ihm einen festen Tritt zwischen Bauchnabel und Leiste. Mahon fiel auf den Bauch, und seine Gesichtsfarbe verfärbte sich von Rosa zu Purpurrot.

Ryan machte seine Gürtelschnalle auf und stellte sich breitbeinig über Mahon. Mit einem Ruck zog er den Gürtel aus der Hose, überkreuzte die Hände und formte eine Schlinge. Er bückte sich, streifte sie Mahon über den Kopf und legte sie ihm um den Hals.

Mahon ächzte gequält, als Ryan ihn auf die Knie zerrte. Er riss seine Hände hoch und versuchte, mit den Fingern unter den Gürtel zu kommen. Ryan zog ihn fester zu. Mahon zuckte und bäumte sich auf.

Ryan legte seine Lippen dicht an Mahons Ohr. »Und jetzt hör mir gut zu. In zwei Tagen rufe ich meinen Vater an. Wenn er mir dann nicht sagt, dass die Lieferanten ihm alles gebracht haben, was er will, komme ich wieder. Hast du mich verstanden?«

Er lockerte den Gürtel. Mahon schnappte nach Luft. Ryan zog ihn erneut an, noch fester als vorher.

»Hast du mich verstanden?«

Er ließ Mahon Luft holen.

Mahons Lippen formten ein Wort, zu hören war jedoch nur ein Zischen. Er nickte hustend, Speichel lief ihm aus den Mundwinkeln.

Ryan nahm den Gürtel von Mahons Hals und ließ den Mann auf den Boden sacken. Er ging zur Hintertür. Dann sah er noch einmal über die Schulter zurück. »Zwei Tage«, wiederholte er.

Mahon krümmte sich und hob die Hände, um einen Schlag abzuwehren, der nicht kam.

Albert Ryan kehrte ins Haus seiner Eltern zurück, genoss das warme Frühstück, das seine Mutter zubereitet hatte, und machte sich anschließend auf den Weg nach Dublin.

5. KAPITEL

Buswells Hotel stand an der Ecke Molesworth Street und Kildare Street. Im Norden sah man die weiße Zitadelle und die grünen Gärten des Trinity College, im Süden die ausgedehnten offenen Grasflächen und laubbedeckten Wege von St. Stephen's Green. Über den dröhnenden Verkehrslärm hinweg riefen die Zeitungsjungen die Schlagzeilen aus. Der Busfahrerstreik war erst seit ein paar Tagen vorbei, und die Passagiere schienen froh zu sein, dass sie nicht mehr auf die Ersatzbeförderung angewiesen waren, die die Armee eingerichtet hatte.

Als Ryan sich im Hotel anmeldete, reichte ihm die Empfangsdame seinen Schlüssel und eine Nachricht. Auf dem Weg nach Dublin war er in Gormanston vorbeigefahren und hatte ein paar Klamotten und Waschzeug in eine Reisetasche gepackt, die jetzt zu seinen Füßen lag. Aus dem Restaurant drangen Klirren von Geschirr und das Gerede der Lunchgäste. Ryan erkannte einen Teachta Dála, einen Abgeordneten des irischen Parlaments. Der Mann beobachtete eine junge Frau auf der anderen Seite des Foyers. Sie hatte einen Schlüssel in der Hand und ging mit klackenden Absätzen über den weißen Marmor. Am Fuß der Treppe zu den Gästezimmern blieb sie stehen und warf dem TD über die Schulter einen Blick zu, dann ging sie hoch. Der Oireachtas, Sitz des irischen Parlaments, befand sich nur wenige Meter weiter. Gleich um die Ecke. Das Buswells beherbergte viele Politiker und ihre

Gespielinnen, Sekretärinnen und Assistentinnen. All die heimlichen Leidenschaften der Führer des Landes ließen die Betten dort oben ächzen.

Der TD wartete noch ein paar Augenblicke, dann folgte er der jungen Frau, ohne zu ahnen, dass er beobachtet wurde.

Ryan war bisher noch nie im Buswells abgestiegen. Es war nicht das luxuriöseste Hotel der Stadt; das Shelbourne und das Royal Hibernian boten erheblich mehr Dekadenz. Trotzdem würde er in dem Zimmer, das man ihm hier zur Verfügung gestellt hatte, mit Sicherheit besser untergebracht sein, als er es gewohnt war.

Er nahm Umschlag und Tasche mit nach oben. Sein Zimmer lag auf einem kleinen Absatz zwischen zwei mit Läufern ausgelegten Treppen. Es enthielt ein Einzelbett, einen Kleiderschrank, ein Eckwaschbecken und ein Radio auf einem Nachtschränkchen. Gelbe und braune Nikotinschlieren überzogen die Decke. Durch die schon angegraute Gardine vor dem Fenster sah er auf der anderen Straßenseite die prachtvolle Freemason's Hall mit ihren weißen Steinsäulen und Bögen. Sie wirkte wie ein griechischer Tempel, den man in die Seitenstraße einer irischen Stadt umgesetzt hatte. Ryan ließ die Tasche auf den Boden fallen, zog sein Sakko aus und setzte sich. Er öffnete den Umschlag.

Ryan,
gehen Sie heute auf jeden Fall zu meinem Schneider. Ich will, dass Sie vorzeigbar aussehen, wenn wir morgen Abend in Malahide unseren Freund treffen.

C. J. H.

Ryan betastete den Stoff seines Sakkos. Als der Anzug noch neu gewesen war, hätte sich jeder Mann darin gut gekleidet gefühlt. Aber inzwischen sah man ihm sein Alter an. Er hatte Haugheys gestrige Aufmachung bewundert, den Schnitt des Stoffes und wie er seinem Körper schmeichelte. Selbst wenn man nicht gewusst hätte, dass er Minister in der Regierung war, hätte man erkannt, dass es sich bei ihm um einen wohlhabenden und einflussreichen Mann handeln musste. Natürlich gehörte mehr als ein edler Stoff dazu, um einen solchen Eindruck zu wecken, aber schaden konnte es auch nicht.

Albert Ryan wusste, dass er zur Eitelkeit neigte und zum Stolz. Es war einfach ein unauslöschlicher Charakterzug. Dieser Teil in ihm litt, wenn er jüngere Männer sah, die besser gekleidet waren oder schnittige Autos fuhren. Er mochte diesen Zug an sich nicht, fand ihn hässlich und unpassend für einen Mann mit seiner Erziehung. Seine Eltern hatten ihn die Tugend der Enthaltsamkeit gelehrt und ihm die presbyterianischen Werte von Bescheidenheit und harter Arbeit eingeimpft.

Trotzdem erwachte in Ryan beim Anblick von Haugheys schönem Anzug Sehnsucht.

Er zog das Sakko an, verließ das Zimmer und ging hinunter in die Lobby, um etwas zu Mittag zu essen. Er durchquerte den hohen Raum. An der Glastür zum Restaurant begrüßte ihn der Oberkellner. Ryan blieb stehen und betrachtete das Restaurant und die Speisenden, das Meer von weißen Tischdecken, das glitzernde Tafelsilber. Sein Blick glitt über schön geschnittene Jackenaufschläge, Umschlagmanschetten und Seidenkrawatten.

»Eine Person, Sir?«, fragte der Oberkellner.

Ryan beobachtete die Damen, mit denen die Männer sich schmückten, die Juwelen und die blasse Haut.

Der Oberkellner beugte sich leicht vor. »Sir?«

Ryan hustete. »Eigentlich habe ich doch keinen Hunger.«

Er verließ das Restaurant und das Gebäude und ging nach Norden in Richtung Fluss und weiter in die Capel Street.

»Canali«, sagte Lawrence McClelland und glättete das Sakko an Ryans Oberkörper. »Aus Triuggio in der Lombardei, nicht weit von Mailand. Sehr begehrt, in Dublin gibt es nicht viel davon. Sehr, sehr schön.«

Er war der einzige Kunde des Schneiders. Sie standen zwischen Ständern mit teuren Anzügen und Tischen voller Hemden und Bindern. Die dunkel getäfelten Wände schienen jegliches Licht und sämtliche Geräusche im Raum zu ersticken, alles war von einer feierlichen Stille umgeben. Eine Kapelle aus Seide, Fischgrätmuster und Leder.

»Waren Sie schon mal in Italien?«, fragte McClelland.

»Ja«, antwortete Ryan. »Auf Sizilien.«

»Sizilien? Oh, ich habe gehört, dort soll es ganz entzückend sein«, sagte der Schneider und hockte sich hin, um am Hosenbund zu nesteln. »Ich persönlich kenne mich eher in Mailand und Rom aus.«

Ryan hatte Ende 1945 vier Tage an der Südostküste Siziliens verbracht, ein Zwischenstopp auf seinem Weg nach Ägypten. Zusammen mit drei anderen Männern war er in einer Wohnung in Syrakus einquartiert worden, hatte aber die meiste Zeit in den engen Gässchen von Ortygia verbracht, der winzigen Insel, die durch ein paar kurze Brücken mit dem Festland verbunden war.

Beim Schlendern hatte er sich die Ärmel hochgekrempelt und das Hemd weit aufgeknöpft. Die Sonne hatte auf ihn eingedroschen wie ein Schmiedehammer. Abends roch es dort nach Meersalz und warmem Olivenöl. Er aß in den Trattorias und Osterias, die sich in den Gassen drängten. Ryan hatte noch nie zuvor Pasta gesehen, geschweige denn gekostet. Er verdrückte sie tellerweise und tunkte mit frischem Brot die Soße auf. Eine Karte bekam er nur selten zu sehen, das Essen wurde eher vom Haus als vom Gast ausgewählt, aber das störte ihn nicht. Sein Leben lang hatte er nur entweder irische Kost oder Armeefraß in sich hineingestopft; der Höhepunkt des kulinarischen Genusses war eine Grillplatte in einem protzigen Hotel gewesen oder vielleicht freitags ein Stück Fisch.

Vier Tage vergnügte er sich auf Sizilien, dann wurde er auf kürzestem Wege über das Mittelmeer in das geschundene Ägypten verfrachtet.

Der Schneider richtete sich wieder auf und machte sich mit einem Metermaß an Ryan zu schaffen.

»Hmm.« McClelland legte einen Zeigefinger an seine Lippen. »Es könnte ein bisschen schwierig werden, den Anzug an einen Mann von Ihrer Statur anzupassen. Ein Mann mit einem so breiten Brustkorb wie Sie hat meistens auch eine etwas großzügigere Taille, aber Sie sind ein ziemlich schlanker Bursche.«

Er drückte Ryan das Sakko an die Oberschenkel und steckte den Stoff mit Nadeln fest. Dann trat er zurück und nahm Ryan langsam und bedächtig von Kopf bis Fuß in Augenschein. »Athletisch«, sagte er. »Und lange Beine. Aber ich denke, ich kann so viel aus der Hose herauslassen, dass es reicht. Mit dem entsprechenden Schuh natürlich. Wann benötigen Sie den Anzug?«

»Morgen Abend«, sagte Ryan. »Der Minister sagte, Sie sollen es ihm auf die Rechnung setzen.«

McClelland lächelte gequält und wurde ein wenig fahl im Gesicht. »In der Tat, der Minister schöpft seinen Kreditrahmen bei uns gern im vollen Umfang aus.«

6. KAPITEL

Während das Zwielicht langsam der Dämmerung wich, verbrachte Albert Ryan eine Stunde in Helmut Krauss' bescheidenem Heim in der Oliver Plunkett Street, nicht weit von den Dubliner Docks. Es war das mittlere in einer Zeile identischer Reihenhäuser, viktorianisch oder edwardianisch, so genau wusste er es nicht. Sie standen gegenüber von neu erbauten Mietskasernen, scheußlichen Kästen, die einen düsteren Schatten über die Straße warfen. Ein schmaler Gartenstreifen war mit Betonplatten zugepflastert. Auf einem Messingschild neben der Türglocke stand: HEINRICH KOHL, IMPORT EXPORT, TREUHANDSERVICE. Auf der Schwelle wartete ein Beamter der Garda, um Ryan einzulassen.

Die gute Stube im Inneren des Hauses war zu einem kleinen Büro umfunktioniert, mit einem antiken Schreibtisch und Aktenschränken an den Wänden. Auf dem Schreibtisch standen ein Telefon und eine Schreibmaschine, daneben lagen ein Hauptbuch und diverse Stifte. In dem Raum befanden sich nur zwei Stühle, einer für Krauss und einer für Gäste. Eine Sekretärin hatte der Deutsche offenbar nicht beschäftigt.

Ryan schlug das Hauptbuch willkürlich auf. Namen von Geschäftspartnern, Ausgangshäfen, Daten, Geldsummen, die meisten in Pfund. Er fuhr mit einem Finger über die Namensspalte, blätterte eine Seite nach der anderen durch, suchte nach irgendetwas Auffälligem. Die Geldbeträge waren bescheiden, die höchsten lagen im niedrigen Tausender-Bereich, die meisten nur bei ein paar Hundert. Die Häfen umfassten ganz Nordeuropa, jeden Ort, von dem aus man Dublin oder Dundalk bequem erreichen konnte.

Ryan klappte das Buch zu und wandte seine Aufmerksamkeit den Aktenschränken zu. Alle waren unverschlossen und enthielten Rechnungen, Bestellungen, Kontoauszüge und den einen oder anderen Brief. Nichts, was darauf hindeutete, das Krauss bei seinen hiesigen Geschäften in irgendetwas Illegales verwickelt gewesen war.

Ryan verließ das zum Büro umfunktionierte Wohnzimmer und ging zur Küche im hinteren Teil des Hauses. In dem vollgestellten Raum roch es nach Fett und Tabak. Auf einer Seite stand eine gut mit Alkohol bestückte Anrichte. Offenbar hatte Krauss eine Vorliebe für Wodka gehabt. Auf dem Boden stapelten sich weitere Kartons mit Flaschen, auf denen russische Wörter prangten, anscheinend einer der Vorzüge seiner Importfirma.

In eine Ecke zwängte sich eine Zinkbadewanne, im Hinterhof befand sich ein Plumpsklo. Ryan machte die Küchenschränke auf, fand aber nur altes Brot, Konservendosen und Putzmittel. Er ging ins Obergeschoss.

Zwei kleine Schlafzimmer, eines ungenutzt, das andere voll

mit fein säuberlich sortierten persönlichen Dingen. Auf dem ungemachten Bett lagen aufgerollte Socken und Unterwäsche, Sachen, die Krauss wohl doch nicht auf seinen Abstecher nach Salthill hatte mitnehmen wollen.

Auf dem Nachttischchen befand sich ein geöffneter Brief. Ryan griff nach der Lampe daneben und schaltete sie ein, damit er in der zunehmenden Dunkelheit den Text erkennen konnte. Er setzte sich auf die Bettkante und musterte das einzelne Blatt Papier. Deutsch, in einer säuberlichen Handschrift geschrieben. Ryan verstand nur wenig, aber er erkannte den Namen Johan Hambro und den des Friedhofs in der Nähe von Galway, wo er vor ein paar Tagen beerdigt worden war.

Angesichts der leichten Unordnung im Zimmer vermutete Ryan, dass Krauss hastig aufgebrochen war und sich nicht die Zeit genommen hatte, die aussortierten Kleidungsstücke auf dem Bett wegzuräumen oder das Bett zu machen. Dabei schien Krauss ein sehr ordentlicher und disziplinierter Mann gewesen zu sein. Ryan stellte sich vor, wie peinlich es dem Deutschen wohl gewesen wäre, wenn er gewusst hätte, dass jetzt ein Fremder die Unordnung in seinem Haus sah, so geringfügig sie auch sein mochte.

Dem Fußende des Bettes gegenüber stand eine Kommode. Ryan öffnete die erste Schublade und durchsuchte die zusammengefalteten Hemden mit den ausgefransten Manschetten und Ersatzknöpfen. In der zweiten lagen weitere Socken und Unterwäsche, ebenso wie in der dritten. Aber darunter fand er dort eine Lage Fotografien, Postkarten und Briefe.

Nacheinander holte Ryan sie heraus. Die Briefe waren meistens auf Deutsch verfasst, und nach ein paar gab er den Versuch auf, in dem Wortsalat irgendwelche erkennbaren Namen auszumachen. Stattdessen konzentrierte er sich auf die Fotos.

Es waren meist Familienporträts, hier und da war auch ein Pferd oder Hund dabei. Einige zeigten eine Reihe uniformierter Männer. Große, starke Männer mit Schirmmütze auf dem Kopf und Kragenspiegeln mit Blitzen darauf. Manche Bilder waren gestellt, die Männer standen aufrecht oder saßen mit den Händen auf den Knien da und starrten unbewegt in die Kamera. Andere zeigten sie beim Essen und Trinken, die Krägen geöffnet, beinahe konnte man aus dem dicken Papier heraus das Gelächter hören.

Wenn Ryan an seine Zeit damals auf dem Kontinent dachte, an den Jungen, der ein Mann zu sein vorgab, hätte er sich in seinem Gedächtnis am liebsten nur diese Szenen bewahrt. Offiziere nebeneinander an langen Tischen, Bierkrüge und so lautes Stimmengewirr, dass einem die Ohren wehtaten. Aber jedes Mal, wenn er versuchte, sich auf solche Laute und Bilder zu konzentrieren, schlichen sich die anderen Erinnerungen ein, an verbrannte, blutige Körper, an das Gebrüll und Geschrei.

Trotzdem konnte er sich von diesem Leben nicht verabschieden.

Der einzige Ort, an dem er sich zu Hause fühlte, war eine Kaserne. In welcher Stadt oder welchem Land sie lag, spielte keine Rolle, ob er nun in seinem Zimmer im Lager Gormanston schlief oder in irgendeiner Wellblechhütte auf einem ausländischen Feld. Vielleicht hätte Ryan begriffen, wie ungesund das war – wenn er je darüber nachgedacht hätte.

In Wahrheit war er sich nicht einmal sicher, ob er das vermisste, was die meisten Männer für ein Heim hielten. Frau und Kinder. Mauern, die sie beschützten. Er hatte sich daran gewöhnt, in Kantinen zu essen, auf dünnen Matratzen zu schlafen und nach den Befehlen seiner Vorgesetzten zu leben. Er wachte nur selten nachts auf und dachte dann mit Grauen daran, wie rasch die Jahre vergingen und wie sein Leben einmal aussehen würde, wenn die Ersatzfamilie, die er sich gewählt hatte, ihn nicht mehr gebrauchen konnte.

Ryan blätterte die Fotos durch, bis er auf das Porträt eines jungen Mannes stieß, der stolz seine Schirmmütze trug. Seine Knöpfe blitzten im Licht der Atelierscheinwerfer. Ryan erkannte das markante Gesicht von Helmut Krauss, zwanzig Jahre jung. Welch ein Selbstvertrauen in seinen Augen lag, welch eine Zuversicht. Ein leichtes Lächeln umspielte die Lippen.

Da habt ihr noch nicht geglaubt, dass ihr verlieren könntet, dachte Ryan. Helmut Krauss und Leute seines Schlages waren sich einmal sehr sicher gewesen, dass sie die ganze Welt besitzen würden und jede Seele, die sie bewohnte. Jetzt schmorte Krauss in irgendeiner Hölle, die man eigens für ihn eingerichtet hatte. Ryan lauschte in sich hinein, konnte aber keinen Funken Mitleid finden.

Er legte die Fotos und Briefe zurück in die Schublade, dann kniete er sich hin und warf einen Blick unter das Bett. Eine Armeslänge von ihm entfernt stand dort eine Kiste. Eine Schleifspur im Staub bewies, dass die Polizei sie schon hervorgezogen und ihren Inhalt untersucht hatte. Ryan bekam eine Ecke zu fassen und zog sie vor. Dann hob er die Kiste aufs Bett und klappte den Deckel auf.

Die Polizei war instruiert worden, alles so zu belassen, wie sie es vorgefunden hatten. Auch die zwei Pistolen, eine Luger Po8 und eine Walther P38, die zusammen mit einem Papiertütchen unverpackter 9-mm-Patronen und einem Lederhalfter für eine Waffe auf dem roten Tuch lagen. Ryan nahm die Waffen aus der Kiste und untersuchte sie nacheinander. Sie schienen gut gepflegt zu sein und rochen nach frischem Waffenöl. Nebeneinander legte er sie aufs Bett, daneben das Halfter und das Tütchen mit den Patronen, dann nahm er das rote Tuch heraus.

Es entfaltete sich zu einem großen Rechteck, in dessen Mitte ein mit schwarzen Linien durchzogener weißer Kreis prangte. Ryan knüllte das Hakenkreuz zusammen und warf es auf den Boden.

Ganz unten in der Kiste lag ein Aktenordner. Ryan nahm ihn heraus und klappte ihn auf. Lose, maschinenbeschriebene Blätter kamen zum Vorschein. Sie waren in Englisch verfasst. Er las die erste Seite.

Sehr geehrte Damen und Herren,
mit diesem Brief bescheinige ich, dass ich seinen Überbringer Helmut Krauss seit vielen Jahren kenne und seine Ehrlichkeit, Integrität und seinen einwandfreien Charakter bezeugen kann. Sollten noch weitere Referenzen benötigt werden, so schreiben Sie mir bitte an die oben genannte Adresse.

Hochachtungsvoll,
Bischof Jean-Luc Prideux

Angegeben war eine Adresse in der Bretagne. Ryan blätterte das restliche Dutzend Briefe durch, darunter weitere Empfehlungsschreiben, die Helmut Krauss priesen. Die letzten waren Antworten aus dem Justizministerium. Ein paar Sätze sprangen Ryan ins Auge.

Unsere Abteilung hat keinerlei Einwände …
Ein Mann mit gutem Leumund …
Unter der Bedingung, dass Mr. Krauss nicht …

Ryan legte die Mappe zurück in die Kiste und stopfte die Hakenkreuzfahne darüber. Noch einmal musterte er die zwei Pistolen, die schwarzglänzend auf der Bettdecke lagen. Die Luger war bei Sammlern sehr begehrt. Ryan kannte viele Soldaten, die sie von der Front mit nach Hause gebracht hatten, als Kriegstrophäe vom Kontinent. Doch die Walther war ebenfalls eine hübsche Waffe, mit einem ähnlichen Leistungsvermögen wie die Luger und dabei in der Konstruktionsweise mindestens dreißig Jahre moderner.

Er steckte beide nacheinander ins Halfter und stellte fest, dass die Walther besser saß. Damit war die Sache klar. Ryan zog einen Kopfkissenbezug ab, stopfte die Walther, das Halfter und die Patronen hinein und verknotete die offene Seite. Die Luger warf er in die Kiste zurück und schob diese wieder unters Bett.

Beim Verlassen des Hauses dankte Ryan dem Polizisten, der ihn eingelassen hatte.

»Ich nehme ein paar Sachen zur näheren Untersuchung mit«, erklärte er und zeigte den schweren Kopfkissenbezug vor.

Der Beamte hatte keine Einwände.

7.
KAPITEL

»Wer ist da bitte?« Der Mann meldete sich mit starkem osteuropäischen Akzent.

»Mein Name ist Albert Ryan. Ich würde gerne mit dem Rabbi Ihrer Gemeinde sprechen.«

Ryan saß im Buswells auf der Bettkante und hatte den Hörer am Ohr. Vom Rasieren brannte ihm die Haut am Hals. Die Morgensonne wärmte seinen Rücken.

»Am Apparat. Ich bin Rabbi Joseph Hempel. Womit kann ich Ihnen dienen?«

Die Fahrt von der Stadtmitte nach Süden bis zur Synagoge in der Rathfarnham Road dauerte weniger als fünfzehn Minuten. Das Gebäude stand ein Stück von der Straße entfernt hinter einer hohen Mauer mit Hecke und gepflegten Gärten. Es war ein grauer Gebäudeblock mit Flachdach und fünf Fenstern in Form des Davidsterns über einer Front aus rechteckigen Glasscheiben. Der klotzige Bau und die Mauer, die ihn umgaben, ließen die Synagoge erscheinen wie einen belagerten Stützpunkt.

Ryan fuhr durch die offenen Tore und die Einfahrt hinauf. Rabbi Hempel wartete schon am Eingang. Er war ein Mann mittleren Alters mit einer viereckigen Brille. Seine Kleidung war leger, offenes Hemd, darüber eine Strickweste und eine Kippa aus Wildleder. Sein Bart reichte beinahe bis zum

V-Ausschnitt seines Hemdes. Als Ryan ausstieg und näher kam, streckte er ihm die Hand hin.

»Mr. Ryan?«, fragte er.

Ryan schüttelte die Hand des anderen. »Danke, dass Sie bereit sind, mit mir zu sprechen.«

»Aber gerne. Kommen Sie doch in mein Büro.«

Milchglasscheiben brachen das Morgenlicht und tauchten die Bankreihen der Synagoge in eine friedliche Wärme. Der Rabbi führte Ryan zu einem Raum im hinteren Teil des Gebäudes. Es war ein bescheiden eingerichtetes Büro mit von Büchern überquellenden Regalen und einem schlichten Schreibtisch.

»Setzen Sie sich doch«, sagte Rabbi Hempel. Nachdem sie Platz genommen und Ryan eine Erfrischung dankend abgelehnt hatte, fragte der Rabbi: »Sind Sie Polizist?«

»Nicht ganz«, antwortete Ryan. »Ich arbeite für den Geheimdienst.«

»Aber Sie möchten mit mir über ein Verbrechen reden?«

»Über drei Verbrechen. Drei Morde, um genau zu sein.«

Der Rabbi presste bestürzt die Lippen aufeinander. »Du liebe Güte! Ich versichere Ihnen, von solchen Verbrechen ist mir nichts bekannt!«

Ryan lächelte ihn beruhigend an. »Das weiß ich. Aber wenn ich Ihnen die näheren Umstände erläutere, werden Sie vielleicht verstehen, warum ich deswegen zu Ihnen gekommen bin.«

Rabbi Hempel lehnte sich auf seinem Stuhl zurück. »Ich höre.«

Ryan erzählte ihm von Renders und Hambro, von Helmut Krauss und dem Blut auf dem Boden der Pension in Salthill.

Und er erzählte dem Rabbi von der Nachricht, die an Skorzeny adressiert war.

Ein paar Augenblicke lang saß Rabbi Hempel schweigend da und starrte Ryan über den Schreibtisch hinweg an. Dann sagte er: »Ich weiß nicht, was mich mehr verwirrt. Dass man diesen Leuten erlaubt, nach Irland zu kommen und hier ungestört zu leben, oder dass Sie zuerst vermuten, nur ein Jude könnte so etwas tun.«

»Diese Vermutung stammt nicht von mir«, entgegnete Ryan.

Der Rabbi beugte sich vor. »Und trotzdem sind Sie hier.«

»Meine Vorgesetzten haben mich angewiesen, diese Spur in meinen Ermittlungen zu verfolgen.«

»Befehle.«

»Ja, Befehle.«

Rabbi Hempel lächelte. »Es haben so viele Männer einfach nur ihre Befehle befolgt. Die Männer, die meine Eltern und meine ältere Schwester am Rande eines Grabens erschossen, den sie vorher selbst ausheben mussten, haben auch nur ihre Befehle befolgt. Spricht sie das von ihrer Schuld frei?«

»Nein«, sagte Ryan. »Aber trotzdem müssen Sie verstehen, warum man mich gebeten hat, diese Spur zu verfolgen.«

»Ich verstehe den Grund sehr wohl. Es ist vermutlich ein anderer Grund, als Sie glauben, aber bitte, fahren Sie fort.«

»Danke. Wissen Sie von irgendeiner Gruppe innerhalb Ihrer Gemeinde, jüngere Männer vielleicht, die wegen des Krieges sehr aufgebracht sind?«

Ryan bemerkte zu spät, wie dumm diese Frage war. Er spürte, wie ihm die Hitze in den Kopf stieg.

»Ich kann Ihnen versichern, Mr. Ryan, alle in meiner Gemeinde sind wegen des Krieges sehr aufgebracht.«

»Natürlich«, sagte Ryan. »Verzeihen Sie.«

Der Rabbi nickte. »Davon einmal abgesehen gibt es keine organisierten Gruppen, von denen ich weiß. Auf der ganzen irischen Insel gibt es nur noch weniger als zweitausend jüdische Menschen, vielleicht auch nur noch anderthalbtausend. Ich bekomme kaum genügend für eine Gemeinde zusammen. Glauben Sie mir, es gibt keine Gruppen verbitterter, blutrünstiger junger Männer bei uns.«

»Ihrer Kenntnis nach«, ergänzte Ryan.

Rabbi Hempel zuckte die Achseln. »Wer sollte ein Motiv haben? Wir haben hier verhältnismäßig wenige Verfolgungen erdulden müssen. Den hässlichen Vorfall in Limerick Anfang des Jahrhunderts nennen manche zwar ein Pogrom. Aber die, die dort vertrieben wurden, hat man in Cork willkommen geheißen. Die Bürokraten im Justizministerium haben vor und nach dem Krieg alles versucht, um zu verhindern, dass jüdische Flüchtlinge nach Irland kamen, aber das Außenministerium hat de Valera unter Druck gesetzt, er solle intervenieren. Irland war zwar nicht immer gastfreundlich zu uns, aber es war auch nur selten besonders feindselig. Solche Verhältnisse pflanzen keinen Hass in die Herzen junger Männer.«

Ryan hätte beinahe aufgelacht, verkniff es sich aber. »An Hass gibt es in diesem Land keinen Mangel.«

»Die Iren haben ein langes Gedächtnis«, entgegnete Rabbi Hempel. »Ich lebe nun schon über zehn Jahre in Irland, und das war mein erster Eindruck von den Leuten. Wäre dem anders, hätte Großbritannien vielleicht einen weiteren Verbündeten gegen die Deutschen gehabt. Stattdessen hat Irland einfach nur tatenlos zugesehen, wie Europa brannte.«

Ryan wollte die Sache eigentlich auf sich beruhen lassen,

doch dann sagte er: »Irland stand als Staat doch kaum auf eigenen Beinen. Es hatte den Ersten Weltkrieg hinter sich, den Unabhängigkeitskrieg und den Bürgerkrieg, alles in weniger als einem Jahrzehnt. Es konnte sich nicht leisten, schon wieder in den Krieg zu ziehen. Es hatte gar nicht die Kraft dazu. Und trotzdem haben Hunderttausende von uns gekämpft.«

Der Rabbi hob seine dichten Augenbrauen. »Sie?«

»Ja.«

»Und wussten Ihre Nachbarn es zu schätzen, dass Sie für die Briten gekämpft haben?«

»Nein, nicht alle.«

Rabbi Hempel nickte. »Wie ich schon sagte. Ein langes Gedächtnis.«

Als Ryan aus der Einfahrt der Synagoge fuhr und sich wieder auf den Weg in die Stadt machte, sah er weiter unten auf der Straße den schwarzen Wagen stehen. Die beiden Insassen, beides Männer, schienen ihn nicht zu beachten.

Im Rückspiegel sah er, dass der Wagen sich ebenfalls in den Verkehr einfädelte. Er hielt etwa dreißig Meter Abstand. Während Ryan weiterfuhr, warf er immer wieder einen Blick nach hinten und versuchte die Gesichtszüge der Männer zu erkennen. Doch alles, was er sah, waren Umrisse, Schultern und Köpfe und die Andeutungen von Hemden und Krawatten. Einer der beiden rauchte eine Zigarette.

Als er die Terenure Road überquerte, setzte sich ein anderes Auto mit einer älteren Dame am Steuer zwischen sie und zwang den Fahrer des schwarzen Wagens zu bremsen. Er wich ein Stück zur Straßenmitte aus, so dass der Fahrer Ryan im Auge behalten konnte.

Dort blieb er und behielt den Abstand bei, bis Ryan Harold's Cross erreichte und rechts ranfuhr. Im Rückspiegel sah er, wie der schwarze Wagen langsamer wurde und dann in Richtung Friedhof abbog.

Normalerweise hätte Ryan sich vielleicht Gedanken gemacht, wer ihm da folgte, welcher Handlanger der Regierung ihm da nachspionierte. Aber als er weiterfuhr, hatte er anderes im Kopf. Er musste einen Anzug abholen.

8. KAPITEL

Célestin Lainé kippte einen weiteren Whiskey herunter und ließ ihn in der Kehle brennen. Nicht mal sieben Uhr, und Paddy Murtagh war schon betrunken. Nicht mehr lange, dann würde er anfangen zu singen. Rebellenlieder, wie er sie nannte. *The Bold Fenian Men, The Wearing of the Green, Johnson's Motor Car*. Heiser und völlig unmelodiös würde er grölen und erst aufhören, wenn er umkippte.

Aber wenigstens musste Lainé es heute Abend nicht allein ertragen. Elouan Groix, ein bretonischer Landsmann, saß in der kleinen Kate ebenfalls mit am Tisch. Murtaghs Vater hatte Lainé die Zwei-Zimmer-Behausung in einem entfernten Winkel seines Ackerlandes zur Nutzung überlassen, daher fühlte er sich verpflichtet, den jungen Murtagh stets willkommen zu heißen.

Lainé und andere Mitglieder von *Bezen Perrot*, der kleinen, aber entschlossenen Truppe, die er im Kampf gegen die Alliierten angeführt hatte, hatte es nach dem Krieg nach Irland verschlagen. Sie hatten länger ausgehalten als viele der Deutschen, an deren Seite sie gekämpft hatten, aber letzten Endes war ihnen keine andere Wahl mehr geblieben, als zu fliehen.

Als junger Mann hatte Lainé *La vie de Patrick Pearse* von Louis Le Roux gelesen. Es hatte ihm ein Gefühl der Ehrfurcht eingeflößt, und er hatte sich denen gegenüber verpflichtet gefühlt, die 1916 für Irland zu Märtyrern geworden waren. Wie viele Autonomisten hatte er in seinem Herzen empfunden, dass diese Iren ihr Leben nicht nur für Irland geopfert hatten, sondern auch für Männer wie ihn. Um das französische Joch von den Schultern der Bretonen abzuwerfen, brauchte man, wenn der Kampf gelingen sollte, dieselbe Tatkraft, wie die Iren sie gezeigt hatten, jenes Feuer, das in den Bäuchen aller keltischen Krieger brannte.

Die Geburt des Dritten Reiches war ihnen da wie ein Gottesgeschenk erschienen. Eine Gabe, ein Mittel, das zu erreichen, wozu den Bretonen selbst die Kraft fehlte. Während Frankreich fiel, organisierte und rekrutierte Lainé seine Leute, stattete sie mit Waffen aus, die die Deutschen lieferten, und kämpfte.

Bald entdeckte Lainé ein Talent, das er nie in sich vermutet hätte. Er war ausgebildeter Chemieingenieur, ein nützlicher Beruf, wenn man Explosivstoffe herstellen wollte. Doch jetzt trat eine neue Fähigkeit zum Vorschein, die alle schockierte, einschließlich seiner selbst. Er stellte fest, dass er das angeborene Talent besaß, aus Gefangenen Informationen herauszuholen.

An einem heißen Abend am Anfang der Okkupation nahmen Lainé und drei seiner Kameraden auf den Feldern nördlich von Nantes einen Kämpfer der Résistance gefangen. Zwei weitere hatten fliehen können. Lainé begann, indem er nach den Namen der Entflohenen fragte. Der Gefangene sperrte sich jedoch und nannte nur seinen Namen, Sylvain Depaul. Er stammte nicht aus der Gegend, sonst hätte Lainé ihn gekannt.

Sie verbanden Depaul die Augen und brachten ihn zu einer Scheune, die an einem Berghang lag. Überall lagen schlafende Rinder, die nicht auf die Männer achteten, die über ihre Weide liefen. Lainé fesselte den *Résistant* an einen Pfosten. Seine Handgelenke waren glitschig von Schweiß, als sie ihn fest an das Holz banden. Sie hatten ihm seinen eigenen Gürtel um den Hals geschlungen und ihn hinter dem Pfosten zugeschnallt. Er konnte sich nicht mehr rühren und rang keuchend nach Luft.

»Wer sind die anderen?«, fragte Lainé ihn erneut.

»Habe ich Ihnen schon gesagt«, röchelte Depaul erstickt. »Ich war allein. Ich bin nur spazieren gegangen.«

»Mit einer Browning?« Lainé strich Depaul mit der Mündung der Waffe über die Wange.

»Die ist für Kaninchen. Ich wollte ein Feuer machen und mir eins braten.«

Lainé stieß Depaul die Mündung fest gegen die Lippen, so dass sie gegen die Zähne gequetscht wurden. Depaul drehte den Kopf so weit weg, wie der Gürtel es zuließ. Blut quoll aus der aufgeplatzten Haut.

»Ich habe keine Geduld für so was«, sagte Lainé. »Das hier ist kein Spiel. Wenn du kooperierst, bleibst du vielleicht am

Leben. Ich kann es nicht garantieren, aber die Möglichkeit besteht. Andererseits, wenn du lügst, wenn du Informationen zurückhältst, wirst du ganz sicher leiden und sterben.«

Eigentlich waren das für Lainé nur leere Worte. Jahre zuvor war er einmal von Polizisten verhört worden, nachdem man das Monument der französisch-bretonischen Einheit in die Luft gesprengt hatte. Eine Frage nach der anderen hatten sie ihm entgegengeschrien, ihm ins Gesicht geschlagen, an seinen Haaren gezogen. Es war hart gewesen, aber keine wirkliche Folter. Deshalb war er genauso überrascht wie alle anderen, als er die Pistole beiseitelegte, ein Taschenmesser mit Elfenbeingriff aus der Tasche zog, die Klinge in der Flamme der Öllampe erhitzte, bis die Spitze glühte, und sie Depaul dann gegen die Wange drückte.

Als der *Résistant* aufheulte und die anderen angesichts des Gestanks von verbranntem Fleisch husteten, spürte Lainé, wie ein bislang unbekanntes Gefühl sein Inneres durchflutete. War es Macht? Stolz? Während Depaul schrie, lächelte Lainé.

»Ich frage dich noch einmal«, sagte er. »Wer sind die anderen, die geflohen sind, als wir dich erwischt haben?«

Depaul knurrte und spuckte Blut auf sein Hemd, doch seinen Schmerz schluckte er hinunter. »Ich war allein.«

Lainé hatte zwar nicht erwartet, dass Depauls Weigerung zu sprechen ihm gefallen würde. Doch da war es: das Vergnügen, sich den nächsten grausamen Akt vorzustellen. Er hielt die Klinge wieder über die Flamme der Öllampe und sah zu, wie die Reste von Depauls Blut und Haut Blasen warfen und verbrannten.

»Ich war allein«, wiederholte Depaul. Seine Stimme war jetzt weinerlich, nicht mehr fest und trotzig. »Bei Gott, ich würde es Ihnen sagen, wenn es sonst noch jemanden gegeben hätte, aber da war keiner, ich schwöre.«

Lainé griff hinter den Pfosten und packte den Daumen von Depauls rechter Hand.

»Noch einmal, wer sind deine Kameraden?«

»Bitte … ich war allein. Es gab keine …!«

Lainé schob die Messerspitze unter Depauls Daumennagel. Depaul schrie auf. Die drei Bretonen machten einen Schritt zurück. Einer von ihnen hielt sich den Mund zu und rannte hinaus, Erbrochenes spritzte zwischen den Fingern heraus. Ohne die Klinge zu bewegen, fragte Lainé: »Wer sind deine Kameraden?«

Depaul schüttelte den Kopf. Seine Stimme wurde dünn, weil ihm die Luft ausging.

Lainé suchte die weiche Stelle, das weiche Fleisch unter dem Nagel. Die Messerspitze drang ein und löste das Horn, bis der Nagel sich abschälte.

Depaul redete.

Er nannte ihnen die Namen seiner zwei Kameraden, beides Einheimische, und den Ort, in dem sie unterwegs gewesen waren. Kaum einen Kilometer entfernt wollten die Briten mit einem Fallschirm eine Kiste abwerfen. Als Lainé und seine Männer sie erreichten, fanden sie Gewehre, Munition und Funkgeräte. Innerhalb von vierundzwanzig Stunden hatte man Depauls Freunde gefasst und mit ihm gemeinsam erschossen.

Je mehr Lainé sein neu entdecktes Talent weiterentwickelte, desto mehr verbreitete sich sein Ruf. Bald brauchte man nur noch seinen Namen erwähnen, um einen *Résistant* zum Reden zu bringen. Es wäre eine Lüge gewesen, wenn er sein Vergnügen an dieser Art der Berühmtheit abgestritten hätte. Macht in ihrer reinsten Form. Die Macht der Angst. Lainé gewöhnte sich schnell daran und rechnete nie damit, sie einmal verlieren zu können.

Jetzt war er in Irland, Mitte fünfzig und hatte nichts. Als das Reich in sich zusammenfiel, hatte es ihm an der Weitsicht gefehlt, zu rauben und zu plündern, und nun stand er mit leeren Taschen da. Wären da nicht die Kontakte gewesen, die er zur IRA geknüpft hatte, in seinen Augen allesamt Helden, hätte er es womöglich nicht hierhergeschafft und wäre nicht dem Zorn der Alliierten entkommen.

Immer noch erinnerte Lainé sich an die niederschmetternde Enttäuschung, als er endlich den irischen Revolutionären begegnete, die er so vergöttert hatte. In seiner Vorstellung waren sie die edlen Verteidiger der arbeitenden keltischen Menschen. Sie waren für ihn wie Patrick Pearse, James Connolly oder Michael Collins.

In Wahrheit war es nur ein heillos zerstrittener Verbund von Bauern, Sozialisten, Fanatikern und Aufschneidern, eine Armee, deren Kampf schon seit Jahrzehnten vorbei war. Während des Krieges hatten sie auf der Seite der Nazis gestanden und sogar Pläne ausgearbeitet, eine Invasion der Deutschen in Nordirland zu unterstützen, um die britische Präsenz hier zu beenden. Aber dann erwiesen sie sich als unfähig, diese ehrgeizigen Pläne auch umzusetzen.

Als Besiegter fliehen zu müssen war für Célestin Lainé mehr als nur eine bittere Pille gewesen. Aber jetzt, nach all den Jahren, wusste er, dass es immer noch besser war als das Fegefeuer, in dem die Fanatiker der IRA schmorten. Eigentlich hatten sie den Kampf für ihre Unabhängigkeit nicht richtig gewonnen, der Nordteil ihrer Insel lag immer noch unter der Knute der

Briten und ihrer protestantischen Verwalter, während die übrige Nation von einer selbstsüchtigen Regierung geführt wurde, die sich gegen die tapferen Soldaten gewendet hatte, deren Opfer ihre Existenz überhaupt erst möglich gemacht hatte.

Und jetzt waren das Beste, was die IRA noch zu bieten hatte, irgendwelche ungebildeten Flegel wie Paddy Murtagh und sein streitsüchtiger Vater Caoimhín, die herzlich wenig zu bieten hatten außer einem Haufen Lieder über den gerechten Kampf der Revolution.

Wie Lainé befürchtet hatte, stellte der junge Murtagh nun sein Glas auf den Tisch, holte so tief Luft, dass es in seiner Kehle rasselte, und sang.

»*Come all you warriors and renowned nobles, who once commanded brave warelike bands*«, lallte er.

Elouan Groix warf Lainé einen müden Blick zu. Lainé zuckte die Achseln und hob eine Hand, wie um zu sagen: Was soll ich machen?

Murtagh holte Luft, und weiter ergoss sich die Klageweise aus seinem Mund. »*Throw down your plumes and your golden trophies, give up your arms with a trembling hand.*«

Als Murtagh am Ende der Strophe erneut Luft holte, hörte Lainé draußen im Hof den Hund. Er riss an seiner Kette und stieß ein wüstes Gebell und Gekläff aus.

Lainé hatte das Tier, damals noch ein Welpe, zwei Jahre zuvor am Straßenrand gefunden. Das Fell hatte ihm von den Rippen gehangen, und die Taille war so dünn gewesen, dass Lainé sie mit einer Hand hatte umfassen können. Nach einem Monat Pflege und Futter hatte er einen gesunden und ergebenen Gefährten aus ihm gemacht. Er nannte ihn Hervé, ein männlicher Name, obwohl es eigentlich eine Hündin war. Einen loyaleren und furchteinflößenderen Wächter hätte er sich nicht wünschen können.

Murtaghs Stimme erhob sich zur nächsten Strophe.

Lainé hob eine Hand. »Still!«

Murtaghs Stimme verebbte. Verwirrt und leicht gekränkt starrte er Lainé an.

»Hört doch«, sagte Lainé.

Hervés Gebell wurde immer wilder. Ihre Kette rasselte, als sie draußen in der Dunkelheit wütend daran zerrte und herumsprang.

»Was?«, fragte Murtagh.

Groix legte dem Iren eine Hand auf den Unterarm, drückte zu und brachte ihn so zum Schweigen.

Das Gebell schwoll zu einem ohrenbetäubenden Lärm an, die Kette rasselte und knallte, wenn der Hund sie straffte.

Lainé wandte den Kopf und schaute aus dem Fenster über dem Waschbecken. Er sah den Pfosten, an den Hervé angekettet war. Die Kette verlor sich außerhalb seines Blickfelds, reichte bis irgendwo zur Seite der Kate. Der Pfosten neigte sich unter dem Zug.

»Wir haben Besuch«, sagte Lainé.

Er sah, wie die Kette sich abwechselnd straffte und durchhing, sich straffte und wieder durchhing. Bald würde die Hündin den Pfosten umreißen. Aus Hervés Gebell war inzwischen ein panisches Winseln geworden, das immer schriller wurde, bis Lainé überzeugt war, dass es nicht noch höher werden konnte.

Dann verstummte der Hund, und die Kette fiel schlaff zu Boden.

9. KAPITEL

Die Vorderfront des Schranks in Ryans Hotelzimmer bestand aus einem mannshohen Spiegel. Er stand davor, drückte die Schultern durch, die Brust vor und zog den Bauch ein. Das graue Tuch des Anzugs saß wie angegossen, betonte seine Männlichkeit und schmeichelte seiner Statur. Er sah fast attraktiv darin aus, auch wenn Ryan zögerte, sich einen solchen Gedanken zu gestatten. Er strich über die Brust. Die Seide raschelte unter seinen Fingerspitzen. Die Manschetten an seinen Handgelenken blitzten wie Feuersteine.

Wie der Sohn eines Krämers sah er nicht aus.

»Siehst gut aus«, sagte er.

Das Grand Hotel bot einen Ausblick auf den Meeresarm von Malahide. Das breite, vierstöckige Gebäude sah aus wie eine Hochzeitstorte und stand schon seit über einem Jahrhundert hier. Die Empfangsdame erklärte Ryan den Weg zum Veranstaltungssaal. Als er vor den Türen stand, hörte er eine kleine Swing-Band »How High The Moon« spielen.

Kellner räumten die Reste einer Mahlzeit ab, die die Gäste gerade verspeist hatten. Wahrscheinlich ein Regierungsempfang, vermutete Ryan, Diplomaten, Richter, Politiker. Mächtige Männer, die ihre Privilegien genossen. Sie standen in Grüppchen zusammen, junge Mädchen und ihre Verehrer, ältere Herren und ihre schon grau werdenden Ehefrauen.

Einige Paare tanzten, die meisten stocksteif und ohne dass sich ihre Körper berührten. Andere zeigten weniger Zurückhaltung.

Im ersten Moment kam Ryan sich vor wie ein Hochstapler, ein Eindringling. Er gehörte hier nicht hin, unter diese Leute mit ihrem Geld und guten Geschmack. Er griff an seine Seidenkrawatte. Der Stoff unter seinen Fingerspitzen beruhigte ihn ein wenig.

»Haben Sie sich verlaufen?«, fragte eine samtene Stimme.

Ryan drehte sich um und sah sie. Er machte den Mund auf, brachte aber kein Wort heraus, seine Zunge war wie gelähmt. Sie stand neben einer jungen Frau, in der Ryan Haugheys Sekretärin erkannte.

»Keine Sorge«, sagte sie. »Wir alle hier sind Scharlatane. Kommen Sie! Sie dürfen mir einen Drink ausgeben.«

Sie hängte sich bei ihm ein, ihr nackter Unterarm war schlank, die Haut an ihrem Handgelenk blass und voller Sommersprossen. In ihren hochhackigen Schuhen war sie nur ein paar Zentimeter kleiner als er. Ihre Größe war erstaunlich, und er glitt mit seinem Blick unwillkürlich über ihre geschmeidige Figur. Sie hatte ihr tiefrotes Haar hochgesteckt, und ihre Augen waren von einem rauchigen Grün.

Sie zwinkerte ihrer Freundin zu und führte Ryan davon.

»Zu wem gehören Sie?«, fragte sie.

Ryan bekam seine Zunge wieder unter Kontrolle. »Ich muss jemanden treffen.«

»Wen?«

»Den Minister.«

Sie führte ihn weiter in weiter in das Getriebe hinein. »Welchen Minister? Wir haben hier mehrere.«

»Den Justizminister.«

Sie lächelte. »Charlie? Ich glaube, der hält gerade Hof an der Bar. Sehr praktisch, da Sie mir ja ohnehin etwas zu trinken holen wollten.«

Gemeinsam gingen sie aus dem Halbdunkel des einen Raums in das helle Licht des nächsten. Die Musik wurde leiser, dafür schwollen Gelächter und Geplapper an.

Da war Haughey. Umringt von jüngeren Männern, saß er auf einem Barhocker, das Gesicht vom Alkohol gerötet. Er fixierte Ryan mit einem scharfen Blick, zwinkerte und fuhr mit seiner Anekdote fort.

»Den kleinen Scheißer hätten Sie sehen sollen«, sagte er. »Ist losgaloppiert, als ob es um sein Leben ginge. Und genauso war es. Ich hätte diesen Klepper höchstpersönlich erschossen, wenn er verloren hätte. Jedenfalls, er prescht die Gerade herunter, und dieser Winzling Turley, der Jockey, kann sich kaum auf ihm halten. Er sieht aus, als würde er sich gleich in die Hosen scheißen. Und der andere Mistkerl, der Name ist mir gerade entfallen, wirft einen Blick über die Schulter und sieht, wie mein Junge hinter ihm her ist. Ich schwöre, der ist fast vom Pferd gefallen, als er ihn gesehen hat.«

Die jungen Männer lachten gekünstelt.

Ryan spürte, wie warme Luft an seinem Ohr vorbeistrich, roch Lippenstift. Ein Schauer durchfuhr ihn.

»Ich nehme einen Gin Tonic«, sagte sie. »Mit Limette. Auf keinen Fall mit Zitrone.«

Ryan griff nach seiner Brieftasche.

»Na na!«, rief Haughey. »Lassen Sie mal schön stecken, Kraftprotz. Das ist alles schon erledigt.«

Ryan nickte dankend und machte den Barmann auf sich aufmerksam. »Einen Gin Tonic mit Limette und ein Glas Guinness.«

Sie ließ ihre Finger von seiner Schulter sinken, nahm seine Hand und zog sie so dicht zu sich, dass seine Knöchel über ihre Hüfte streiften. »Nun kommen Sie, bestellen Sie was Richtiges.«

Ryan errötete und hustete. »Machen Sie einen Brandy Ginger draus.«

»Schon besser«, sagte sie. Ihre Hand drückte noch einmal zu, dann ließ sie los. Sie drehte sich um und lehnte sich mit Rücken und Ellbogen an die Bar. Der Seidenstoff ihres Kleides sprach Bände.

Die Hitze auf Ryans Wangen wanderte weiter bis zum Hals.

Sie legte den Kopf schief und präsentierte ihm die weiche Stelle hinter ihrem Ohr. »Sie haben mich noch gar nicht gefragt, wie ich heiße.«

Ryan überlegte einen Moment, ob er sich entschuldigen sollte. Stattdessen schob er die Hände in die Taschen und spielte den Selbstbewussten. »Na schön, wie heißen Sie?«

»Celia«, antwortete sie. Der Zischlaut tropfte wie Honig, die Vokale kamen vollmundig von ihren Lippen. »Und Sie?«

Er sagte es ihr. Sein Selbstbewusstsein blätterte von ihm ab wie ein alter Anstrich.

»Nun, Mr. Ryan, was haben Sie denn mit Charles J. Haughey zu schaffen?«

»Das ist persönlich« antwortete er harscher, als er es beabsichtigt hatte.

Sie hob eine gezupfte Augenbraue. »Verstehe.«

Dann das harte Klacken von Glas auf Marmor und schimmerndes Eis.

Ryan reichte Celia ihren Gin Tonic. Sie trank, starrte ihn dabei aber weiter an.

Ryan nahm einen Schluck von dem scharfen Brandy, konnte ihrem Blick jedoch nicht standhalten. Noch während er den Kopf abwandte, kam es ihm vor, als habe sie spöttisch den Mund verzogen.

Haughey löste sich von seiner Meute, die jungen Männer glotzten ihm nach. Er inspizierte Ryan von Kopf bis Fuß, vom Kragen bis zu den Schuhen. »Hat McClelland sich gut um Sie gekümmert?«

»Ja, Herr Minister.« Sorgsam bemaß Ryan die Neigung seines Kopfes, wog Ehrerbietung und Stolz, den Politiker und die Frau gegeneinander ab.

»Gut.« Haughey nickte. »So können Sie sich blicken lassen. Kann er doch, nicht wahr, Miss Hume?«

Celia verzog die Lippen zu einem verschwörerischen Lächeln. »In der Tat«, sagte sie.

Ryan konnte nicht sagen, mit welcher Seite sie konspirierte, hoffte aber, dass es seine war.

»Kommen Sie«, sagte Haughey. »Der Oberst wartet schon.«

Während der Minister sich schon abwandte, verhakte Celia einen Finger in Ryans Hand.

»Seien Sie vorsichtig«, sagte sie. Ihr Lächeln war verschwunden.

Ryan folgte Haughey zu einer abgedunkelten Treppe. Unterwegs zündete der Minister sich eine Zigarette an, ohne Ryan ebenfalls eine anzubieten.

Während sie die Treppe erklommen, sagte Haughey: »Nehmen Sie sich bei Skorzeny in Acht. Der ist schlau wie ein Fuchs.

Versuchen Sie nicht, ihn auszutricksen. Sonst zerreißt er Sie in der Luft.«

»Ja, Herr Minister.«

Sie traten von der Treppe in einen mit Teppichboden belegten Flur, in dem sich eine Reihe nummerierter Türen befanden. Haughey näherte sich einer, die ein Stück abseits von den anderen lag. Er klopfte.

Die Tür ging auf und verschluckte Haughey, Ryan blieb allein im Flur zurück.

Ohne daran zu denken, was in dem Raum auf ihn warten mochte, lehnte Ryan sich an die Wand. Er sah wieder die Frau vor sich, erinnerte sich an ihren warmen, süßen Duft und vergaß die Zeit.

Haughey öffnete die Tür und trat beiseite, um zwei Männer in Anzügen durchzulassen. Im Vorbeigehen beäugten sie Ryan. Als sie weg waren, sagte der Minister: »Kommen Sie!«

10. KAPITEL

Als Ryan die Suite betrat, stand Skorzeny aus einem Ledersessel auf. Mit seinem großen, wuchtigen Körper schien er den ganzen Raum auszufüllen. Seine geraden Schultern spannten seinen hellen Anzug wie ein Eichenbalken. Die Narbe verlief von seiner Augenbraue bis hinunter zum Mundwinkel und von dort weiter bis zum Kinn. Sein Oberlippenbart war gepflegt, sein Blick klar. Das dichte graue Haar hatte er aus der Stirn gekämmt.

Haughey stand zwischen ihnen und erschien jetzt kleiner als noch vor ein paar Minuten. Der Falkenblick war verschwunden.

»Herr Oberst, das ist Lieutenant Albert Ryan vom G2, unserem Geheimdienst.«

Skorzeny trat vor und reichte Ryan eine so große Hand, dass seine eigene fast in ihr verschwand. Ryan nahm an, dass der Österreicher sie mit seinen kräftigen Fingern einfach hätte zerquetschen können, falls er Lust darauf verspürt hätte.

»Lieutenant«, Skorzeny hatte einen harten, kantigen Akzent, und ließ Ryans Hand los, »der Minister hat mir versichert, dass Sie der Beste sind, den er hat. Ist das so?«

Ryans Hand prickelte. »Ich glaube, so eine Frage kann ich nicht beantworten, Sir.«

»Nicht? Wer sollte Sie denn besser kennen als Sie selbst?«

Während Ryan nach einer Antwort suchte, goss Skorzeny aus einer Karaffe eine dunkelbraune Flüssigkeit in zwei Gläser. Eines reichte er Haughey, an dem anderen nippte er, Ryan bot er nichts an.

»Bitte setzen Sie sich«, sagte er.

Haughey nahm den zweiten Sessel, so dass Ryan nur die Couch blieb.

»Der Minister hat mir erzählt, Sie haben im Krieg für die Briten gekämpft.«

Ryan räusperte sich. »Ja, Sir.«

»Warum?«

»Ich wollte aus meiner Heimatstadt heraus.« Ryan entschied sich für eine ehrliche Antwort. Er spürte, dass eine Lüge nicht gut ankommen würde. »Ich wusste, dass es die einzige

Möglichkeit war, je aus Irland fortzukommen. Ich wollte nicht so ein Leben führen wie mein Vater. Deshalb bin ich über die Grenze in den Norden gefahren und habe mich freiwillig gemeldet.«

»Welches Regiment?«

»Die Royal Ulster Rifles.«

»Dann waren Sie also bei der Operation Mallard dabei?«

»Ja, Sir.«

Skorzeny zog ein Zigarettenetui aus weißer Emaille hervor, auf das golden der auf einem mit Eichenblättern umrankten Hakenkreuz thronende Reichsadler eingeprägt war. Er klappte das Etui auf und reichte es Haughey. Der Minister lehnte ab. Skorzeny steckte sich selbst eine Zigarette an. Als er sich setzte, quoll Rauch zwischen seinen Lippen und aus seinen Nasenlöchern hervor.

»Und beim Unternehmen *Wacht am Rhein?«*, fragte er.

Haughey sah von einem Mann zum anderen. »Beim was?«

»Die Alliierten nannten es *The Battle of the Bulge*. Daran war ich nur unwesentlich beteiligt.«

»Und nach dem Krieg?«

»Als ich wieder zu Hause war, bin ich aufs Trinity College gegangen und habe Englisch studiert.«

Skorzeny lächelte. »Ah, aufs Trinity. Dann haben Sie also gefochten?«

»Ja, Sir.«

»Sie werden zu mir nach Hause kommen, damit wir uns duellieren.«

»Sir?«

»Zu mir nach Martinstown House. Ich fechte schon seit meiner Jugend. Meinen Schmiss habe ich mir bei einem Duell auf der Universität eingehandelt.« Er zeigte auf seine Narbe. Seine kalten Augen glänzten wie Murmeln. »Aber in diesem Land habe ich noch keinen akzeptablen Gegner gefunden. Vielleicht sind Sie ja einer. Also, nun erzählen Sie mal, wie haben Sie die Ausbildung angewendet, die Sie erhalten haben?«

»Gar nicht. Ich habe mich bei den Ulster Rifles gemeldet und im 29. Unabhängigen Infanterieregiment in Korea gekämpft. Dort wurde ich für eine Spezialausbildung ausgewählt.«

»Was für eine?«

»Taktik für Kommandooperationen«, erwiderte Ryan. »Ihre Taktik.«

Skorzeny quittierte die Anerkennung mit einem leichten Nicken.

»Unter der Kontrolle der 3. Kommandobrigade habe ich kleine Einheiten bei Angriffen auf gegnerische Stellungen geführt. Tagsüber schliefen wir in den Gräben, nachts haben wir operiert.«

Skorzeny nahm einen langen Zug aus seiner Zigarette. »Wie viele Männer haben Sie getötet?«

Ryan hielt dem starren Blick des Österreichers stand. »Ich weiß es nicht«, sagte er. »Wie viele haben Sie denn getötet?«

Lächelnd stand Skorzeny auf. »Wir sind Soldaten. Nur Mörder zählen ihre Opfer.«

Er nahm die Karaffe und goss ein drittes Glas voll, durchquerte das Zimmer und drückte es Ryan in die Hand.

»Was wissen Sie nun also über diese Lumpen, die Tote als Boten missbrauchen?«

Ryan nahm einen kleinen Schluck Brandy, der weicher über

seine Zunge und durch seine Kehle glitt als der Drink, den er an der Bar bestellt hatte. »Sehr wenig, Sir.«

Skorzeny setzte sich wieder hin und schlug seine langen Beine übereinander. »Nun, ein bisschen ist immerhin mehr als nichts. Reden Sie weiter.«

»Sie sind effizient, vorsichtig und sehr geschickt. In der Pension in Salthill haben sie keine Spuren hinterlassen. Die Tatorte der vorausgegangenen Morde konnte ich mir nicht anschauen, aber ich vermute, die waren ebenso sauber.«

Haughey meldete sich zu Wort. »Ich habe die Berichte der Garda gesehen. Sie haben nichts Brauchbares gefunden.« Er wandte sich an Ryan. »Was ist mit dem jüdischen Ermittlungsansatz?«

»Es gibt nichts, was auf eine Beteiligung irgendeiner Gruppe aus der jüdischen Einwohnerschaft hindeuten würde.«

Haughey setzte sich auf. »Nichts, was darauf hinweisen würde? Herrgott noch mal, alles deutet darauf hin.«

»In Irland sind keine organisierten jüdischen Gruppen bekannt«, fuhr Ryan fort. »Wir haben hier nur einen sehr kleinen jüdischen Bevölkerungsanteil. Es ist extrem unwahrscheinlich, dass eine solche Gruppe existiert. Und selbst wenn sie es täte, ist es sogar noch unwahrscheinlicher, dass sie die Fähigkeit hätte, solche Aktionen durchzuführen.«

»Lieutenant Ryan hat recht«, sagte Skorzeny. »Diese Morde wurden von Profis verübt. Von ausgebildeten Killern.«

»Dann eben Israelis«, sagte Haughey. »Der Mossad. Oder dieser Wiesenthal, wegen dem letztes Jahr unser Freund Eichmann exekutiert wurde.«

Skorzeny starrte Haughey einen Moment lang an, dann richtete er seinen Blick wieder auf Ryan. »Sehen wir einmal von Spekulationen ab, sind Sie in den letzten vierundzwanzig Stunden nicht weitergekommen, was das Aufspüren dieser Männer angeht.«

»Nein, Sir«, gab Ryan zu.

»Was schlagen Sie vor? Was sollen wir Ihrer Meinung nach als Nächstes tun? Abwarten, bis sie wieder jemanden töten? Oder mich aufs Korn nehmen?«

»Ich schlage vor, dass wir jeden befragen, der bei der Beerdigung in Galway war. Im Bericht steht, dass nur der Priester, der die Messe gelesen hat, von der Polizei verhört wurde. Er sagte, er hätte keinen der Trauergäste gekannt und auch mit keinem von ihnen gesprochen, abgesehen von einem Einheimischen, der alles arrangiert hatte. Dieser Mann wurde noch nicht gefunden.«

»Sie haben vor, den Priester zu verhören?«

»Nein. Ich vermute, dass Sie zumindest einige der Leute kennen, die an der Beerdigung teilgenommen haben. Sie und Johan Hambro müssen gemeinsame Bekannte gehabt haben. Sagen Sie mir, wo ich sie finden kann, und ich werde sie verhören.«

Skorzeny schüttelte den Kopf. »Auf keinen Fall. Meinen Freunden liegt sehr viel an ihrer Privatsphäre. Selbst wenn ich Ihnen sagen könnte, wo Sie diese Leute finden, kann ich sie nicht zwingen, mit Ihnen zu reden. Sie würden sich einfach weigern.«

»Sie haben möglicherweise etwas gesehen, das uns helfen könnte«, sagte Ryan. »Es ist der einzige Weg, der mir einfällt.«

»Dann werden Sie sich einen anderen überlegen.«

Ryan stand auf und stellte das Glas auf den Couchtisch.

»Es gibt keinen anderen«, sagte er. »Ich werde die Notizen über den Fall durcharbeiten, meine Erkenntnisse zusammenfassen und einen Bericht schreiben. Mehr kann ich ohne Ihre Kooperation nicht tun. Guten Abend.«

Ryan verließ die Suite, schloss die Tür hinter sich und ging zur Treppe. Er hatte schon die Hälfte der Stufen genommen, als Haughey von oben nach ihm rief.

»Bleiben Sie gefälligst stehen, Sie Großkotz.«

Ryan gehorchte und drehte sich um.

Haughey kam die Stufen herunter. Sein Gesicht glühte vor Wut.

»Für wen zum Teufel halten Sie sich eigentlich? So redet man nicht mit einem Mann wie Otto Skorzeny. Wollen Sie mich zum Affen machen oder was?«

»Nein, Herr Minister.«

Obwohl er eine Stufe über ihm stand, beugte sich Haughey so dicht zu Ryan, dass sich ihre Nasen fast berührten. »Sondern?«

»Ich erledige den Auftrag, den Sie mir erteilt haben, Herr Minister. Dafür brauche ich Kooperation. Ohne diese Kooperation bekommen Sie meinen Bericht, und damit hat sich die Sache erledigt.«

»Ich habe Sie in diesen schicken Anzug gesteckt, Großkotz. Und zum Dank dafür kommen Sie mir mit Widerreden. Was für eine Dreistigkeit!«

Ryan kehrte dem Minister den Rücken zu und ließ ihn wutschnaubend auf der Treppe stehen.

11.
KAPITEL

Otto Skorzeny sah auf seine Armbanduhr. Es war schon ziemlich spät. Er goss sich noch einen Drink ein.

Diesen irischen Burschen, diesen Ryan, fand er interessant. Ein Soldat, der die meiste Zeit seiner Karriere für ein anderes Land gekämpft hatte, noch dazu ein Land, das die meisten seiner Landsleute als Feind betrachteten.

Skorzeny konnte die Situation des G2-Beamten gut nachvollziehen. Er selbst hatte sein ganzes Leben lang eine nationale Identität vermisst. Als junger Mann und Österreicher hatte er sich auf die Seite der Deutschen geschlagen und den Anschluss seines eigenen Landes an Nazideutschland unterstützt. Nach dem Krieg war er von Land zu Land gespült worden, von Spanien nach Argentinien und wieder zurück, und jetzt war er hier, auf dieser verregneten Insel.

Ein Nationalist ohne Nation.

Er staunte selbst, was für eine seltsam romantische Vorstellung das war. Tatsächlich stammten viele nationalistische Revolutionäre nicht aus den Ländern, für die sie kämpften. Der militante Ägypter Jassir Arafat zum Beispiel, der das Feuer der Palästinenser schürte und den Krieg gegen die Zionisten vorantrieb. Oder der Argentinier Ernesto Guevara, der mithalf, die kubanische Revolution zu lenken. Und natürlich auch Éamon de Valera, jener glühende irische Nationalist und Republikaner, der von seiner Abstammung her eigentlich nur ein halber Ire war. Während des Aufstands von 1916 war er – anders als seine Kameraden – einer Exekution nur deshalb knapp entgangen, weil er in den Vereinigten Staaten geboren und damit ein US-Bürger war.

Wenn er ehrlich war, hätte Skorzeny lieber in Madrid die Gastfreundschaft seines Freundes Franco genossen. Diese Morde wären nicht so beunruhigend gewesen, wenn er sich einfach in eine Maschine nach Spanien hätte setzen können. Aber dem hatte ein Italiener einen Riegel vorgeschoben. Jedenfalls vorerst.

Es war vor drei Monaten geschehen, an einem warmen Abend in Tarragona, auf einem Balkon mit Blick auf das Mittelmeer. Franco hatte einige seiner engsten Freunde eingeladen, mit ihm das Wochenende zu verbringen, die Seeluft an der katalanischen Küste zu genießen und vielleicht einen Spaziergang zu den römischen Ruinen der Stadt zu machen. Skorzeny war von Dublin nach Paris und von dort weiter nach Barcelona geflogen. Anschließend war er mit dem Zug Richtung Süden weitergefahren, um Franco in seinem Hotel hoch oben am Ende der Rambla Nova zu treffen.

In der belebten Hotelhalle spielte ein Pianist, sein Spiel mischte sich mit dem Rauschen der Brandung, die unten gegen die Felsen schlug. Skorzeny ließ sich auf dem Balkon eine Weißweinschorle und eine Zigarette schmecken.

»Oberst Skorzeny«, sagte eine Stimme.

Skorzeny riss sich von dem Ausblick los, der in der untergehenden Sonne verblasste, und erblickte einen gutgekleideten blonden Mann. Wegen seines arischen Aussehens glaubte er im ersten Moment, einen Kameraden vor sich zu haben, aber irgendwie stimmte der Akzent nicht.

»Guten Abend«, sagte Skorzeny. »Ich glaube, wir kennen uns noch nicht.«

Der Mann lächelte und räumte in stark akzentuiertem Spanisch ein, dass sein Deutsch sehr schlecht sei. Skorzeny wechselte die Sprache, in dieser Hinsicht war er immer schon talentiert gewesen, und wiederholte seine Begrüßung auf Spanisch.

»Wir sind uns einmal begegnet, nur kurz, vor fast zwanzig Jahren.« Der Mann streckte die Hand aus. Seine schlanken Finger fühlten sich kalt in Skorzenys Griff an. »Mein Name ist Luca Impelliteri. Als wir uns begegneten, war ich Sergeant bei den Carabinieri.«

Skorzeny ließ die Hand des anderen los. »Sie sind Italiener? Ich hätte Sie für einen Deutschen gehalten.

»Meine Eltern stammen aus Genua.«

»Aha. In Norditalienern fließt besseres Blut als in vielen anderen aus diesem Land. Ich glaube, die Sizilianer sind die Wertlosesten. Habe ich recht?«

Impelliteri lächelte ihn kalt an. »Ich beurteile einen Menschen nach seinen Taten, nicht nach seiner Geburt.«

»Wie nobel«, sagte Skorzeny. »Und was hat Sie nach Spanien verschlagen?«

»Ich bin Berater des Leiters des persönlichen Sicherheitsdienstes des Generalissimo. Der Generalissimo hat mir heute liebenswürdigerweise gestattet, mit seinen Gästen ein Glas zu trinken.«

»Dann muss er ja etwas von Ihnen halten«, sagte Skorzeny und legte dabei einen Hauch von Herablassung in seine Stimme.

Der Italiener nickte in einer Geste der Ergebenheit, von der Skorzeny wusste, dass sie ebenso unaufrichtig war wie sein

Kompliment. Er musterte die Fältchen um Impelliteris Augen und Mundwinkel.

»Als wir uns begegnet sind, müssen Sie noch ein recht junger Beamter gewesen sein.

»Einundzwanzig«, sagte Impelliteri. »Es war im September 1943.«

Skorzeny sah sich das Gesicht noch einmal an und kramte in seinen Erinnerungen. »Ach?«

»Der 12. September, um genau zu sein.«

Skorzeny nahm sein Glas vom Sims, nahm einen Schluck von der Weißweinschorle, wartete ab.

»Auf dem Gran Sasso«, fuhr der Italiener fort. »Im Hotel Campo Imperatore.«

»Sie waren einer von Mussolinis Bewachern?«

»In Wahrheit hatte ich den Duce noch nie zu Gesicht bekommen, bis Sie ihn aus dem Hotel geführt haben, in diesem lächerlichen Mantel, den er trug.«

»Haben Sie sich zusammen mit den anderen Carabinieri ergeben?«

»Natürlich.« Impelliteri lächelte. »Warum sollte ich mein Leben opfern, um einen Mann wie Mussolini vor den Deutschen zu bewahren? Sie waren ihm doch willkommen.«

Skorzeny erwiderte das Lächeln und hob sein Glas. »Eine weise Entscheidung für einen jungen Mann. Ich hätte jeden Widerstand gebrochen.«

Impelliteris Grinsen wurde breiter. »Tatsächlich? Von meiner Position aus betrachtet war das Einzige, bei dem die Gefahr bestand, dass es gebrochen wurde, der Rücken dieses armen Offiziers, auf dem Sie standen, um auf die Mauer zu klettern.«

Skorzeny spürte, wie ihm das Lächeln auf den Lippen gefror.

»Aber Sie sind bei der ganzen Sache ja richtig gut weggekommen«, fuhr Impelliteri fort. »Die Burschen von der Propaganda haben einen Helden aus Ihnen gemacht. Wie hat man Sie noch gleich genannt? Ach ja, einen Ausnahmesoldaten. Den wagemutigen SS-Offizier, der fast im Alleingang Ihren Verbündeten Mussolini vor seinem eigenen verräterischen Volk gerettet hat, bevor das ihn an die Amerikaner ausliefern konnte. Eine ganz schön große Geschichte haben Sie aus der Rettungsaktion gemacht. Ich habe den Film gesehen, den Sie darüber fabriziert haben. Da musste ich wirklich lachen.«

Skorzeny stellte das Glas zurück auf den Sims. »Es gab keine Geschichte. Nur eine historische Dokumentation. Wollen Sie etwa behaupten, ich wäre ein Lügner?«

»Ein Lügner?« Impelliteri schüttelte den Kopf. »Nein. Selbstherrlich? Ja. Ein Hochstapler?«

Er ließ die Frage einen Moment lang in der warmen spanischen Luft hängen.

»Wissen Sie, der Generalissimo schätzt Sie über alle Maßen. Er hat jedes Wort von Ihrem Märchen geschluckt. Deshalb heißt er Sie ja auch in seinem Königreich willkommen. Es wäre zu schade, wenn er die Wahrheit erfahren würde.«

Ohnmächtige Wut brannte in Skorzenys Bauch. Hätten sich nicht wenige Meter entfernt Francos Gäste in der Suite gedrängt, hätte er den Italiener an der Kehle gepackt und über den Balkonsims auf die Felsen darunter geworfen. Stattdessen schwieg er, als Impelliteri ihm gute Nacht wünschte und sich wieder der Party anschloss.

Nur wenige Tage später wünschte er sich schon, er hätte weniger Skrupel gehabt und den Italiener auf der Stelle getötet.

Denn jetzt hing er hier in Irland fest und wartete in einer Hotelsuite darauf, dass dieser verdammte Politiker zurückkehrte.

Endlich klopfte es an der Tür, und Haughey kam herein, außer Atem und mit rotem Kopf.

»Herr Oberst«, begann er, »ich muss mich für Lieutenant Ryans Verhalten entschuldigen.«

Skorzeny schenkte Haughey nach. »Durchaus nicht, Herr Minister.«

»Wenn Sie wollen, dass ich ihn rausschmeiße und jemand anderen besorge, verstehe ich das natürlich.«

Skorzeny reichte dem Politiker das Glas. »Nein, Herr Minister. Ich mag diesen Lieutenant Ryan. Er hat Schneid. Warten wir ab, was er erreicht.«

12.

KAPITEL

Mit langen Schritten durchquerte Ryan das Foyer dem Ausgang zu. Aus dem Veranstaltungssaal drang laut melancholische Musik. Er blieb stehen und lauschte. *Autumn Leaves,* dachte er und stellte sich die Frau vor, ihr dunkelrotes Haar, ihr schlankes, sommersprossiges Handgelenk, ihre blasse Haut.

Celia hieß sie, hatte sie gesagt.

Gehen oder bleiben?

Unschlüssig stand er da, bis ihm wieder das kalte leere Zimmer im Buswells Hotel einfiel und ihr warmer Atem an seinem Ohr. Ryan ließ sich von der Musik in den Veranstaltungssaal locken. In der Tür blieb er stehen und suchte im wogenden Tanz und Gelächter nach ihr.

Da war sie, größer als fast alle anderen, neben dem Durchgang zur Bar. Mit höflicher Miene hörte sie einem pummeligen Mann zu, der versuchte, die Musik zu übertönen. Während Ryan den Saal durchquerte, behielt er sie im Auge. Sie sah ihn kommen und blickte ihn unverwandt an, während er sich näherte. Den Mann, der sie fast anschrie, ignorierte sie.

»Ich habe den Drink für Sie gehütet«, sagte sie und nahm das Glas vom Tisch neben sich.

Der Mann hörte auf zu schreien und schien sich wegen der Unterbrechung bei Ryan beschweren zu wollen, überlegte es sich aber anders. Mit gesenktem Kopf machte er sich davon. Die Musik verschluckte seine Flüche.

»Danke«, sagte Ryan und nahm ihr das Glas ab. Als ihre Finger seine berührten, prickelte seine Haut. Er zog einen Stuhl unter dem Tisch hervor, und sie nahm Platz. Er setzte sich neben sie.

»Wie war der Justizminister?«, fragte sie.

»Laut«, antwortete Ryan. »Grob. Wütend.«

Sie lächelte. »Klingt ganz nach Charlie. Sie werden sehen, eines Tages wird er Taoiseach. Charles J. Haughey wird dieses Land führen. Wohin, weiß ich nicht, aber führen wird er es. Manche halten ihn für einen großen Mann.«

»Und wofür halten Sie ihn?«

Gerade als Ryan diese Frage stelle, betrat Haughey neben Otto Skorzeny den Saal. Alle Köpfe drehten sich in ihre Richtung. Haughey sonnte sich in den Blicken, während Skorzeny teilnahmslos schien. Junge Männer hasteten zur Bar, um ihnen Getränke zu besorgen.

Celia starrte den Politiker an. »Ich halte ihn für ein Monstrum. Er wäre nicht das erste Monstrum, das Führer eines Landes ist. Warum hat er Sie so schnell abgefertigt? Was wollten Sie und er denn mit diesem schändlichen Otto Skorzeny aushecken?«

»Wir wollten nichts aushecken«, antwortete Ryan. »Und außerdem kann ich nicht darüber reden.«

»Verstehe«, erwiderte sie. »Faszinierend.«

Haughey und Skorzeny wanden sich durch den Saal, schüttelten Hände, klopften Schultern. Der Minister bemerkte Ryan, und das kumpelhafte Lächeln gefror ihm auf den Lippen.

Ryan starrte ihn an, bis Celia ihn am Arm zupfte.

»Tanzen Sie mit mir«, bat sie.

Ihm wich vor Schreck alle Farbe aus dem Gesicht. »Nein, das geht nicht, ich kann nicht, ich meine, ich bin kein sehr guter ...«

Sie streichelte sacht seine Wange. »So ein sanftes Gesicht«, meinte sie und grinste anzüglich. »Nun kommen Sie. Ich zerre Sie hoch, wenn es sein muss.«

»Ehrlich, ich würde uns beide blamieren.«

»Unsinn. Und zwingen Sie mich nicht zu betteln.«

Celia packte Ryans Hand und zog. Er stand auf und ließ sich von ihr zur Tanzfläche führen. Die Band spielte gerade eine mittelschnelle Melodie, die er nicht kannte. Sie nahm seine Linke in ihre Rechte, hob sie und trat ganz dicht an ihn heran. Mit der linken Hand strich sie zu seiner Schulter, seine Rechte glitt auf ihr Kreuz. Er drückte die Handfläche in die Kuhle, spürte ihre Figur, fest und doch weich.

Sie tanzten.

Celia verlieh ihm Anmut und Balance. Sie sorgte dafür, dass seine unbeholfenen Füße ihr über die Tanzfläche folgen konnten. Die Luft zwischen ihnen war aufgeladen wie vor einem Gewitter. Er spürte den Druck ihrer Brüste an seinem Oberkörper und wich nicht zurück. Sie drehte sich in seinen Armen. Dort, wo ihre Hüfte ihn streifte, pulsierte sein Blut, und ihm wurde warm. Er fühlte sich schwer, heiß. Sie spürte es auch, das wusste er. Sie merkten es beide. Sie hatte ihre rosaroten Lippen leicht geöffnet.

Ryan wollte etwas sagen, aber gerade, als er den Mund aufmachte, veränderte sich ihr Gesichtsausdruck, weil sie über seine Schulter hinweg etwas beobachtete. Er wandte den Kopf, um zu sehen, was sie von ihm abgelenkt hatte.

Ein Mann mittleren Alters flüsterte Haughey etwas ins Ohr. Das Gesicht des Ministers wurde blass, und er furchte tief die Stirn. Dann drehte sich Haughey zu Skorzeny herum und wiederholte, was auch immer er soeben erfahren hatte. Skorzenys Gesicht blieb eine unbewegte Maske. Nur seine Augen suchten nach Ryan. Die Musik drang wie durch Watte in Ryans Ohren, und er hörte auf, unbeholfen umherzutapsen.

»Was ist da los, was glauben Sie?«, erkundigte sich Celia.

Haughey marschierte auf die Tanzfläche.

»Ich weiß es nicht«, antwortete Ryan.

Der Minister packte Ryans Ellbogen und führte ihn kurzerhand von Celia weg. »Sieht aus, als hätten Sie bekommen, was Sie wollten«, erklärte Haughey.

Es dauerte einen Moment, bis Ryan begriff, dass der Politiker damit nicht seine Tanzpartnerin meinte. »Was?«, fragte er.

»Einen Zeugen.«

13.
KAPITEL

Ryan hatte Mühe, mit Skorzenys Mercedes Benz 300SL mitzuhalten, als sie durch die Landschaft rasten. Mal verschwand die weiße Karosserie hinter irgendwelchen Hecken, dann kam sie auf einer Anhöhe wieder zum Vorschein und leuchtete in den Scheinwerfern des Vauxhall auf. Ryan merkte, wie die Räder seines Wagens auf der Straße schlitterten und in den Kurven fast wegrutschten, während der Mercedes einfach davon zu schweben schien.

Auch als sie durch Kildare kamen, ging Skorzeny kaum vom Gas. Als der Mercedes abbog und die Steigung in Richtung Dunmurry nahm, übertönte dessen röhrender Motor seinen eigenen. Und nachdem die Häuser der Stadt Ackerland gewichen waren, verlor Ryan den anderen Wagen gänzlich aus den Augen. Er beschleunigte, beugte sich suchend vor und hielt angestrengt nach einem Zeichen von dem Österreicher Ausschau.

Haughey war auf der Party geblieben, weil er es für besser gehalten hatte, nicht zu sehr in die Sache hineingezogen zu werden. Ja, hatte Ryan beigepflichtet, machen Sie sich lieber nicht die Hände blutig.

Die Straße stieg einen knappen Kilometer weit an. Bäume und Scheunentore huschten vorbei. Weit ausladende Äste klatschten gegen die Türen und Seitenspiegel des Vauxhall. Die Bergkuppe schoss auf ihn zu, und Ryan hing in der Luft, als der Wagen vom Asphalt abhob.

Krachend setzte der Vauxhall wieder auf, und plötzlich sah Ryan nur noch glutrote Lichter. Er trat auf die Bremse, sein Oberkörper wurde nach vorn geschleudert, während er das Pedal pumpte. Ächzend und vibrierend verlangsamte der Wagen seine Fahrt. Der Mercedes war nur noch wenige Meter entfernt.

Skorzeny fuhr mit röhrendem Auspuff wieder an. Aus dem Seitenfenster tauchte seine Hand auf und winkte, na los, weiter. Fluchend brachte Ryan den Vauxhall unter Kontrolle.

Er behielt den Mercedes im Blick, bis er in einen schmalen Weg einbog. Ryan hatte die Einmündung in der Hecke gar nicht gesehen. Die einspurige Piste führte etwa zwei Kilometer durch Felder und war so holprig, dass sie Ryan förmlich durchrüttelte. Der Weg endete an einem Tor, das gerade so breit war, dass Skorzenys Wagen hindurchpasste. Ryan fuhr ihm nach und parkte neben dem Mercedes. Skorzeny stieg bereits aus.

»Wer hat Ihnen denn das Fahren beigebracht?«, fragte der Österreicher, als Ryan um den Vauxhall herumkam. »Ihre Großmutter? Wenn ich nicht gewartet hätte, hätten Sie mich verloren.«

Bevor Ryan ihm zustimmen oder widersprechen konnte, trat ein hagerer Mann um die Seite des Cottage. Er hatte eine Gaslaterne in der Hand.

»Hier entlang«, sagte er mit starkem Akzent.

Das muss Lainé sein, dachte Ryan, der Franzose. Skorzeny ging voraus und schüttelte dem anderen die Hand. Offenbar waren sie alte Freunde.

»Wer ist das?«, fragte Lainé.

»Lieutenant Ryan vom Geheimdienst«, antwortete Skorzeny. »Er hilft uns dabei, dieser Sache auf den Grund zu gehen. Er will sich mit Ihnen unterhalten.«

Ryan trat vor und streckte die Hand aus. Lainé ignorierte sie und schob sich eine selbstgedrehte Zigarette zwischen die Lippen. Er hob die Lampe und hielt den Tabak an die Flamme. Sie loderte auf und beleuchtete ein hohlwangiges Gesicht und tiefliegende Augen.

»Kommen Sie mit!«, sagte Lainé.

Sie folgten ihm auf die Rückseite des Cottage. In der Tür hielt Skorzeny inne. Als Ryan die Schwelle erreiche, sah er, warum.

Auf dem Steinboden lag ein Toter flach auf dem Rücken. Er hatte ein sauberes Loch in der Stirn und ein zweites in seinem Strickpullover. Die Wolle war ausgefranst und angesengt. Neben ihm lagen eine offene Schrotflinte und zwei nicht abgefeuerte Patronen.

Kreuz und quer um die Leiche herum verliefen schlammige Stiefelspuren. Ryan bemerkte den feuchten Matsch auf den Stiefeln des Franzosen. Die Stiefel des Toten waren zwar schmutzig, aber trocken.

Lainé deutete auf die Leiche. »Das ist Murtagh. Ihn haben sie zuerst getötet.«

Skorzeny betrat das Cottage. Ryan folgte ihm.

Am Tisch saß ein weiterer Mann. Sein Kopf war in einem unnatürlichen Winkel geneigt, ein Stück Kopfhaut war weggeklappt.

»Der da ist Groix«, sagte Lainé.

Der Franzose ging um den Tisch herum, zog einen Stuhl hervor und setzte sich. Er zitterte, hustete, Tränen schossen ihm in die Augen. Seine Strickjacke war mit Schlamm und offenbar auch Blut bespritzt. Er stellte die Gaslaterne in die Mitte des Tisches. Sie warf ein gelbliches Licht in den Raum. Lainés Tränen glänzten.

»Sie haben Hervé getötet. Dabei bellt sie doch nur. Sie beißt nie zu. Und sie töten sie.«

Skorzeny ging um den Tisch herum und legte Lainé seine große Pranke auf die knochige Schulter. »Erzählen Sie uns, was geschehen ist.«

Der Franzose schniefte, tupfte sich mit dem Ärmel die Augen ab und erzählte.

Groix war ans Fenster getreten, hatte sich über das Spülbecken gelehnt und hinausgespäht. Er hatte den Hals gereckt und jede Ecke des kleinen Hofs abgesucht, die er im Blickfeld hatte. Die Hundekette hatte sich schon seit über einer Minute nicht mehr bewegt.

»Ich kann nichts sehen«, sagte er auf Französisch.

Es enttäuschte Lainé, dass Groix es trotz seines leidenschaftlichen Eiferns nie gelernt hatte, auch nur einigermaßen Bretonisch zu sprechen.

Lainé stand hinter ihm. »Sie sind den Abhang heruntergekommen, auf der Rückseite des Cottage. Hast du eine Waffe?«

»Nein.«

Lainé hatte eine Pistole, eine alte Smith and Wesson, die einmal einem GI gehört hatte. Sie lag unter seinem Kopfkissen.

Er drehte sich zu Murtagh um und sagte auf Englisch: »Männer sind gekommen, um uns zu töten.« Er zeigte auf die Schrotflinte auf dem Tisch. »Kannst du mit diesem Gewehr umgehen?«

Murtagh stand auf, sein Stuhl polterte über den Boden. »Was?«

»Kannst du mit diesem Gewehr umgehen?«, wiederholte Lainé.

»Wer kommt denn?«

Lainé verschwendete an den jungen Schwachkopf keinen weiteren Atemzug. Er zog sich in den hinteren Teil des Raumes zurück, so weit von der Tür entfernt wie möglich. Groix stand weiter nutzlos am Fenster herum.

Murtagh griff nach der Schrotflinte, öffnete sie und überprüfte großspurig die Patronen. Er fuhr herum, als etwas in die Hintertür schlug und den Riegel aus dem Rahmen riss. Dann gab es zwei kleine Explosionen, als würden Luftballons platzen, und Murtagh stürzte zu Boden.

Die Männer kamen herein, einer, zwei, drei, die Waffen schussbereit erhoben.

Lainé erstarrte. Groix hob wimmernd die Hände. Flüssigkeit tropfte über seine Schuhe und sammelte sich in einer Pfütze auf dem Boden.

Der Mann, der als Zweiter hereingekommen war, sagte: »Guten Abend, Célestin.«

Verwirrt starrte Lainé ihn an.

»Ich kenne Ihren Freund nicht«, fuhr der Mann fort. »Wer ist er?«

»Élouan Groix«, antwortete Lainé.

»Hinsetzen. Beide.«

Groix gehorchte.

»Sie auch«, forderte der Mann Lainé auf.

Lainé durchquerte den Raum, machte einen Bogen um Groix' Urin und setzte sich.

»Hände flach auf den Tisch.«

Lainé und Groix spreizten ihre Finger auf der Tischplatte.

Die drei Männer trugen dunkle Overalls, Wollmützen, die bis über die Augenbrauen gezogen waren, und Lederhandschuhe. Zwei trugen Browning-Pistolen mit Schalldämpfern, der dritte hatte ein Automatikgewehr. Er postierte sich rechts neben Groix und zielte mit dem Gewehr auf dessen Schläfe. Der andere stellte sich links neben Lainé und zielte ebenfalls.

Der Anführer zog den Stuhl heran, auf dem Murtagh gesessen hatte, legte seine Browning auf den Tisch und ließ eine Hand darauf liegen.

»Also dann«, sagte er. Er hatte einen englischen Akzent.

Groix rannen Tränen aus den Augen. Er schniefte.

»Also dann«, sagte Lainé. »*Et maintenant*?«

»Ein kurzer Plausch«, antwortete der Mann.

»Ich sage nichts.«

Groix fing an zu reden. In seiner Stimme lag Angst, in seinen feuchten Augen Hoffnung. »Ich werde reden. Fragen Sie nur. Ich werde reden.«

Der Mann nahm die Browning vom Tisch, zielte und drückte ab. Groix' Kopf wurde wie von einem Faden zurückgerissen. Hautfetzen und Knochensplitter flogen durch die Luft, Haare wurden versengt. Groix redete nicht mehr.

Der Mann wandte sich wieder an Lainé. »Sie missverstehen mich. Ich brauche keine weiteren Informationen. Ich weiß bereits alles, was ich wissen muss. Sie müssen nichts sagen. Nicht mir. Sondern ich rede, und Sie hören zu.«

Lainé sah, wie ein dunkler Faden um Groix' Ohr herum und seinen Hals hinunter bis zum Kragen lief.

»Also, reden Sie«, sagte er.

Der Mann legte die Pistole zurück auf die Tischplatte. Seine Wange war rot besprenkelt. »Sie werden eine Nachricht an Otto Skorzeny weiterleiten.«

Lainé grinste, obwohl es sich eher anfühlte wie eine Grimasse. »So wie Krauss?«

»Nicht unbedingt. Mir wäre lieber, Sie würden die Nachricht persönlich überbringen. Sie müssen Skorzeny erklären, wie ernst wir zu nehmen sind. Und wie schlagkräftig. Wenn Sie sich dazu bereit erklären, vertraue ich auf Ihr Wort und lasse Sie am Leben. Werden Sie die Nachricht weitergeben?«

Lainé griff nach seinem Tabaksbeutel und dem Zigarettenpapier. Er fing an, sich eine Zigarette zu drehen. »*D'accord.*«

Der Mann nickte. »Gut. Geben Sie das, was ich Ihnen jetzt sage, Wort für Wort an Skorzeny weiter. Es sind nur drei Wörter. Hören Sie zu?«

Lainé beugte sich zur Gaslampe hinab und zündete seine Zigarette an. »*Oui.*«

»Sagen Sie ihm: *Du wirst bezahlen.*«

Lainé schnaubte und zupfte sich Tabak von der Zunge. »Sie glauben, das macht Otto Skorzeny Angst?«

Der Mann hob die Browning und drückte Lainé den heißen Schalldämpfer an die Wange. Lainés Augenlider flatterten.

»Richten Sie ihm einfach nur diese drei Worte aus. Das ist alles.«

Lainé nickte.

»Gut.« Der Mann hob die Browning und stand auf.

Die anderen beiden Männer gingen rückwärts zur Tür.

»Wir sehen uns wieder.«

Sie zogen die Tür hinter sich zu.

Erst jetzt fing Lainé an zu zittern und konnte kaum noch die Zigarette an seine Lippen heben. Trotzdem rauchte er sie weiter und ließ sie erst zu Boden fallen, als er sich die Finger verbrannte.

Er verließ das Cottage, ohne die Leichen von Groix und Murtagh auch nur anzusehen. Die Kette lag schlaff auf der Erde. Er folgte ihr, bis er die zusammengerollte Hervé fand. Im Halbdunkel flackerten ihre Augen, sie blickte in die Richtung, aus der sein Geruch kam.

»Hier, meine Kleine«, sagte er und hockte sich neben sie.

Zwei Einschusslöcher in der Flanke. Er legte seine Hand darauf, fühlte die warme Nässe und das schwache Pochen ihres Herzens. Sie atmete aus, ein rasselndes Geräusch tief in ihrem Brustkorb. Lainé legte sich neben sie in den Matsch, hielt sie fest und flüsterte ihr Geschichten vom Himmel zu, bis das Rasseln verstummte und ihr Herz aufhörte zu schlagen. Dann küsste er sie einmal und stand auf.

Er brauchte zehn Minuten über die Felder bis zu Caoimhín Murtaghs Gehöft. Er hämmerte mit der Faust an die Tür. Mrs. Murtagh öffnete.

»Ich muss telefonieren«, stieß Lainé hervor.

Sie sah über die Schulter und rief ihren Mann.

Ryan fragte: »Weiß Murtagh, was hier passiert ist?«

»*Non*. Er hat gefragt, aber ich habe nichts gesagt. Wenn Sie gegangen sind, sage ich es ihm.«

»Gut.« Skorzeny drückte Lainés Schulter. »Das haben Sie gut gemacht. Und sobald Sie es ihm gesagt haben, werden Sie auch hier verschwinden. Nehmen Sie alles mit, hinterlassen

Sie keine Spur. Soll sich dieser Murtagh um die Polizei kümmern. Sagen Sie ihm, er darf Sie denen gegenüber nicht erwähnen. Bieten Sie ihm Geld, wenn es sein muss.«

»Wo soll ich hin?«

Skorzeny dachte einen Moment lang nach. »Sie können ein Zimmer in meinem Haus haben.«

»*Merci.*« Lainés Stimme verwandelte sich in ein flackerndes Zischen.

»Wie alt war der Mann mit der Pistole?«, fragte Ryan.

»Etwa vierzig bis fünfzig. Von den anderen war einer in seinem Alter und einer jünger.«

»Die anderen zwei Männer haben nicht gesprochen?«

»*Non.*«

»Wir wissen also nicht, ob sie Briten sind oder nicht.«

»Sie sahen aus wie … wie sagt man …« Lainé beschrieb mit der Handfläche einen Kreis vor seinem Gesicht. »Blass, so wie Engländer. Nicht wie Spanier oder Italiener. Nicht wie …«

»Nicht wie Juden«, ergänzte Skorzeny.

»*Non.*«

»Die Browning ist eine britische Dienstwaffe«, sagte Ryan.

»Denken Sie an den SAS? Den MI5?«, fragte Skorzeny.

»Ich sehe keinen Grund, warum der britische Geheimdienst Sie aufs Korn nehmen sollte. Außerdem, wenn die Ihren Tod wollten, wären Sie bereits tot.«

Skorzeny grinste, was eine Falte um seine Narbe bildete. »Vielleicht. Verraten Sie mir, Lieutenant Ryan, wer diese Männer dann sind und was sie wollen.«

»Ich weiß nicht, wer sie sind. Und nur Sie können mir sagen, was sie wollen. Eines ist jedenfalls klar.«

»Was?«

»Sie müssen einen Informanten haben. Wenn sie so viel über Sie und Ihre … Freunde wissen, muss jemand diese Informationen an sie weitergegeben haben. Ein Jemand, der vielleicht sogar mit ihnen zusammenarbeitet.«

Skorzeny trat ans Fenster und starrte in die Dunkelheit. »Dann werde ich Erkundigungen einziehen. Und Sie ebenfalls. Sollten Sie diese Person vor mir ausfindig machen, werden Sie mich sofort unterrichten.«

»Und dann?«

»Dann bringen Sie mir den Mann.«

14. KAPITEL

Charles J. Haughey saß an seinem Schreibtisch, vor sich eine Tasse Kaffee und ein Glas mit sprudelndem Alka-Seltzer. Ryan saß ihm gegenüber.

»Also, was brauchen Sie?«, fragte Haughey.

»Ich brauche die Namen und Aufenthaltsorte sämtlicher Ausländer, die Nazis oder Kollaborateure waren und jetzt in Irland wohnen.«

»Nein«, sagte Haughey.

»Herr Minister, wenn ich herausfinden soll, wer mit diesen Männern zusammenarbeitet, brauche ich diese Informationen.«

Haughey trank einen Schluck von der Alka-Seltzer und rülpste, dann sagte er: »Gegenwärtig wohnen weit über hundert solcher Personen in Irland. Und das sind nur die, die wir kennen. Sehr wahrscheinlich gibt es auch noch andere, die sich durch irgendeine Hintertür eingeschlichen haben. Ich kann solche Informationen nicht einfach herausgeben, selbst wenn ich sie hätte. Außerdem, was glauben Sie denn, wie viele von denen Oberst Skorzeny überhaupt kennen?«

»Na schön«, sagte Ryan. »Dann stellen Sie mir eben eine Liste der Personen zusammen, die direkten Kontakt zu Skorzeny haben. Das ist zumindest ein Anfang.«

Haughey beugte sich vor und stieß mit den Unterarmen gegen die Kaffeetasse, die auf der Untertasse klapperte. »Wofür halten Sie mich, verdammt? Für Ihre Sekretärin?«

»Herr Minister, es ist sehr wichtig, dass ich den Informanten finde, bevor Skorzeny es tut.«

»Warum?«, wollte Haughey wissen. »Warum lassen Sie ihn nicht einfach die Sache regeln?«

»Weil ich glaube, dass Skorzeny den Informanten foltern wird, falls er ihn findet. Und anschließend wird er ihn umbringen.«

Haugheys Sekretärin lächelte ihn an, als Ryan durch das Vorzimmer kam. In der Tür blieb er stehen und ging dann zu ihr zurück.

»Entschuldigen Sie«, sagte er. »Gestern Abend habe ich Sie mit einer Frau sprechen sehen. Ihr Name war Celia Hume.«

Das Lächeln der Sekretärin wurde zu einem Grinsen. Sie musterte Ryan ausführlich von Kopf bis Fuß. »Ja, ich kenne Celia.«

Kalter Schweiß trat Ryan auf die Stirn. Seine Wangen röteten sich. »Wissen Sie, wie ich Verbindung mit ihr aufnehmen könnte?«

Das Grinsen der Sekretärin wurde noch anzüglicher. »Und was hat denn wohl ein netter Mann wie Sie mit unserer Celia zu tun?«

Jähzorn flammte in ihm hoch, weil sich das Mädchen so einmischte. Aber er riss sich zusammen und erwiderte ihr Lächeln. »Ich wollte ihr einfach nur hallo sagen.«

»Verstehe.« Sie kritzelte eine Telefonnummer auf einen Block, riss das Blatt ab und reichte es ihm. »Falls sie keine Lust hat, das Hallo zu erwidern, können Sie es jederzeit bei mir versuchen.«

Ryan nahm ihr das Blatt aus den Fingern und erwiderte ihren Blick, obwohl er das Gefühl hatte, als würde seine Haut glühen.

Am späten Nachmittag brachte ein Bote Ryan einen dicken braunen Umschlag ins Hotelzimmer. Auf einem beigelegten Zettel stand: *Hier ist Ihre Namensliste. Gehen Sie sorgsam damit um und vernichten Sie sie, wenn Sie fertig sind.*

Unterschrieben war er mit C. J. H.

Ryan zog drei Blätter aus dem Umschlag und breitete sie auf dem Bett aus. Darauf fanden sich insgesamt ein Dutzend maschinengeschriebener Namen, dazu Adressen, manchmal auch nur die Namen von Landgütern. Ryan stellte sich diese Anwesen vor, schäbige Katen oder herrschaftliche Häuser am Ende von Zufahrtswegen, Straßen ohne Namen und Orte, die nur der Postbote kannte, der sie belieferte.

Ein Name kam Ryan bekannt vor. Luykx, der sein Vermögen

mit Restaurants und Bars gemacht hatte. Neben den Namen war eine Randbemerkung gekritzelt.

Halten Sie sich von Albert Luykx fern. Er ist mein persönlicher Freund. Ich will nicht, dass er belästigt wird.

Auch an anderen Stellen hatte Haughey etwas dazugekritzelt. Staatsbürgerschaften, Ränge. Beziehungen, Berufe. Einige waren Geschäftsleute, einer Schriftsteller, einer Lehrer, zwei Ärzte. Sie waren überwiegend wohlhabend.

Ryan konzentrierte sich auf die, die es nicht waren.

Catherine Beauchamp, eine Romanautorin und bretonische Nationalistin wie Lainé. Sie arbeitete für eine Wohlfahrtseinrichtung, eine annehmbare, aber normal bezahlte Stellung. Zumindest hatte sie ihr Auskommen. Ob sie sich nach mehr sehnte? So sehr, dass sie dafür ihre Freunde verriet?

Dann war da noch Hakon Foss. Ein norwegischer Nationalist, der Arbeit als Gärtner und Handlanger gefunden hatte, oft für Skorzeny und dessen Umfeld. Dabei musste er unweigerlich viel von deren Treiben mitbekommen, vielleicht so viel, dass ihn das, was sie besaßen und er nicht, neidisch und wütend machte.

Ryan überflog die Liste noch einmal. Die Geschäftsleute waren alle in Irland zu Wohlstand gekommen. Grundbesitz, Gastronomie, eine Druckerei, einer züchtete Rennpferde.

Alles Unternehmungen, die Kapital erforderten, Geld, und zwar viel. Diese Männer waren vom Kontinent mit so viel Bargeld oder Zugang dazu geflohen, dass sie sich ein angenehmes Leben aufbauen konnten. Warum sollten sie all das riskieren? Catherine Beauchamp und Hakon Foss fielen ihm wieder ein.

Mit denen würde er anfangen.

Ryan sah auf seine Uhr. Fast sechs. Er zog den zusammengefalteten Zettel aus seiner Tasche. Der Name Celia war in flüssiger Schrift geschrieben, die Ziffern ebenfalls.

Er setzte sich auf die Bettkante, nahm den Hörer ab, wählte eine Amtsleitung, dann drehte er die Wählscheibe und hörte, wie der Mechanismus nach jeder Drehung bis zur Null zurückratterte.

Fünfmal hörte er in seinem Ohr den Rufton, bevor eine Frau mit Reibeisenstimme sich meldete.

»Ich würde gerne Celia Hume sprechen«, sagte Ryan.

»Die ist nicht da«, entgegnete die Frau. »Wenn Sie eine Nachricht hinterlassen möchten, sorge ich dafür, dass sie sie bekommt.«

»Bitte sagen Sie ihr, dass Albert Ryan angerufen hat.« Er nannte ihr die Telefonnummer des Hotels und seine Zimmernummer, und sie versprach, die Nachricht weiterzugeben.

Eine halbe Stunde lang saß Ryan schweigend und allein da, bis das Telefon klingelte.

15. KAPITEL

Während Pieter Menten an seinem Kaffee nippte, zählte Otto Skorzeny das Geld. Fünftausend in amerikanischen Dollar, zehntausend in britischen Pfund und weitere dreißigtausend in irischer Währung waren auf dem Schreibtisch in

Skorzenys Arbeitszimmer ausgebreitet. Menten war mit der Fähre und dem Zug angereist. Er hatte den Geldkoffer von Rotterdam bis ins englische Harwich geschleppt und dann noch einmal vom walisischen Hafen Holyhead bis nach Dun Laoghaire, wo Skorzeny ihn mit seinem Mercedes abgeholt hatte.

Der Holländer hatte sich gut gehalten. Die Jahre nach dem Krieg hatten es gut mit ihm gemeint. Die lange Nase und die hohen Wangenknochen verliehen ihm ein aristokratisches Aussehen, als ob er von Geburt wohlhabend wäre, nicht durch Arbeit.

Das Geld war von einem arabischen Kurier nach Rotterdam geliefert worden, der es im Gegenzug für eine fünfprozentige Provision bei einer Schweizer Bank abgeholt hatte. Skorzeny hatte von mehreren Quellen gehört, dass der Araber in Wahrheit Algerier oder Berber sei, aber diese Spekulation hatte er nie bestätigen können. Woher er auch stammen mochte, jedenfalls reiste er stets mit zwei Leibwächtern. Beides massige, dunkelhäutige Männer, deren Nationalität ebenfalls ungewiss war. Nur jemand, der sehr tapfer oder sehr dumm war, wäre auf die Idee gekommen, ihn zu überfallen.

Seinen Anteil verlangte der Araber immer in Dollar. Skorzeny hatte gehört, dass er das meiste davon in den Rotterdamer Bordellen ausgab, aber auch für diese Behauptung gab es keine Beweise.

Zufrieden zählte Skorzeny eintausend irische Pfund ab und gab sie Menten. Den Rest legte er in den Wandsafe hinter seinem Schreibtisch. Als er die Tür schloss, verdeckte er mit seinem breiten Körper, wie er die Kombination eingab. Dann hängte er das Landschaftsgemälde wieder an den Haken.

Menten hob ein in Stoff gewickeltes, viereckiges Päckchen vom Boden neben seinen Füßen auf. »Ein kleines Zeichen meiner Wertschätzung.«

Skorzeny nahm es und wickelte es aus. Zum Vorschein kam ein einfach gerahmtes Porträt einer jungen, schwarz gekleideten Frau. Auf ihrer Hand hockte ein Vogel.

»Von Hans Holbein dem Jüngeren«, erklärte Menten. »Gemalt um 1530 nach seiner Rückkehr aus Basel. Exquisit, finden Sie nicht?«

»Wunderschön«, sagte Skorzeny und setzte sich Menten gegenüber an seinen Schreibtisch. »Ich bin Ihnen sehr dankbar, Kamerad. Stammt es aus Ihrer eigenen Sammlung?«

Pieter Mentens persönliche Kunstsammlung war einst so groß gewesen, dass es eines Sonderzuges bedurft hatte, um sie zu transportieren.

»Nein, das ist eine Neuerwerbung. Von einem alten Kameraden, Dominik Förster. Erinnern Sie sich noch an ihn?«

Skorzeny dachte nach. Ein dünner, bebrillter Mann fiel ihm wieder ein, dem er einmal in Berlin begegnet war. »Ich glaube, ja.«

»Ich habe ihn zufällig getroffen, als ich ein Wochenende in Noordwijk an der holländischen Küste verbrachte. Er war unter falschem Namen in einer Pension abgestiegen und wirkte ziemlich verzweifelt. Er lebte in beständiger Angst, von dem einen oder anderen Fanatiker entdeckt zu werden. Ich habe ihm gesagt, ich könnte eventuell einen Zufluchtsort in Irland und vielleicht eine Passage nach Südamerika besorgen, wenn er ausreichende Geldmittel habe. Klugerweise hat er den überwiegenden Teil seines Vermögens in Kunst angelegt, die er Juden abgenommen hatte.«

Skorzeny hielt das Gemälde auf Armeslänge von sich weg. Bewundernd studierte er jedes Detail der Kleidung des Mädchens, das Funkeln ihrer Augen.

»Sehr, sehr clever«, sagte er. »Sagen Sie ihm, er soll Kontakt mit Abt Verlinden in der *Priorij Onze-Lieve-Vrouw van Gent* aufnehmen. Ich werde ein Empfehlungsschreiben für ihn dorthin schicken. Abt Verlinden wird ihn dann seinerseits den entsprechenden Institutionen in Irland empfehlen und unserem Kameraden helfen, die Abreise zu organisieren. Alle Kosten, die er nicht selbst tragen kann, können von unserem Konto in Zürich finanziert werden.«

Menten lächelte. »Danke. Dominik wird überaus erleichtert sein. Ich werde mich nach meiner Rückkehr nach Rotterdam in ein paar Tagen mit ihm in Verbindung setzen. Davor muss ich mir noch ein Grundstück in Waterford ansehen.«

»Waterford?«, fragte Skorzeny. »Die Landschaft dort ist wunderbar. Waren die irischen Behörden entgegenkommend?«

Menten nickte. »Über alle Maßen. Allerdings hat mein Kontaktmann im Justizministerium mir geraten, einen anderen Namen anzunehmen.«

Skorzeny hatte das Glück gehabt, von den deutschen Behörden entnazifiziert worden zu sein. Es hatte eine erkleckliche Summe erfordert, aber die Möglichkeit, frei und unter seinem eigenen Namen zu leben, waren ihm die horrenden Bestechungsgelder wert gewesen.

»Sie wären gut beraten, seinen Rat anzunehmen.«

»Das habe ich vor.« Menten nickte, und auf seinem Gesicht zeigte sich ein Ausdruck des Bedauerns.

»Gut. In etwa einer Stunde serviert Frau Tiernan das Abendessen. Sie bleiben natürlich.«

»Ja, danke.« Menten beugte sich vor. »Was ist mit den Morden? Ich habe das mit dem Kameraden Krauss gehört, bevor ich von Rotterdam losgefahren bin.«

»Es hat noch einen erwischt«, sagte Skorzeny.

»Mein Gott. Wen?«

»Einen Bretonen. Keinen wichtigen. Außerdem einen Iren. Sie haben mir eine lange Nacht beschert, aber mein Freund, der Justizminister, hat seinen besten Mann auf die Sache angesetzt.«

Skorzeny ließ sich bei der Lüge nichts anmerken. Er betrachtete den Minister nicht als Freund. Eher als einen nützlichen Bekannten. Er wusste nur zu gut, dass Leute wie Haughey von seiner Berühmtheit angezogen wurden und seine Nähe nur suchten, um sich in seinem Glanz zu sonnen.

Allesamt Narren.

»Freut mich, das zu hören«, antwortete Menten. »Helmut Krauss war ein guter Mann. Ein solches Schicksal hatte er nicht verdient.«

»Helmut Krauss war ein Säufer und Frauenheld. Uns alle erwartet das Schicksal, das uns bestimmt ist, ob wir es verdienen oder nicht.«

Menten rang sichtbar mit dem Wunsch, Skorzenys Meinung über seinen alten Freund zu widersprechen, doch der scharfe Blick seines Gegenübers entmutigte ihn. Er leckte sich schließlich über die Lippen. »Natürlich wird man jetzt jüdische Extremisten verdächtigen. Oder vielleicht den Mossad.«

Skorzeny überlegte, ob er Menten die Wahrheit sagen sollte, begriff aber, dass es leichter wäre, ihm seinen tröstlichen Hass zu lassen. »Natürlich«, sagte er.

Den nächsten Tag verbrachte Skorzeny auf den Feldern und sah zu, wie seine Landarbeiter die Schafe von einer Koppel zur nächsten trieben. Er bewunderte die Hunde und die Art, wie ihr Herrchen, ein langer, rotgesichtiger Mann namens Tiernan, sie mit Pfiffen und kurzen Rufen kommandierte.

Von einer Anhöhe aus beobachtete Skorzeny, wie die Hunde in weiten Bögen über das Gras rannten. Der Anblick erinnerte ihn an den von Kampfflugzeugen in Angriffsformation. Tiernans Pfeife ertönte, die Hunde blieben stehen und pressten sich kauernd an die Erde, in höchster Konzentration. Der eine war der Vater des anderen. Tiernan hatte erzählt, dass man den Jüngeren kaum auszubilden brauchte. Er schaute sich einfach ab, was sein Vater tat, und machte es ihm nach.

Wieder schrillte die Pfeife, und die Hunde sprangen vor. Sie arbeiteten als Tandem, umkreisten die Herde, sammelten Schafe ein. Schon nach wenigen Minuten war die Herde auf eine andere Weide geströmt, und die Landarbeiter hatten hinter ihr das Gatter geschlossen.

Nun, da ihre Arbeit beendet war, rannten die Hunde zu ihrem Herrchen und legten sich zu seinen Füßen hin. Tiernan beugte sich hinab und kraulte mit seinen knotigen Händen jeden hinterm Ohr.

Nicht zum ersten Mal fragte sich Otto Skorzeny, was ihn vor zwanzig Jahren glücklich gemacht hatte und was heute. Als junger Mann hatte er den Korditgeruch geliebt, die von Schießpulver verbrannte Luft, das Donnern und Kreischen der Schlacht. Und dann die Jungen, starke, wunderschöne, tapfere Jungs, die dem Tod in den Rachen gesprungen waren, nur auf seinen Befehl hin.

Inzwischen war sein Bauch gewachsen, und manchmal rebellierten seine Hüften und Knie. Heute raubten ihm die Hänge seiner Felder oft die Luft, und vom Anstieg taten ihm die Oberschenkel weh. Aber das Altern beschäftigte Skorzeny nicht sonderlich. Trotz der ersten Anzeichen von Verfall war er immer noch bei guter Gesundheit. Er konnte noch mit zehn oder fünfzehn angenehmen Lebensjahren rechnen und danach noch weiteren zehn erträglichen, bevor sein Herz den Dienst versagte.

Diese Zeit würde er so verbringen wie den heutigen Tag. Über die Felder laufen, die Arbeit der Männer bewundern, die sie hegten, und den Hunden dabei zusehen, wie sie mit einer Hingabe ihre Pflicht erfüllten, zu der nur ein schlichter Geist imstande war.

Das galt natürlich auch für gute Soldaten. Nach Skorzenys Meinung stammten die besten aus der Arbeiterklasse. Männer, die es gewohnt waren, den ganzen Tag lang in Fabriken oder auf Feldern zu schuften, waren im Kopf nur mit den Aufgaben beschäftigt, die vor ihnen lagen. Gab man solchen Männern ein Gewehr in die Hand und einen Feind, auf den sie schießen konnten, dann konnte man beobachten, wie die natürliche Ordnung des Lebens mit Gewehrfeuer und Blut ausgelebt wurde.

Ein guter Kommandosoldat war dagegen ein ganz anderes Tier. So etwas erforderte einen höher entwickelten Geist, erhebliche Gerissenheit und eine Intelligenz, die kaltblütiger Entschlossenheit in nichts nachstand.

Eben jemanden wie Lieutenant Ryan.

In dem Moment, als der Ire die Suite des Grand Hotels in Malahide betrat, hatte Skorzeny all das erkannt. Ryan hatte mit keiner Wimper gezuckt, als er die Leichen im Cottage gesehen hatte, nicht einmal angesichts des klaffenden Lochs in Groix' Schläfe, dem verbrannten Haar und der weggerissenen Kopfhaut. Ryan hatte ein Herz aus Feuerstein, genau wie Skorzeny selbst.

Und Ryan war klug. Nicht wie Haughey, dessen Intelligenz und Verschlagenheit nur seiner Gier dienten. Ryan besaß Scharfsinn, den er sich an den kargen, blutigen Orten dieser Welt erworben hatte. Skorzeny hatte keinen Zweifel, dass Ryan den Verräter finden konnte. Aber würde ihm der Ire den Verräter dann auch bringen? Bestimmt konnte Ryan sich vorstellen, was den Informanten erwartete. Würde er den Schneid haben, einen Gefangenen wissentlich einem solchen Schicksal auszuliefern?

Dessen war sich Skorzeny nicht so sicher.

Er kehrte in sein Haus zurück, wusch sich und zog sich um. Dann ging er in sein Arbeitszimmer. Eigentlich hatte er Lainé kommen lassen wollen, stellte nun aber fest, dass der bereits auf ihn wartete und eine dieser stinkenden selbstgedrehten Zigaretten rauchte.

Der hagere Franzose hockte zusammengesunken auf seinem Stuhl, Arme und Beine überkreuzt, was ihn verkrüppelt aussehen ließ. Skorzeny setzte sich ihm gegenüber und nahm aus dem Kistchen auf dem Tisch eine Zigarette. Insgeheim wünschte er sich, Lainé hätte sich eine von diesen genommen, anstatt das Büro mit seinem eigenen beißenden Qualm zu verpesten.

»*Qui est l'Irlandais?*«, fragte Lainé.

Skorzeny sprach schon seit seiner Jugend fließend Französisch. »Wie ich Ihnen schon sagte, Lieutenant Albert Ryan vom Geheimdienst G2.«

»Ich mag ihn nicht. Ich traue ihm nicht.«

»Sie müssen ihm nicht trauen«, antwortete Skorzeny. »Lassen Sie ihn einfach nur seine Arbeit machen. Ich glaube an seine Fähigkeiten. Er ist Soldat. Wie ich.«

Lainé legte den Kopf schief, um zu zeigen, dass ihm Skorzenys versteckte Beleidigung nicht entgangen war. »Und was bin ich, ein Waschweib?«

Skorzeny beschloss, die Frage unbeantwortet zu lassen. Stattdessen sagte er: »Ich würde es bevorzugen, wenn Sie heute Abend auf Ihrem Zimmer blieben. Ich erwarte zum Abendessen wichtige Gäste.«

Lainé leckte sich Tabakkrümel von den Lippen und spuckte sie geräuschvoll aus. »Was für Gäste?«

Skorzeny musterte die feuchten Krümel, die auf seiner lederbezogenen Schreibtischplatte gelandet waren. »Politische Gäste. Esteban bringt Ihnen ein Tablett und eine Flasche aus dem Weinkeller aufs Zimmer.«

Lainés Augen leuchteten auf. »Sie haben einen Weinkeller?«

»Frau Tiernan macht Lamm, daher schlage ich den 55er Penfolds Grange Shiraz vor. Er kommt aus Australien, ist aber exzellent.«

Angesichts der Herkunft des Weines verzog Lainé den Mund, dann zuckte er die Achseln und nickte. »Na schön. Aber den Iren mag ich nicht, das sage ich Ihnen. Woher wollen Sie wissen, dass er uns nicht betrügt?«

Skorzeny schüttelte den Kopf. »Er ist Soldat. Ein guter Soldat. Er wird seine Befehle befolgen. Außerdem habe ich jemanden in seiner Nähe platziert. Jemand, der ihn für uns beobachtet.«

16.

KAPITEL

Die Hauswirtin führte Ryan in ein Wohnzimmer mit harten Stühlen und dunklen Tapeten. Als er die Pension betreten hatte, hatten ihn vom Treppenabsatz aus zwei junge Frauen beobachtet. Als er zu ihnen hochsah, duckten sie sich kichernd hinter das Geländer.

Mrs. Highland ließ ihn nervös auf einer Couch zurück. Ein paar Minuten später tauchte sie wieder auf und verkündete, Celia werde gleich herunterkommen.

»Welche Pläne haben Sie für heute Abend?«, fragte sie und blieb dabei an der Tür stehen, als halte sie dort Wache. Das Haar trug sie in einem strengen Knoten, ihr Lächeln war höflich und schmallippig.

»Kino«, sagte Ryan.

»Oh? Was läuft denn?«

»Der James-Bond-Film. Dr. No. Nach einem Roman von Ian Fleming.«

Ihr Lächeln verwandelte sich in einen finsteren Blick. »Wie ich höre, sind diese Bücher ziemlich vulgär.«

In Ryans Kreuz sammelte sich der Schweiß. »Ich habe keins davon gelesen.«

»Hmm. Wie Sie sehen können, führe ich ein respektables Haus. Ich betrachte meine Mädchen nicht nur als Pensionsgäste, sondern als Mündel in meiner Obhut. Einige ihrer Eltern kenne ich persönlich. Ich werde nicht darauf bestehen, wäre

Ihnen aber dankbar, wenn Sie Miss Hume vor elf Uhr heute Nacht zurückbringen würden.«

Ryan nickte lächelnd.

Die Tür ging auf, und Celia kam herein. Ihr rotes Haar fiel locker über die Schultern, das kurzärmelige grüne Kleid war einfach und bequem, der einzige Schmuck eine smaragdgrüne Brosche. Mrs. Highland trat zurück und runzelte angesichts Celias sommersprossiger Haut die Stirn. Celia ignorierte sie.

»Albert«, sagte sie.

Ryan stand auf. »Celia.«

Schweigend standen sie da, und man hörte nur das Ticken der Uhr auf dem Kaminsims. Schließlich sagte Celia: »Danke, Mrs. Highland.«

Die Hauswirtin musterte sie abwechselnd und räusperte sich. »Nun, dann überlasse ich Sie beide mal Ihren Plänen. Guten Abend, Mr. Ryan.«

Er neigte den Kopf. »Guten Abend.«

Mrs. Highland schloss hinter sich die Tür. Ryan hörte, wie sie die Mädchen auf der Treppe ausschimpfte.

Unter dem Blick von Celias grünen Augen bekam Ryan eine trockene Kehle und brachte kein Wort heraus.

Als er schon glaubte, die Stille nicht länger ertragen zu können, sagte sie: »Mrs. Highland stellt sich wegen ihrer Mädchen wirklich ziemlich an.«

Ryans Lachen war ein wenig zu laut. Er errötete, und Celia lächelte.

»Wollen wir los?«, fragte sie.

Reglos und schweigend saßen sie in der flackernden Dunkelheit. Andere Paare beugten sich zueinander, berührten sich, manchmal lehnten die Silhouetten ihrer Köpfe aneinander. Ein kollektives *Ohh* ertönte, als Ursula Andress braungebrannt und mit feucht glänzender Haut aus dem Meer auftauchte.

Das Mädchen neben Celia sah einen Moment hoch, dann bot sie ihre Lippen wieder dem Jungen dar, der seine Hand in ihre Bluse geschoben hatte. Ryan beobachtete, wie die Umrisse seiner Finger unter dem Stoff hin und her wanderten. Als er die Augen wieder hob, sah er, wie Celia ihn beobachtete. Sie lächelte anzüglich, ihre Augen glänzten im Halbdunkel.

Sie gingen über die D'Olier Street in Richtung Süden, auf die nördlichen Gebäude des Trinity College zu. Celia hatte sich bei Ryan untergehakt. Während sie im Kino gewesen waren, hatte ein Regenschauer den Bürgersteig bedeckt, in dem Glanz spiegelte sich das Licht der Straßenlaternen. Im Gebäude der *Irish Times* gegenüber waren die Fenster erleuchtet.

»Er sieht wirklich ungemein gut aus«, sagte sie.

»Sean Connery?«

»Ja. Ich habe ihn einmal auf einer Party in London getroffen. Na ja, nicht wirklich getroffen, er war nur im selben Raum. Es war letztes Jahr, kurz bevor Dr. No in England Premiere hatte. Schon daran, wie er aussah, wusste man, dass er ein Star sein musste. Er hatte so eine Anmut an sich, wie ein Raubtier, ein Tiger oder Leopard, gleichzeitig gefährlich und wunderschön.«

Sie sprach die Worte aus, als wären sie pikante Zutaten eines exotischen Gerichts.

»Wahrscheinlich ist es in Wahrheit nicht so, oder? Ich meine, die Arbeit eines Geheimagenten?«

Ryan lächelte. »Ich bin kein Geheimagent.«

»Aber Sie sind beim G2. Hier in unserem kleinen Land ist das so ziemlich gleichbedeutend mit einem Geheimdienst.«

»Vielleicht, aber es ist überhaupt nicht wie im Film.«

»Nicht?« Sie runzelte übertrieben enttäuscht die Stirn. »Keine Schönheiten, die an den Strand kommen und sich auf Sie stürzen?«

Sie hatten das Ende der Straße erreicht. Über ihnen erhob sich die kunstvolle Fassade der D'Olier Chambers. Celia zeigte auf den Pub, der sich gegenüber in der Fleet Street versteckte.

»Spendieren Sie mir einen Drink«, bat sie ihn.

Drinnen hingen dichte Wolken von Tabaksqualm. Während Celia einen Nebenraum im hinteren Teil ansteuerte, ging Ryan zur Bar. Der Barmann sah ihn ratlos an, als er eine Limette im Gin Tonic verlangte. Er begnügte sich mit Zitrone.

Männer in Anzügen, rotgesichtig und mit offenen Hemdkragen, grölten und wieherten. Journalisten, vermutete Ryan, die für die *Irish Times* schrieben und hier ihren Whiskey und ihr Stout kippten und Anekdoten austauschten. Sie hatten zugeschaut, wie Celia an Ryans Arm hereingekommen war und sie mit den Augen verfolgt, wie sie durch den Raum schwebte. Ryan hatte ihnen ihre begehrlichen Blicke nicht übel genommen, sondern stattdessen Stolz empfunden. Es schmeichelte seiner Eitelkeit.

Viele hätten es für skandalös gehalten, dass eine junge Frau einen solchen Pub betrat, aber Celia schien das nicht zu stören. Die fehlende Limette in ihrem Drink allerdings schon.

»Nächstes Mal dann lieber Cola-Rum«, sagte sie mit einem zwar höflichen, aber tadelnden Lächeln.

Ryan überlegte, ob er sich entschuldigen sollte. Stattdessen nippte er an seinem Glas Guinness. Celias Blick blieb irgendwo unter seinem Kinn hängen.

»Ist das nicht derselbe Binder, den Sie schon in Malahide getragen haben?«, fragte sie.

Noch bevor er sich bremsen konnte, griffen seine Finger nach der Seide. »Tatsächlich? Ich weiß nicht. Ich achte nicht so sehr auf Modisches.«

»Wirklich? Das ist aber ein sehr schöner Anzug. Von wem ist der?«

Sie streckte über den Tisch hinweg den Arm aus, hob den Rockaufschlag und las das Etikett auf der Innentasche.

»Canali. Italienisch. Sie kleiden sich gut für einen Mann, den Mode nicht interessiert. Jedenfalls besser als die meisten Männer in Dublin. Sind Sie schon einmal in Paris gewesen?«

»Auf der Durchreise«, antwortete er.

Sie erzählte ihm von ihrer Zeit dort, als sie als Dritte Sekretärin in der irischen Botschaft stationiert gewesen war. Wie sie am Montmartre herumgelaufen war und dass einmal aus heiterem Himmel ein Mann direkt auf sie zugekommen sei und sie gebeten habe, für ihn Modell zu sitzen.

»Und haben Sie zugestimmt?«, fragte Ryan.

»Beinahe«, antwortete sie. »Bis er mir sagte, dass man dabei nackt sein müsse.«

Sie erzählte, ihr Vater sei ein mittlerweile pensionierter Richter am High Court, ein kleinlicher alter Mann und zudem voller Dünkel, aber dafür liebe sie ihn nur noch umso mehr. Er erzählte ihr von seinem Vater und dem kleinen Krämerladen, in dem er sich Jahr für Jahr abgemüht hatte wie schon sein Vater vor ihm, ohne dass etwas dabei herausgekommen war.

Celia erzählte ihm von der Gartenparty für Präsident Kennedy, die im Aras stattfinden sollte, Präsident de Valeras offizieller Residenz. Man hatte ihr eine Einladung versprochen, und sie gab zu, dass ihr bei der Aussicht, in der Gegenwart Kennedys und seiner wunderschönen Frau zu sein und die beiden vielleicht sogar kennenzulernen, so schwindlig wurde wie damals als Schulmädchen in Mount Anville, der privaten Klosterschule, in der sie ihre Ausbildung erhalten hatte.

Sie sprachen über die Orte, an denen sie schon gewesen waren, er als Soldat, sie als Dritte Sekretärin, während sie von einer diplomatischen Mission zur nächsten eilten. Ryan beschrieb die kalten holländischen Felder und die warmen sizilianischen Straßen. Erzählte von den Tagen, die er, in sandigen Gräben eingebuddelt, in Ägypten verbracht hatte, von der Hitze des koreanischen Sommers, der die klirrende Kälte des Winters folgte. Celia erzählte von Tagen, in denen sie nur Briefe tippte, Kaffee kochte, Kleider von der Reinigung abholte, von der ganzen Langeweile, die wettgemacht wurde von Partys in Hotelsuiten mit Cocktailbars und vergoldeten Möbeln. Von Monaten in der einen oder anderen Stadt, Wochenenden auf Yachten und Banketten in Palästen.

Mit sechsundzwanzig hatte sie schon mehr vom Leben gesehen als die meisten Männer und zweifellos mehr als jede Frau, die Ryan je gekannt hatte. Sie war so anders als die Mädchen, mit denen er als Junge und als junger Mann schüchtern kokettiert hatte, so selbstbewusst in ihren Worten und Gesten. Ihre Hände lagen nicht gefaltet im Schoß, sondern sie fuchtelte beim Reden damit herum, kühn und frei. Sie wartete nicht aus Achtung vor seiner männlichen Rolle mit dem Reden, bis sie an der Reihe war. Und sie kicherte nicht, als säße sie in der Kirche, sondern lachte lauthals und aus vollem Leibe. Sie kannte die ganze Welt.

Nur nicht die öden Orte, die dunklen Ecken, die blutenden Risse. Ryan wog seine Worte vorsichtig ab, erlaubte ihr nur einen kurzen Blick auf die Schlachtfelder, die er kannte, aber nicht mehr. Orte, von denen Männer an Leib und Seele gezeichnet zurückkehrten. Er wollte nicht, dass sie dachte, er sei einer von ihnen, auch wenn er manchmal genau das befürchtete.

Ryan hatte schon fast sein zweites Guinness geleert, diesmal ein großes, während Celia ihren zweiten Cola-Rum im Glas schwenkte.

»Es ist schön, einen Mann kennenzulernen, der weit herumgekommen ist«, sagte sie. »Dieses Land, unsere winzig kleine Insel, ist so mit sich selbst beschäftigt. Als wären wir von einem Zaun oder einer Mauer umgeben so wie der, die sie in Berlin gebaut haben. Nur, dass unsere um die ganze Küste reicht. Der einzige Grund, warum jemand ein Flugzeug oder Schiff besteigt, ist, um zu emigrieren, und die einzigen Orte, die diesen Leuten einfallen, sind England oder Amerika.«

»Reisen ist teuer«, sagte Ryan. »Wer kann sich das schon leisten, außer man macht es beruflich?«

Celia lehnte sich vor, hob einen Zeigefinger und präsentierte mit großen Augen eine Idee: »Dann sollte jeder Soldat oder Dritte Sekretärin werden.«

Ryan hob seinerseits den Finger. »Aber wer würde dann zu Hause bleiben und sich um die Felder kümmern? Oder in die Kirche gehen? Wir können doch nicht zulassen, dass die ganzen Priester niemanden mehr haben, dem sie etwas predigen können. Wem sollten sie dann die Beichte abnehmen?«

Sie runzelte die Stirn. »Wir haben das offensichtlich noch nicht richtig durchdacht.«

»Warum haben Sie mich angesprochen?«

Ihr Lächeln erstarb auf den Lippen. Die Frage beschäftigte ihn schon seit dem Abend, als sie miteinander getanzt hatten, aber laut hatte er sie gar nicht stellen wollen.

»Im Malahide, meine ich. Warum sind Sie zu mir herüberkommen?«

»Das ist eine ungebührliche Frage, Albert Ryan.«

Sie hob ihr Glas an die Lippen.

»Ich würde es aber gern wissen«, sagte Ryan.

Celia stellte das Glas wieder auf den Tisch und sah zu, wie die Bläschen den Rand hinaufstiegen und sich an das schmelzende Eis klammerten.

»Ich habe Sie hereinkommen sehen«, sagte sie. »Ich habe gesehen, wie Sie aufgetreten sind. Da dachte ich, dieser Mann ist nicht wie die anderen. All die Bübchen und die alten Männer. Die Politiker und Beamten, die rückgratlosen Bürohengste, die nur auf die Uhr schauen. So einer waren Sie eindeutig nicht. Sie waren eindeutig etwas … anderes.« Celia sah von ihrem Glas auf. »Und außerdem wirkten Sie ein bisschen traurig.«

Ryan fühlte sich nackt, als würden ihre Augen über die Haut unter seinem Hemd gleiten. Er hätte es keinen Moment länger ausgehalten, doch da erlöste sie ihn mit einem plötzlichen Lächeln.

»Dann haben Sie den Mund aufgemacht und klangen wie ein Schuljunge bei seinem ersten Tanz im Gemeindesaal. Ich sah beinahe vor mir, wie Ihre Mutter auf ihr Taschentuch spuckte und Ihnen übers Gesicht wischte, bevor sie Sie gehen ließ.«

»Es ist schon lange her, seit meine Mutter mir das Gesicht saubergemacht hat«, entgegnete Ryan. »Fast schon einen Monat, um genau zu sein.«

Bei ihrem glockenhellen Lachen und ihrer Hand auf seinem Knie wurde Ryan flau im Magen. Er entschuldigte sich und machte sich auf die Suche nach der Toilette. Er entdeckte sie im hinteren Teil des Raumes. Die Tür war in einer dunklen Ecke versteckt. Als er eintrat, begrüßte ihn eine Geruchsmischung von Desinfektionsmittel und menschlichen Ausscheidungen.

Ryan trat nicht an die Wanne, die als Urinal diente, sondern ging durch bis zur Toilettenkabine. Die Privatsphäre eines abgeschlossenen Raumes war ihm lieber als so offen dazustehen.

Als er wieder aus der Kabine trat, stand am Waschbecken ein Mann, der Wasser über die Zähne eines Kammes laufen ließ. Dann kontrollierte er im Spiegel über dem Becken, wie er mit dem nassen Kamm sein dichtes schwarzes Haar auf der Kopfhaut glättete.

Ryan sah sofort, dass dieser Mann kein Einheimischer war. Der anthrazitfarbene Anzug war zu gut geschnitten, die Haut zu gebräunt. Der Mann trat zur Seite, damit Ryan seine Hände waschen konnte, blieb aber da und nahm sich alle Zeit, sich zu kämmen und sich über Ryans Schulter zu betrachten.

»Hat Ihnen der Film gefallen?«

Ryan zog seine Hände unter dem Wasserstrahl weg. »Wie bitte?«

»Der Film«, wiederholte der Mann und steckte den Kamm ein. »Hat er Ihnen gefallen?«

Er klang amerikanisch, aber es lag noch eine Spur eines anderen Akzents in seiner Stimme. Seinen Gesichtsausdruck hätte man freundlich nennen können, wären da nicht die Augen gewesen.

Ryan drehte das Wasser ab und nahm sich von dem Stapel über dem Becken ein paar Papierhandtücher. »Verzeihen Sie, kennen wir uns?«

Der Mann lächelte. Er hatte schöne Zähne. »Nein. Ich habe Sie im Kino gesehen.«

Ryan schätzte den Mann auf etwa vierzig bis fünfundvierzig. Er hatte kleine Narben an den Händen und etwas am Hals, das aussah wie eine alte Brandwunde, die der Kragen nicht ganz verdeckte.

»Er war nicht schlecht«, sagte Ryan und warf die Papierhandtücher in den Abfalleimer. »Ein bisschen albern. Aber ich hatte Spaß.«

»Albern.« Der Mann wog das Wort ab. »Ja, das ist eine gute Beschreibung. Unterhaltsam, aber nicht wirklich realistisch, finden Sie nicht?«

Ryan trat vom Waschbecken zurück und ging in Richtung Tür. »Dazu kann ich nichts sagen. Guten Abend.«

»Sie ist sehr hübsch.«

Ryan blieb stehen, die Hand am Türknauf. Er drehte sich um und sah, wie der Mann in Richtung der Tür und dem unsichtbaren Raum dahinter nickte.

»Das Mädchen. Ihr Rendezvous. Sie ist sehr hübsch.«

Ryan ließ die Hand sinken und sammelte sich wieder. »Ja, das ist sie.«

»Sie bewegen sich ein bisschen außerhalb Ihres Terrains, was?«

Ryan antwortete nicht.

»Ich meine, ist sie nicht eine Nummer zu groß für Sie?«

»Wer sind Sie?«

Das Grinsen des Mannes wurde breiter. »Man sollte nicht in der falschen Liga spielen. Wer weiß, was alles passiert, wenn man einer Sache nicht gewachsen ist.«

Ryan legte sein ganzes Gewicht auf den rechten Fußballen. Der Mann nahm Abwehrhaltung an.

»Wer hat Sie geschickt?«, fragte Ryan.

»Ich habe wirklich keine Ahnung, was Sie …?«

Ryan griff an, eine Hand unten, die andere oben, bereit, den Mann zu packen, herumzuzerren und ihn gegen die gekachelte Wand zu drücken. Er war schnell, aber der andere war noch schneller. Er umklammerte Ryans Handgelenk, nahm ihm seinen Schwung und setzte ihn gegen Ryan selbst ein. Er drehte und duckte sich vor ihm weg, leichtfüßig wie ein Tänzer. Sein spitzer Ellbogen traf Ryan in die Leiste und raubte ihm die Luft.

Ryans Wange prallte gegen die Kacheln. Er versuchte, sich von der Wand wegzudrücken, aber der Mann trat ihm in die Kniekehlen. Ryan knickte ein. Seine Kniescheiben schlugen auf den kalten, nassen Boden. Er spürte, wie das Knie des anderen sich fest zwischen seine Schulterblätter drückte und ihn mit der Brust gegen die Wand presste. Eine Hand packte sein Haar und riss seinen Kopf zurück.

Ryan hörte ein metallisches Klicken, sah ganz dicht neben seinem rechten Auge die Spitze einer Klinge, spürte, wie sie über seine Augenbrauen strich, spürte ihre Kälte auf seiner Wange.

»Nur die Ruhe, mein Freund.«

Ryan stützte sich mit den Handflächen an den Kacheln ab und versuchte, seinen keuchenden Atem unter Kontrolle zu bringen.

»Ich hatte Sie nur gefragt, ob Ihnen der Film gefallen hat«, sagte der Mann mit ruhiger, gleichmäßiger Stimme. »Mehr nicht. Kein Grund, sich so aufzuregen. War doch nur eine nette Frage, oder?«

Der Mann ließ Ryans Haare los, nahm das Knie aus seinem Rücken und das Messer aus seinem Blickfeld und trat beiseite.

»Man sieht sich, Lieutenant Ryan.«

Die Tür quietschte, und einen Moment schwoll das Geplapper der Zecher an, dann ebbte es ebenso schnell wieder ab. Ryan sah über die Schulter, er war allein. Ein paar Sekunden lang legte er seine Stirn an die kalten Kacheln, dann rappelte er sich hoch.

Er trat an den Spiegel über dem Waschbecken und suchte sein Gesicht nach Spuren des Messers ab, fand aber keine. Auf seinen Knien zeigten sich Wasserflecken vom feuchten Boden und seine Krawatte hing schief. Er zog sie gerade und wischte sich die Knie mit Papiertaschentüchern ab. Als seine Atmung sich beruhigt hatte, verließ er die Toilette.

Celia blickte hoch, als er sich näherte. »Geht es Ihnen gut?«, fragte sie.

»Alles in Ordnung«, sagte er. »Ich hatte Mrs. Highland ja versprochen, Sie bis elf wieder zurückzubringen. Wir sollten lieber gehen.«

Celia machte sich darüber lustig. »Ach, Mrs. Highland kann ruhig ein bisschen warten. Die vertrocknete alte Schachtel sollte lieber selbst mal ein bisschen vor die Tür. Würde ihr guttun, sich mal die Spinnweben vom Schlüpfer bürsten zu lassen.« Kichernd hielt sie sich die Hand vor den Mund. »Tut mir leid, das war ziemlich derb. Vielleicht hatte ich doch ein Glas zu viel. Sie haben recht, wir sollten gehen.«

Ryan bot ihr seinen Arm, und sie drängten sich durch den Qualm an den rotgesichtigen Männern vorbei. Er hielt Ausschau nach dunklem Haar, einem gutgeschnittenen Anzug und wissenden Augen in einem gebräunten Gesicht, sah aber nur betrunkene Zeitungsleute.

Als sie die Treppe vor Celias Haus erreichten, bewegte sich in der guten Stube die Gardine. Celia legte ihm die Hand auf die Brust.

»Ich würde Sie ja noch hereinbitten, aber ich fürchte, dann würde Mrs. Highland uns Gesellschaft leisten. Wenn Sie ihr nicht beim Stricken zusehen wollen, müssen wir uns wohl hier Gute Nacht sagen.«

»Das ist in Ordnung«, sagte Ryan. Wieder einmal verschlug es ihm die Sprache. Er stand mit herunterhängenden Armen da, quälendes Schweigen machte sich breit. Celia brach es mit einem Lächeln.

»Ich hatte einen sehr schönen Abend«, sagte sie. »Ich hoffe, Sie rufen mich wieder an.«

»Das mache ich. Auf jeden Fall.«

»Das Restaurant im Shelbourne ist gar nicht schlecht.«

»Dann führe ich Sie dorthin aus.«

Ryan wurde das Gefühl nicht los, dass sie hier einen Vertrag aushandelten, Versprechungen machten und eine Übereinkunft trafen. Aber das war ihm egal, solange er sie nur wiedersah.

»Gut«, sagte sie.

Sie beugte sich vor, stellte sich auf die Zehenspitzen und küsste ihn. Er schmeckte warme, feuchte Lippen und ihren angenehmen Lippenstift. Ihre Zungenspitze glitt über seine

Oberlippe. Als sie zurücktrat, spürte er sie immer noch, fühlte ihre Wärme.

»Meine Güte, Albert, nun stehen Sie doch nicht einfach nur so da, als hätten Sie gerade die Heilige Jungfrau gesehen.«

Halb hustete, halb lachte er. »Es tut mir leid. Ich hatte nicht erwartet ... Ich wusste ja nicht ...«

Sie legte ihm eine Fingerspitze auf die Wange. »Was für ein sanftes Gesicht. Gute Nacht, Albert.«

Ryan ließ sie zurück und ging zum Wagen. Für die Fahrt vom Rathgar bis in die Stadt brauchte er weniger als eine Viertelstunde, und unterwegs versuchte er, über den dunkelhaarigen Mann nachzudenken, der ihn in der Toilette überwältigt hatte, und nicht an Celias Lippen auf seinen.

Es gelang ihm nicht.

17. KAPITEL

Skorzeny ließ seinen Brandy und seine Gäste im Salon zurück. Er folgte Esteban in das verdunkelte Arbeitszimmer und nahm den Telefonhörer ab. Der Junge schaltete die Lampe an, die einen weichen Lichtkegel auf den Schreibtisch warf.

»Wer ist da?«, fragte Skorzeny.

»Celia Hume.«

Skorzeny entnahm dem Kästchen auf dem Schreibtisch eine Zigarette. »Und?«

»Wir hatten einen sehr angenehmen Abend. Wir sind ins Kino gegangen und haben anschließend noch etwas getrunken.«

Skorzeny bemerkte die weichen Konsonanten und die bemüht deutliche Art, wie sie die Wörter aussprach, als wollte sie die Wirkung dieser Getränke verbergen.

Esteban nahm das Tischfeuerzeug, entzündete es und hielt es Skorzeny hin. Skorzeny schmeckte das Benzin und den Tabak, die die Hitze in seine Kehle trug. Er bedeutete Esteban zu gehen. Der Junge verließ das Zimmer und schloss die Tür hinter sich.

»Wurden irgendwelche heiklen Themen besprochen?«, fragte er.

»Nein. Jedenfalls keine, die Sie oder die Arbeit betrafen, die Lieutenant Ryan für Sie erledigt.«

»Und welchen Eindruck haben Sie von ihm?«

Das Mädchen zögerte einen Moment. »Er ist richtig süß«, sagte sie dann. »In mancherlei Hinsicht wie ein Kind. Aber er hat auch eine andere Seite. Etwas, das ich nicht beschreiben kann. Ich weiß, dass er Soldat ist, aber da ist noch mehr. Etwas in seinen Augen, die Art, wie er Distanz hält, wie er spricht. Damit meine ich nicht, was er sagt. Sondern etwas, das mir Angst macht. Ein bisschen, jedenfalls.«

Wenn er gewollt hätte, hätte Skorzeny es für sie in Worte fassen können. Ryan trug die Seelen der Toten mit sich herum, genau wie jeder, der getötet hatte. Wie ritterlich auch immer sein äußeres Erscheinungsbild zu sein schien, wie freundlich der Mann selbst, aus seinen Augen würden immer diese Seelen blicken.

»Wann sehen Sie ihn wieder?«

»Ich weiß es nicht«, sage sie. »Bald, glaube ich. Er hat versprochen anzurufen.«

»Gut. Lassen Sie ihn nah an sich heran. So nah, wie er gern möchte.«

Einen Moment lang herrschte Schweigen, dann sagte sie: »Was meinen Sie damit?«

Skorzeny tippte die Asche am Rand des Aschenbechers von der Zigarette. »Bezahle ich Sie für diese Dienstleistung vielleicht nicht gut?«

»Oberst Skorzeny, ich bin keine Prostituierte.«

»Natürlich nicht«, antwortete er. »Gute Nacht, Miss Hume.«

Er legte auf, kehrte zu seinen Gästen zurück und fuhr mit der Anekdote fort, die er zuvor erzählt hatte. Eben jene, bei der es darum ging, wie er Mussolini aus dem Hotel auf dem Gran Sasso gerettet hatte, in dem der Duce gefangengehalten geworden war. Diese Geschichten mochten Skorzenys politische Gäste immer besonders.

Er hatte die Geschichte schon so oft erzählt, auf so vielen Partys und Diners und Banketten, dass er manchmal Mühe hatte, Wahrheit und Dichtung auseinanderzuhalten. In Momenten, in denen ihm Zweifel kamen, sagte er sich immer, dass er schließlich kein Historiker war. Wenn die Leute, die er traf, sich so gerne von seinen Abenteuergeschichten packen ließen, welches Recht hatte dann Otto Skorzeny, ihnen dieses Vergnügen zu versagen?

Luca Impelliteri würde es ihnen versagen, hätte er die Gelegenheit.

Am Morgen, nachdem der Italiener ihn auf dem Balkon in Tarragona herausgefordert hatte, hatte er Skorzeny eine Nachricht aufs Zimmer bringen lassen, in der er ihn zum Kaffee einlud. Mittags entdeckte Skorzeny Impelliteri wartend an einem Tisch vor einem Café an der Rambla Nova. Er trug eine Sonnenbrille und hatte den Hemdkragen geöffnet. Als Skorzeny näher kam, schnippte er mit den Fingern, um einen Kellner auf sich aufmerksam zu machen.

»Setzen Sie sich doch«, sagte er.

Skorzeny tat ihm den Gefallen. »Was wollen Sie?«

»Nur ein bisschen plaudern«, antwortete Impelliteri freundlich. Die Sonnenbrille verbarg seine Augen. »Kaffee?«

Skorzeny nickte.

Impelliteri wandte sich an den Kellner. »Zwei Kaffee, und bringen Sie uns einen Teller mit Gebäck. Was immer Sie empfehlen.«

»Für mich nicht«, wehrte Skorzeny ab.

»Ach bitte, Sie müssen unbedingt kosten. Das Gebäck hier ist das Beste, was ich außerhalb Italiens gegessen habe.«

Der Kellner ging, um das Bestellte zu bringen.

»Sie wollten reden«, sagte Skorzeny. »Also, kommen Sie zur Sache.«

»Oberst Skorzeny, Sie sind ein ungeduldiger Mann.«

»Unter anderem. Stellen Sie mich lieber nicht auf die Probe.«

Der Italiener grinste. »Nun, dann will ich Sie nicht länger als nötig aufhalten. Wie wir gestern Abend festgestellt haben, war ich auf dem Gran Sasso dabei, als Sie sich Il Duce geschnappt haben. Ich habe gesehen, wie Sie um das Hotel herumgerannt sind und versucht haben, einen Zugang zu finden. Ich habe gesehen, wie Sie vor den Wachhunden davongerannt sind. Zum Glück für Sie waren sie angekettet. Und ich habe Sie gesehen, als Sie eine Mauer nicht weiter als anderthalb Meter hinaufgekommen sind. Sie mussten einen Ihrer Männer als Leiter benutzen und sich auf ihn stellen. Es war fast schon komisch.«

Der Kellner kehrte zurück, stellte vor jeden der Männer einen Kaffee und in die Mitte des Tisches einen Teller mit Gebäck. Das Konfekt glänzte in der Sonne, rote Marmelade und gelbe Vanillekrem in Teighüllen, die aussahen, als könnte ein Windhauch sie fortwehen. Impelliteri hob den Teller und bot Skorzeny etwas an.

»Nein.«

Impelliteri zuckte die Achseln, nahm sich selbst ein Stückchen und mimte beim Essen Verzückung.

Um die Aufmerksamkeit des Italieners zurückzuerlangen, klopfte Skorzeny mit dem Fingerknöchel auf den Tisch. »Sie widersprechen also den historischen Fakten über das Unternehmen Eiche. Sie behaupten, meine Kameraden und ich wären Lügner und Sie wüssten es besser. Warum sollte mich interessieren, was Sie glauben?«

Impelliteri tupfte sich mit einer Serviette Krümel vom Mund. »Was ich glaube, braucht Sie nicht zu interessieren. Wer bin ich denn schon? Interessieren sollte Sie allerdings, was der Generalissimo glaubt. Schließlich sind Sie aufgrund seiner Großzügigkeit Gast in Spanien. Sollte er herausfinden, dass Sie ein Betrüger sind und sich seine Freundschaft erschwindelt haben, ist er vielleicht nicht mehr ganz so großzügig. Vielleicht würden Sie dieses wunderschöne Land dann nicht mehr so wunderschön finden. Versuchen Sie doch bitte ein wenig Gebäck, es ist wirklich vorzüglich.«

Er hielt erneut den Teller hoch, aber Skorzeny schob ihn weg. »Solche Hirngespinste wird Francisco nicht glauben, mein Freund. Er wird die historischen Fakten als solche anerkennen.«

»Historische Fakten«, äffte Impelliteri ihn nach. »Ständig wiederholen Sie diese Worte, als würde die Sache dadurch wahrhaftiger. Es gibt keine historischen Fakten. Das ist doch nur SS-Propaganda und Ihr eigenes Geschwätz.«

Skorzeny stand auf, der Stuhl rutschte kratzend über den Bürgersteig. »Ich habe genug von diesem Unsinn gehört. Belästigen Sie mich nicht wieder.«

Er marschierte auf das Hotel zu. Dahinter lag blau und spiegelglatt das Mittelmeer.

Hinter sich hörte er Impelliteris Stimme. »Warten Sie, Oberst Skorzeny. Ich habe Ihnen noch gar nicht gesagt, was ich von Ihnen will.«

Skorzeny blieb stehen und drehte sich um. Er hatte das todsichere Gefühl, genau zu wissen, was der Italiener von ihm wollte.

18. KAPITEL

Ryan schlief nur kurz, weil das Hotelbett für seinen Körper zu schmal und für seine Beine zu kurz war. Wenn er nicht gerade an Celia dachte und ihre Lippen auf seinen spürte, dachte er über den dunkelhaarigen Mann und dessen Klinge nach.

Im Kopf spielte er verschiedene Szenarien durch.

In einem überwand der andere ihn nicht und zwang ihn nicht auf dem vollgepinkelten Boden auf die Knie. Stattdessen überlistete Ryan den Mann, entwaffnete ihn und sorgte dafür, dass er zitternd ausspuckte und ihm alles erzählte, was er wissen wollte.

In einem anderen nahm Celia ihn mit in die gute Stube ihrer Pension und schickte Mrs. Highland weg wie ein Zimmermädchen. Und genau dort, auf den harten Sofakissen, küsste Celia ihn noch einmal. Diesmal ließ sie ihre Zunge verweilen und auf Entdeckungsreise gehen, flink und wendig. Dabei führte sie seine Hände über ihren Körper, hin zu den verborgenen Orten, die unter seiner Berührung warm wurden.

Als er endlich doch einschlief, träumte er von ihrem offenen Mund und dem Geschmack ihres Lippenstifts, dem Tabak und Alkohol in ihrem Atem. Und als er sich an sie drückte, wurde sie zu einer der drallen und willigen Huren, die nach Schweiß und starker Seife rochen und zu denen ihn die Jungs auf Sizilien mitgenommen hatten.

Und aus der Ecke beobachtete ihn der Mann, das Messer in der Hand. »Sie ist hübsch«, sagte er und hielt sich das Messer vor den Schritt, glänzend und obszön.

Als Ryan im fahlen Licht der Morgendämmerung aufwachte, hatten sich die Decken in seinen Fußgelenken verheddert. Er befreite sich, setzte sich auf die Bettkante und nahm seine Armbanduhr vom Nachtschränkchen. Kurz nach fünf. Noch mit dem Geschmack des gestrigen Guinness im Mund rieb er sich gähnend den Schlaf aus den Augen.

Sein Magen knurrte. Noch anderthalb Stunden, bevor das Frühstück serviert wurde. Neunzig Minuten allein mit seinen Gedanken. Da gab es nur eins: körperliche Ertüchtigung.

Nur in seiner Unterwäsche, stellte er sich aufrecht hin, reckte die Arme zur Decke und spürte, wie seine Rückenmuskulatur arbeitete. Dann beugte er sich mit durchgedrückten Knien vor, streckte die Fingerspitzen zum Boden aus, immer weiter herunter, bis sie den Teppich berührten.

Dann legte Ryan sich auf den Boden, klemmte die Füße unters Bett, verschränkte die Finger hinter dem Kopf und fing an, seine Klappmesser zu zählen.

Die Anstrengung klärte seinen benebelten Kopf.

Er dachte über Otto Skorzeny nach, den man einst den gefährlichsten Mann Europas genannt hatte. Jetzt war er ein Gutsbesitzer. Hatten die achtzehn Jahre seit dem Ende des Krieges seine Sünden abgewaschen? Zugegeben, bis zu einem gewissen Grad waren der Respekt und die Bewunderung verdient, die andere Soldaten ihm entgegenbrachten. Er war ein meisterhafter Taktiker und ein Revolutionär der Feldschlacht, der die Art und Weise der Kriegsführung verändert hatte. Aber er war auch ein Nazi. Und nicht etwa nur irgendein armer Kerl, der unglücklicherweise aufgrund seiner Geburt für diese Sache eingezogen worden war. Nein, Skorzeny war schon lange vor dem Krieg Parteimitglied gewesen und hatte sich freiwillig zum Kampf für das Reich gemeldet, ohne zum Militärdienst gezwungen worden zu sein.

Was auch immer diese Mörder von Skorzeny wollten, welches Schicksal ihn auch erwartete, viele würden sagen, dass er es verdiente.

Viele, aber nicht alle.

Ryan erinnerte sich wieder an die Diskussionen im Geschäft seines Vaters. Während er als Junge für einen gelegentlichen Penny von seinem Vater Waren eingeräumt und den Boden gewischt hatte, hörte er den Männern zu, die darüber diskutierten, was in Europa los war. Sie sprachen über den Reichskanzler Hitler. Würde de Valera – damals immer noch der Taoiseach und glühender Verfechter der Revolution – sich auf Chamberlains Seite schlagen? Und wenn es dazu kam, würde er dann von seinen irischen Landsleuten verlangen, Seite an Seite mit den Briten zu kämpfen?

Undenkbar, sagten einige. Niemals würde der alte Dev seine Leute an die Briten verraten.

Aber mit diesem Hitler, erwiderten andere, mit dem wird es Ärger geben. Mit seinem ganzen Gebrüll und Gepolter wird es noch übel enden. Dem muss jemand mal Manieren beibringen.

Aber der ist doch nur ein guter Nationalist wie wir, er kümmert sich um sein eigenes Volk. Genau wie der alte Dev und genau wie 1916 Pearse und Connolly.

Das ist nicht dasselbe, überhaupt nicht. Dev und die anderen haben für die Freiheit gekämpft. Dieser Hitler ist ein waschechter Diktator. Und ein Faschist obendrein.

So flogen die Argumente hin und her. Der kleine Albert Ryan wischte derweil den Boden und putzte die Fenster, während sein Vater die Ladentheke aufräumte und wenig sagte. Mich geht das jedenfalls nichts an, sagte er immer. Von mir aus können sie es untereinander ausfechten, solange sie mich und meine Familie in Ruhe lassen.

Letzten Endes sollte Ryans Vater recht behalten. Irland hielt sich mehr oder weniger heraus.

Aber nicht Ryan. Er sah, was die Nazis getan hatten, sah die verkohlten Reste des vergewaltigten und verstümmelten Kontinents. Die Männer, Frauen und Kinder, all die menschlichen

Wesen, die auf den Straßen umherzogen, ihre Habseligkeiten entweder in den Händen oder auf dem Rücken. Sie berichteten, was sie zurückgelassen hatten. Nicht das Hab und Gut, sondern die Leichen. Die Leichen derer, die sie liebten, jetzt den Hunden und Insekten überlassen.

Ryan träumte immer noch davon. Nicht so oft wie früher, aber doch manchmal. Er dankte Gott dafür, dass er nicht die Konzentrationslager betreten hatte. Über die verwüsteten Landstriche Europas hinweg verbreiteten sich die Geschichten über die lebenden Skelette, die Massengräber und die halb verbrannten, halb verscharrten Leichenberge.

Das hatten Männer wie Skorzeny getan. Freiwillig.

Und jetzt schützte Ryan ihn.

Den Brustkorb an die Knie gedrückt, hielt er inne. Er hatte aufgehört zu zählen und keine Ahnung, wie viele er geschafft hatte. Egal. Er rollte sich auf den Bauch, streckte die Beine aus, die Handflächen auf dem Boden, und drückte.

Wo waren die Jäger, die Skorzeny nachstellten? War der Mann, der ihn gestern Abend erniedrigt hatte, einer von ihnen? Oder jemand anderes?

Unter Ryan hob und senkte sich der Boden, Schweißtropfen verdunkelten den Teppich. Er ergötzte sich an dem reinen Gefühl, wie seine Schulter- und Oberschenkelmuskeln sich anstrengten. Er machte weiter, bis sein ganzer Körper brannte, die Lungen nach Luft lechzten und in seinem Kopf abwechselnd ein dunkelhaariger Mann und eine rothaarige Frau auftauchten, ohne dass er wusste, vor wem er sich mehr fürchtete.

Als er sich durch die körperliche Anstrengung nun wieder konzentrieren konnte, nahm er sich noch einmal die Akte vor, die Haughey ihm hatte zukommen lassen. Immer wieder las er die Anmerkungen des Ministers sowie seine eigenen durch. Und wie sehr er sich auch bemühte, einen offenen Blick zu behalten, immer wieder blieb sein Argwohn an denselben beiden Namen hängen.

Hakon Foss und Catherine Beauchamp.

Er prägte sich die Adresse der Frau ein und ging zum Schreibtisch, wo die Landkarte lag.

Ryan hatte sich gewaschen, rasiert und seinen alten Anzug angezogen. Gerade wollte er zum Frühstück gehen, als das Telefon klingelte. Der Empfangschef fragte ihn, ob er einen Anruf durchstellen dürfe. Der Anrufer habe seinen Namen nicht nennen wollen. Ein ausländischer Herr, fügte der Empfangschef hinzu.

»Ja«, sagte Ryan. Er wusste Bescheid.

»Guten Morgen, Lieutenant Ryan«, meldete sich Otto Skorzeny.

»Guten Morgen, Sir.«

»Was haben Sie zu berichten?«

Ryan erzählte ihm, er habe zwei Namen, die er genauer überprüfen wolle. Leute aus Skorzenys Umfeld.

»Wer?«

Ryan schwieg eine Weile, bevor er antwortete. »Das würde ich lieber nicht sagen.«

»Nicht?«

»Nein.«

»Und wenn ich darauf bestehe?«

»Dann werde ich mich weigern«, erklärte Ryan.

Skorzeny blieb einige Sekunden still. Dann sagte er: »Wie Sie meinen.«

Ryan überlegte, ob er dem Österreicher etwas von dem dunkelhaarigen Mann erzählen sollte. Einerseits sah er keinen Vorteil darin, die Information für sich zu behalten, andererseits aber auch keine Möglichkeit, sie weiterzugeben, ohne Skorzeny zu offenbaren, dass Ryan sich auf Knien in einer Toilette wiedergefunden hatte. Aus Instinkt und Erfahrung wusste er, dass es fatal sein konnte, vor einem Mann wie Otto Skorzeny eine solche Schwäche preiszugeben. Sollte er dieses Risiko eingehen?

Bevor er eine Entscheidung treffen konnte, kam Skorzeny ihm zuvor. »Ich würde Sie gerne einladen.«

Ryan blinzelte verwirrt. »Oh?«

»Zu mir nach Hause. Ich bewirte morgen Abend eine kleine Runde. Einige der Leute werden Sie kennen. Zum Beispiel unseren Freund, den Minister. Sagen Sie, haben Sie eine Freundin?«

Ryan zögerte. »Ich kenne da eine junge Dame«, sagte er schließlich und schalt sich sofort selbst dafür, wie sich das anhörte. Er hörte Skorzenys Belustigung in seiner Antwort.

»Dann bringen Sie diese junge Dame, die Sie da kennen, doch bitte mit.«

»Danke, Sir.«

»Und noch etwas. Seien Sie auf einen Schlagabtausch gefasst.«

»Sir?«

»Wir werden fechten. Ich sagte Ihnen doch, dass ich schon lange nach einem anständigen Gegner suche. Vielleicht sind Sie ja einer. Also, wir sehen uns morgen Abend.«

Das Telefon klickte, und die Leitung war tot.

Ryan gönnte sich ein opulentes Frühstück, bevor er seinen guten Anzug in der Reinigung abgab und dann in die Capel Street zu McClelland Tailors lief. Lawrence McClelland stand vor einem Regal und arrangierte Hemdschachteln, als Ryan eintrat. Er wandte sich um, um zu sehen, wer der Besucher war. Im ersten Moment blieb sein Gesicht ausdruckslos, doch dann fiel es ihm mit einem Schlag wieder ein.

»Ah, Sir, wie kommen Sie mit dem Canali zurecht?«

»Sehr gut«, antwortete Ryan.

McClelland trat um den Tisch herum, auf dem stapelweise Kleider und Stoffe lagen. »Und was kann ich heute Morgen für Sie tun?«

»Ich würde gern ein paar Krawatten sehen«, sagte Ryan. »Und vielleicht ein paar Hemden.«

McClelland nickte und ließ die Schultern sinken. »Und sollen die ebenfalls auf Mr. Haugheys Rechnung gesetzt werden?«

Ryan zögerte nicht.

»Ja, bitte«, sagte er.

19. KAPITEL

Ryan verließ Dublin in Richtung Norden nach Swords. Die Stadt wich grünen Feldern. Schon nach wenigen Minuten kam der weiße Koloss des Flughafenterminals ins Blickfeld. Gerade schoss eine Maschine der Aer Lingus am nahen Horizont in den Himmel. Seit der Errichtung des Terminals Anfang der vierziger Jahre hatte der Flughafen rasch expandiert, es gab Routen zu fast jedem erdenklichen Ziel.

Auf dem Beifahrersitz lag neben Ryan die aufgeklappte Karte. Mit Bleistift war darauf der Bereich eingekreist, wo er Catherine Beauchamps Zuhause vermutete.

Er durchquerte Swords über die ruhige Hauptstraße und kam anschließend an den Sozialwohnungen von Seatown vorbei. Jungen mit schmutzigen Gesichtern unterbrachen ihr Fußballspiel, um ihm nachzusehen. Eine Meute Hunde verfolgte bellend den Wagen. Nach etwa dreißig Metern ließen sie, befriedigt, dass sie ihr Territorium verteidigt hatten, von ihm ab.

Ryan legte die Karte aufs Lenkrad und schaute abwechselnd auf sie und auf die Straße. Die Straße verengte sich zu einer kleinen Brücke, die den Fluss überquerte. Auf der anderen Seite bog er nach rechts ab. Die Fahrbahn war kaum breit genug für den Vauxhall. Zweige schlugen gegen die Karosserie.

Er folgte der Straße. Zu seiner Linken lagen Hecken und Bäume, zu seiner Rechten Wasser. Ein schmales Flüsschen verbreiterte sich unterwegs ständig, zunächst auf zwei Meter, dann auf vier, dann auf zwanzig und dreißig, bis es schließlich zu einer Flussmündung anschwoll.

Im Schilf hatten sich Schwäne versammelt. Sie liefen auf die Straße und versperrten Ryan den Weg. Furchtlos ignorierten sie den Wagen, der im Schneckentempo auf sie zurollte. Ryan spielte mit der Kupplung und schob sich behutsam Stückchen um Stückchen vor. Die Schwäne staksten nur ein paar Zentimeter weiter und dachten gar nicht daran, ihm Platz zu machen.

Ryan stieg aus dem Wagen und versuchte sie wegzuscheuchen. Sie zischten ihn an, ließen sich aber nicht beirren. Ryan breitete seine Rockschöße aus wie Flügel, wedelte sie hin und her und machte sich so groß wie möglich. Endlich waren die Schwäne so irritiert, dass sie zum Wasser zurückkehrten. Ryan stieg wieder in den Wagen und fuhr weiter.

Weiter vorne, wo das Land eine winzige Halbinsel geformt hatte, senkte sich die Straße zum Fluss hinab. Wasser stand auf der Fahrbahn, die Räder des Vauxhall rauschten hindurch. In dem Moment, als sie an einer trockenen Stelle wieder Bodenhaftung fanden, schien aus der Hecke eine Mauer hervorzuwachsen. In der Mitte befand sich ein Torbogen. Ryan bremste ab und schaute auf die Karte.

Ja, hier musste es wohl sein, das kleine Stück Land, das sich jenseits des Tores zum Delta hin erstreckte.

Ryan steuerte den Wagen auf den Streifen Unkraut zwischen der Straße und dem Ufer, zog die Handbremse an und den Schlüssel ab. Vom offenen Wasser her wehte ein scharfer Wind. Jenseits des in der Ferne nebelverhangenen Deltas konnte er auf der anderen Seite Malahide sehen.

Ryan ging zurück zum Tor und stellte fest, dass es verschlossen war. Er spähte durch die Latten und sah hinter einem wunderbar gepflegten Garten und einem Kiespfad ein niedriges Cottage und seitwärts davon eine Scheune, die als Stall diente.

Eine schlanke Frau mit einem Futtereimer in der Hand starrte ihn vom Scheunentor aus an. Aus dem Einer fraß ein Pferd, sein langer Hals ragte über ein Gatter hinweg, das aus Holz und verrosteten Blechen zusammengezimmert worden war.

»Catherine Beauchamp?«, fragte Ryan.

Die Frau stellte den Eimer hin, schob die Hände in die Hosentaschen und kam auf ihn zu.

»Wer sind Sie?«, fragte sie mit einem schwachen französischen Akzent.

»Mein Name ist Albert Ryan. Ich arbeite für den Geheimdienst.« Er hielt seinen Dienstausweis hoch. Sie blieb mitten im Garten stehen. »Ich würde gerne mit Ihnen sprechen«, fuhr er fort.

»Ich bin mir nicht sicher, ob ich mit *Ihnen* sprechen will«, antwortete sie. Ihr Englisch war perfekt und ihre Stimme so rau wie Schmirgelpapier. Ihr ergrauendes Haar trug sie in einem von Spangen gehaltenen Knoten. Ryan fielen ihre ebenmäßigen Züge auf, an denen nun das Alter zu nagen begann, und die tiefen Raucherfalten auf der Oberlippe.

»Ich arbeite für Otto Skorzeny.« Das war nicht einmal richtig gelogen und lohnte die Erwähnung, denn kaum fiel der Name, veränderten sich ihre Züge. »Ich ermittle in den Mordfällen Alex Renders, Johan Hambro und Helmut Krauss. Und in dem an Elouan Groix.«

Sie zuckte zusammen. Hatte sie von dem Tod des Bretonen etwa noch nicht erfahren?

»Darüber weiß ich überhaupt nichts«, sagte sie. Sie blieb auf Abstand, ihre Stimme bebte leicht. »Ich fürchte, Sie haben die Fahrt umsonst gemacht.«

»Trotzdem würde ich gerne mit Ihnen sprechen. Es dauert nicht lange.«

Er überlegte, ob er aufs Ganze gehen sollte, und beschloss, es zu riskieren. »Ich würde Oberst Skorzeny ungern berichten müssen, dass Sie sich geweigert haben zu kooperieren.«

Ihre Züge verhärteten sich. Entschlossen kam sie auf das Tor zu. »Auf kurze Sicht mögen Drohungen Ihnen vielleicht einen Vorteil verschaffen, aber auf lange Sicht werden Sie umso teurer dafür bezahlen, Mister … Wie war noch gleich Ihr Name?«

»Ryan. Lieutenant Albert Ryan.«

Sie zog einen Schlüssel aus der Tasche und schloss das Tor auf.

Catherine Beauchamp wärmte in einem Kessel über dem Feuer Kaffee auf und goss ihn dann in zwei Tassen. Eine stellte sie vor Ryan auf den Tisch. Der Kaffee schmeckte abgestanden und bitter, aber er verzog keine Miene.

Das Innere des Cottage war dem nicht unähnlich, in dem Elouan Groix gestorben war, jenem Zuhause, das Célestin Lainé aufgegeben hatte. Die Küche mit dem Waschbecken und dem offenen Kamin diente als Wohnraum. Eine der beiden Türen stand offen, und Ryan sah ein ordentlich gemachtes Bett sowie mit Büchern vollgestopfte Regale. Auch die Küche beherbergte vier vollgestopfte Bücherregale. Auf dem Tisch lagen mehrere Notizbücher, außerdem Schmierhefte und lose Blätter. Darauf befanden sich verschnörkelte und auf mehrere Zeilen verteilte Verse in einer Sprache, die Ryan nicht erkannte.

»Ich schreibe immer noch«, sagte Beauchamp und setzte sich Ryan gegenüber hin. »Keiner will mich mehr veröffentlichen, trotzdem schreibe ich weiter. Ich muss einfach.«

»Gedichte?«, fragte Ryan.

»Ja, überwiegend, und auch Essays und Geschichten. Früher habe ich Romane geschrieben, aber dafür habe ich nicht mehr die Willenskraft.«

»Auf Bretonisch?«

»*Oui*«, sagte sie und verfiel unversehens ins Französische. »Das ist eine wunderbare Sprache, so lyrisch, wie Musik. Ins Englische lässt sich mein Werk nur schlecht übersetzen. Der Sprache fehlen der Rhythmus und das Melodische des Bretonischen. Bretonisch ähnelt eher der Sprache in Cornwall und auch in vielem Ihrem Irischen. Wie steht es eigentlich mit Ihrem Irischen?«

»Ich kann mich nur noch an ein paar Wörter aus der Schule erinnern«, gab Ryan zu.

Sie bedachte ihn mit einem traurigen Lächeln und zündete sich eine Zigarette an. »Sie sprechen Ihre eigene Sprache nicht? Sie sprechen lieber die Sprache Ihrer Unterdrücker? Sehen Sie denn nicht, wie tragisch das ist?«

»Ich hatte nie das Bedürfnis, es zu lernen.«

Sie stieß einen langen, rauchigen Seufzer aus, in dem er ihre ganze Enttäuschung hörte. »Na schön, stellen Sie Ihre Fragen. Ich werde mich bemühen zu antworten.«

»Wie nahe stehen Sie Otto Skorzeny?«

»Nicht sehr nahe. Er hat mir wie einigen anderen Bretonen geholfen, nach Irland hereinzukommen. Célestin kennt ihn besser.«

»Ist Célestin Lainé ein Freund von Ihnen?«

Wieder erschien auf ihren Lippen das traurige Lächeln. Sie zog ein Knie fast bis zum Kinn hoch und stützte den Fuß dabei auf der Stuhlkante ab.

»Ja. Und mehr. Vor vielen Jahren haben wir uns einmal geliebt. Was jetzt ist, weiß ich nicht.«

»Élouan Groix ist dort gestorben, wo Lainé wohnte.«

Sie starrte auf irgendeinen Punkt weit entfernt von ihrem Cottage.

»Der arme Élouan. Er war ein guter Mann. Aber kein starker Mann. Kein Kämpfer. Wie geht es Célestin? Ist er verletzt worden?«

»Nein«, sagte Ryan. »soweit ich weiß, wohnt Mr. Lainé im Augenblick bei Oberst Skorzeny. Kannten Sie ihn schon in Frankreich?«

»Ja, wir haben in den Dreißigern gemeinsam Aktionen durchgeführt.«

»Und während des Krieges?«

»Er hat gekämpft. Ich habe geschrieben. Propaganda, Essays, Artikel, solche Sachen. Wir haben in den Städten und Dörfern Pamphlete verteilt.«

»Sie waren eine Kollaborateurin.«

Sie richtete ihren starren Blick auf Ryan. Ihre Augen stachen wie Nadeln in seine Haut. »Nennen Sie mich ruhig so, wenn Sie wollen. Ich selbst habe mich als Patriotin und Sozialistin gesehen. Die Deutschen haben uns die Unabhängigkeit versprochen, unseren eigenen Staat, unsere eigene Regierung. Wir haben ihnen geglaubt. Vielleicht war das naiv, aber ist das denn nicht das Vorrecht der Jugend?«

Beauchamp zog an ihrer Zigarette, deren Spitze im Dämmerlicht des Cottage rot aufglühte. Sie hielt den Rauch einen Moment lang in der Lunge, dann stieß sie ihn durch die Nase aus. Sie hustete heftig. Sie zog ein Papiertaschentuch aus der Tasche und spuckte hinein.

»Kennen Sie den Begriff vom Schleicher vor der Tür?«

Ryan schüttelte den Kopf. »Nein.«

»Es ist eine spiritualistische Vorstellung. Oder eine okkulte, je nachdem, wie man die Sache sieht. Für die einen bedeutet sie dies, für die anderen das. Manche halten den Schleicher für einen bösen Geist, der sich an einen lebenden Menschen hängt. Andere beschreiben ihn als ein vergangenes Übel, ein dunkles Spiegelbild seiner selbst aus einem früheren Leben. Wir alle haben das. Etwas, das in unserem Schatten lauert und uns beschämt.«

Sie betrachtete das Muster der blauen Rauchwirbel zwischen ihnen.

»Ich verstehe nicht«, sagte Ryan.

»Was ich während des Krieges getan habe, die Leute, die ich an mich heranließ, die Dinge, die ich schrieb, zu was für einem Menschen ich mich damals machen ließ – all das ist mein Schleicher vor der Tür.«

»Sie meinen Schuld?«

»Vielleicht«, sagte sie. »Hätte ich damals die Wahrheit gesehen, diese Deutschen durchschaut, die so viel versprochen hatten … Wenn ich gewusst hätte, was sie diesen Menschen antaten, den Juden, den Roma, den Homosexuellen, dann hätte ich mich anders entschieden. Glauben Sie mir das?«

Ryan antwortete nicht auf die Frage. Stattdessen stellte er selbst eine. »Verabscheuen Sie Otto Skorzeny?«

»In welcher Hinsicht?«

»In jeglicher Hinsicht.«

Sie lachte. »Ich verabscheue, dass er reich und fett geworden ist. Ich verabscheue, dass seine Gier nach Geld und Macht die Liebe zu seinem Land ertränkt hat. Ich verabscheue, dass er sich vor den Karren der irischen Bourgeoisie spannen lässt. Reicht Ihnen das?«

Ryan lehnte sich vor und legte die Unterarme auf den Tisch. Unter seinen Ellbogen raschelten Blätter mit Gedichten.

»Hat Sie jemals jemand aufgesucht und nach Oberst Skorzeny oder einer der anderen Personen Ihrer Art befragt?«

»Personen meiner Art?«

»Ausländer. Flüchtlinge aus Europa.«

»Sie meinen Nazis«, sagte sie. »Kollaborateure.«

»Ja.«

Sie drückte die Zigarette aus. Glimmende Tabakfäden schwebten vom Aschenbecher hoch. »Warum fragen Sie mich das?«

»Wer auch immer Skorzenys Mitstreiter aufs Korn genommen hat, Ihre Freunde …«

»Meine Freunde? Das sind nicht meine …«

»Was auch immer sie für Sie sind, ein gut ausgebildetes und organisiertes Team hat sie ins Visier genommen. Und diese Leute haben einen Informanten. Jemanden mit Zugang zu Skorzenys Kreisen. Jemanden, der Grund hat, sich gegen seine Freunde zu wenden. Jemanden wie Sie.«

Sie schüttelte den Kopf, die Augen in die Ferne gerichtet. »Das ist Unsinn. Wie kommen Sie auf so eine Idee? Unsinn.«

Ryan schwieg und sah zu, wie ihr Blick sich auf das Fenster zum Garten richtete und dort verweilte. Er zählte die Sekunden, bis sie sagte: »Ich möchte, dass Sie jetzt gehen.«

»Hören Sie mir zu«, sagte Ryan. »Falls Sie Oberst Skorzeny verraten haben, dann ist es Ihre einzige Hoffnung, wenn Sie es mir jetzt erzählen. Sollten Sie Informationen an andere weitergegeben haben, sagen Sie mir, an wen und was Sie demjenigen erzählt haben.«

Sie öffnete den Mund, schloss ihn wieder und öffnete ihn erneut. »Ich … Ich habe nicht … ich doch nicht.«

Ryan streckte die Hand aus und berührte ihren Unterarm. Sie zuckte zurück.

»Sie wissen, was Skorzeny mit Ihnen macht. Reden Sie mit mir, dann beschütze ich Sie.«

Sie schüttelte lächelnd den Kopf. »Was für ein Kindskopf Sie doch sind!«

»Bei meinem Leben, ich werde …«

Sie schlug mit der flachen Hand auf den Tisch, dass die Blätter wegflogen. »Wenn Otto Skorzeny den Tod eines Mannes wünscht oder auch den einer Frau, dann kommt der Tod. Wissen Sie das nicht? Er hat Mussolini von einem Berggipfel geholt. Er hat Evita direkt unter Peróns Nase gefickt. Dann hat er den faschistischen Mistkerl nach Strich und Faden ausgenommen, und man hat sich sogar noch bei ihm bedankt. Das ist seine Macht. Kein Amt oder Titel. Kein Gesetz wird ihn aufhalten.«

Beauchamp stand auf, trat ans Waschbecken und umklammerte es.

Ryan stand auf. »Bitte, Sie kennen die Alternative. Sie wissen, was Skorzeny machen wird, wenn er Sie zuerst erwischt. Entweder reden Sie mit mir, oder …«

Ihre Hand glitt hinter den Baumwollvorhang, der unter dem Waschbecken hing. Als sie sich umdrehte, zielte eine kleine halbautomatische Pistole auf Ryans Brust. Vermutlich eine ACO Kaliber .25. Ihre Hand zitterte, die Pistole wackelte hin und her. Mit der anderen Hand lud sie die Waffe durch.

Ryan hob die Hände bis zu den Schultern.

»Weiß er von mir?«, fragte sie.

»Ich habe ihm Ihren Namen nicht genannt«, antwortete Ryan. »Aber er weiß, dass es einen Informanten gibt. Ich habe

Sie problemlos gefunden. Das kann er genauso gut. Und er wird es auch tun. Bitte, erlauben Sie mir, Sie zu beschützen.«

Tränen strömten Beauchamps aus den weit aufgerissenen Augen, tropfen von den Wangen herunter und hinterließen dunkle Flecken auf der Bluse. Die Angst beschleunigte ihren Atem, ihre Brust hob und senkte sich. Sie wischte sich über die Wangen und schniefte laut. »Man hat mir gesagt, ich wäre sicher. Sie haben es mir versprochen. Es war meine Sühne. Ich habe ihnen gesagt, was sie wissen wollten, damit Gott mir vergeben würde. Hat Gott mir vergeben?«

»Ich weiß es nicht. Was für Leute sind das?«

»Sie haben mir Fotos gezeigt. Die Kinder.« Ihre freie Hand wanderte zu ihrem Bauch. »Die toten Kinder. Die Knochen. Ihre toten Augen. Die offenen Münder. Die Fliegen auf den Lippen.«

»Sie haben ihnen das ja nicht angetan«, sagte Ryan. Er trat um den Tisch herum. »Wie Sie schon sagten, Sie wussten es nicht. Bitte, legen Sie die Waffe weg.«

»Wird Gott mir vergeben?«

»Ich weiß es nicht. Bitte, Catherine, legen Sie die Waffe weg. Sprechen Sie mit mir. Wir finden eine Lösung. Sie können fliehen, das Land verlassen.«

Noch einmal fragte sie ihn. Ihre Stimme klang fest und entschlossen: »Wird Gott mir vergeben?«

Ryan ließ die Hände sinken. »Ja. Das wird er.«

Catherine Beauchamp lächelte. Dann öffnete sie weit den Mund, schob sich die Mündung der Pistole zwischen die Zähne und schloss die Augen.

»Nein«, rief Ryan, aber noch bevor er einen einzigen Schritt machen konnte, war es schon vorbei.

20. KAPITEL

Célestin Lainé hatte der Penfolds Grange Shiraz am Abend zuvor so gut geschmeckt, dass er sich in den Keller geschlichen und nach einer zweiten Flasche gesucht hatte. Er war die Holztreppe hinabgestiegen und hatte gespürt, wie die feuchte Luft ihm unter die Kleider kroch. Er hatte staunend nach Luft geschnappt, als seine Füße den kalten Zementboden berührten. Endlose Reihen mit Flaschen aus aller Welt, einige blank, andere mit einer Staubschicht vom Alter. Er war zwischen den Regalen hindurchgeschlendert, und das Wasser war ihm im Munde zusammengelaufen angesichts der Wonnen, die auf ihn warteten. Er brauchte mehrere Minuten, bis er den zweiten Shiraz gefunden hatte.

Jetzt war es hell, und sein Schädel brummte. Die einzige Antwort darauf war natürlich mehr Wein. Er kehrte in den Keller zurück und hoffte, noch mehr vom Penfolds Grange zu finden, aber es gab keinen mehr. Stattdessen begnügte er sich mit einem italienischen Weißwein. Eine Stunde auf Eis hätte ihm gutgetan, aber auch so war er mehr als erträglich.

Lainé schlenderte über das Gelände von Martinstown House. In einer Hand hatte er die noch verkorkte Flasche, mit der anderen hielt er sich die Jacke zu. Skorzenys Anwesen war wirklich beeindruckend. Für protzige Zurschaustellung von Wohlstand hatte Lainé nie etwas übriggehabt, dazu hatte ihm auch immer das Geld gefehlt. Trotzdem konnte er das Haus mit seinen ausladenden Seitenflügeln, Bogenfenstern und den Gärten, an die es sich schmiegte, nur bewundern. Er trat einen Schritt zurück und betrachtete das ganze Anwesen.

Ja, Skorzeny hatte etwas erreicht. Vielleicht hätte Lainé, wenn er nur ebenso ehrgeizig gewesen wäre, auch so viel Reichtum anhäufen können. Aber letztlich hätte er es ohnehin nur für Alkohol ausgegeben.

Er nahm einen Schluck aus der Flasche. Der zuckersüße Wein klebte in seinem Hals.

Einer von Skorzenys Wachmännern schlenderte auf seinem Kontrollgang über das Gelände vorbei und gab sich keine Mühe, die Kalaschnikow zu verbergen. Lainé nickte ihm zu. Der Wachmann knurrte eine Antwort auf Deutsch. Eine Gruppe von fünf Männern, Flüchtlinge aus Ostdeutschland, die nach Irland hineingeschmuggelt worden waren, teilten sich in einem der Nebengebäude zwei Zimmer.

Vor dem Haus stapfte Hakon Foss vorbei. Er trug einen schlammbespritzten Overall und hielt eine Gießkanne in der Hand. Lainé winkte. Foss winkte zurück.

Der Norweger kniete sich vor einen der Töpfe, die aufgereiht an der Mauer standen. Frühlingsblumen gediehen prächtig in der Komposterde. Foss machte sich daran, das Unkraut dazwischen herauszuzupfen und warf es achtlos neben sich auf den Kies.

Lainé überquerte den Pfad.

Foss sah von seiner Arbeit hoch. »Hallo«, sagte er.

Lainé lächelte ihn an. »Arbeiten Sie hart?«

Der Norweger zuckte die Achseln. »Nicht hart. Ich habe das schon vor zwei Tagen gemacht. Der Oberst sagte: ›Komm, mach damit weiter.‹ Wozu, frage ich?«

Lainé hielt dem anderen die Flasche hin. Foss lächelte, nahm die Flasche entgegen und trank. Beim Schlucken hüpfte sein Adamsapfel auf und ab. Er gab Lainé die Flasche zurück und wischte sich den Mund ab.

»Wollen Sie die Arbeit nicht?«, fragte Lainé. »Wollen Sie kein Geld verdienen?«

Foss machte sich mit seinen Stummelfingern wieder über die Erde her. »O doch, ich will Geld verdienen. Immer.«

Lainé hob die Flasche an die Lippen und trank. »Geld zu haben ist gut.«

Foss lachte, zuckte noch einmal die Achseln und nickte. »Ja, Geld ist gut. Und essen. Und ein Platz zum Schlafen. Für so was ist Geld gut.«

Lainé klopfte Foss lächelnd auf den Rücken und verabschiedete sich. Er schlenderte vom Haus weg, aus den Gärten hinaus und auf die Nebengebäude zu. Hühner liefen umher und pickten in der Erde. Er schob sie mit der Stiefelspitze weg.

Er entdeckte Tiernan in einer offenen Scheune, wo er sich fluchend an einem Fellknäuel zu schaffen machte. Als Lainé eintrat, sah er auf.

»Wie geht's?«, fragte er und nickte respektvoll.

Einer von Tiernans Collies, eine Hündin, lag auf einem Bündel Decken. Ein halbes Dutzend Welpen wuselte um sie herum, eingepfercht in einen provisorischen Bretterkäfig.

»Wie alt sind sie?«, fragte Lainé.

»Sieben Wochen«, antwortete Tiernan. »Irgendein verdammter Streuner hat sie besprungen. Und jetzt habe ich sechs Mischlinge, die kein Mensch gebrauchen kann. Ich hätte die kleinen Scheißer längst ersäufen sollen, aber ich habe es nicht übers Herz gebracht. Bald sind sie abgestillt, dann komme ich nicht mehr drum herum. Sobald ich den Mumm dazu habe, kommen sie in den Sack und in den Fluss.«

Der Alte streckte eine sehnige Hand aus und kraulte einen der Welpen hinter dem Ohr. Der Hund schlug mit den Pfoten nach den knöchernen Fingern und knabberte mit nadelspitzen Zähnen an der rauen Haut. Seine Geschwister beteiligten sich an dem Spiel.

»Ich nehme einen«, sagte Lainé. Er hockte sich hin, stellte die Flasche neben sich ab und musterte die Welpen einen nach dem anderen. Alle außer einem bedrängten Tiernans Hand, ein schwarzbrauner Rüde, der kleiner war als die anderen. Lainé hielt ihm die Finger hin. Erst zögerte das Tier, dann beschnupperte es seine Haut und leckte sie mit seiner kleinen Zunge ab.

»Den da«, sagte er.

»Von mir aus«, sagte Tiernan. »Aber sorgen Sie dafür, dass die Missus ihn nicht im Haus sieht. Die kriegt Zustände.«

Tiernans Frau arbeitete als Skorzenys Haushälterin. Sie war eine kräftige, grimmige Deutsche, die noch vor dem Krieg nach Irland gekommen war und den Iren geheiratet hatte. Sie hatte Lainé schon dafür gescholten, dass er Matsch ins Haus geschleppt hatte.

»Ich verstecke ihn vor ihr«, versprach er.

Er beugte sich vor, hob den Welpen aus dem Pferch und dankte Tiernan. Der Hund wand sich in seinen Händen. Er klemmte ihn sich unter den Arm, nahm den Wein in die freie Hand und machte sich auf den Weg zum Haus.

Als er durch die Küche eintrat, stand Mrs. Tiernan da und stritt mit dem Koch, der erst am Morgen aus dem Restaurant Horcher in Madrid eingetroffen war. Das war Skorzenys bevorzugtes Speiselokal in ganz Europa. Der Spanier war herübergeflogen, um das Gelage für den folgenden Abend vorzubereiten. Ein halbes Dutzend Fasane lagen in zwei Reihen auf dem Küchentisch. Offenbar stritten sich Mrs. Tiernan und der Koch darüber, wie die Vögel am besten zuzubereiten seien. Jeder sprach in seiner jeweils eigenen Sprache und unterstrich seine Argumente mit vielen Gesten. Ihre Stimmen wurden lauter.

Lainé huschte unbemerkt an ihnen vorbei.

Er schlich weiter in Richtung Treppe und war schon halb oben, als eine Stimme nach ihm rief. »Célestin.«

»Ja?«

»Was haben Sie da?«

»Einen Welpen«, erwiderte Lainé. Er hielt das Jungtier hoch, das mit den Beinen in der Luft strampelte.

»Sehen Sie bloß zu, dass Frau Tiernan ihn nicht in ihrem Zimmer findet.«

»Mache ich.«

Skorzeny streckte die Hand aus. »Und das?«

Lainé umklammerte die Weinflasche noch fester. »Ich hatte Durst.«

»Schluss damit!«, befahl Skorzeny. »Ich will heute Abend anfangen, Hakon Foss zu verhören. Da müssen Sie nüchtern sein. Verstanden?«

»Ja.«

»Gut.«

Lainé ging auf sein Zimmer, stellte den Wein auf das Nachtschränkchen und legte den Welpen aufs Bett. Schnüffelnd und winselnd untersuchte der Hund die Decke. Lainé rollte ihn auf den Rücken und kraulte ihm den Bauch. Der Hund schlug mit seinen Pfoten nach der Hand aus.

Neben dem Welpen lag auf dem Bett eine abgenutzte Ledertasche, einem Arztköfferchen gar nicht unähnlich. Sie enthielt keine Medizin oder Pillen, nur Werkzeug. Spitzes und Schartiges.

Von draußen hörte er unter seinem Fenster jemanden pfeifen. Foss, der fröhlich seine Arbeit verrichtete, obwohl er fand, dass seine Dienste heute eigentlich gar nicht benötigt wurden. Und er hatte recht, seine Arbeit wurde nicht gebraucht. Skorzeny wollte den Norweger einfach nur hier auf dem Gelände haben. Am Ende seines Arbeitstages würde er ihn bitten, zum Abendessen zu bleiben. Vielleicht würde Foss Einwände machen und sagen, er müsse eigentlich nach Hause, aber Skorzeny würde darauf bestehen. Foss würde gut essen und vielleicht ein bisschen Wein trinken.

Dann würde man Foss in eines der Nebengebäude führen. Lainé würde ebenfalls dort sein und seine Tasche mit all den glänzenden Werkzeugen mitbringen. Lainé und Foss würden sich bis weit in die Nacht hinein unterhalten.

Die Zähne des Welpen umschlossen Lainés Zeigefinger und verursachten einen stechenden Schmerz. Lainé riss die Hand zurück und schimpfte das Hündchen aus. Er saugte das Blut von seinem Finger, es schmeckte salzig.

21. KAPITEL

Ryan floh und ließ die Leiche zurück.

Eine Stunde oder noch länger war er unterwegs, während die Sonne schon tief über den Berghängen stand. Er fuhr über Hauptstraßen und Landstraßen, ohne darauf zu achten, wohin er überhaupt fuhr. Immer und immer wieder sah er die Szene vor sich. Der gedämpfte Knall der Pistole, der Schrecken in ihren Augen. Wie ihre Leiche gefallen war.

Die Benzinanzeige rutschte auf Rot. Ryan hielt Ausschau nach Straßenschildern und fuhr zu einem Dorf. In der Mitte der einzigen Straße war eine Tankstelle. Er bog ein und bat den Mann, vollzutanken.

Auf der anderen Straßenseite stand eine Telefonzelle.

Ryan ging hinüber. Er nannte der Telefonistin die Nummer. Die Frau zögerte, und Ryan herrschte sie an. Sie sollte ihn gefälligst durchstellen.

Zwei Telefonzentralen später hatte er Haugheys Sekretärin an der Strippe. Drei Minuten später bekam er, was er wollte. Die Sekretärin war in Tränen aufgelöst.

Vor dem Royal Hibernian Hotel, das mit seinen vier Stockwerken die Dawson Street überragte, parkte Ryan am Bordstein. Er stieg aus dem Wagen, nahm auf dem Weg zum Hoteleingang zwei Treppenstufen auf einmal und ignorierte den Portier unter der Markise.

Drinnen beäugten die Gepäckträger und Empfangsdamen ihn misstrauisch. Ein Mann mit dünnem Schnurrbart erkundigte sich, ob er ihm weiterhelfen könne.

Sie wussten, dass Ryan hier nicht hingehörte, ebenso wie er selbst. Die Gäste dieses Hotels kleideten sich gut, lebten gut und aßen gut, im hauseigenen Restaurant und dem Tea Room. Sie kamen von Landsitzen außerhalb von Dublin oder aus den großen Stadthäusern mit Torbögen, die zu den Pferdeställen führen. Sie ritten durch den Phoenix Park, sie gingen zu Pferderennen, sie verbrachten ihren Urlaub im Ausland und spendeten großzügig für wohltätige Zwecke.

Ryan ignorierte den Schnurrbartträger und marschierte durch das Foyer zum Restaurant. Ein Oberkeller stellte sich ihm in den Weg. Ryan schob ihn einfach zur Seite.

Charles J. Haughey sah von seiner Suppe hoch. Eine junge Frau, die, wie Ryan vermutete, wohl nicht die Gattin des Ministers war, folgte seinem Blick, drehte sich dann wieder zu Haughey um und sagte etwas.

Ryan durchquerte den Saal.

Haughey zog sich die Serviette aus dem Kragen und ließ sie auf die Tischdecke fallen.

»Was fällt Ihnen ein, Ryan?«

Ryan glätte sein Jackett und zog seine Krawatte gerade. »Ich muss kurz mit Ihnen reden, Herr Minister.«

Haughey lächelte seine Begleiterin an. »Sie hätten meine Sekretärin anrufen und einen Termin ausmachen sollen.«

»Ich muss mit Ihnen reden. Sofort.«

Haugheys Lächeln erstarb, seine Falkenaugen funkelten ihn an. »Und Sie müssen sich eines anständigen Tons befleißigen, wenn Sie mit mir reden, Großkotz. Wenn Sie etwas zu besprechen haben, kommen Sie morgen früh in meinem Büro vorbei. Bis dahin verpissen Sie sich und lassen mich in Ruhe. Verstanden?«

Der Oberkellner tauchte neben Ryan auf und wandte sich an den Minister. »Sir, gibt es ein Problem?«

»Nein, kein Problem«, antwortete Haughey. »Der Gentleman wollte gerade gehen.«

Der Oberkellner fasste Ryan am Ellbogen und versuchte ihn wegzuführen. Ohne Haughey aus den Augen zu lassen, schüttelte Ryan ihn ab. »Sollen wir die Sache hier im Restaurant besprechen oder woanders?«

Der Oberkellner richtete seinen flehentlichen Blick wieder auf Haughey. »Sir, ich muss Sie wirklich bitten zu …«

»Na schön, zum Teufel noch mal!« Haughey stand auf und schob dabei seinen Stuhl so unsanft zurück, dass er mit dem Gast hinter ihm kollidierte. »Kommen Sie.«

Ryan folgte ihm aus dem Restaurant. Im Foyer suchte er nach der Garderobe und bugsierte Ryan darauf zu.

»Die Billetts bitte«, sagte das Garderobenmädchen.

Haughey zog einen Zehn-Schilling-Schein aus der Tasche, drückte ihn dem Mädchen in die Hand und sagte: »Verzieh dich, Herzchen. Geh eine Zigarette rauchen oder so.«

Einen Augenblick stand sie mit offenem Mund da, dann musterte sie den Schein in ihrer Hand und grinste. »Wie Sie wünschen, Sir.«

Haughey packte Ryan am Ärmel, stieß ihn in den Garderobenraum und schlug hinter ihnen die Tür zu.

»Also, was wollen Sie, Sie ignoranter Mistkerl?«

Ryan schüttelte Haugheys Hand ab. »Ich will von diesem Auftrag entbunden werden.«

»Was? Sie haben mich vom Abendessen weggezerrt, um mir das zu sagen? Nein. Auf gar keinen Fall. Man hat Ihnen einen Job gegeben, und den werden Sie jetzt verdammt noch mal auch machen, klar?«

»Ich will Ihren Job nicht«, sagte Ryan. »Ich werde ihn nicht machen.«

Haughey tippte Ryan gegen die Brust. »Doch, das machen Sie. Sie tun genau, was man Ihnen sagt, Großkotz, sonst mache ich Sie fertig, das garantiere ich Ihnen. Sie können sich bei jedem nach Charlie Haughey erkundigen. Alle werden Ihnen dasselbe sagen. Ich lasse mich von niemandem verarschen, erst recht nicht von so einem bedeutungslosen Emporkömmling wie Ihnen. Glauben Sie mir, mein Junge, ich werde dafür sorgen, dass Sie sich wünschen, Ihr Vater hätte ihn rechtzeitig aus Ihrer Mutter rausgezogen! Kapiert?«

»Ich werde ihn nicht ...«

Haughey stieß Ryan bis an die Kleiderstange zurück. »Kapiert, Großkotz?«

Ryan warf sich nach vorne, griff mit einer Hand Haugheys Schlips, packte ihn mit der anderen am Hals und drückte ihm die Luft ab. Haughey fiel nach hinten in die Mäntel. Die Augen traten ihm aus dem Kopf.

»Ich habe heute gesehen, wie eine Frau Selbstmord begangen hat«, sagte Ryan.

Haugheys Mund klappte auf und zu, aber es kamen nur undeutliche Laute aus seiner Kehle.

»Sie hat sich die Mündung einer Pistole in den Mund gesteckt und abgedrückt. Sie hat es gemacht, weil sie wusste, was Ihr Freund Skorzeny ihr antun würde. Einen solchen Mann werde ich nicht beschützen. Ich habe zu viele gute Männer dabei sterben sehen, dass sie Leute von seiner Sorte bekämpften. Von solchem Abschaum nehme ich keine Befehle entgegen.«

Haughey zerrte an Ryans Fingern.

Ryan verringerte den Druck und ließ ihn atmen.

»Ich mache es nicht«, wiederholte Ryan.

Röchelnd wand sich Haughey in Ryans Klammergriff.

»Nehmen Sie ihre … verdammten … Hände von mir.«

Ryan ließ ihn los und trat zurück.

Haughey beugte sich vor, stützte die Hände auf die Knie, hustete und spuckte auf den Boden der Garderobe. »Herrgott noch mal, Mann! Was für eine Frau? Was reden Sie da?«

»Catherine Beauchamp. Sie war die Informantin. Sie hat es mir gesagt, bevor sie starb.«

Schwer atmend bekreuzigte Haughey sich. »Heilige Mutter Gottes. Haben Sie es Skorzeny schon gesagt?«

»Nein.«

»In Ordnung. Ich werde es ihm sagen. Hat Sie ihnen irgendwas verraten?«

»Nichts«, antwortete Ryan. Die Bilder von den Kindern mit den Fliegen auf den toten Lippen wollte er nicht erwähnen.

Haughey schüttelte den Kopf. »Die Sache gerät außer Kontrolle. Man muss dem ein Ende machen. Sie können jetzt nicht aufhören. Das lasse ich nicht zu.«

»Sie haben nicht die Befugnis, mich …«

»Der Direktor hat Sie mir nach meinem Gutdünken zur Verfügung gestellt. Das bedeutet, Sie werden genau das tun, was ich Ihnen sage. Ich weiß, dass Ihnen das hier nicht gefällt. Mir gefällt das auch nicht. Aber ich bin der Justizminister. Justiz, klar? Wissen Sie, was das bedeutet? Sie können ruhig denken, dass Otto Skorzeny nur ein Stück Scheiße ist, er und seine gesamten Spießgesellen. Vielleicht denke ich das ja sogar selbst, wer weiß? Sie können denken, was Sie wollen, aber Mord ist Mord. Das lasse ich nicht zu. Nicht in meinem Land. Es ist meine Aufgabe, das zu unterbinden, und genau das werde ich auch tun. Falls Ihnen das nicht passt, können Sie ja mit dem Direktor reden.«

Haughey richtete seine Krawatte, strich sich die Haare glatt und ging zur Tür. Dann drehte er sich noch einmal zu Ryan um.

»Es ist auch Ihr Land. Auch wenn Sie früher mal den Briten die Stiefel geleckt haben, es bleibt trotzdem Ihr Land. Vergessen Sie das nicht.«

Dann ging er und ließ Ryan mit seiner Wut zurück.

Ryan verließ die Garderobe, marschierte durchs Foyer und hinunter auf die Straße. Dunkelheit hatte sich über die Stadt gelegt und einen unangenehmen Nieselregen mitgebracht. Er knöpfte sich das Jackett zu und stopfte die Hände in die Hosentaschen.

Das westliche Ende der Molesworth Street lag gegenüber dem Eingang des Royal Hibernian. Ryan beschloss, den Wagen stehenzulassen, wo er ihn abgestellt hatte, und die etwa zweihundert Meter bis zum Buswells am Ostende zu Fuß zu gehen.

Er ging mit gesenktem Kopf. Die Straße war zwar fast leer, trotzdem wollte er nicht riskieren, dass ihm jemand die Wut ansah, die in ihm brannte.

Er achtete nicht auf den unauffälligen Lieferwagen, als er daran vorbeiging. Bis der Dunkelhaarige in dem anthrazitfarbenen Anzug dahinter heraustrat und sich ihm in den Weg stellte.

»Guten Abend, Lieutenant Ryan«, sagte er mit seinem nicht ganz lupenreinen amerikanischen Akzent.

Ryan blieb stehen, die Hände kampfbereit. »Was wollen …«

Der Schlag kam von hinten. Ryans Knie gaben nach, und er schlug der Länge nach auf den Gehsteig. Noch bevor er wieder bei Sinnen war, setzte sich jemand auf seinen Rücken, und eine Hand drückte ihm einen Lappen auf Nase und Mund.

Ein kaltes, süßliches Aroma machte sich in Ryans Kopf breit. Mit aller Kraft versuchte er, sich wegzurollen, zur Seite zu werfen, aber da wurde der Mann, der rittlings auf ihm saß, sehr schwer, und auf der Erde war es so warm und so weich.

Durch seine flatternden Lider sah er, dass der Dunkelhaarige sich vor ihn hockte, er hatte ein Lächeln auf den Lippen.

Ryan wollte etwas sagen, den Mann etwas fragen, aber er wusste nicht mehr, was, und jetzt war es ohnehin schon zu spät.

Die Welt war schon erloschen.

II

WIDERSTANDS-KÄMPFER

22.

KAPITEL

Skorzeny sah Hakon Foss dabei zu, wie er Schweineschnitzel mit Kartoffeln in Käsesoße aß. Frau Tiernan hatte die Mahlzeit noch zubereitet, bevor Skorzeny sie und ihren Mann nach Hause geschickt hatte.

Lainé stocherte in seinem Essen herum. Als er zum Abendessen heruntergekommen war, hatte er nach Wein und Tabak gerochen. Skorzeny hatte ihm neben das Glas Bier, das der Bretone sich aus dem Krug in der Tischmitte eingegossen hatte, demonstrativ ein Glas Wasser gestellt.

Das Esszimmer mit den Terrassentüren zu den Gärten wirkte zu groß für die drei Männer. Skorzeny saß am Kopfende des Tisches, Lainé am anderen Ende und der Norweger in der Mitte zwischen ihnen. Foss trank gierig einen weiteren Schluck Bier und tupfte mit einem Brotkanten die Käsesoße von seinem Teller.

Lainé schnitt ein Stück vom Schnitzel ab, wickelte es in eine Serviette und stopfte es sich in die Tasche. Er bemerkte, dass Skorzeny ihn beobachtete.

»Für das Hündchen«, sagte er.

Skorzeny funkelte ihn an, dann wandte er sich wieder Foss zu. »Hat es Ihnen geschmeckt?«

Foss nickte, den Mund voller Brot. Käsesoße tropfte ihm von

der Lippe. Er saß in Socken da. Frau Tiernan hatte darauf bestanden, das er seine Stiefel auszog, bevor sie ihn ins Haus ließ.

»Vielleicht möchten Sie mich ja auf einen kleinen Abendspaziergang begleiten. Nach dem Abendessen mache ich immer gern eine Runde durch die Gärten.«

Foss warf einen Blick durch die Terrassentüren. »Aber es regnet.«

»Also wirklich, das bisschen Regen kann Ihnen doch nichts anhaben.«

Foss zuckte die Achseln.

»Gut.« Skorzeny griff nach der Handglocke und läutete. Aus der Diele kam Esteban herein.

»Meinen Mantel«, sagte Skorzeny. »Und die Schuhe von Mr. Foss.«

Esteban holte beides, öffnete die Terrassentüren, stellte Foss' Schuhe draußen hin und brachte Skorzeny seinen Mantel.

Als Foss seine Schnürsenkel zuband, klingelte das Telefon. Esteban nahm das Gespräch entgegen. Ein paar Augenblicke später kehrte er zurück.

»Es ist Mr. Haughey«, verkündete der Boy. Er selbst sprach es wie *Hoy* aus.

Skorzeny knöpfte sich den Mantel zu. »Sagen Sie dem Minister, ich bin gerade nicht abkömmlich und werde ihn morgen früh zurückrufen.«

Esteban verbeugte sich und verließ das Zimmer.

Skorzeny nickte Lainé zu und folgte Foss hinaus in den dunklen Nieselregen.

Der Kies knirschte unter ihren Stiefeln, als sie über den Gehweg auf die Wirtschaftsgebäude zumarschierten. Skorzeny blinzelte die feinen, kalten Regentröpfchen von den Lidern.

Aus den Augenwinkeln registrierte er die Wachposten zu beiden Seiten. Sie hielten sich im Dunkel hinter den Bäumen. Sie blieben auf seiner Höhe und passten genau auf.

»Sind Sie ein glücklicher Mann, Hakon?«, fragte Skorzeny.

Foss schlug knurrend den Kragen seines Overalls hoch. »Ja, bin ich. Manchmal vermisse ich mein Zuhause. Ich vermisse *Norge*. Ich sehne mich nach Schnee, will keinen Regen. Aber hier ist es nicht schlecht. Hier steckt mich keiner ins Gefängnis. In *Norge* komme ich ins Gefängnis. Ich will nicht ins Gefängnis.«

Sie passierten die Umfriedung des Gartens. Weiter vorne sah man schon die Scheunen und Schuppen. Das Licht einer starken Halogenlampe tauchte das ganze Gelände in ein grelles Grauweiß. Der Regen wirkte wie silbrige Fäden in dem Licht. Die Wachposten blieben außerhalb des Lichtkreises.

»Würden Sie mich je verraten?«, erkundigte sich Skorzeny.

Foss blieb unvermittelt stehen. Skorzeny drehte sich ihm zu und beobachtete ihn, registrierte, wie seine Augen hin und her zuckten. Der Mann trat von einem Bein auf das andere und scharrte mit den Fußsohlen im Kies und in der lockeren Erde herum.

»Warum fragen Sie das?«

Skorzeny lächelte und klopfte Foss auf die Schulter. »Einfach so. Sie sind ein guter Mann. Natürlich würden Sie mich nicht verraten.«

»Nein«, beteuerte Foss und scharrte stärker in der Erde. »Ich muss mal …«

Er zeigte auf seinen Schritt.

»Natürlich.« Skorzeny kehrte ihm den Rücken zu.

Das Rascheln von Kleidern, ein kehliges Seufzen, dann plätscherte Wasser auf die Erde. Ein süßsaurer Geruch drang Skorzeny in die Nase.

»Sind jemals irgendwelche Männer zu Ihnen gekommen und haben Ihnen Fragen gestellt? Über mich oder einen unserer Freunde?«

Das Plätschern wurde ebenso unregelmäßig wie Foss' Atemgeräusche.

»Was für Männer?«

Skorzeny wandte den Kopf und sah Foss' Rücken, sah, wie die Schultern sich hoben und senkten und das Wasser auf die Erde platschte. »Vielleicht haben Sie Ihnen ja Geld geboten.«

»Nein«, antwortete Foss. Obwohl er noch nicht fertig war, verstaute er seinen Schwanz in der Hose. Urin lief ihm über die wulstigen Finger.

»Vielleicht haben Sie zu Ihnen gesagt, verrate uns was, dann bezahlen wir dich. War es so?«

Foss stand einen Augenblick mit hängenden Armen und tropfenden Fingern da.

Dann rannte er los.

Skorzeny sah ihm nach, wie er wimmernd und mit wild rudernden Armen in die Dunkelheit lief. Er konnte schwach erkennen, wie einer der Wachmänner dem Norweger in den Weg trat und ihn zu Boden schlug. Grunzend fiel Foss hin und rappelte sich wieder hoch. Er rannte weiter, aber der Wachposten gab einen Warnschuss in die Baumwipfel ab.

Foss warf sich zu Boden und hielt sich die Hände über den Kopf. In den Bäumen raschelten aufgeschreckte Nachttiere. Irgendwo in den Wirtschaftsgebäuden bellten Tiernans Hunde.

Der Wachposten packte Foss am Kragen, zerrte ihn hoch und führte ihn ins Licht, wo Skorzeny stand.

Lainé kam aus dem Haus, in der Hand seine Tasche. Foss schloss die Augen und murmelte ein Stoßgebet zu seinem Gott, an welchen auch immer er glaubte.

»Fangen wir an«, sagte Skorzeny.

23. KAPITEL

Ryan lauschte.

Sein Bewusstsein war in Wellen zurückgekommen und dann wieder geschwunden, doch schließlich gelang es ihm irgendwann, wach zu bleiben. Der üble Schmerz in seinem Schädel wurde schlimmer und drückte von innen gegen die Augen. In seiner Kehle und in den Nasenhöhlen haftete noch das kühle, süßliche Aroma des Chloroforms. Er hatte es sofort erkannt, als ihm der Lappen auf Nase und Mund gepresst wurde. Trotzdem hatte er nicht dagegen ankämpfen können.

Es war anstrengend, sich aus der Bewusstlosigkeit zu lösen; immer wieder musste er sich gegen den warmen Sog des Einschlafens wehren. Und als er schließlich zum ersten Mal die Augen öffnete, sah er nichts, sondern spürte nur, wie seine Augenlider sich an Stoff rieben. Dann versuchte er seine Hände zu bewegen und stellte fest, dass sie gefesselt waren. Als er an den Handschellen zog, konnte er das metallische Klacken hören. Seine Fußgelenke waren ebenfalls gefesselt.

Ryan machte eine Bestandsaufnahme. Er lockerte die Schultern und spürte den Baumwollstoff seines Hemds. Wer auch immer ihn festgesetzt haben mochte, hatte ihn jedenfalls nicht ausgezogen. Er bewegte seine Gliedmaßen, so gut es ging, und wackelte der Reihe nach mit jedem einzelnen Finger und Zeh. Er konnte nirgendwo eine Verletzung aufspüren. Nur an seinen Handflächen gab es empfindliche Stellen mit einem brennenden Schmerz, der von Hautabschürfungen herrührte, die entstanden waren, als man ihn über den Boden geschleift hatte.

Dann drehte er den Kopf, bis er an etwas Hartes anstieß, vermutlich die Rückenlehne eines Stuhls. Sein Schädel schmerzte, sobald er etwas berührte. Daran musste der Schlag schuld sein, der ihn niedergestreckt hatte.

Seine Zunge konnte er im Mundraum frei bewegen. Er öffnete den Mund. Kein Knebel. Er schluckte. Seine Kehle war staubtrocken.

Sollte er etwas sagen? Er entschied sich dagegen.

Er hörte ein unablässiges leises Zischen von links und spürte Wärme an seiner Schulter und einem Oberschenkel. Ein brennender Gasradiator.

Irgendwo tropfte Wasser in stetigem Rhythmus, und jeder Tropfen hallte durch den leeren Raum. Er hob seine Zehenspitze vom Boden ab und ließ die Sohle mit einem harten Schlag wieder auf den Boden knallen. Der Raum war nicht groß, aber er hatte eine hohe Decke.

Er lauschte. Aus dem Nebenraum klangen gedämpfte Stimmen. Stimmen von Männern – aber wie viele es waren, konnte er nicht herausfinden.

Dann verstummten die Gespräche. Eine Tür wurde geöffnet.

Schritte näherten sich. Zwei Personen gingen über den harten Boden.

Etwas zerrte an seinem Kopf, und die Augenbinde wurde abgenommen. Das Licht blendete ihn. Um sich davor zu schützen, schloss Ryan wieder die Augen und wandte den Kopf ab.

»Ganz ruhig«, sagte ein Mann.

Ryan kannte die Stimme.

Er hörte das Quietschen eines Wasserhahns. Ein paar Sekunden lang strömte Wasser. Dann kamen Schritte näher.

»Hier – trinken Sie das.«

Etwas drückte gegen Ryans Lippen. Es war der harte Rand einer Tasse. Er öffnete den Mund, ließ Wasser hineinfließen, schluckte und hustete. Der Schmerz in seinem Kopf kletterte höher, bahnte sich seinen Weg vom Hinterkopf bis ganz nach oben unter die Schädeldecke.

Ryan öffnete die Augen. Es war der Mann von der Toilette im Pub. Er trug sein glattes Haar zurückgekämmt, hatte Jackett und Schlips abgelegt und die Hemdsärmel hochgekrempelt. Jetzt stellte er die Tasse zurück ins Spülbecken. Daneben stand ein anderer Mann, kleiner und von kräftigerem Körperbau, in normaler Alltagskleidung. In seiner Rechten hielt er eine Pistole.

»Wie fühlen Sie sich?«, fragte der Mann aus dem Pub. »Ziemliche Kopfschmerzen, was? So ist das nun mal mit Chloroform. Verzeihen Sie mir bitte. Ich hoffe, Sie haben Verständnis, denn das war die einzige sichere Methode, Sie hierherzuschaffen.«

Ryan verdrehte den Hals, um sich so viel wie möglich von der Umgebung einzuprägen. Wände aus Gussbeton, Zementboden, Ölflecken und eine Grube, die so tief war, dass ein Mann aufrecht darin stehen konnte. An einem Ende des Raumes war ein großes, breites Rolltor, am anderen Ende ein Büro mit Fenstern.

»Ich schätze mal, Sie wollen wissen, wo Sie sind«, meinte der Mann. »Ganz genau kann ich Ihnen das natürlich nicht verraten, aber der Laden gehörte früher einem Automechaniker. Er hat sein Geschäft geschlossen, also nutzen wir es vorübergehend.«

Der Mann nahm einen Stuhl aus der Ecke, stellte ihn vor Ryan hin und setzte sich. Er schlug die Beine übereinander und verschränkte die Finger im Schoß.

»Wer sind Sie?«, krächzte Ryan.

»Ich heiße Goren Weiss. Als ich noch in der Armee war, bekleidete ich den Rang eines Majors.«

»Mossad?«, fragte Ryan.

»Versteht sich.« Weiss deutete auf den Mann mit der Pistole. »Obwohl mein Kollege Captain Remak hier eigentlich zum Aman gehört, Abteilung Militärischer Nachrichtendienst – so etwas Ähnliches wie die irische G2, der Sie ja wohl angehören, wie ich vermute. Aber anders als bei mir hat sein Rang tatsächlich etwas zu bedeuten.«

Das Lächeln des Mannes und sein Tonfall hätten durchaus freundlich gewirkt, hätte es nicht diese Handschellen gegeben, die Ryan am Stuhl fixierten.

»Was wollen Sie?«

»Eine kleine Unterhaltung, mehr nicht.«

»Und wenn ich keine Lust auf eine kleine Unterhaltung habe?«

Weiss hob die Hände. »Bitte lassen Sie uns nicht streiten. Ich sehe wirklich keine Veranlassung, warum unser Gespräch feindselig verlaufen sollte. Deshalb lassen Sie uns gar nicht erst so anfangen. Sie sollten mich nicht als einen Feind betrachten. Ich darf Sie doch Albert nennen?«

Ryan klapperte mit den Handschellen. »Von hier aus betrachtet sehen Sie wie ein Feind aus.«

Weiss zuckte mit den Schultern. »Wenn man bedenkt, in welcher Gesellschaft Sie sich herumtreiben, könnte man Ihre Menschenkenntnis durchaus – sagen wir – getrübt nennen.«

»Mit wem ich Kontakte pflege, geht Sie überhaupt nichts an.«

»Doch, das geht mich eigentlich schon etwas an.« Weiss lehnte sich nach vorn und legte die Oberarme auf seine Knie. »Wissen Sie, unsere beruflichen Interessen überschneiden sich irgendwie.«

»Tatsächlich? Inwiefern?«

»In verschiedenen Bereichen. Zum einen unser Interesse an Ausländern, die sich zurzeit in Irland aufhalten. Helmut Krauss war einer von ihnen. Auch Johan Hambro gehörte dazu. Muss ich fortfahren?«

»Nein«, antwortete Ryan.

»Und dann ist da natürlich noch Oberst Skorzeny. Ein bemerkenswerter Mann, finden Sie nicht auch?«

Ryan erwiderte nichts.

»Bemerkenswert aus vielen Gründen. Seine militärischen Innovationen, seine erstaunlichen Bravourstücke während des Krieges – Verzeihung, des Notstands, wie man das bei Euch nennt – und seine wirklich außergewöhnliche Begabung, Menschen in seiner Umgebung zu beeinflussen. Aber wissen Sie, was ich am Bemerkenswertesten finde?«

»Nein«, antwortete Ryan.

Weiss grinste. »Was ich an Otto Skorzeny am Bemerkenswertesten finde, ist die Tatsache, dass er sich ausgerechnet in den sanften Hügeln dieses schönen Landes als verdammter Schafzüchter niedergelassen hat.« Das Lächeln wich aus seinem Gesicht. Er streckte den Zeigefinger vor. »Aber darauf kommen wir später noch zurück. Zuerst möchte ich mich gern mit Ihnen über Catherine Beauchamp unterhalten, falls Sie nichts dagegen haben.«

Ryan befeuchtete seine Lippen. »Sie ist tot.«

»Oh, das weiß ich doch, Albert. Gerade erst heute Nachmittag habe ich sie daliegen sehen. Auf dem Fußboden in ihrem Landhaus. Mit einem netten kleinen Loch in ihrem Gaumen. Genau so, wie Sie sie dort zurückgelassen haben.«

»Ich habe sie nicht umgebracht. Sie beging Selbstmord.«

»Tatsächlich? Mir scheint, wir müssen Ihnen das einfach abnehmen, nicht wahr? Wir hatten ein Auge auf Sie geworfen, Albert. Keine Rundum-Überwachung – ein Zweimannteam kann das nicht leisten –, aber immerhin haben wir erfahren, was Sie vorhatten. Als Captain Remak sah, wie sie heute auf das Anwesen zusteuerten, hat er sich mit mir in Verbindung gesetzt. Wir hielten es für das Beste, einmal nach Catherine zu sehen, nachdem Sie wieder gegangen waren. Ich kann Ihnen sagen, es war ein Schock, sie so aufzufinden. Ich war sehr mitgenommen.«

»Mitgenommen?« Ryan konnte sich ein zynisches Grinsen nicht verkneifen. »Dabei hatten Sie doch schon erfolgreich drei ihrer Freunde umgebracht!«

Weiss zog die Augenbrauen hoch und lachte. »Meinen Sie Krauss und den Rest? O nein, Albert, da verstehen Sie etwas miss. Die haben wir nicht umgebracht.«

»Das glaube ich Ihnen nicht.«

»Glauben Sie, was Sie wollen, Albert, aber ich sage Ihnen in aller Aufrichtigkeit, dass wir diesen Leuten kein Haar gekrümmt haben.«

Ryan schüttelte den Kopf. »Die Frau, die ich heute besucht habe – sie erzählte mir, sie sei Ihr Informant gewesen.«

»Ja, Catherine hat für uns gearbeitet und uns Informationen über ihre Kumpane gegeben. Aber wir haben diese Informationen nicht dazu genutzt, um irgendjemanden auszuschalten.«

»Was wollten Sie dann mit diesen Informationen?«

Weiss stand auf und steckte die Hände in die Taschen. »Ich werde Ihnen ein bisschen über Catherine Beauchamp erzählen. Sie war eine Nationalistin. Sie war eine Sozialistin. Aber sie war kein Nazi. Sie hat in ihrer Jugend ein paar falsche Entscheidungen getroffen, hat sich mit Leuten eingelassen, von denen sie sich vermutlich besser ferngehalten hätte, aber sie hatte nicht dieselbe Weltanschauung wie die anderen Mitglieder des *Bezon Perrot*. Sie haben mit ihr geredet. Sie müssen bemerkt haben, dass sie eine sensible und intelligente Frau war.«

»Sie fürchtete sich«, sagte Ryan. »Sie hat sich aus Furcht umgebracht.«

»Aber nicht unseretwegen«, sagte Weiss. »Sie hat begriffen, dass sie Unrecht getan hatte. Deshalb hatte sie auch keine Hemmungen, mit mir zu reden und mir Informationen zu geben, als ich mich zum ersten Mal an sie gewendet habe.«

»Sie hat mir erzählt, dass Sie ihr Fotos gezeigt haben. Tote Kinder. Sie haben sie manipuliert.«

»Das können Sie sehen, wie Sie wollen. Wenn die Wahrheit manipuliert wird, dann ist das eben so.«

»Was wollten Sie von ihr?«

Weiss fuhr fort. »Wir wollten Informationen über Skorzeny. Wer seine Freunde sind, mit wem er zusammengearbeitet hat und wer ihn in seinem großen Landhaus besucht.«

Ryan sah Weiss dabei zu, wie er den Raum der Länge nach durchmaß und wieder zurückkehrte. »Damit Sie ihn und seine Leute besser ins Visier nehmen konnten. Und töten.«

Weiss hielt inne. »Ach lassen sie das doch, Albert, ich hätte Sie für intelligenter gehalten.«

»Ich brauche nicht viel Intelligenz, um zu merken, dass drei Männer ermordet wurden.«

Weiss beugte sich über Ryan wie ein geduldiger Schullehrer. »Aber doch nicht von uns. Das habe ich Ihnen schon gesagt. Nein, wir wollen nicht, dass Otto Skorzeny stirbt. Tot nützt er uns nichts.«

»Was wollen Sie denn?«

»Wundert es Sie denn gar nicht, woher ein Oberst der SS die Mittel hat, um sich einen Lebensstil wie Skorzeny zu leisten? Er ist auf jeden Fall ein sehr wohlhabender Mann, glauben Sie nicht auch? Wie kann es sein, dass jemand vor nicht mal fünfzehn Jahren völlig mittellos aus der Untersuchungshaft entkommt und schon wenige Jahre später als Multimillionär wieder auftaucht? Wie ist das zugegangen?«

»Ich weiß es nicht.«

Weiss legte eine Hand auf Ryans Schulter. »Sie wirken auf mich wie ein vernünftiger Mann, Albert. Ich glaube, wenn ich Ihnen jetzt diese Fesseln von den Händen und Füßen abnehme, dann werden Sie nichts Dummes versuchen, stimmt's?«

Ryan schwieg.

Weiss holte ein Schlüsselbund aus der Hosentasche und befreite der Reihe nach Ryans Arm- und Fußgelenke.

»Machen Sie schon«, sagte Weiss. »Stehen Sie auf, wenn Sie wollen. Strecken Sie die Beine aus.« Ryan griff nach den Armlehnen des Stuhls und drückte sich hoch. Seine Knie gaben nach, und Weiss umklammerte ihn stützend mit beiden Armen.

»Nur die Ruhe, mein Freund. Legen Sie ihre Hand auf meine Schulter. So ist es richtig.«

Ryan blieb einen Moment lang stehen und atmete tief durch, bevor er sich wieder hinsetzte. Weiss nahm erneut auf seinem Stuhl Platz.

»Also, wir sprachen gerade über Oberst Skorzenys Geld. Angeblich hat er in Buenos Aires einen Zementhandel eröffnet und ist damit reich geworden. Wissen Sie, Sie können mich ruhig einen alten Zyniker nennen, aber diese Geschichte kaufe ich ihm keine Sekunde lang ab. Wenn man ein bisschen im Schlamm rührt, erfährt man so einiges. Wir wissen zum Beispiel, dass Martin Bormann ein riesiges Vermögen direkt aus Adolf Hitlers Tasche abgezweigt hat. Als 1945 das Ende kam, gelang es Martin Bormann, soweit wir wissen, nicht mehr, aus Berlin herauszukommen. Aber das Geld hat es geschafft. Achthundert Millionen US-Dollar landeten schließlich auf Evita Peróns Bankkonto, ganz zu schweigen von den Goldbarren und den Diamanten. Wir reden hier von Summen, die dem Staatshaushalt eines kleineren Landes entsprachen. Und was glauben Sie, wer gerade dort war und Komplimente in Evitas Ohren flüsterte?«

Ryan erinnerte sich an das, was ihm Catherine Beauchamp erzählt hatte.

»Skorzeny.«

»Genau. Und das war erst der Anfang. Bargeld, Edelmetalle,

alle erdenklichen Arten von Edelsteinen, Gemälde und Skulpturen. Jedes einzelne Stück, das er und seine Freunde zusammenstehlen und aus Europa schmuggeln konnten. Nach allem, was wir über das Vermögen wissen, auf das Skorzeny zurückgreifen kann, ist es fast ein Wunder, dass er einen so moderaten Lebensstil pflegt.«

»Und was wollen Sie jetzt von ihm?«

»Was uns beschäftigt, ist der Gebrauch, den er von dem Vermögen macht. Es würde uns nicht so viel ausmachen, wenn er es für Rennpferde, Sportwagen und Frauen aus dem Fenster werfen würde – also für all das Zeug, mit denen sich der durchschnittliche alternde Millionär die Zeit vertreibt. Aber Skorzeny tut etwas ganz anderes. Denn Sie müssen wissen, das Geld gehört genaugenommen gar nicht ihm. Er ist eher so etwas wie ein Verwalter, ein Treuhänder, wenn Sie so wollen. Haben Sie schon mal von Rattenlinien gehört?«

»Nein«, antwortete Ryan.

»Wie die meisten. Sehen Sie, gegen Ende des Krieges erkannten einige Nazis, Typen wie Skorzeny und Bormann, was die Stunde geschlagen hatte. Sie wussten, selbst wenn ihnen die Flucht gelingen würde, würden Hunderte andere dabei scheitern. Deshalb mussten sie für ihre Freunde Routen, Kanäle und Wege nach draußen schaffen. Rattenlinien. Sie wissen, wie es in den ersten Nachkriegsjahren in Europa aussah. Ein Pass war das Papier nicht wert, auf das er gedruckt war. Grenzen waren bedeutungslos. Hunderttausende, wenn nicht Millionen Vertriebener zogen umher und wussten nicht, wohin. Kerle wie Skorzeny nutzen das aus. Sie tauschten einfach ihre Uniform gegen eine Hose und ein Hemd, gingen zu irgendeinem GI und sagten: ›Hey, ich bin Hans und meine

Heimatstadt ist bis auf die Grundmauern abgebrannt. Sagen Sie mir, an wen ich mich wenden kann.‹ Und damit waren sie in der Heimat und auf freiem Fuß. Sobald sie sich aber irgendwo niederlassen wollten, brauchten sie Geld.«

»Skorzenys Geld«, sagte Ryan.

»So ist es.« Weiss beugte sich vor und schlug auf Ryans Oberschenkel. »Beziehungsweise das Geld, das er verwaltet. Auf die eine oder andere Weise. Ich könnte Ihnen ein Dutzend deutscher und österreichischer Firmen aufzählen, die aus dem Vermögen finanziert wurden, das Skorzeny kontrolliert. Firmen, deren Namen Ihnen ein Begriff sind, deren Produkte Sie schon gekauft haben und die in jedem Haushalt zu finden sind. Aber natürlich konnte die allgemeine Freizügigkeit nicht ewig dauern. Als die Grenzen wieder undurchlässiger wurden und die Nationen das Problem mit den Pässen unter Kontrolle hatten, kamen diese Routen, diese Rattenlinien ins Spiel. Oft mit Unterstützung der Kirche oder dem einen oder anderen Regierungsmitglied. Ein Empfehlungsschreiben, ein paar Devisen, um die Reise zu erleichtern, und Bargeld, um ein neues Leben zu beginnen. Und wieder einmal kam Skorzenys Geld ins Spiel. Seit Kriegsende haben Skorzeny und jenes Vermögen Hunderten von Mördern und Schweinehunden die Flucht aus Europa ermöglicht. Und das waren nicht alles nur Schreibtischtäter wie Helmut Krauss. Wir sprechen hier von Adolf Eichmann oder Josef Mengele, den niederträchtigsten Lumpen, die die Welt je gesehen hat. Verstehen Sie jetzt, warum ich so ein großes Interesse an Otto Skorzeny habe?«

Ryan erwiderte seinen Blick. »Aber warum haben sie sich dann nicht ihn, sondern die anderen vorgenommen? Was hat es Ihnen genützt, Helmut Krauss umzubringen?«

»Albert, ich habe es Ihnen schon zweimal gesagt, aber ich werde es für Sie noch einmal wiederholen. Wir haben weder Helmut Krauss noch Johan Hambro oder Alex Renders getötet. In Wahrheit hat uns ihr Tod nur Schwierigkeiten eingebracht. Diese Geschichte hat Skorzeny belastet. Wenn er nicht so ein halsstarriger Mistkerl wäre, hätte er inzwischen seine Zelte abgebrochen und wäre zurück nach Madrid und seinem Kumpel Franco gegangen. Dann hätte sich unsere Mission erledigt. Sie wäre ein Fehlschlag.«

»Und wie lautet nun Ihr Auftrag?«

»Es geht uns um die Rattenlinien.«

Ryan lächelte. »Mir scheint, Sie könnten sie am schnellsten schließen, wenn Sie Skorzeny töten.«

Weiss verzog das Gesicht. »Sie enttäuschen mich, Albert. Wenn Skorzeny stirbt, würde die Kontrolle über das Geld und die Rattenlinien einfach an jemand anderen übertragen. Nein, ich habe nicht gesagt, dass wir diese Rattenlinien schließen wollen. Wir möchten Sie kontrollieren. Wir wollen uns Skorzeny gefügig machen, wir wollen jede einzelne Person kennenlernen, die mithilfe des Netzwerks zu fliehen versucht, und wir wollen genau wissen, wem es in der Vergangenheit bereits gelungen ist. Die meisten von ihnen, die Nobodys, lassen wir ziehen, aber die großen Fische können wir abgreifen. Wir wollen sie vor Gericht stellen. Und wenn uns das nicht gelingt, dann wollen wir ihren Tod. Auf jeden Fall sollen sie ihre gerechte Strafe bekommen.«

»Aber warum sollte Skorzeny die Namen preisgeben? Sie haben nichts, mit dem sie ihn unter Druck setzen können.«

»Oh, das habe ich doch.« Weiss grinste so breit, dass ein strahlendes Lächeln daraus wurde.

»Skorzeny lebt verdammt gut von dem, was er aus dem Fonds für sich selbst abzweigt. Seine Freunde hatten ihm ein ziemlich gutes Gehalt gegeben, hinzu kamen noch Nebeneinkünfte aus den Trainingslehrgängen für Legionäre in Spanien und so weiter. Einer meiner Freunde von der CIA hat einen besucht und gemeint, er hätte viel gelernt. Aber Skorzeny wurde gierig. Wir konnten uns Papiere aus der Heidegger-Bank beschaffen, einem kleinen, familiengeführten Unternehmen am Stadtrand von Zürich. Ein paar Kontoauszüge kamen abhanden und landeten bei mir. Wissen Sie, vor sieben, acht Jahren fing Skorzeny damit an, ein bisschen von dem Geld seiner Kameraden umzuleiten. Nie viel auf einmal. Ein paar Tausend aus einer Zinsausschüttung hier, ein paar Hunderttausend aus einer Anlage dort. So hat er ziemlich schnell ein paar Millionen auf einem kleinen Nebenkonto angehäuft, von dem seine Freunde nichts wissen. Er hat die Sahne abgeschöpft, wie man es in Mafiakreisen nennt.«

»Werden Sie ihn erpressen?«

»Ganz genau. Wir haben schon viel Zeit und Mittel in diese Mission gesteckt und wollen nicht, dass uns ein paar rachsüchtige Hitzköpfe alles kaputtmachen. Das ist doch nachvollziehbar?«

»Gewiss«, erwiderte Ryan.

»Eben. Und dann kommt so eine Ganovenbande und fängt an, Skorzenys Freunde einzukassieren. Skorzeny wird nervös, zieht die Regierung mit hinein, und dann kommen auch schon Sie ins Spiel. Und sind jetzt mittendrin.«

»Und was erwarten Sie jetzt von mir?«

»Dasselbe, was auch der Justizminister will. Diese Morde müssen aufhören.«

24. KAPITEL

Célestin Lainé wusste, dass Hakon Foss stark war. Trotzdem erschütterte ihn die Widerstandskraft des Norwegers.

Die Wachen hatten Foss in die Scheune gebracht und ihn an den alten Holztisch gesetzt, in dessen Platte Löcher für die Ledergurte gebohrt worden waren, mit denen man seine Handgelenke fixieren und die Finger auf der Tischplatte spreizen konnte. Skorzeny hatte sich an die gegenüberliegende Seite gesetzt. Er sprach in seiner ruhigsten, sanftesten Stimmlage mit Foss, während Lainé die petroleumbetriebene Lötlampe vorbereitete.

»Sei bitte ehrlich«, sagte Skorzeny. Er sprach langsam und deutlich. »Das wäre für uns alle das Beste. Aber ganz besonders für dich. Wir können alle Unannehmlichkeiten vermeiden, wenn du meine Fragen ehrlich beantwortest.«

Foss' Finger zuckten auf der Tischplatte. Er schaute zu, wie Lainé die kleine Petroleumreserve am Brenner entzündete.

»Was wollen Sie?«, fragte er.

Lainé stellte den Brenner ab, damit er sich aufheizte. Er begann, seine Instrumente auf dem Tisch auszubreiten. Ein stabiles Taschenmesser, eine geschärfte Gartenschere, ein Skalpell, eine Auswahl von Zahnarztzangen.

Die sollten vor allem beeindrucken und den Verhörten verängstigen. Lainé hatte sie bisher nur bei einer Handvoll Gelegenheiten an den Zähnen eines Subjekts eingesetzt. Es war viel zu schwierig, den Kopf festzuhalten, seinen oder ihren Kiefer zu öffnen und unter solchen Extrembedingungen eine erfolgreiche Extraktion vorzunehmen.

Zu Lainés Enttäuschung geschah es oft, dass das Subjekt die gewünschten Informationen schon preisgab, sobald er oder sie die Instrumente und die Lötlampe zu sehen bekamen. Die Aussicht auf Schmerz ist eine viel größere Qual als der Schmerz selbst. Das wissen alle Verhörspezialisten.

»Ich will wissen, mit wem du geredet hast«, sagte Skorzeny.

Foss schüttelte den Kopf. »Ich habe mit niemandem gesprochen. Wer behauptet denn, dass ich rede?«

Lainé öffnete das Brennstoffventil der Lötlampe. Das blaue Flämmchen erwachte zischend zum Leben. Foss bäumte sich in seinem Stuhl auf und ließ einen hohen Schrei ertönen. Lainé hob das Taschenmesser auf, öffnete die Klinge und hielt den Stahl in die Flamme.

»Wie lange noch?«, fragte Skorzeny.

»In einer Minute, länger nicht«, erwiderte Lainé.

Skorzeny richtete seine Aufmerksamkeit wieder auf Foss. »Eine Minute. So viel Zeit hast du, um mir die Wahrheit zu sagen, Hakon. Mit wem hast du über mich gesprochen?«

Das Gesicht des Norwegers verzog sich vor Furcht: »Mit keinem. Ich hab mit niemandem gesprochen. Warum fragen Sie das?«

»Ich frage das, weil ich weiß, dass mich jemand aus meinem Umfeld verraten hat. Ich weiß, dass jemand Informationen an Dritte weitergegeben hat. Informationen über mich und meine Geschäftspartner. Meine Freunde, Hakon. Deine Freunde.«

»Ich war das nicht«, sagte Hakon. »Ich habe mit niemandem geredet.«

»Aber wenn du mit niemandem geredet hast, warum bist du dann weggelaufen?«

Foss hatte darauf keine andere Antwort als seinen aufgerissenen Mund mit den heruntergezogenen Mundwinkeln und das nervöse Flattern seiner glänzenden Augen.

»Ich frage dich noch einmal. Wenn du jetzt nicht die Wahrheit sagst, wird Célestin dir sehr wehtun.«

»Ich hab mit niemandem ...«

»Mit wem hast du über mich gesprochen?«

»Mit niemandem. Ich habe mit niemandem gesprochen.«

Skorzeny nickte knapp, und Lainé packte Foss' Daumen. Er nahm die glühende Klinge aus der Flamme und machte sich ans Werk.

25. KAPITEL

Weiss gab Ryan zwei Fotografien. Eine war das körnige Brustbild eines Mannes, Anfang bis Mitte zwanzig, mit einem Barett auf dem Kopf und in einer Kampfuniform, deren oberster Knopf geöffnet war. Er hatte den verbissenen Ausdruck von jemandem, der sich nicht gern fotografieren ließ. Dann schaute sich Ryan das zweite Foto an. Ein Gruppenfoto von einem Dutzend Uniformierter. Einer von ihnen war eingekreist. Es war der Mann, der auf dem ersten Foto nur vergrößert worden war.

»Wer ist das?«, fragte Ryan.

»Das ist Captain John Carter«, sagte Weiss. »Als die Aufnahme entstand, war er noch nicht Captain, aber er hatte diesen Rang, als er aus der britischen Armee ausschied.«

Ryan nahm sich das Gruppenfoto vor. Die Männer hatten sich vor einer unverputzten Mauer aufgereiht, trugen kurzärmlige Hemden und Hosen, und einige hatten Taschentücher an den Mützen befestigt, um damit ihren Hals vor der Sonne zu schützen. Sand klebte an ihren Stiefeln.

»Eine Spezialeinheit der britischen Luftwaffe«, sagte Weiss und sprach aus, was Ryan dachte. »Stationiert in Nordafrika. Verdeckte Operationen im Feindesland. Sie machten die Drecksarbeit.«

Ryan betrachtete noch einmal die vergrößerte Aufnahme von Carter, die harten Gesichtszüge, seinen kalten Blick.

»Und ist er ...?«

Weiss nickte. »Ja. Ich glaube, er führt die Truppe von Glückspilzen an, die sich um Irlands Naziproblem kümmern.«

»Woher wissen Sie das?«

»Von einem Südafrikaner, der mit Informationen handelt. Er ließ mich wissen, dass ein gewisser Captain John Carter so ganz nebenbei Interesse an Otto Skorzeny gezeigt hat. Er hatte sich über einen gemeinsamen Kontakt in den Niederlanden ein paar Handfeuerwaffen beschafft. Gleichzeitig ließ Carter durchsickern, dass er noch einen freien Platz in einem von ihm zusammengestellten, kleinen Team aus ehemaligen Kameraden besetzen wollte. Er hatte sich über die Aufgaben des Teams nicht weiter ausgelassen, sondern nur gemeint, sie seien hochinteressant.«

Ryan strich mit der Fingerspitze über das Foto. »Er muss es sein.«

»Selbstverständlich. Aber wäre ich damit zum britischen oder zum irischen Geheimdienst gegangen, hätte ich meine Mission aufgedeckt. Deshalb all die Umstände, Sie hierher zu bringen.«

»In Ordnung. Ich bin hier. Und jetzt?«

»Jetzt geht es uns allen darum, Captain Carter und seine Leute zu finden. Wir werden weiterhin ein Auge auf Sie werfen. Wenn Sie Kontakt zu uns herstellen möchten, legen Sie bitte eine Ausgabe der *Irish Times* auf die Ablage in Ihrem Auto, wenn Sie irgendwo parken. Ich würde es begrüßen, wenn Sie uns alles mitteilen, was Sie herausfinden. Wir werden das Gleiche tun. Aber da gibt es noch was.«

»Was?«

»Skorzeny darf nichts über mich erfahren oder über das, was ich Ihnen erzählt habe. Er darf nichts von Carter wissen oder irgendwas über das, was wir hier besprochen haben. Falls Sie ihm etwas erzählen, wird er erfahren wollen, woher Sie es wissen. Und wenn er den Verdacht hat, Sie würden ihm irgendetwas verschweigen, dann garantiere ich Ihnen, wird die Unterhaltung mit ihm nicht so herzlich sein wie unsere hier.«

»Und was ist, wenn ich nicht mit Ihnen zusammenarbeiten will? Wenn ich Skorzeny alles berichte?«

Weiss beugte sich vor und verzog die Lippen abermals zu einem breiten Grinsen.

»Dann töte ich Sie und alle, die Sie lieben.«

26. KAPITEL

Foss knickte nicht ein.

Selbst als sein zweiter Daumennagel abgeschält wurde, leistete er noch Widerstand. Er stammelte in seiner Muttersprache und schrie so laut, dass die Hunde auf der anderen Seite des Hofes jaulten. Er bäumte sich auf und wand sich, bis ihn die Wachen niederdrücken mussten. Trotzdem stritt er weiterhin alles ab und blieb bei seiner Aussage.

Es folgten weitere zwei Fingernägel, noch mehr Schreie, noch mehr Aufbäumen, aber kein Geständnis.

»Das führt zu nichts«, sagte Skorzeny. »Nimm einen Finger.«

Lainé unterdrückte ein Grinsen und legte das Taschenmesser zurück auf den Tisch. Dann langte er zur Gartenschere, nahm den kleinen Finger von Foss' linker Hand gleich hinter dem Knöchel zwischen die Schneiden und drückte die Griffe.

Foss öffnete den Mund. Ein hoher Schrei entfuhr seiner Kehle, als die Schneiden auf den Knochen trafen. Lainé drückte stärker, bis der Knochen nachgab. Der amputierte Finger rollte weg. Blut pulsierte aus der Wunde.

Lainé hielt die Klinge des Taschenmessers wieder vor die Lötlampe. Als sie glühte, presste er sie auf den Stumpf an Foss' Hand. Der Geruch beim Ausbrennen der Wunde kümmerte ihn nicht.

Foss' Kopf sank zurück, und seine Schultern sackten zusammen.

»Haben wir ihn verloren?«, fragte Skorzeny.

»Ich weiß nicht«, antwortete Lainé. »Er ist stark, aber erschöpft. Mal sehen.«

Er kramte in seiner Tasche herum, bis er einen kleinen braunen Glasflakon fand. Der Ammoniakgestank ließ ihn sich abwenden, als er den Verschluss öffnete. Er hielt Foss den Flakon unter die Nase.

Der Kopf des Norwegers zuckte vor dem Riechsalz zurück. Er schnappte nach Luft, grunzte und hustete. Ein dünner Strom von Erbrochenem ergoss sich über seine Lippen.

Skorzeny stand auf und verließ den Tisch. Er zog angewidert die Mundwinkel nach unten.

»Es reicht«, sagte er. »Wir machen morgen weiter. Lassen wir ihm eine Nacht, um über sein Schicksal nachzudenken.« Er wandte sich an die Wachen. »Lasst ihn nicht aus diesem Raum entwischen. Wenn er irgendetwas versucht, macht ihn fertig. Aber lasst ihn am Leben.«

Die Wachen nickten, und Skorzeny marschierte zur Tür. Draußen holte Lainé ihn wieder ein.

»Sind Sie sicher, dass er es ist?«

»Selbstverständlich«, antwortete Skorzeny. »Er hat sich selbst bepisst und ist davongelaufen. Er ist schuldig. Und du wirst dafür sorgen, dass er redet.«

»Ich werde es versuchen«, antwortete Lainé. »Aber er ist stark.«

»Auch der stärkste Mann hat seinen Schwachpunkt. Diesen Punkt wirst du finden. Gute Nacht.«

Lainé beobachtete, wie Skorzeny zum Haus schritt. Der

Österreicher hielt den Kopf aufrecht und die Schultern zurückgedrückt, hinter ihm bauschten sich die Schöße seines Mantels. Lainé hasste und bewunderte seine Arroganz in gleichem Maße.

Er ging zurück ins Nebengebäude und überraschte eine Wache dabei, wie sie Foss Wasser zu trinken gab. Der Norweger hob seinen Kopf von dem Becher. »Célestin«, flehte er. »Bitte, Célestin.«

Lainé ignorierte ihn, während er das Messer in einem Eimer Wasser auswusch, der auf dem Boden gestanden hatte. Er streifte das Messer am Rand des Eimers ab, um die Reste des verkohlten Fleisches zu entfernen.

»Célestin, Hilfe. Hilfe. Mein Freund. Hilfe.«

Lainé spülte Foss' Blut von der Gartenschere. Dann sammelte er seine Instrumente zusammen, verstaute sie in seiner Ledertasche und löschte die Flamme der Lötlampe.

»Hilfe, Célestin. Ich hab mit niemandem geredet. Sag ihm das. Célestin.«

Lainé stellte die Lötlampe auf ein Regal und ging mit seiner Tasche zur Tür.

»Célestin, bitte.«

Er ging aus dem Licht in die Dunkelheit, zurück zum Haus. Die Küche war dunkel und verlassen. Auf dem Weg zum Keller nahm er noch einen kleinen Teller aus dem Trockengestell. Ein paar Minuten später kam er mit einem 1950er-Charmes-Chambertin unterm Arm wieder heraus. Dann trug er den Wein, den Teller und seine Tasche die Treppe hinauf in sein kleines Zimmer.

Der Welpe kratzte an Lainés Schienbein, als er den Raum betrat. Er hatte sein Geschäft in einer Ecke des Zimmers verrichtet, aber der Geruch war ihm egal. Darum konnte er sich noch am nächsten Morgen kümmern. Er stellte den Teller auf den Fußboden und legte darauf das Schnitzel, das er vom Abendessen aufgespart hatte. Der Welpe schnupperte und leckte an dem Fleisch.

Lainé benutzte den Korkenzieher aus der obersten Schublade seines Nachtschranks, um die Flasche zu entkorken. Vielleicht hätte er den Wein noch etwas atmen lassen sollen, aber sein Durst duldete keinen Aufschub. Während er trank, bemerkte er, wie sich der Welpe mit dem Schweineschnitzel abmühte, weil das Stück zu groß für ihn war. Er langte nach unten, nahm das Schnitzel, biss ein Stück von dem grauen Fleisch mit der Brotpanade ab und kaute. Als sich das Fleisch in eine graue Masse verwandelt hatte, spuckte er es auf seine Finger und reichte es dem Welpen hinunter.

Lainé lächelte, als der Hund fraß.

An Hakon Foss verschwendete er keinen Gedanken.

27. KAPITEL

Ryan schaute auf die Uhr, als er sein Hotelzimmer betrat. Es war halb eins morgens. Er zog sich nicht aus, sondern band nur den Schlips ab und legte sich aufs Bett.

Weiss hatte ihm wieder die Augenbinde angelegt und Ryan nach draußen zum Lieferwagen geführt. Sie waren mindestens vierzig Minuten lang unterwegs gewesen, aber Ryan hatte gespürt, dass sein Körpergewicht in den Kurven zu regelmäßig von einer zur anderen Seite gedrückt wurde, deshalb vermutete er, dass sich die Werkstatt, in die man ihn gebracht hatte, viel näher am Stadtzentrum befand.

Als der Lieferwagen schließlich haltmachte, wurde ihm die Augenbinde entfernt. Weiss kauerte neben Ryan.

»Denken Sie an unsere Vereinbarung, Albert. Sie helfen mir, und ich helfe Ihnen.«

Ryan antwortete nicht. Sie ließen ihn in einer Gasse zurück, die von der Grafton Street abzweigte. Von dort waren es nur ein paar Minuten Fußweg bis zum Buswells.

Der Nachtportier öffnete ihm die abgeschlossene Hoteltür. Ryan nannte ihm seine Zimmernummer, und der Portier holte den Zimmerschlüssel von der Wand hinter dem Tresen.

»Eine raue Nacht, was?«, fragte der Portier.

Jetzt lag Ryan im Dunkeln, sein Schädel pochte, und der Raum rings um ihn schien in unangenehmen Wellen zu schaukeln. Er versuchte nur noch an Celia zu denken, aber der Schlaf beschlich ihn wie ein Dieb, und dann träumte er von Kindern und den Fliegen auf ihren toten Lippen.

Es war gerade erst sieben, als ihn das Licht aufweckte, das durch sein Fenster fiel. Gebadet und rasiert, aber immer noch angeschlagen, ging er über die Wege des St. Stephen's Green und dachte nach. Er fand ein ruhiges Plätzchen, eine Bank im Schatten von Bäumen, die einen Blick auf den Teich und die Enten bot, die darin herumschwammen.

Weiss hatte ihm die Fotos überlassen. Er betrachtete sie jetzt genauer. Die Männer auf dem Gruppenfoto – waren welche dabei, die jetzt zum Team von Colonel John Carter gehörten? Ryan schaute sich nacheinander jeden einzelnen Mann an, um sich die Gesichter einzuprägen. Auf der Rückseite des Fotos war der Juni 1944 vermerkt. Carter und alle anderen waren jetzt neunzehn Jahre älter als auf dem Foto.

Er hatte sich den ganzen Morgen lang darüber den Kopf zerbrochen. Wie sollte man einen Mann finden, der sich an jeder beliebigen Stelle in diesem Land versteckt halten konnte?

Weiss zufolge war Carter vor zwei Jahren aus dem Militärdienst ausgeschieden. Er hatte eine Frau aus Liverpool geheiratet und wurde Vater eines Sohnes. Aber Mutter und Kind waren bei einem Verkehrsunfall ums Leben gekommen. Die letzten zwanzig Jahre seiner Militärzeit hatte er in einer Spezialeinheit der Luftstreitkräfte gedient – der geheimsten Abteilung der britischen Armee. Jeder Versuch, über seine Dienstakte an ihn heranzukommen, wäre zum Scheitern verurteilt.

Aber Weiss hatte ihm einen Hinweis gegeben, etwas, dem er nachgehen konnte. Der Israeli hatte es wie einen Zufall aussehen lassen und nur ganz nebenbei dahingesagt, damit es wie eine Saat in Ryan aufgehen konnte. Ryan wusste, dass es keine zufällige Bemerkung war. Wenn er am Abend zu Otto Skorzenys Landhaus fuhr, würde er feststellen, ob ihn der Hinweis zum erwarteten Ziel führte oder nicht.

»Albert.«

Celias Stimme brachte ihn durcheinander. Zuerst durch den Schrecken, der in ihn fuhr, dann durch die Freude, die es ihm bereitete, ihre Stimme zu hören. Er schaute auf und sah sie vom westlichen Eingang des Parks aus näher kommen. Sie war auf eine Weise gekleidet, die bei jeder anderen Frau geschäftsmäßig ausgesehen hätte. Man hatte sie vorübergehend in einem der nahe gelegenen Regierungsbüros untergebracht, während sie auf einen neuen Posten im Ausland hoffte. Im Grunde arbeite sie als Sekretärin, sagte sie. Und es sei furchtbar langweilig.

Ryan verstaute die Fotos in seiner Jackentasche und stand auf. Celia stellte sich auf die Zehenspitzen, um ihn auf die Wange zu küssen, und hielt sich mit ihrer warmen Hand zärtlich an seinem Arm fest, um die Balance zu halten.

»Sie sehen schrecklich nachdenklich aus«, sagte sie.

»Wirklich?«

»Worüber haben Sie nachgedacht?«

Ryan lächelte. »Ich habe an Sie gedacht.«

Celia errötete.

Sie bestellte »Eier Benedict«. Als sie der Kellner darauf hinwies, dass der Frühstücksservice des Shelbourne-Hotels um zehn Uhr endete, schmollte Celia.

Der Kellner gab nach. »Ich werde sehen, was ich tun kann«, sagte er. »Und für den Herrn?«

Ryan bestellte Lachs, und der Kellner ging fort.

Sie nippte an ihrem Gin Tonic, er trank einen großen Schluck Guinness.

»Also«, meinte Celia, »worüber haben Sie im Park wirklich nachgedacht?«

»Über nichts«, antwortete er. »Über meine Arbeit, das ist alles.«

»Sie sehen besorgt aus.«

Ryan hielt ihren Blick nicht länger aus. Er musterte die Fäden der Tischdecke.

»Erzählen Sie es mir«, bat sie.

»Ich mag den Job nicht, an dem ich arbeite.«

Sie lachte. »Niemand mag seinen Job. Von mir einmal abgesehen. Aber ich bin eine Ausnahme. Jedermann hasst es, morgens aufzustehen und zur Arbeit zu gehen.«

»So meine ich das nicht«, sagte Ryan. »Ich kann darüber nicht reden.«

»Nicht einmal mit mir?«

»Die Aufgabe, die ich zu erledigen habe ... sie ist falsch.«

»Wieso?«

»Ich kann nicht mehr sagen.«

Sie streckte den Arm vor und legte ihre Hand auf seine. Ihre Finger waren so zierlich, dass sie zerbrechlich und sehr empfindlich wirkten. Er drehte seine Handfläche nach oben und ließ zu, dass sie ihre Finger zwischen seine schob.

»Aber was kann falsch daran sein, wenn man es im Dienste seines Vaterlandes tut?«, fragte sie.

Ryan schaute ihr in die Augen. »So naiv können Sie nicht sein.«

»Nein, ich glaube nicht. Aber wenn Sie es nicht ertragen können, dann sagen Sie doch nein, sagen Sie ihnen, dass Sie es nicht tun wollen.«

»Ich habe keine Wahl. Nicht jetzt. Dazu ist die Sache schon zu weit fortgeschritten.«

»Albert, hören Sie auf, in Rätseln zu reden.«

Er strich mit dem Daumen über ihre Fingernägel, spürte die polierte Oberfläche und die scharfen Ränder.

»Gestern habe ich gesehen, wie eine Frau Selbstmord begangen hat.«

Celia löste ihre Finger von seinen. Sie zog ihre Hände zurück auf ihren Schoß. Dann setzte sie sich aufrecht.

»Wo?«

»Am anderen Ende von Swords«, antworte Ryan. »Bei sich zu Hause. Sie tat es aus Angst.«

»Angst vor wem? Vor Ihnen?«

»Ich rede mir ein, dass es nicht so war. Nicht meinetwegen, aber wegen der Leute, für die ich arbeite. Doch dann fällt mir wieder ein, dass ich einer von ihnen bin, wenn ich für sie arbeite.«

Celia schüttelte den Kopf. Ihr Blick blieb auf ihn gerichtet, aber sie schien in die Ferne zu sehen. »Nein, das ist nicht wahr. Wir machen Sachen für andere Leute. Aber das bedeutet nicht, dass wir das gut finden. Es macht uns nicht zu ihresgleichen.«

Ryan beobachtete, wie sie ihre Fassung zurückgewann. »Auch nicht, wenn man weiß, dass es falsch ist?«

Celia drehte sich weg und schaute in Richtung Küche. »Ich frage mich, wo das Essen bleibt.«

»Wir haben gerade erst bestellt. Was ist los?«

Sie drehte sich wieder zu ihm. »Nichts, Albert. Ich werde es wohl nicht schaffen, heute Abend zur Dinnerparty zu kommen.«

Ryan spürte, wie sich in seinem Inneren etwas löste. »Warum nicht?«

»Mrs. Highland braucht Hilfe im Haushalt. Ich hatte ihr versprochen, dass ich es für sie tun würde.«

»Wann hast du ihr das versprochen?«

»Letzte Woche. Ich hatte es vergessen. Tut mir leid.«

»In Ordnung. Vielleicht können wir morgen Abend etwas anderes unternehmen.«

»Vielleicht«, antwortete sie mit dem Anflug eines Lächelns.

28.

KAPITEL

Skorzeny aß allein im Esszimmer, als er das Telefonklingeln hörte. Kurz darauf klopfte Esteban leise an der Tür.

»Herein«, sagte Skorzeny.

»Es ist Miss Hume«, sagte Esteban. Er sprach ihren Namen wie *Juum*.

Skorzeny wischte sich mit einer Serviette über die Lippen und folgte danach dem Boy hinaus in den Flur, wo das Telefon stand. Er nahm den Hörer ans Ohr und hörte verzerrten Straßenlärm.

»Miss Hume?«

»Sir, ich muss mit Ihnen sprechen.«

Ihre Stimme hallte in der Telefonzelle.

»Nur zu«, sagte er.

»Ich möchte den Auftrag, den Sie mir gegeben haben, nicht mehr ausführen.«

»Warum nicht?«

»Ich habe mich heute mit Albert Ryan zum Lunch getroffen. Er erzählte mir, dass jemand gestorben sei, wegen der Arbeit, die er für Sie erledigt. Ich möchte in diese Sache nicht hineingezogen werden.«

Skorzeny ließ sich auf den Stuhl sinken, der neben dem Telefontisch stand. »Wer ist gestorben?«

»Eine Frau. In der Nähe von Swords, hat er gesagt. Sie hat Selbstmord begangen.«

Skorzeny dachte an Catherine Beauchamp, ihre zarten, feinen Gesichtszüge und die strenge Intelligenz in ihren Augen.

»Was hat Ihnen Lieutenant Ryan noch erzählt?«

»Mehr nicht. Nur dass er mit der Arbeit, die er für Sie erledigen muss – was auch immer das sein mag, unzufrieden ist. Er hat das Gefühl, es sei nicht recht.«

»Lieutenant Ryan ist durcheinander. Seine Arbeit ist es, Menschen zu beschützen. Vielleicht könnten Sie ihn daran erinnern.«

»Nein. Ich werde ihn nicht wiedersehen.«

»Aber das müssen Sie. Heute Abend findet das Dinner statt.«

»Ich habe ihm gesagt, ich könnte nicht kommen.«

Skorzeny kontrollierte mit Mühe seine Stimme. »Das war dumm.«

»Ich habe diesen Auftrag nur übernommen, um Mr. Waugh einen Gefallen zu tun. Ich habe mich schon früher von Männern zum Abendessen, zu Drinks und so weiter einladen lassen, um etwas von ihnen zu erfahren. Aber das waren Diplomaten oder Geschäftsleute, und sie redeten nur von Verhandlungen oder über Geschäfte. Aber so etwas wie das hier hatte ich noch nie. Da möchte ich nicht hineingezogen werden.«

»Meine Liebe, Sie stecken bereits tief drinnen, ob Sie nun wollen oder nicht. Sie werden tun, was man Ihnen aufgetragen hat.«

»Nein. Sie werden sich jemand anderen …«

»Junge Dame, Sie verstehen mich nicht. Sie werden Lieutenant Ryan heute Abend zu mir begleiten. Sie werden ihn auch weiterhin sehen und mir über Ihre Gespräche berichten. Habe ich mich klar ausgedrückt?«

»Sir, Sie sind nicht mein Arbeitgeber. Sie haben nicht das Recht, mich …«

»Welches Recht sollte ich benötigen? Welche Autorität?«

»Aber Sie können doch nicht …!«

»Doch. Ich kann. Jetzt hören Sie mir mal ganz genau zu. Sie werden tun, was man Ihnen aufgetragen hat, oder Sie müssen ernste Konsequenzen fürchten.«

Sie hielt inne. »Konsequenzen welcher Art?«

»Jeder Art, die Sie sich vorstellen können.«

Einen Moment lang herrschte Stille. »Sir, drohen Sie mir?«, erkundigte sie sich dann.

»Ja.«

Es klickte in der Leitung. Sie hatte aufgelegt.

Skorzeny erhob sich, legte den Hörer auf und spürte die Gegenwart einer anderen Person. Er drehte sich um und sah Lainé auf den Stufen sitzen, der ihn beobachtete. In seinem Schoß lag der Welpe und strampelte mit den Beinen, während der Mann ihm den Bauch kraulte.

»Ärger?«, fragte Lainé.

Skorzeny ging zum Treppenabsatz. »Keinen Ärger. Aber es gibt Neuigkeiten, von denen Sie erfahren sollten. Das Mädchen, das ich auf Ryan angesetzt habe. Er hat ihr erzählt, er hätte gesehen, wie eine Frau sich umgebracht hat. Eine Frau in der Nähe von Swords.«

Lainés Finger hörten mit dem Kraulen auf. »Catherine?«

»Ich denke, ja.«

Lainé stand auf, drückte den Welpen an seine Brust und wandte sich zum Gehen.

Skorzeny sagte: »Ryan muss sie im Verdacht gehabt haben, die Informantin zu sein.«

»Nein.« Lainé schüttelte den Kopf. »Nicht Catherine.«

»Foss streitet immer noch ab. Vielleicht habe ich mich geirrt.«

Lainé schaute über die Schulter zurück. »Nein. Es ist Foss. Er wird reden. Ich werde ihn zum Reden bringen.«

Der Bretone erklomm die Treppe und verschwand aus Skorzenys Blickfeld.

29. KAPITEL

Ryan schlief schlecht. Schwarze Plateaus, flankiert von zerrissenen, blutigen Träumen. Das Telefon riss ihn aus dem Schlaf. Sein Bewusstsein setzte ein, und er nahm seine Benommenheit wahr. Er rollte sich übers Bett und nahm den Hörer.

»Hallo?«

»Ein Anruf von Miss Hume. Soll ich sie durchstellen?«

Ryan setzte sich auf und rieb sich übers Gesicht. Bartstoppeln kratzten an seinen Handflächen.

»Ja.«

»Albert?«, fragte sie.

»Celia. Stimmt was nicht?«

»Ich dachte nur«, erwiderte sie mit brüchiger Stimme, »dass ich heute Abend sehr gern mit Ihnen zu diesem Dinner gehen würde.«

Ryan jubelte innerlich.

Celia hielt den Plan auf den Knien und las die Karte für ihn. Viel mehr als nur die Richtungswechsel gab sie nicht von sich. Als sie Naas durchquerten, fragte Ryan, ob alles in Ordnung sei.

Sie drehte sich zu ihm und lächelte höflich. »Ja, es ist alles gut.«

Er glaubte ihr nicht.

»Es ist noch nicht zu spät, umzukehren«, sagte er. Ich kann Sie nach Dublin zurückbringen.«

Celia richtete ihren Blick wieder auf die Karte. »Nein, ich möchte dorthin gehen. Wirklich.«

Für eine Weile lag ein drückendes Schweigen zwischen ihnen. Schließlich sagte sie wieder etwas.

»Da hinauf, glaube ich.« Sie zeigte auf die vor ihnen liegende Kurve und zur Steinmauer. In der anderen Hand hielt sie die Karte. Dann tauchte eine Einfahrt auf. »Dort.«

Ryan ging vom Gas und lenkte den Wagen zum Eingangstor. Zwei breitschultrige Männer versperrten ihm den Weg. Ryan trat auf die Bremse und hielt an.

Einer der beiden Männer kam zum Fenster auf der Fahrerseite. Ryan drehte es runter.

»Ihre Namen«, sagte der Mann mit deutlichem Akzent.

Ryan sagte sie ihm. Der Mann nickte seinem Kollegen zu, der zur Seite trat. Ryan legte einen Gang ein und fuhr weiter durch eine langgezogene Zufahrt, die von Bäumen gesäumt wurde. Zwischen den Stämmen entdeckte er einen weiteren Mann. Im Schutz der Dunkelheit sparte er sich die Mühe, seine Waffe zu verbergen.

Aus den Augenwinkeln beobachtete Ryan, wie Celia den Kopf umwandte und zu dem Mann hinüberschaute, als sie an ihm vorbeifuhren. Sie führte die Fingerspitzen ihrer linken Hand an ihre Lippen und ballte die Rechte in ihrem Schoß zur Faust.

Ryan begriff mit untrüglicher Gewissheit, dass er sie nicht hätte herbringen sollen. Er versuchte, es abzutun, diese dumme Empfindung nicht ernst zu nehmen, aber er wurde sein Bauchgefühl einfach nicht mehr los.

Vor ihnen erhob sich das Haus mit den gewölbten Dächern seiner Seitenflügel, seinen Bogenfenstern und den umliegenden Gärten. Andere Wagen reihten sich neben Skorzenys weißen Mercedes. Zwei Rover, ein Jaguar, ein Bentley. Ryan stellte seinen Vauxhall dazu, der neben den anderen Fahrzeugen recht erbärmlich wirkte.

Er stieg aus, öffnete Celia die Tür und geleitete sie zum Haus. Ein junger Boy mit olivbrauner Haut erwartete sie am offenen Eingangsportal. Er nahm Celias Mantel und zeigte ihnen den Weg zum Salon. Die vier Paare, die dort bereits mit Drinks in der Hand standen, richteten ihre Blicke auf die Eintretenden. Ryan erkannte einen der Männer, einen prominenten Anwalt. Ein anderer war Regierungsrat im Finanzministerium, einem weiteren gehörte ein Kaufhaus. Und da war auch Charles J. Haughey mit seiner Begleiterin aus dem Restaurant, dem Mädchen, das nicht seine Frau war, und beobachtete ihn mit Argusaugen. Genaugenommen hatte keiner der anwesenden Herren eine Partnerin dabei, die vom Alter her zu ihm gepasst hätte. Die Frauen durchbohrten Celia mit spitzen Blicken.

Celia schien unter den starren Blicken zu schrumpfen, ihre Schultern sanken herab. Sie klammerte sich fest an Ryans Oberarm, während sie in die Runde lächelte.

»Da ist unser Mann«, begrüßte ihn Haughey.

Ryan nickte. »Guten Abend, Herr Minister.«

Der Minister kam durch den Raum zu ihm, betrachtete Ryan von Kopf bis Fuß und inspizierte mit kritischem Blick dessen Kleidung.

Dann räusperte sich Haughey, zwinkerte und sagte: »Schöner Binder.«

Sie saßen bereits am Esstisch, als Skorzeny erschien. Alle erhoben sich von ihren Sitzen. Ryan und Celia folgten ihrem Beispiel. Der Österreicher machte seine Runde, schüttelte Hände und ließ sich Küsschen auf die narbigen Wangen drücken. Haughey griff am schwungvollsten nach Skorzenys Hand, schüttelte sie am nachdrücklichsten und klopfte dem großen Mann auf die Schultern.

Ryan sagte nichts, als Skorzeny seine Hand nahm, und verzog keine Miene, als der Österreicher sie fest drückte. Skorzeny beugte sich zu Celia und bot ihr seine Wange. Sie schloss die Augen, gehorchte ihm und hinterließ eine blasse rote Spur auf seiner Narbe.

Ryan beobachtete, wie sich ein Gefühl auf ihrem Gesicht abzeichnete, aber er war sich nicht sicher, ob es Furcht oder Abscheu war.

Skorzeny ging zum Kopf der Tafel. Er legte seine Hände auf die obere Stuhllehne.

»Willkommen, meine Freunde«, sagte er. »Fühlen Sie sich wie zu Hause. Ich will die Gastfreundschaft erwidern, mit der Ihre ehrenwerte Nation mich bedacht hat. Bitte setzen Sie sich. Essen Sie. Lassen Sie es sich gut gehen.«

Die Gäste nahmen unter Gelächter und aufmunternden Worten wieder ihre Plätze ein.

Ryan richtete seine Aufmerksamkeit wieder auf Celia und sah, wie ihr eine Träne aus dem Augenwinkel lief. Sie fing sie ab, verwischte sie auf der Wange, und schon war er sich nicht mehr sicher, ob er überhaupt irgendetwas gesehen hatte.

30. KAPITEL

Célestin Lainé saß mit einem Tablett auf den Knien auf der Bettkante und aß Fasan mit Röstgemüse in einer Rotweinsauce. Esteban hatte auch eine Flasche Wein gebracht, einen 1960er Pontet-Canet, und dazu noch eine Notiz Skorzenys, in der er Lainé darum bat, den Rest des Abends auf seinem Zimmer zu bleiben.

Der Welpe umkreiste seine Füße und legte manchmal die Vorderpfoten auf Lainés Schienbeine, um an dem Tablett zu schnuppern. Ab und zu nahm Lainé einen Streifen von dem Fleisch, tunkte ihn in die Sauce und hielt sie dem Welpen hin. Er hatte schon gelernt, für einen Leckerbissen Platz zu machen.

Lainé versuchte, nicht an Catherine Beauchamp zu denken, oder an das, was sie in den Selbstmord getrieben hatte. Er versuchte, sich nicht an ihre letzte Begegnung zu erinnern, als sie sich in Skerries in dem kleinen Hotel mit Ausblick auf den Hafen getroffen hatten.

In ihrem Gesicht hatte sich Erschöpfung abgezeichnet, die ihre Konturen kantiger gemacht und die Schatten unter ihren

Augen tiefer gegraben hatte. Sie hatten die Brühe getrunken, die man in Irland als Kaffee servierte, über die Heimat gesprochen und darüber, ob sie wohl jemals zurückkehren würden.

Fischerboote lagen auf den Sandbänken hinter den Hafenmauern. Der Wind schleuderte Regen und Gischt gegen die Fensterscheiben, und kalte Luft zog unter den Tischen und Stühlen, so dass Lainé trotz des Torffeuers, das rot und orange in einer Ecke glühte, kalte Füße bekam.

Ihre Leidenschaft füreinander war schon vor Jahren erloschen, damals, als sie plötzlich weich wurde und sich von den Aktionen distanzierte, die sie gemeinsam durchgeführt hatten. Vielleicht hasste sie ihn jetzt. Er hielt es für wahrscheinlich, aber trotzdem trafen sie sich noch, um in der Sprache ihrer Heimat miteinander zu reden, um ihren Rhythmus und ihre Melodie zu hören. Es war für beide die einzige Gelegenheit, bei der sie sie sprechen hören konnten, anstatt sie immer nur im Kopf zu haben.

»Kannst du nachts schlafen?«, fragte Catherine.

Lainé zuckte mit den Schultern. »Hängt davon ab, wo ich bin. Gib mir ein bequemes Bett, und ich schlafe so sanft wie ein Baby.«

»Ich nicht.« Sie nahm zwei Zigaretten aus der Schachtel Gitanes auf dem Tisch und bot ihm eine an. Er nahm sie. »Ich bin schon froh, wenn ich ein paar Stunden die Augen zumachen kann.«

»Du hast nichts Unrechtes getan. Es gibt keinen Grund, warum dir die Sünden anderer den Schlaf rauben sollten.«

Sie lächelte. »Siehst du, an diesem Punkt unterscheiden wir uns. Du meinst, das, was die Nazis getan haben, hätte nichts mit dir zu tun. Hat es aber doch. In dem Moment, in dem du auf ihrer Seite gekämpft hast, bist du einer von ihnen geworden. Genau wie ich.«

»Nein. Wir hatten einen gemeinsamen Feind. Den französischen Unterdrücker. Das macht aus mir keinen Judenmörder.«

»Du hättest jeden umgebracht, wenn sie es von dir verlangt hätten. Juden, Franzosen, Frauen, Kinder.«

Jetzt lächelte Lainé. »Wenn du mich so verachtest, warum gehst du dann nicht?«

»Mit wem könnte ich denn sonst in meiner Muttersprache reden?«

Lainé war damals davon überzeugt gewesen, sie zu lieben, und er glaubte es immer noch. Er sah sekundenlang Wasser auf das Tablett und den Teller tropfen, bis er begriff, dass es seine eigenen Tränen waren. Er schniefte und wischte sie ab.

Ihm war der Appetit vergangen. Er stellte das Tablett zur Seite und trank einen Schluck Wein aus der Flasche. Dann nahm er den Welpen hoch, setzte ihn in seinen Schoß und kraulte dessen rosafarbenen Bauch.

Von unten drang das Gelächter der Gäste zu ihm hinauf. »Bourgeoisie« hätte Catherine sie genannt. Und sie hätte recht gehabt. Politiker, Bürokraten, Geschäftsleute, Männer mit Reichtum und Einfluss. Und währenddessen war Lainé in dieses kleine Zimmer verbannt wie ein behindertes Kind, das seine Eltern vor den Nachbarn versteckt hielten.

Und unter den Gästen war auch Ryan. Ryan, der tags zuvor Catherine Beauchamp beim Sterben zugesehen hatte und jetzt Fasan aß und mit Skorzeny und den anderen erlesenen Wein trank.

Lainé beschloss, noch vor Ablauf des Abends ein persönliches Gespräch mit Lieutenant Albert Ryan zu führen.

31. KAPITEL

Ein Dessert von *Roter Grütze* mit Pudding schloss das Mahl ab und hinterließ einen aromatischen, leicht säuerlichen Geschmack auf der Zunge.

Skorzeny unterhielt die Gäste mit Geschichten von Heldenmut und Gefahr. Er erzählte von der Operation Greif und seinem Kommando über die Panzerbrigade 150, als seine Männer amerikanische Uniformen anzogen, die feindlichen Linien durchbrachen und Falschmeldungen verbreiteten, unter anderem auch die Meldung von einem angeblichen Plan, Eisenhower und seinen Stab zu kidnappen. Die Pointe vom schlecht gelaunten General, der über Weihnachten 1944 nicht nach draußen durfte, ließ beifälliges Gelächter im Raum erklingen.

Weder Lieutenant Ryan noch seine Begleiterin stimmten in das Gelächter ein. Die junge Frau lächelte gerade noch ein höfliches Lächeln, während Ryan auch darauf verzichtete.

Skorzeny fasste Ryan scharf ins Auge. »Kommen Sie schon, Lieutenant, mögen Sie meine Abenteuergeschichten nicht? Vielleicht haben Sie ja auch Geschichten zu erzählen?«

Haughey pflichtete ihm bei. »Na los, großer Krieger. Wie ist es Ihnen ergangen?«

Ryan schaute zuerst zum Minister und dann zu Skorzeny. »Ich rede nicht gern über meinen Dienst in der Armee.«

Haughey lächelte sein Eidechsenlächeln. »Im Dienste der Briten.«

Die Männer kicherten. Ryan sagte nichts. Die hübsche Celia an seiner Seite errötete bis zum Ansatz ihres blassen Dekolletés.

»Herr Minister«, sagte Skorzeny. »Wir kämpfen nicht immer für das Land unserer Geburt. Denn nicht immer schlägt dort auch unser Herz. Schließlich bin auch ich Österreicher, genau wie der *Führer*, und trotzdem habe ich am Anschluss mitgewirkt. Ich gab meine Heimat den Deutschen, weil ich in meinem Herzen ein Deutscher bin.«

»Sind Sie das, Ryan?«, fragte Haughey. »Sind Sie in Ihrem Herzen ein Brite?«

Ryan ließ seinen Löffel so laut in seinen Teller fallen, dass Celia zusammenzuckte. »Nein, Minister. Ich bin nicht weniger Ire als Sie.«

»Und was ist mit Ihnen, Minister?«

Haughey drehte sich mit einem schmalen Lächeln zu Skorzeny herum, um dem Fragesteller ins Gesicht zu sehen.

»Wenn wir in Irland einmarschiert wären, hätten Sie dann Widerstand geleistet? Oder hätten Sie uns das Willkommen bereitet, das uns die IRA versprochen hatte? Wären die Feinde Großbritanniens Ihre Freunde gewesen?«

Haughey fuchtelte mit dem Finger herum. »Ich hätte auf einer Seite gekämpft, und zwar nur auf einer: auf der Seite Irlands.«

»Und doch wird immer noch über Sie erzählt, Sie hätten am Tag der deutschen Kapitulation einen Demonstrationszug auf das Trinity College angeführt. Sie hätten Hakenkreuze getragen und vor den Toren des College den britischen Union Jack verbrannt.«

Haugheys Gesicht lief rot an. »Hören Sie mal, diese Lüge wird jetzt schon lange genug verbreitet. Ich habe an dem ganzen Tag kein einziges Hakenkreuz gesehen. Ein paar Radaubrüder haben vielleicht welche geschwenkt, aber meine Hand hat niemals eines berührt. Und das sage ich nicht nur so dahin. Diese Prots-Mistkerle im Trinity hatten die britische Flagge auf dem Dach gehisst. Und dann hatten sie auch noch den Nerv, die Flagge der Irischen Republik in Brand zu stecken. Also habe ich einen britischen Union Jack verbrannt. Das tat ich aus gutem Grund und nur, um ihnen zu zeigen, dass niemand unsere Flagge respektlos behandelt, solange Charlie Haughey noch am Leben ist.«

»Prots-Mistkerle? Meinen Sie damit Protestanten?«

Haughey nickte, seine Wangen wurden zornesrot. »Ganz recht. Protestanten. Anglikanische Halunken, die ganze Bagage.«

»Wie unser Lieutenant Ryan hier?«

Haughey wurde blass, schaute zu Ryan und räusperte sich. »Nun ja, ich schätze, ich sollte sie nicht alle über einen Kamm scheren. Das wäre unfair. Ich wollte Ihnen nicht zu nahe treten, Ryan.«

»Das sind Sie auch nicht, Minister«, entgegnete Ryan mit versteinertem Blick.

Als dann Esteban und Frau Tiernan damit anfingen, die Teller abzuräumen, beobachtete Skorzeny Haughey, wie er sein Glas hob, trank und seinen Ärger mit dem Wein herunterspülte. Er spielte mit dem Gedanken, dem Politiker noch etwas mehr zuzusetzen, besann sich dann aber eines Besseren.

Die Gäste machten sich auf in den Salon, wo Kaffee und Brandy gereicht wurde. Im Flur wandte sich Ryan an Skorzeny.

»Ich hatte gehofft, dass sich heute Abend vielleicht die Gelegenheit für eine kleine Unterredung mit Célestin Lainé ergeben könnte.«

»Im Augenblick nicht«, antwortete Skorzeny.

»Er hält sich immer noch hier auf, oder? Ich hatte noch keine Gelegenheit, ihn allein zu sprechen.«

»Ja, er ist hier, aber Sie können nicht mit ihm sprechen. Ich habe ihm die Anweisung gegeben, auf seinem Zimmer zu bleiben, solange meine Gäste anwesend sind. Später vielleicht.«

Skorzeny führte Ryan in den Salon, wo sich der Duft von Kaffee und Zigarren in der Luft vermischte. Die Gäste spielten ihre Rollen so, wie man es von ihnen erwartete. Die Männer erzählten sich Zoten, und die Frauen tratschten und verglichen ihre Kleider.

Skorzeny wusste gar nicht, wie viel Zeit vergangen war, bevor er merkte, dass Ryan und seine Begleiterin fehlten.

32.
KAPITEL

Celia ging als Erste und sagte kein Wort, als sie auf die offenen Terrassentüren zusteuerte und hinausschlüpfte. Ryan folgte ihr und fand sie zitternd im Schatten unter der Regentraufe.

»Was ist los? Warum verstecken Sie sich hier draußen?«

In der Nachtdämmerung erkannte er ihr zerbrechliches Lächeln. »Es war mir zu verqualmt, das ist alles. Ich brauchte etwas frische Luft.«

»Sie wollten nicht herkommen, oder? Ich konnte es in Ihrer Stimme hören, als Sie angerufen haben. Im Auto konnte ich es Ihnen ansehen. Sagen Sie mir, was los ist.«

»Nichts«, erwiderte sie, aber sie schluchzte unwillkürlich und schlug dann die Hand auf den Mund.

Ryan stand da, die Hände auf die Seiten gestützt, unbeholfen und zu keiner vernünftigen Handlung imstande – wie ein Kind in der Welt der Erwachsenen. Dann legte er seine Hände auf ihre Schultern und hielt sie fest.

»Sprechen Sie mit mir.«

Er spürte ihr Zittern.

Sie zog die Tränen hoch. »Ich kann nicht.«

»Warum nicht?«

»Ich habe Angst.«

Er legte seine Arme um sie und zog sie an sich heran. An seinem Hals spürte er ihren warmen Atem.

»Es gibt nichts, wovor du Angst haben müsstest. Nicht, wenn ich da bin.« Das vertraute Du kam ihm ganz leicht über die Lippen.

»O Gott!« Sie drückte ihr Gesicht an seinen Hals. Er spürte ihre Bewegungen und die Wärme ihrer Lider, das Kitzeln ihrer Wimpern auf seiner Haut und die Feuchtigkeit ihrer Tränen.

»Rede doch bitte mit mir.«

Celia löste ihren Kopf von ihm, schniefte und versteifte ihre Schultern in seinen Armen.

»Er hat mich zu dir geschickt«, sagte sie.

»Wer?«, fragte Ryan. Aber er wusste es bereits. »Skorzeny«, fuhr er fort.

»Er wollte, dass ich mich mit dir anfreunde, mit dir rede und ihm berichte, wenn du irgendetwas von der Arbeit erzählst.

Ich sollte ihm sagen, was du denkst, um sicherzustellen, dass er dir vertrauen kann.«

Ryan ließ sie langsam los. Er trat einen Schritt zurück. Sein Herz raste. Er stützte sich an der Mauer ab, um nicht das Gleichgewicht zu verlieren.

»Es tut mir leid.« Sie fand ein Taschentuch und wischte damit über ihre Wangen und quer durch die verlaufene Wimperntusche. »Bitte sag ihm nicht, dass ich es dir erzählt habe. Er würde sonst …«

»Was würde er?«

»Ich weiß es nicht. Genau hat er es nicht gesagt.«

Ryans Empörung wuchs. »Soll das vielleicht heißen, dass er dich bedroht hat?«

Sie drehte sich weg, als ob sie sich schämte. »Ja, ich glaube schon. Ich meine, ich bin mir nicht sicher. Oder doch. So wie jetzt war es noch nie. Als ich im Ausland war, musste ich manchmal mit einem Diplomaten oder einem Geschäftsmann dinieren, um sie zum Reden zu bringen. Ich sollte so tun, als würden sie mich beeindrucken. Aber das war nicht mit dem hier vergleichbar. Nichts Gefährliches. Können wir jetzt gehen?«

Ryan nahm sie wieder in die Arme. »Selbstverständlich können wir das. Wir gehen sofort. Und mach dir keine Sorgen, ich werde nichts sagen. Ich werde nicht zulassen, dass dir etwas geschieht.«

Er führte sie zurück zur Terrassentür mit dem Gelächter und dem Rauch dahinter.

Da stellte sich ihnen Skorzeny in den Weg.

»Sucht das frischgebackene Liebespaar dunkle Ecken?«, fragte er.

»Celia brauchte etwas frische Luft«, sagte Ryan. Er hielt den Arm um ihre Taille geschlungen und zog sie dichter an sich.

Skorzeny betrachtete sie von Kopf bis Fuß und ließ seine Blicke gerade dort länger verweilen, wo sie nicht hingehörten. »Fühlen Sie sich nicht wohl, meine Liebe?«

Celia schenkte ihm ein schwaches Lächeln. »Das Essen war ein bisschen zu gehaltvoll für mich, glaube ich. Und der Rauch macht mir zu schaffen.«

Skorzeny nickte, aber seine Augen blieben wachsam. »Ich verstehe. Esteban wird Ihnen Wasser bringen.«

»Eigentlich«, sagte Ryan, »wollte ich Celia gerade nach Hause bringen. Trotzdem, vielen Dank für Ihre Gastfreundschaft.«

»Sie wollen gehen? Jetzt? Aber nicht doch. Haben Sie es denn vergessen, Lieutenant Ryan?«

»Was sollte ich vergessen haben?«

Skorzeny lächelte.

33. KAPITEL

Der Esstisch war an die Wand geschoben und der Teppich zusammengerollt worden. Darunter kam das polierte Dielenparkett zum Vorschein. Auf dem Tisch lag eine Auswahl von Blankwaffen, daneben zwei Jacken – eine weiß, die andere schwarz. Die Stühle hatte man an der gegenüberliegenden Seite des Zimmers nebeneinander an der Wand aufgereiht. Die Damen und Herren setzten sich mit ihren Getränken in der Hand auf ihre Plätze. »Das ist doch wohl nicht Ihr Ernst?«, fragte Ryan.

Skorzeny grinste mit funkelnden Augen. »Natürlich meine ich es ernst. Degen oder Säbel? Das Florett ist für Frauen und kleine Jungs, finde ich.«

Celia stand in der Ecke und biss sich auf die Fingernägel.

Ryan spürte die Blicke aller Anwesenden auf sich. »Weder noch. Das werde ich nicht tun.«

Haughey lachte. »Was ist los, Ryan? Wo ist Ihr Kampfgeist?«

Ryan warf ihm einen durchdringenden Blick zu. »Wollen Sie meinen Platz einnehmen?«

Haughey verschluckte sich an seinem Brandy und prustete. »Mein lieber Gott, Großkotz, sehe ich vielleicht wie ein Kämpfer aus?«

»Nein, Herr Minister. Wirklich nicht.«

Haugheys Lächeln erstarb, er kniff die Augen zu Schlitzen zusammen.

»Also, wählen Sie, Ryan«, sagte Skorzeny. »Degen oder Säbel?«

Ryan schaute sich die Fechtwaffen an, die auf dem Tisch ausgebreitet waren. Die beiden Säbel hatten französische Griffe, die beiden Degen Pistolengriffe. Er nahm von jeder Sorte einen in die Hand und prüfte ihr Gewicht und ihre Balance. Bei den Degen handelte es sich um altmodische Stücke mit großem Handschutz und einer dreizackigen Spitze statt der Knöpfe, wie sie für die moderne Methode, Punkte zu erfassen, verwendet werden. Ryan traf seine Wahl.

»Degen«, sagte er.

Skorzeny nahm die langärmlige Jacke in Schwarz, der Farbe des Meisters. »Gut. Fünf Berührungen. Einverstanden?«

»Einverstanden.« Ryan nahm sich die weiße Jacke. »Wo sind die Fechtmasken?«

»Keine Masken.« Skorzeny nahm den anderen Degen. »Wir sind schließlich keine Kinder.«

Ryan steckte seine Arme in die dicken Baumwollärmel und verschloss die Jacke an der Seite, zog die Schnallen enger, bis ihm der Stoff stramm um den Leib lag. Dann langte er zwischen und hinter seine Beine und befestigte den Schrittgurt hinter seinem Rücken.

Skorzeny ging zum anderen Ende der freigeräumten Fläche. Die Jacke hing locker über der gewölbten Brust. Er hatte den Degen im Griff. »Sie sind der Punktrichter, Herr Minister.«

»Mit Vergnügen.«

Ryan nahm gegenüber von Skorzeny seine Position ein. Beide stellten sich *en garde* mit erhobenem Degen, Füße zusammen, Knie leicht gebeugt.

Die Anwesenden verstummten.

Skorzeny nickte. Ryan tat es ihm nach.

Sie fingen mit kleinen Bewegungen an. Die Degenspitzen umkreisten sich im Abstand von wenigen Zentimetern. Skorzeny ging nach vorn und testete Ryans Reflexe mit fingierten Ausfallschritten. Ryan antwortete mit eigenen Ausfällen, um selbst voranzukommen, aber Skorzeny kreuzte seine Klinge, schlug sie aus der Bahn und durchbrach im Anschluss seine Deckung mit einem Stoß auf Ryans Hüfte. Die dreifach gezackte Spitze riss an seiner Jacke. Er spürte ihre scharfen Spitzen durch die Fütterung hindurch.

»Treffer«, sagte Ryan.

Sie nahmen wieder ihre Positionen ein.

»Fünfzig auf Oberst Skorzeny«, sagte Haughey.

»Halte ich«, antwortete der Finanzmann.

Skorzeny ging wieder in die Offensive, schlug und parierte, bis Ryan die Klinge abfing, umkreiste und zu Skorzenys Brust durchkam.

»Treffer«, sagte Skorzeny.

»Hundert auf Ryan«, sagte der Kaufhausbesitzer.

Jetzt übernahm Ryan die Führung, trieb Skorzeny zurück und zwang den Österreicher zu parieren, bis Ryan eine Öffnung fand. Er nutzte sie und landete seine Klingenspitze an Skorzenys Schulter.

Skorzenys Augen verdunkelten sich. »Treffer.«

Er startete einen Gegenangriff. Ein Ausfall folgte dem nächsten. Ryan konnte jeden von ihnen abfangen, schaffte aber keinen Konter. Schließlich hieb Skorzeny kraftvoll nach unten, nutzte die Öffnung und erwischte mit der Spitze des Degens die Innenseite von Ryans Oberschenkel. Die Zacken bohrten sich unter dem Stoff in sein Fleisch. Er schrie laut auf.

Skorzeny machte einen Schritt zurück. »Treffer, nehme ich an?«

»Ja«, bestätigte Ryan.

Es lief warm an seinem Oberschenkel herunter. Er nahm Position ein, wartete, bis Skorzeny selbst so weit war, und griff dann an. Skorzeny erwiderte jeden Angriff mit einer Parade – drei, vier, fünf; dann ein Konter gegen Ryans Flanke, aber Ryan wich seitlich aus und traf ihn unter dem Arm.

»Treffer«, sagte Skorzeny.

Danach wich Ryan vor den Attacken Skorzenys zurück, der ihm heftig zusetzte und keine Gelegenheit zu einem Gegenangriff bot. Nun suchte Ryan einen festen Stand und zwang seinen Gegner, näher heranzukommen. Skorzenys Oberarm rammte Ryans Brust, so dass er nach hinten taumelte. Noch bevor Ryan wieder Tritt fassen konnte, stach ihm Skorzeny mitten in den Bauch und drehte dabei auch noch die Klinge um.

Die Zacken zerkratzen die Haut unter dem Baumwollstoff. Ryan zischte mit zusammengebissenen Zähnen: »Treffer.«

»Hören Sie«, meinte Haughey, der aufgestanden war. »Ist das erlaubt?«

»Beim Degenfechten ist Körperkontakt erlaubt.« Skorzeny lächelte. »Das wären dann wohl jeweils drei Punkte, glaube ich.«

»So ist es«, bestätigte Haughey und setzte sich wieder auf seinen Platz.

Ryan schaute zu Celia. Sie konnte ihm nicht in die Augen schauen. Er richtete seine Aufmerksamkeit wieder auf Skorzeny.

Der Österreicher kam zügig, zielte tief und warf sich mit seinem ganzen Gewicht in den Angriff. Ryan täuschte einen Seitschritt an. Als ihm Skorzenys Klinge folgte, drehte Ryan sich um und brachte seine Klinge hoch an Skorzenys Brust.

»*Schwein!* Treffer.«

Skorzeny rieb sich an der Stelle, wo ihn die Klinge getroffen hatte.

»Das macht vier für Ryan«, sagte Haughey. »Noch ein Punkt, und er siegt.«

Skorzeny warf einen Blick zum Minister, dann ging er wieder in Position.

Sie arbeiteten sich zentimeterweise vorwärts, ihre Klingen berührten sich, schrammten aneinander. Skorzeny schlug nach unten, nahm Ryans Degen mit und versuchte, mit einer Attacke wieder nach oben zu kommen. Aber Ryan war darauf gefasst gewesen, er blockierte den Angriff und konterte mit einem eigenen Überraschungsangriff. Er verfehlte sein Ziel, und Skorzeny stieß vor.

Ryan spürte einen Druck, und dann etwas Warmes unter seinem Ohr. Die Frauen schnappten nach Luft, und die Männer fluchten.

Celia sagte: »Oh, Albert.«

Skorzeny grinste und zog sich zurück.

Ryan legte seine linke Hand an seinen Hals. Er spürte die glatte Haut und den hellen Schmerz, als seine Fingerspitzen den Schnitt berührten.

»Treffer«, sagte er.

»Wollen Sie aufgeben?«, fragte Skorzeny.

Celia machte einen Schritt nach vorn. »Albert, bitte.«

»Nein«, sagte Ryan und ging auf Position. »Ich werde nicht aufgeben.«

Skorzeny ging ebenfalls auf Position. Er hatte die Lippen zu einem Grinsen verzogen, seine Augen blitzten.

Ryan fragte sich einen Moment lang, ob der Österreicher wohl genauso gegrinst hatte, als er vor Stunden Celia bedroht hatte. Dann griff er an.

Skorzeny parierte und versuchte, die Klinge mit einem großen Schwung einzufangen, aber Ryan konterte und schlug Skorzenys Klinge nach unten weg, bevor er einen Ausfall auf den Schenkel des groß gewachsenen Mannes machte. Er verfehlte sein Ziel. Sein Körper hatte zu viel Schwung, um die Vorwärtsbewegung zu stoppen. Ihre Klingen kreuzten sich. Dann standen sie Brust an Brust.

Skorzeny drückte. Ryan drückte zurück. Skorzeny rammte seinen Ellenbogen in Ryans Rippen. Ryan stieß sein Knie in Skorzenys Oberschenkel.

Sie verharrten in der Position. Ein ruckender, wackeliger Tanz mit blockierten Klingen, bis Ryan noch einmal stieß und Skorzeny aus dem Gleichgewicht brachte. Ryan senkte seine Klinge und zielte auf Skorzenys Mitte, aber dann sah er die linke Hand des Österreichers, zur Faust geballt, auf sich zukommen.

Sein Kopf wurde von dem Schlag zurückgeworfen, und seine Beine gaben nach. Er schlug lang auf das Dielenparkett. Sein Degen rutschte über den Boden und blieb vor Haugheys Füßen liegen.

Skorzeny stieß mit seinem eigenen Degen fest gegen Ryans Brust. Ein heftiger Schmerz entbrannte aus einem Punkt knapp über seinem Herzen, als die Zacken der Degenspitzen durch den Baumwollstoff stachen.

»Ich glaube, das wären dann wohl fünf Punkte«, sagte Skorzeny.

34. KAPITEL

Ryan betrachtete sich im Badezimmerspiegel, während er seine gerötete Lippe abtupfte. Die Wunde an seinem Hals blutete immer noch, aber die Blutung an seinem Oberschenkel hatte inzwischen aufgehört.

Er hatte es nicht über sich gebracht, Celia oder irgendjemandem sonst in die Augen zu schauen, als er aus dem Esszimmer ging. Er war allein die Treppen hinaufgekrochen und hatte es mit verschiedenen Türen versucht, bis er schließlich diesen Raum gefunden hatte.

Im Ausguss bildeten sich rote Spiralen. Er spuckte noch bleichen Speichel ins Wasser und presste das Handtuch auf die Wunde an seinem Hals. An seinem Hemdkragen prangte ein dunkler Fleck. Ryan fragte sich, ob man das wohl wieder reinigen könnte.

Aber das war unwichtig. Er hatte nichts dafür bezahlt.

In die Hose war ein Loch gerissenen, und an den faserigen Rändern des Risses breitete sich ein weiterer dunkler Fleck aus. Ryan war von der bitteren Enttäuschung überrascht, die es ihm bereitete. Es war doch nur ein Kleidungsstück, wenn auch teurer als jedes andere, das er jemals besessen hatte. Geld hatte ihm nie viel bedeutet, trotzdem bedauerte er den Verlust dieses Zeichens von Wohlstand, obwohl es nicht einmal sein eigener Wohlstand war.

Ryan besah sich wieder den Schnitt an seinem Hals. Immer noch sickerte Blut daraus hervor. Er drückte das Handtuch fester auf die Wunde und verließ das Badezimmer.

Im Flur erwartete ihn Célestin Lainé, der an der Wand lehnte und die fast leere Weinflasche an seine Brust gedrückt hielt.

»Monsieur Ryan«, sagte er. »Albert.«

»Célestin.«

»Was ist passiert?« Lainé wedelte mit den Fingern vor seinem Gesicht. Der Wein beeinträchtigte zwar seine Sprache, aber er war noch zu verstehen.

»Oberst Skorzeny hat mich zum Duell gefordert.«

Lainé grinste. »Er sie geschlagen?«

»Ja«, antwortete Ryan.

Lainés Gelächter hallte durch die Halle und wurde zum Kichern. Es erstarb ebenso schnell, wie es ausgebrochen war.

»Sie haben Catherine sterben sehen.«

»Ich war dabei, ja.«

»Sie haben sie nicht aufgehalten.«

»Das konnte ich nicht. Sie war zu schnell.«

Lainé hob einen Finger und zeigte damit auf Ryan. »Sie hat das Ihretwegen gemacht.«

Ryan widerstand dem Impuls, Lainés Hand beiseitezuschlagen. »Nein. Sie tat es aus Angst vor Skorzeny.«

»Sie hatte nichts von ihm zu befürchten.«

»Sie stand im Verdacht, eine Informantin zu sein. Wenn ich sie nicht befragt hätte, hätte Skorzeny es getan.«

Lainé ließ die Flasche fallen, sprang nach vorn und drückte Ryan gegen die Wand. Das Handtuch fiel zu Boden. »Catherine war kein Informant.«

Ryan zeigte keine Regung. »Das weiß ich jetzt.«

»Trotzdem ist sie gestorben«, sagte Lainé. Sein Atem roch nach Wein. »Ganz umsonst.«

»Ich weiß, wer der Informant ist.«

Lainés Gesicht wurde schlaff. »Es ist Hakon Foss. Ich verhöre ihn. Er hat nicht gestanden, aber das wird er noch.«

»Nein«, erwiderte Ryan. »Sie sind der Informant.«

Weiss hatte ihn auf die Idee gebracht. In jener Werkstatt mit dem Geruch von Öl, Schweiß und dem Chloroform, dessen Reste immer noch in Ryans Nase hingen, hatte Weiss Ryans Verdacht gegen Hakon Voss zerstreut.

»Er ist Gärtner«, hatte Weiss gesagt. »Ein Handwerker. Er

stutzt die Hecken und repariert zerbrochene Fensterscheiben. Was für Informationen könnte er wohl für irgendjemanden haben?«

»Es gibt niemanden, der denen so nahe steht. Niemanden, der einen Grund hätte, sich gegen sie zu wenden.«

»Doch, den gibt es, Albert. Erkennen Sie es nicht?«

»Wer?«

»Denken Sie nach, Albert. Er steht Skorzeny momentan so nahe wie niemand sonst.«

Ryan verhaspelte sich fast, so sehr überschlugen sich jetzt seine Gedanken. »Sie meinen … Lainé?«

Weiss hob die Hände und wies mit den Handflächen zur Decke.

Ryan schüttelte den Kopf. »Aber er war dabei, als man Groix und Murtagh umbrachte.«

»Trotzdem ist er am Leben geblieben.«

»Er hat uns erzählt, was geschehen ist. Sie wollten, dass er die Botschaft übermittelt.«

»Célestin Lainé hat viele, viele Menschen gefoltert und umgebracht. Weshalb glauben Sie, er könnte nicht lügen?«

Der Gedanke war in den nachfolgenden Stunden in Ryan gereift, bis er ihm einleuchtete. Jetzt weiteten sich Lainés Augen, und sein Mund öffnete sich. Ryan wusste, dass er recht hatte, auch wenn Lainé leugnete.

»*Non*«, sagte Lainé und machte einen Schritt zurück.

Ryan ließ ihn nicht mehr aus den Augen. »Ich weiß es, Célestin. Sie sind der Informant. Wie viel hat man Ihnen bezahlt?«

Lainé schlug Ryan hart ins Gesicht. »Sie lügen.«

Ryan schloss die Augen, spürte den Schmerz und die aufwallende Hitze. »Sie hassen Skorzeny und alles, was er besitzt.

Sein Geld, seinen Wagen, dieses Haus. Dafür hassen Sie ihn. Und deshalb haben Sie ihn verraten.«

Lainé holte wieder aus. Ryan wurde ganz klar im Kopf.

»Wie viel, Célestin? Ein paar Hundert? Ein paar Tausend?«

Noch einmal wollte Lainé ihm ins Gesicht schlagen, diesmal aber stoppte Ryan die Hand, packte Lainé an der Kehle und presste ihn an die gegenüberliegende Wand. Lainé krächzte, als Ryan auf seine Luftröhre drückte.

»Sie wissen, was Skorzeny mit Ihnen anstellt, wenn er es herausfindet.«

Lainé wand sich in Ryans Griff und versuchte, ihn abzuschütteln. Ryan verstärkte den Druck auf seine Kehle, bis er sich beruhigte.

»Sie wissen, was er tun wird. Er wird Sie in Stücke reißen. Deshalb hat sich Catherine selbst getötet. Sie wusste, dass er sie foltern würde. Dasselbe wird er mit Ihnen tun.«

Noch einmal bäumte sich Lainé gegen Ryans Griff auf. Er versuchte, Ryan ins Gesicht zu spucken, aber der Speichel tröpfelte nur an seinem Kinn herunter.

Ryan stieß ihn wieder gegen die Wand. Diesmal fester. »Hören Sie zu! Skorzeny braucht es nicht zu erfahren.«

Lainés Körper wurde schlaffer.

»Sie tun, was ich Ihnen sage, und Skorzeny wird nie erfahren, dass Sie ihn betrogen haben. Verstehen Sie?«

Ryan löste seinen Griff an der Kehle des Bretonen gerade genug, um ihn atmen zu lassen.

»Wieso sollte ich Ihnen glauben?«

»Sie haben keine Wahl«, sagte Ryan. »Entweder erzählen Sie mir, was ich wissen will, oder ich gehe mit der Wahrheit zu Skorzeny. Dann werden Sie leiden.«

»Ich traue Ihnen nicht.«

»In Ordnung. Ich werde Ihnen etwas verraten, das Skorzeny nicht weiß. Ihr Anführer ist Captain John Carter.«

Lainé riss die Augen weit auf.

Von unten ertönten Stimmen, Gäste strömten in die Diele. Ryan trat zurück und löste seinen Griff von Lainé.

»Ich will wissen, wo sie sind. Und was sie vorhaben.«

Von unten drang Gelächter zu ihnen herauf. Als eine Tür geöffnet wurde, entstand ein kühler Luftzug.

»Ich gebe Ihnen eine Nacht, um darüber nachzudenken. Ich bin im Buswells Hotel. Rufen Sie mich morgen dort an, oder Skorzeny erfährt alles. Verstanden?«

Lainé entblößte beim Lächeln die blitzenden Zähne. »Warum sollte ich Sie nicht umbringen?«

Ryan erwiderte das Lächeln. »Weil Sie dann nie erfahren werden, warum ich Sie nicht an Skorzeny ausliefere.«

Ryan stieg die Treppe hinunter und traf unten Haughey und dessen Begleiterin, die mit Celia und Skorzeny an der offenen Tür standen.

»Meine Gäste verabschieden sich«, meinte Skorzeny, »aber Sie werden bleiben. Wir haben Geschäftliches zu besprechen.«

Ryan schaute zu Celia. »Ich muss Celia noch nach Hause fahren.«

»Der Minister wird sich um Ihre Freundin kümmern.«

In ihrem Gesicht zeichnete sich Furcht ab.

»Ich kümmere mich um sie«, sagte Haughey. »Komm, Süße.«

Haughey legte Celia ihren Mantel über die Schultern.

»Ich rufe dich morgen an«, sagte Ryan.

Celia schenkte ihm ein resigniertes Lächeln und ließ sich von Haughey hinausführen.

Ryan und Skorzeny schauten ihnen vom Eingang aus zu, wie sie Haugheys Jaguar bestiegen. Celia hinten, die Begleiterin des Ministers vorn, und dann fuhren sie hinaus in die Dunkelheit.

Skorzeny gab Ryan sein Jackett und den Schlips zurück.

Ryan zog das Jackett über und stopfte den Schlips in seine Tasche.

»Sie waren ein verdammt guter Gegner«, sagte Skorzeny. »Der beste, den ich in diesem Land hatte.«

»Worüber wollten Sie mit mir reden?«

»Unser Informant.« Skorzeny wandte sich zum Boy, der halb schlafend an der Wand lehnte. »Esteban, geh nach oben und hol Monsieur Lainé.«

Der Boy zuckte zusammen, nickte und eilte die Treppe hinauf. Zwei Minuten später kehrte er zurück. Hinter ihm folgte Lainé, der damit beschäftigt war, seinen Mantel zuzuknöpfen. Sein Blick traf die Augen Ryans, als er in der Diele ankam.

»Kommen Sie«, sagte Skorzeny und führte sie hinaus in die Nacht.

Ryan und Lainé folgten schweigend, quer durch den Garten auf die Nebengebäude und die Halogenlampe zu, die dort brannte.

Während sie gingen, fiel Ryan plötzlich etwas auf. Er schaute zu den umliegenden Bäumen, suchte in der Schwärze der Nacht.

»Oberst«, sagte er.

Skorzeny blieb stehen und sah zu ihm zurück.

Ryan fragte nur: »Wo sind Ihre Wachen?«

35.

KAPITEL

Nie hatte Otto Skorzeny sich von Furcht oder Zaghaftigkeit beeinflussen lassen. Als Junge nicht und erst recht nicht als Mann. Selbst als Student, bei den Säbelduellen an der Wiener Universität, hatte er mit dunkelrot gesprenkelter, wattierter Jacke immer noch gekämpft, wenn andere längst aufgegeben hatten. Er erinnerte sich an eine Fotografie von ihm, als er mit breitem, blutverschmiertem Grinsen im Kreis seiner Korpsbrüder dastand, in der Hand den Bierkrug, und auf einen dieser brutalen Wettkämpfe trank.

Als Luca Impelliteri ihm drohte, dachte Skorzeny deshalb nicht an Rückzug. An jenem Stehtisch vor diesem Café in Tarragona war er nicht zurückgewichen, sondern hatte mit ausdruckslosem Gesicht zugehört.

»Ich werde dem Generalissimo alles berichten«, hatte ihm Impelliteri grinsend eröffnet. »Ich werde ihm sagen, dass Sie ein Lügner und Betrüger sind, dass Ihr furchterregender Ruf nur auf einer Propagandageschichte beruht und dass er besser keinen Umgang mit Ihnen pflegen sollte.«

»Und warum sollte er Ihnen glauben?«

»Francisco Franco ist vorsichtig. Und stets misstrauisch. Er hätte seine Position nicht über Jahrzehnte halten können, wenn er unbekümmert wäre. Falls Zweifel auftauchen, wird er es vorziehen, sie aus seinem Freundeskreis zu entfernen, anstatt zu riskieren, sich zum Gespött zu machen. Stimmen Sie mir zu?«

»Keineswegs«, antwortete Skorzeny.

Impelliteri zuckte mit den Schultern. »Und wenn schon. So sehe ich die Situation. Natürlich braucht der Generalissimo von all dem nie etwas zu erfahren. Ich lasse mich gern überzeugen.«

Skorzeny wartete einen Augenblick, dann fragte er: »Wie viel?«

»Fangen wir mit fünfzigtausend amerikanischen Dollars an. Und danach … sehen wir weiter.«

Skorzeny antwortete nicht. Er drehte dem Italiener den Rücken zu und ging zu seinem Hotel. Sobald er in seinem Zimmer angekommen war, griff er zum Telefonhörer und verlangte eine internationale Verbindung. Innerhalb von dreißig Minuten hatte er alle notwendigen Vorkehrungen getroffen.

Und nun diese neue Bedrohung, diese mordlustigen Barbaren, die glaubten, sie könnten ihn mit den Leichen von Männern erschrecken, die er kaum kannte. Was auch immer diese Leute von ihm wollten: Sie würden es nicht bekommen, indem sie ihm Angst einjagten.

Die Abwesenheit seiner Wachen zu dieser dunklen Nachtstunde bereitete ihm allerdings einen Moment lang Sorgen.

Skorzeny drehte sich im Kreis und spähte suchend zwischen die Bäume. Er blieb äußerlich ruhig. »Wahrscheinlich machen sie gerade einen Rundgang«, sagte er gelassen. »Kommen Sie weiter.«

Er setzte seinen Weg zu den Nebengebäuden fort, allerdings mit einem mulmigen Gefühl. Die anderen folgten ihm.

Er hatte den Blick gesehen, den Lainé und Ryan miteinander getauscht hatten. Der G2-Offizier war eine ganze Weile verschwunden gewesen. Hatten er und Lainé sich unterhalten, während er sich in der oberen Etage aufhielt? Lainé hatte gegenüber Skorzeny deutlich zum Ausdruck gebracht, dass er Ryan nicht mochte. Waren sie irgendwie aneinandergeraten?

Doch das war unwichtig. Es gab dringendere Fragen.

Zum Beispiel die Frage, warum niemand das Gebäude bewachte, in dem Hakon Foss gefangen war.

Beim Näherkommen sah Skorzeny, dass die Tür nur angelehnt war und ein Lichtstrahl nach draußen fiel. Im Türspalt war eine Stiefelspitze zu erkennen. Er beschleunigte seinen Schritt.

»Was ist das?«, fragte Ryan.

Skorzeny erreichte die Tür, drückte dagegen und spürte, dass sie von innen blockiert wurde. Er drückte fester, mit mehr Nachdruck und schob das Bein des Toten beiseite.

»*Merde*«, sagte Lainé.

Es war eine der Wachen. Mit einem kleinen Loch in der Stirn und zwei weiteren in der Brust. Skorzeny stieg über den Körper und vermied es, in das Blut zu treten, das neben ihm eine Pfütze bildete.

Der Aufruhr in Skorzenys Magen nahm zu und drohte auszubrechen wie ein Vulkan. Er unterdrückte den Impuls.

Hakon Foss saß noch immer auf seinem Sitz, die Hände auf den Tisch gefesselt, die Füße feucht vom eigenen Urin. Er stank nach Kot und Schweiß, aber er war am Leben.

Skorzeny näherte sich dem Tisch und wich dem Unrat auf dem Boden aus.

»Was ist hier geschehen?«

»Es sind Männer gekommen. Sie haben um sich geschossen.« Foss schrie förmlich.

Skorzeny lehnte am Tisch.

Ryan und Lainé hielten sich im Hintergrund.

»Wer?«

Foss schüttelte den Kopf. Aus seinem Mund und seiner Nase tröpfelte Schleim. »Ich weiß nicht. Ich habe ihnen gesagt, sie sollen mich laufen lassen. Sie haben nicht geantwortet.«

Skorzeny rammte die Faust auf Foss' gespreizte rechte Hand und spürte, wie die Mittelhandknochen unter dem Schlag nachgaben.

Foss schrie.

»Wer waren sie?«

Foss warf den Kopf hin und her.

Noch einmal hieb Skorzeny mit der Faust. Foss' Geschrei schlug in ein Wimmern um.

»Rede. Wer war das?«

Foss' Lippen bewegten sich, murmelten Worte, die niemand jemals hören würde.

Skorzeny packte zu, umschloss Foss' zertrümmerte Hand mit seiner eigenen und spürte die gebrochenen Knochen durch das Fleisch hindurch.

Foss' Augen fingen an zu flattern. Er wurde besinnungslos. Da erschien Lainé an seiner Seite. Er hielt ein Messer in der Hand, stieß es in Foss' Hals und zog es ihm durch die Kehle.

Skorzeny trat zurück. Eine dunkelrote Fontäne spritzte aus dem Norweger und auf den Tisch.

»Was tust du?«, fragte er.

Lainé warf das Messer auf den Tisch. Es rutschte durch das Rot. »Er hatte den Tod verdient.«

Foss gurgelte, seine Augen wurden trübe.

Skorzeny konnte seinen Zorn nicht mehr zurückhalten. »Aber nicht, bevor er mir erzählt hätte, was er wusste.«

»Er hätte nicht geredet.« Lainé wischte die Hände an seinem Mantel ab. »Er war zu stark.«

Von hinten tönte Ryans Stimme: »Außerdem wusste er so gut wie gar nichts.«

Skorzeny wandte sich zum Iren. »Was wollen Sie damit sagen?«

»Er war der Informant«, sagte Ryan mit einem leeren Ausdruck in den Augen, der neu war. »Catherine Beauchamp hat mir das erzählt, bevor sie gestorben ist. Er wusste nichts über Sie. Sie gaben ihm Geld, er gab ihnen Informationen. Das war alles.«

»Warum haben Sie mir das nicht früher erzählt?«

Ryan steckte die Hände in die Taschen. »Das hätte ich ja getan, wenn Sie mir eine Gelegenheit dazu gegeben hätten. Davon einmal abgesehen, haben Sie im Moment keine größeren Sorgen?«

Skorzeny sah auf die Leiche des Wachmanns am Boden. Er lief an Ryan vorbei, stieg über den Toten und trat die Tür auf.

Das Licht der Halogenlampe blendete jeden, der in seinem Kreis stand. Um ihn herum war nur noch gleißendes Licht. Heißer Zorn schoss unkontrolliert in ihm hoch.

»Kommt doch!« Seine sonore Stimme hallte durch die Bäume. »Komm doch und holt mich! Wenn ihr Mut habt, dann holt mich doch! Wenn ihr Männer seid, dann kommt und zeigt euch!«

Er schrie seine Wut in die Nacht hinaus, bis seine Stimme der Wucht seines Zorns nicht mehr gewachsen war.

36. KAPITEL

Die Farbe des Himmels wechselte bereits von Schwarz zu Dunkelblau, als Ryan vor Buswells Hotel ankam. Über der Stadt hing eine atemlose Stille, als holte sie Luft vor dem Sprechen. Schon bald würde das Leben auf den Straßen erwachen.

Der Nachtportier öffnete die Tür. Ryan nannte ihm seine Zimmernummer und wartete auf seinen Schlüssel. Als der Portier ihm diesen aushändigte, grinste er verstohlen und zwinkerte. Wäre er nicht so müde gewesen, hätte sich Ryan wahrscheinlich darüber gewundert.

Er stieg die Treppen hinauf. Jeder Schritt schmerzte in den Beinen, und je höher er kam, desto schwerer wurde sein Körper. Eine Ewigkeit schien zwischen dem Moment zu liegen, in dem man ihm den Schlüssel in die Hand drückte, und dem Augenblick, in dem er ihn ins Schlüsselloch steckte. Er drehte ihn um, schwenkte die Tür nach innen und sah, wie das warme Licht der Nachttischlampe den Raum erhellte.

Es dauerte ein paar Sekunden, bis er die Gestalt erkannte, die sich da auf seinem Bett zusammengerollt hatte.

»Celia?«

Sie fuhr zusammen und war ebenso erschrocken wie überrascht, als sie ihn erkannte.

»Albert. Wie spät ist es?«

Celia wandte sich zum Fenster und sah die Morgendämmerung. Sie hatte ihren Mantel als Decke benutzt. Er rutschte zur

Seite und entblößte ihre nackten, von Sommersprossen gesprenkelten Schultern. Im Lampenlicht schimmerte ihre blasse weiche Haut wie von einem eigenen Schein.

»Es ist spät.« Ryan zog die Tür zu. »Was tust du hier?«

Sie stützte sich auf ihrem Ellbogen ab und verwischte die Wimperntusche auf ihrem Gesicht. »Ich wollte dich sehen. Der Nachtportier hat mich hereingelassen.«

Ryan wollte durch das Zimmer gehen, zu ihr, aber seine Füße waren wie festgenagelt.

»Wird sich Mrs. Highland keine Sorgen machen?«

Celia lächelte. In ihrem Gesicht zeichneten sich immer noch Schlaffalten ab. »Sie wird völlig aus dem Häuschen sein. Ich habe nicht erwartet, dass du so lange brauchen würdest.«

»Es gab – Probleme.«

»Ich will es gar nicht wissen«, sagte sie. »Komm und setz dich.«

Ryan zögerte, dann ging er zum Bett und setzte sich. Ihr Körper schaukelte für einen Moment, als er sich niederließ. Ihr Kleid spannte sich über ihrer Brust und zeichnete deutlich die Formen ihrer wunderschönen Figur ab. Ihr Parfüm vermischte sich mit ihrem eigenen Duft – Blumen, Gewürze und der schwache, warme Duft einer Frau.

Sie sah zum Fenster. »Was wirst du jetzt nur von mir denken?«

Ryan schossen ein Dutzend Antworten durch den Kopf, aber keine einzige, die er äußern konnte, ohne verlegen zu werden. Stattdessen blieb er stumm.

»Ich bin nie ein hübsches Mädchen gewesen«, sagte sie.

Er schluckte hörbar. »Das ist nicht wahr.«

»O doch«, sagte sie mit einer Ernsthaftigkeit, die keinen

Widerspruch duldete. »Ich war mager, unbeholfen und schlaksig und hatte dieses furchtbare rote Haar. Wie ein schmächtiger Junge. Dann, eines Tages, war ich anders. Und die Männer nahmen mich plötzlich wahr, so als ob ich mich vorher versteckt hätte. Die Freunde meines Vater, ihre Söhne – alle sagten, wie groß ich geworden und dass ich aufgeblüht sei. Aber wenn ich in den Spiegel schaute, sah ich da immer noch dieses schlaksige Mädchen, das nur aus Ellenbogen, Knien und Hasenzähnen zu bestehen schien. Ich habe dir von Paris erzählt, und wie dieser Künstler gekommen ist und mich gefragt hat, ob ich ihm Modell sitzen wollte. Ich tat entrüstet, als ich ablehnte, aber dann bin ich in das kleine Apartment zurückgegangen, das ich mit den anderen Mädchen teilte, habe mich im Spiegel angeschaut und mich gefragt: Bin ich hübsch? In derselben Woche kam ein Mann ins Konsulat, und wollte mich sprechen. Er fragte, ob ich etwas ganz Besonderes tun könnte. Ich sollte zu einer Party gehen und dort mit einem ganz bestimmten Herrn ins Gespräch kommen. Einem Attaché an der britischen Botschaft. Ich sollte ihn dazu bringen, mich zum Abendessen einzuladen. Das tat er – und es war entsetzlich langweilig. Er redete nur über Handelsvertretungen. Ich dachte, ich würde einschlafen und mit dem Kopf auf den Teller fallen. Dann kam dieser Mann wieder ins Konsulat. Er hieß Mr. Waugh. Ich erzählte ihm, was wir geredet hatten. Er war sehr angetan und schenkte mir ein Wochenende in Nizza in einem sehr vornehmen Hotel und dazu noch einen äußerst großzügigen Bonus. So ging es weiter. Beamte, Diplomaten, Geschäftsmänner. Manchmal sogar Iren. Niemand wurde verletzt, die Herren amüsierten sich prächtig, und ich wurde unfassbar gut bezahlt. Mr. Waugh hat sich immer um alles gekümmert.«

Celia setzte sich aufrecht und legte Ryan eine Hand auf die Schulter.

»Damit will ich nur sagen, dass ich dachte, diesmal würde es genauso sein. Wir hätten eine nette Zeit gehabt, miteinander geredet, und ich hätte dann Skorzeny erzählt, was du gesagt hast. Ich hätte nie gedacht, dass mehr dahinter stecken könnte. Etwas … Böses.«

Ryan wusste, dass er wütend auf sie sein sollte. Er war sich nicht sicher, ob ihn die Müdigkeit oder das flaue Gefühl in seinem Magen davon abhielt. Eigentlich hätte er sich über ihre Hinterlist aufregen sollen, aber stattdessen konzentrierte er sich lieber auf den Druck ihrer Finger an seinem Arm.

»Wer hat dir die Aufgabe übertragen?«, fragte er.

»Charlie Haughey über Mr. Waugh«

»Dann solltest du diesen Mr. Waugh so schnell wie möglich kontaktieren. Sag ihm, dass du den Auftrag nicht mehr ausführen kannst. Es ist zu gefährlich.«

»Wie gefährlich?«

»Sehr gefährlich«, sagte Ryan. »Sechs Menschen sind heute gestorben.«

Skorzeny war mit wütendem Geschrei zwischen die Bäume gestürmt. Ryan war ihm nachgelaufen und hatte Lainé im blendenden Schein der Halogenlampe zurückgelassen.

Die Flüche, die durch die Dunkelheit zu ihm drangen, wiesen Ryan den Weg. Er stolperte über Baumwurzeln und verfing sich im Gebüsch.

»Hier!«

Skorzenys Stimme drang durch das Dunkel. Ryan rannte in die Richtung, aus der sie kam.

Er fand den Österreicher auf einer Lichtung kauernd. In der einen Hand hielt er ein brennendes Feuerzeug, mit der anderen Hand versuchte er, die Flamme zu schützen. Zwischen Moos und welken Blättern lag ein Toter, neben sich eine AK-47. Das flackernde Licht des Feuerzeugs schien sein Gesicht wieder lebendig zu machen. Sein Ausdruck lag irgendwo zwischen Überraschung und Furcht.

Skorzeny richtete sich wieder auf und lief weiter. Ryan hängte sich an seine Fersen und folgte dem Krachen der Äste, an denen Skorzeny vorbeikam. Sie umrundeten das Haus, umkreisten Lichtungen und Buschwerk. Die Zeit dehnte sich, und das Geräusch von Skorzenys Atem war wie ein Metronom, ein Rhythmus, dem man im Dunklen folgen konnte. Ryan stolperte über etwas Schweres und Nachgiebiges. Er landete auf der feuchten, kalten Erde. Er wusste, dass sich seine Füße in einem Menschen verheddert hatten.

»Hier drüben«, rief er.

Skorzeny antwortete aus etwa zehn Metern Entfernung. »Wo sind Sie? Sagen Sie was, dann finde ich Sie.«

Ryan sprach ins Dunkel, Worte ohne Sinn, Geräusche, die Skorzeny den Weg weisen sollten.

Dann kniete Skorzeny neben Ryan und entzündete das Feuerzeug. Die Flamme flackerte und wurde dann stabil. Der Tote starrte in den Himmel. Ihm fehlte ein Stück seines Kiefers.

Dann hasteten sie weiter zum Tor, das zur Straße führte. Ein paar Minuten später fanden sie die Leichen, die vom Tor zu dunklen Stellen hinter der Mauer geschleift worden waren.

Skorzeny stand schweratmend da wie ein geprügelter Hund. Er wirkte kleiner als zuvor.

»Was wollen diese Kerle?«, fragte er.

Ryan wusste, dass die Frage nicht an ihn gerichtet war. Trotzdem antwortete er. »Sie.«

Skorzeny packte Ryan vorn am Hemd. Der Stoff brannte auf seiner Haut, wo die Degenspitze sie zuvor durchlöchert hatte. »Und warum holen sie mich dann nicht gleich? Warum machen sie es auf diese Weise?«

»Die wollen, dass Sie Angst bekommen.«

Skorzeny lockerte seinen Griff. »Niemals.«

Ryan dachte an Weiss und seine Mission.

Ein einziger, logischer Gedanke drängte sich ihm auf, und er wusste, dass Weiss ihn umbringen würde, falls er erfuhr, dass er ihn ausgesprochen hatte.

»Sie sollten hier weggehen.«

»Was?«

»Verschwinden Sie von hier! Sie haben Freunde in Spanien. Dort wären Sie in Sicherheit.«

Skorzenys Lachen hallte zwischen den Bäumen. »Weglaufen?«

»Ich sehe keine andere Möglichkeit.«

»Niemals.« Skorzeny versetzte Ryan einen harten Stoß, der ihn rücklings ins Gebüsch schleuderte. »Ich bin noch nie vor irgendjemandem weggelaufen. Halten Sie mich für einen Feigling?«

Ryan stand wieder auf und klopfte den Dreck von seiner Hose, wobei er auf die Wunde an seinem Oberschenkel achtete. »Nein, ganz und gar nicht.«

Skorzeny kam ganz dicht an ihn heran. Ryan konnte den Brandy in seinem Atem riechen. »Würden *Sie* weglaufen? Würden Sie sich die Blöße geben, den Schwanz einzuziehen und zu fliehen?«

Ryan trat einen Schritt zurück. »Ich weiß es nicht.«

»Sind Sie ein Feigling?«

»Nein, Sir.«

»Warum reden Sie dann wie einer? Sie sprechen davon, wegzulaufen? Wie eine Frau. Wie ein Kind. Haben Sie keine Eier?«

»Sir, ich …«

»Und warum haben Sie es der Rothaarigen nicht besorgt?«

Ryan kehrte Skorzeny den Rücken zu, ging zum Kiesweg der Einfahrt und ignorierte die Sticheleien.

»Warum nicht? Die ist für Sie da. Und Sie haben nicht den Mumm, sie zu nehmen? Was sind Sie denn für ein Mann?«

Ryan ließ den vor sich hin schimpfenden Mann in der Dunkelheit zurück.

Celia strich mit der Fingerspitze über den Schnitt an Ryans Hals. Die Wunde blutete nicht mehr, es hatte sich bereits ein dünner Schorf gebildet.

»Tut es weh?«, fragte sie.

»Nein«, antwortete er.

Sie lehnte ihr Kinn auf seine Schulter. Er spürte ihren Atem auf seiner Haut.

»Du bist ein seltsamer Mann, Albert Ryan.«

Sie berührte sein Kinn, streichelte seinen Kiefer mit dem Handrücken. »So ein weiches Gesicht. Wenn ich dich auf der Straße sehen würde, dann würde ich denken, das ist mal ein netter Mann. Ein ruhiger Mann. Der arbeitet bei einer Bank oder vielleicht in einem Kaufhaus, und wenn er nach Hause kommt, küsst er seine Frau und spielt mit seinen Kindern.«

Ihre Worte bohrten sich wie Dornen in ihn.

»Und jetzt stehst du da, blutend, und erzählst mir von all den toten Männern und wie sie gestorben sind.«

Ryan wandte ihr sein Gesicht zu und wollte etwas erwidern. Sie brachte ihn mit ihren Lippen zum Schweigen, drückte sie warm und weich auf seinen Mund. Ihre Finger gruben sich in sein Haar, und ihr Körper drängte gegen seinen Arm. Er bekam keine Luft mehr, schob sie weg, schnappte nach Atem und ließ sich auf sie sinken. Seine Hände suchten gierig ihren Weg.

Aber sie dirigierte sie weg von ihren Brüsten, sagte nein und er gehorchte. Das Bett schien zu schmal für sie beide zu sein. Ihr Körper bewegte sich neben seinem, ihre Schenkel zwischen seinen Beinen schreckten vor seiner Erregung zurück. Sie knabberte an seinen Lippen.

»O Gott«, murmelte sie. »Herr im Himmel.«

Sie stieß ihn weg.

Ryan kam wieder auf die Knie. Er war außer Atem und verwirrt.

Sie schüttelte den Kopf. »Ich will dich. Aber ich werde es nicht tun. Ich bin …«

Er verstand. »Ich weiß.«

Celia nahm seine Hand und zog ihn zu sich. Sie legte sich auf die Seite, kehrte ihm den Rücken zu, und er schmiegte sich an sie, drückte seinen Mund an ihren warmen Hals, seine Brust an ihren bloßen Schulterblättern, legte seinen Arm um sie. Jetzt wich sie seiner Erregung nicht mehr aus und ließ zu, dass er sich an sie presste. Sie hakte ihren Fuß um seinen Knöchel.

Da lagen sie – miteinander verschlungen und atemlos. Ryan spürte, wie sich ihr Brustkorb hob und senkte und allmählich zu einem ruhigen Rhythmus fand. Ihr Körper entspannte sich. Er schloss die Augen.

Als er sie wieder öffnete, war es taghell, und Celia war gegangen.

37. KAPITEL

Lainé schlief nicht. Nachdem Ryan und Skorzeny zwischen den Bäumen verschwunden waren, holte er sich noch eine Flasche aus dem Keller und stieg die Treppen zu seinem Zimmer hinauf.

Er hörte das schwache Wiehern eines Pferdes, danach, wie Ryan seinen Wagen startete und wegfuhr, und schließlich, wie Skorzeny ins Haus zurückkehrte und Befehle ins Telefon bellte. Nach einer Stunde, vielleicht auch später, näherte sich das Geräusch zweier Motoren und erstarb vor der Tür. Es waren große Motoren so wie die von Landrovern oder Landmaschinen, mit denen man schwere Fracht transportierte. Dann ertönten Männerstimmen, gaben Anweisungen und bestätigten Befehle.

Wahrscheinlich waren es Angehörige der IRA, deren Aufgabe es war, das Durcheinander zu beseitigen, das zwischen den Bäumen rings um Skorzenys Anwesen liegen geblieben war.

Lainé lag auf dem Bett und leerte die letzten Reste aus der Flasche. Zu seinen Füßen schlummerte der Welpe. Er malte sich aus, wie die Toten hinaus in die Nacht geschafft wurden und dann am Rand irgendeines Feldes verscharrt oder in Entwässerungskanäle irgendeines dunklen Waldes geworfen wurden. Vielleicht würde man sie auch, mit Gewichten versehen, an der tiefsten Stelle eines kalten Sees versenken.

Einer davon war wohl Hakon Foss, der arme unschuldige Idiot, an dem bald Füchse oder Fische nagen würden.

Der Wein in Lainés Mund wurde essigsauer, aber er trank ihn trotzdem aus und ließ die leere Flasche auf den Teppich fallen. Von dem Geräusch aufgeschreckt, wachte der Welpe auf und rutschte höher, schmiegte sich in Lainés Achselhöhle.

Er dachte an Catherine Beauchamp. War irgendjemand zu einer Telefonzelle gegangen, hatte die Polizei angerufen und mitgeteilt, dass sie tot auf dem Fußboden ihres Landhauses lag? Oder war jemand gekommen, weil das einsame, hungrige Pferd in seinem Stall vor Angst zu laut gewiehert hatte?

Ryan hatte gelogen, als er ihm berichtete, was sie gesagt hatte. Er hatte Foss die Schuld in die Schuhe geschoben, und er, Lainé, wusste auch, warum: um sich mit dieser Täuschung sein Vertrauen zu erschleichen; damit er dachte, Ryan sei auf seiner Seite. Lainé war nicht so dumm, und das wusste Ryan zweifellos auch – aber er würde das Spiel des Iren mitspielen. Er hatte keine andere Wahl.

Nur stimmte das nicht. Es hatte noch nie gestimmt. Damals, als er aufseiten der Nazibesatzer zu den Waffen gegriffen hatte, da hatte er eine Wahl gehabt. Genau wie er jetzt eine Wahl hatte. Und er beschloss, den Weg zu wählen, den Ryan vorgeschlagen hatte.

Hätte er es gewagt, über die Gründe dafür nachzudenken, dann hätte er sich eingestehen müssen, dass er Skorzeny zu hassen gelernt hatte. Seine Gier nach Geld, Macht und Einfluss. Seine Eitelkeit, sein Bedürfnis, bewundert und gefürchtet zu werden. Früher einmal hatte Lainé geglaubt, die Ideale der Nazis entsprächen seinen eigenen: die Stärkung des Nationalgedankens. Aber im Glanz von Geld und Macht wurden die Ideale brüchig, bis zum Schluss nur noch die Gier übrig blieb.

Und warum sollte er, Célestin Lainé, nicht auch seinen Anteil fordern?

Als dann diese Männer auf ihn zugekommen waren und ihm im Tausch für seine Auskünfte das dicke, fette Banknotenbündel in die Hand drückten, da ging er mit Freuden auf den Tausch ein. Sie hatten ihm noch mehr versprochen: ein Vermögen, das er sich nie zu erträumen gewagt hätte. Und er hatte ihnen geglaubt.

Aber nachdem er ihnen alles erzählt hatte, was er wusste, bekam er kein Geld mehr in die Hand gedrückt, und er begriff, dass sie ihn genauso benutzt hatten wie schon die Nazis. Man hatte ihn dazu gebracht, sich selbst zu verraten, und das Einzige, was er dafür bekommen hatte, war die Schuld, die schwer auf ihm lastete.

Einen Verräter hatten sie aus Célestin Lainé gemacht, und ein Verräter würde er bleiben.

Er blieb still und ruhig liegen, während die Stunden bis zum Tagesanbruch verstrichen, und verließ sein Zimmer nur, um den Welpen nach draußen zu bringen, damit er sein Geschäft verrichten konnte. Später, als es bereits Vormittag wurde, hörte er, wie der große Motor des Mercedes ansprang und Skorzeny kurz darauf davonfuhr.

Lainé ging die Treppen hinunter, still und heimlich, und holte sein Fahrrad unter der Plane hinter dem Haus hervor. Er radelte ein paar Meilen bis zu dem kleinen Dörfchen Cut Bush. Dort stand eine Telefonzelle vor einem Gasthaus. Atemlos lehnte er das Fahrrad gegen die Wand und ging auf einen Whisky hinein, um sich von den Strapazen zu erholen. Als sich seine Atmung und sein Herzschlag wieder beruhigt hatten, trank er aus und ließ sich am Tresen Kleingeld herausgeben.

Draußen sprenkelte ein leichter Nieselregen dunkle Flecken auf die Straße. Lainé trat in die Telefonzelle. Er ließ sich von der Vermittlung eine Verbindung mit dem Buswells-Hotel in Dublin geben, warf die Münzen ein, drückte auf den Knopf, als es von ihm verlangt wurde, und wartete. Der Empfangschef des Hotels bat ihn, in der Leitung zu bleiben, und er lauschte auf das Klicken und Rauschen.

»Ja?«

»Ryan. Ich bin's. Célestin.«

Es blieb einen Moment lang still. Dann fragte Ryan: »Erzählen Sie mir von Captain John Carter.«

Und Lainé erzählte.

38. KAPITEL

Dreißig Minuten nachdem Ryan ein Exemplar der *Irish Times* auf dem Armaturenbrett des Vauxhall zurückgelassen hatte, klingelte das Telefon in seinem Hotelzimmer.

»An der University Church, am südlichen Ende von St. Stephen's Green«, sagte Weiss. »Ich warte drinnen.«

Zehn Minuten später näherte sich Ryan der verzierten Kirchenfassade aus rotem Backstein und ihren kurzen Steinsäulen. Darüber erhob sich der Glockenturm, scheinbar in der Luft schwebend.

Die Kirche war von höheren Gebäuden umgeben und wirkte deshalb wie eine Miniaturkapelle, aber wenn man durch die Flügeltüren hineinging, offenbarte sich die Wahrheit. Ein kleiner Vorraum öffnete sich zum dahinterliegenden Atrium. Eine hohe Gewölbedecke, hohe weiße Wände mit Granittafeln, auf denen Widmungen für Wissenschaftler und Stifter zu lesen waren. Die kühle Luft kroch unter Ryans Kleidung. Eine kurze Steintreppe führte hinunter zum Kirchensaal, wo Goren Weiss wartete, elegant gekleidet wie zuvor.

»Was gibt es Neues, Albert?« Seine Stimme hallte zwischen den Wänden.

Ryan schaute zu dem Spalt zwischen den Flügeln der Doppeltür, die in den Kirchensaal führte. Darin war es hell erleuchtet. Aber er konnte niemanden erkennen.

»Letzte Nacht sind sechs Menschen gestorben.«

Weiss atmete gepresst aus. »Weiter.«

Ryan erzählte ihm von der Leiche im Nebengebäude, der Ermordung von Foss und von den toten Wachen zwischen den Bäumen. Er erwähnte weder, dass Lainé geplaudert hatte, noch erzählte er etwas von Skorzenys Wutausbrüchen.

»So ein Mist!«, stieß Weiss hervor. »Das ist wirklich dreist, finden Sie nicht?«

»Oder dumm.«

»Vielleicht. Was mich verwirrt und Oberst Skorzeny wohl noch viel mehr, ist die Frage, warum sie sich nicht auch um ihn gekümmert haben, wo sie doch schon einmal da waren. Sie haben bewiesen, dass sie an ihn herankommen, wenn sie es darauf anlegen. Sie hatten ihm den Strick doch schon um den Hals gelegt: Warum haben sie dann nicht auch gleich den Stuhl unter ihm weggetreten?«

Die Tür zwischen dem Vorraum und der Straße öffnete sich, und ein älterer Mann betrat das Atrium. Er ging zu einem der Wasserbecken, die in der Wand befestigt waren, tauchte seine Finger in das Weihwasser und schlug ein Kreuz, bevor er die Teppen hinunterstieg. Als er auf seinem Weg in den Kirchenraum an Ryan und Weiss vorbeikam, nickte er ihnen zu.

Als sich die Türen hinter dem Alten geschlossen hatten, fragte Weiss: »Wieso haben Sie das nicht gemacht? Das mit dem Wasser und dem Bekreuzigen?«

»Ich bin nicht katholisch«, antwortete Ryan.

»Ich verstehe. Dann gehören wir wohl beide nicht hierher, oder?«

Ryan überlegte einen Moment lang, ob Weiss die Kirche oder etwas anderes meinte. »Das hier ist kein guter Treffpunkt«, sagte er. »Er ist zu dicht bei der Merrion Street.«

»Dem Regierungssitz? Glauben Sie etwa, Haughey könnte hier hereinschneien, um für Skorzeny zu beten? Kommt er Ihnen wie jemand vor, der Lust hätte, sich die Knie schmutzig zu machen?«

»Nein. Das nicht gerade.«

Zum ersten Mal, wenn auch nur für einen Augenblick, sah er Weiss lächeln. »Also, warum haben Carter und seine Leute Skorzeny letzte Nacht nicht erledigt?«

»Weil sie ihm Angst machen wollten«, erwiderte Ryan.

»Und? Hat er Angst?«

»Rein äußerlich lässt er sich nichts anmerken, aber tief in seinem Inneren, ja, da hat er Angst.«

»Angst genug, um sich zu Franco zu flüchten?«

»Er wird nicht fliehen. Dazu ist er zu stolz.«

»Gut. Aber das beantwortet die Frage nicht. Diese Leute haben ihn nervös gemacht, das ist jedoch nicht ihr Ziel. Was wollen sie wirklich? Finden Sie das heraus. Damit vergrößern sich vielleicht unsere Chancen, diese Hurensöhne zu erwischen.«

»Ich habe eine Spur«, sagte Ryan. »Eine heiße.«

Weiss legte den Kopf auf die Seite und schaute ihn durchdringend an. »Was?«

»Sie werden es erfahren, wenn etwas dran ist.«

»Ich will es jetzt wissen.« Weiss beugte sich vor, sein Gesicht verdüsterte sich. »Halten Sie nichts vor mir zurück, Albert. Das würde mich sehr unglücklich machen.«

»Ich werde dranbleiben, aber ich will dabei nicht Ihren Atem in meinem Nacken spüren. Hören Sie auf, mich zu beschatten. Wenn ich reden will, stelle ich meinen Wagen am Hotel ab und lege die Zeitung aufs Armaturenbrett. Ich melde mich, sobald ich etwas herausgefunden habe.«

Weiss biss sich auf die Lippe. »Verdammt, Albert, Sie bringen mich in eine schwierige Position.«

»Wenn Sie mit mir kooperieren wollen, dann lassen Sie mich in Ruhe. Eine andere Wahl haben Sie nicht.«

Weiss ballte die Hände zu Fäusten, sein Blick verlor sich ins Unbestimmte. Schließlich sagte er. »In Ordnung.« Dann richtete er einen Finger auf Ryan. »Aber hören Sie, Albert: Wenn Sie mir Ärger machen …«

Er ließ die Drohung in der kühlen Luft zwischen ihnen stehen.

»Ich melde mich«, versprach Ryan im Gehen.

39. KAPITEL

Ryan ging die Straßen rings um die Fitzroy Avenue ab, erkundete das Gebiet nördlich und südlich der Jones Road, umrundete das Croke-Park-Stadion, ging unter den Bahnschienen hindurch und dann den ganzen Weg wieder zurück. Vor den Rotklinker-Reihenhäusern parkten nur wenige Autos.

Lainés Beschreibung war zwar alles andere als genau gewesen, genügte aber so gerade. Als der Bretone zum ersten Mal mit ihnen gesprochen hatte, war er mit der Bahn bis zur Station an der Amiens Street gefahren, wo er sich mit Carter und einem weiteren Mann getroffen hatte. Sie hatten ihn in den fensterlosen Laderaum eines Lieferwagens gesteckt und waren nur wenige Minuten mit ihm gefahren. Nachdem der Wagen gehalten hatte, hatten sie ihm einen Kissenbezug über den Kopf gestülpt und ihn ins Freie geführt. Als sie das Fahrzeug abschlossen, musste er sich an eine Wand lehnen.

Währenddessen fuhr ein Zug so nahe vorbei, dass er die Erschütterungen an den Füßen spüren konnte. Das Krachen und Rumpeln der Räder war so stark, dass es die Klinker vibrieren ließ, an denen er mit der Schulter lehnte.

Dann hatte ein Mann ihn am Ellenbogen gepackt und durch ein Tor in ein Haus geleitet. Im Haus hatten sie ihm sofort den Kissenbezug vom Kopf gezogen und ihn zwei Stunden lang verhört. Danach hatten sie ihm den Bezug wieder übergezogen und ihn zum Wagen zurückgebracht.

Bei seinem dritten Besuch hatte Lainé durch einen schmalen Spalt in der Tür des Lieferwagens die Tribünen eines Stadions gesehen und den Aufschrei der Massen gehört, als ein Spiel ausgetragen wurde. Als das Verhör beendet war, ließen sie ihn fast eine Stunde lang warten. Die Menge sollte sich erst mal zerstreuen, hatte der andere Mann gesagt.

Hinterher hatte Laine in den Stadtplan geschaut, zusammengefügt, was er mitgekommen hatte, und festgestellt, dass sich das Haus, zu dem sie ihn gebracht hatten, im östlichsten Block der Fitzroy Avenue befinden musste, und zwar auf der Seite, hinter der die Bahnlinie verlief. Er war sich nicht sicher, um welches Haus es sich gehandelt hatte, aber er vermutete, dass es sich ganz am Stadion befinden musste.

Ryan parkte nördlich der Bahntrasse unter den Bäumen der Holy Cross Avenue. Der Frühling ließ die Zweige bereits grün leuchten, während im Rinnstein immer noch die toten Blätter des Winters lagen.

Er ging südwärts, über die Kreuzung der Clonliffe Road hinaus und weiter geradeaus bis zur Eisenbahnbrücke. Dann trieb er sich im schattigen Bereich unter dem Bahndamm herum und beobachtete die Fitzroy Avenue. Fußgänger waren keine unterwegs, und die einzigen Geräusche waren das Zwitschern von Vögeln und Hundegebell.

Ein Zugang auf der anderen Seite der Brücke führte zu einem Pfad, der an der Rückseite des Blocks entlanglief, zu dem Lainé seiner Überzeugung nach gebracht worden war. Ryan schlenderte den Weg entlang, schaute sich dabei um und entdeckte einen Bedford-Lieferwagen. Er ging weiter bis zum Eckladen, wo die Fitzroy Avenue kreuzte.

Er wandte sich nach links, flanierte in gemächlichem Tempo

weiter und schaute in die Wohnstuben. Vor den Fenstern hingen dünne Gazevorhänge, hinter denen man Spiegel blitzen oder den Widerschein der Kaminglut sehen konnte. Nur ein Fenster war anders.

Ryan verlangsamte seinen Schritt kaum, als er die Decke sah, die von innen hinter die Gardine gehängt worden war. Er ging bis ans Ende der Straße, zählte unterwegs die Häuser, wandte sich wieder nach links und fand das andere Ende des Weges, durch den er erst vor ein paar Minuten gegangen war.

Dort machte er Halt und entdeckte die Rückseite des Hauses, die man von der Straße aus gerade noch erkennen konnte. Die Fenster waren von innen mit Zeitungen beklebt. Der Innenhof war von Mauern eingefasst und mit einem Tor verschlossen. Nur der Pfad trennte es von den zugemauerten Rundbögen des Bahndamms. Ein verschwiegenes Plätzchen, dachte Ryan, ein echter Schlupfwinkel.

Er hielt sich dichter an der Mauer, so dass er von den Fenstern aus nicht zu sehen war, und dachte nach. Auf der erhöhten Bahntrasse näherte sich rumpelnd und zischend ein Zug. Das tiefe Grollen des Dieselmotors wurde immer lauter. Als der Zug vorbeigefahren war, hing starker Ölgeruch in der Luft.

Ryan drückte sich an Gartenmauern vorbei, schlich auf dem Pfad weiter und dichter an den Lieferwagen heran. Als er ihn erreicht hatte, schaute er zum Bahndamm hoch. An der anderen Seite des Blocks befand sich an einer Biegung der Schienen eine mit Unkraut und Gebüsch überwucherte Erhebung, die die Hausdächer überragte.

Ryan richtete seine Aufmerksamkeit wieder auf den Lieferwagen. Er war weinrot, verrostet, verbeult und wahrscheinlich privat auf irgendeinem Hinterhof, aber nicht bei einem Autohändler gekauft worden. Er arbeitete sich ganz heran und achtete darauf, vom Haus aus, hinter dem der Wagen stand, nicht gesehen werden zu können. Der Boden neben der Beifahrertür lag voller ausgetretener Zigarettenstummel. In der Fahrerkabine befanden sich nur eine zusammengefaltete Zeitung und eine Thermoskanne. Durch die Scheibe hindurch konnte Ryan erkennen, dass die Zeitung bereits mehrere Wochen alt war. Es war ein Trick, eine Tarnung, die den Lieferwagen so aussehen lassen sollte, als gehörte er Handwerkern.

Danach ging er ans andere Ende des Ganges und verbarg sich im Schatten unter der Brücke. Die graue Steinmauer war um etwa zwei Meter breiter als die eigentliche Bahntrasse. An den Steinen kroch Efeu empor, der bis zu den Büschen oben auf der Mauer hinaufwuchs. Auf dem oberen Absatz bildete sich so eine von dichtem Blattwerk geschützte Plattform.

Ryan ging unter der Brücke hindurch und gelangte zur grasbewachsenen Böschung auf der anderen Seite, die von einer Mauer begrenzt wurde, die dem weiteren Verlauf der Straße folgte. Er schaute sich kurz nach allen Seiten um, dann streckte er sich, hielt sich oben an der Mauer fest und zog sich hoch ins Gras.

Dann stieg er die Böschung hinauf und ging bis zu den Gleisen. Wieder kam eine Bahn, diesmal Richtung Amiens-Street-Station. Ryan überquerte die Gleise und ging zum Grünstreifen auf der anderen Seite. Er kauerte sich in den Efeu und arbeitete sich bis zum Mauerabsatz vor. Im Liegen hatte er von dort aus einen freien Blick in den Gang unter ihm und auf den Bedford-Lieferwagen. Zwar konnte er das Haus nicht von vorn sehen, aber er sah die Kreuzung der Fitzroy Avenue und der Jones Road und das Stadion dahinter. Niemand konnte den Straßenabschnitt passieren, ohne von ihm gesehen zu werden. Offenbar parkten sie ihren Lieferwagen lieber in dem Weg statt auf der Straße, wo es genügend Parkplätze gab. Das bedeutete, dass sie das Haus von der Rückseite aus betraten und verließen. Unsichtbar für ihre Nachbarn, wenn sie sich an die Arbeit machten.

Ein heftiger Luftzug fegte über Ryan hinweg, als ein Zug klappernd vorbeidonnerte. Als das Rumpeln abgeebbt war, überquerte er die Schienen, kletterte die Böschung hinunter und ging zu seinem Wagen.

Ryan fragte Mrs. Highland, ob er mit Celia sprechen könne. Er konnte sich gut ausmalen, wie sie am anderen Ende der Leitung mit den Zähnen knirschte, bevor sie schließlich seiner Bitte entsprach.

»Hallo?«

»Celia. Ich bin's, Albert.«

»Hallo«, sagte sie. Er hoffte, dass er in ihrer Stimme ein Lächeln hörte.

»Ich bin nicht dazu gekommen, dir heute Morgen auf Wiedersehen zu sagen.«

»Tut mir leid«, sagte sie. »Ich wollte dich nicht wecken. Du sahst so müde aus, als du hereingekommen bist. Sollen wir uns heute Abend treffen? Wir könnten reden.«

»Ich kann nicht.«

»Oh.« Sie klang enttäuscht.

»Ich meine, ich muss für ein, zwei Tage weg. Wegen der Arbeit.«

»Ich verstehe. Rufst du mich an, wenn du zurückkommst? Das hoffe ich sehr.«

»Natürlich mache ich das.«

»Gut. Und … Albert?«

»Ja?«

»Ganz gleich, warum du wegmusst, und ganz gleich, welche Arbeit du erledigst, sei vorsichtig.«

»Versprochen.«

Ryan kehrte in der Abenddämmerung zurück und parkte wieder an der Holy Cross Avenue. Dann warf er sich seinen Lederrucksack über die Schulter und machte sich auf den Weg zum Bahndamm. Er trug eine khakifarbene Baumwolljacke und -hose und auf dem Kopf eine schwarze Wollmütze. In seinem Rucksack befanden sich Brot, Käse, eine Flasche Wasser, eine Thermoskanne mit starkem Kaffee, ein kleiner Feldstecher sowie ein Notizbuch samt Stift. Außerdem hatte er die Walther P38 aus dem Versteck im Boden der Garderobe seines Hotelzimmers geholt. Sie steckte sicher im Holster, das gegen seine Rippen drückte.

Ein zweiminütiger Fußweg führte ihn bis zur Mauer und zu dem Bahndamm, der sich darüber erhob. Dort schaute er sich noch einmal nach neugierigen Passanten und zurückgezogenen Vorhängen um und schwang sich schließlich die Mauer hoch und ins Gras. In gebückter Haltung lief er dann die Böschung entlang, überquerte die Gleise und ließ sich in das Efeunest fallen, das er am Nachmittag entdeckt hatte.

Ryan legte sich auf den Bauch. Ein Gefühl stieg in ihm auf und überraschte ihn: Wie vertraut es ihm war, irgendwo versteckt im Gebüsch zu liegen. Er erinnerte sich an die Zeiten, als er, zwischen Hecken bei irischen Dörfern eingegraben, das Hin und Her von Männern beobachtet hatte, die nicht hinnehmen konnten, dass der Krieg vorbei war. Oder als er in der brütenden Hitze des koreanischen Dschungels Stellungen erkundete und sich die Anzahl der Männer und der Waffen notierte.

Ryan war auch nach dem Waffenstillstand vom Juni 1953 noch in Korea geblieben und hatte Transporte mit den Leichen gefallener Feinde eskortiert, die im Rahmen der Operation Glory mit den Nordkoreanern ausgetauscht wurden. Er kehrte gerade noch rechtzeitig nach Irland zurück, um mit seinen Eltern das Weihnachtsfest des Jahres 1954 zu begehen, bevor er sich am ersten Tag des Jahres 1955 bei der St.-Patricks -Kaserne in Ballymena meldete. Dort verbrachte er vier Jahre damit, Rekruten aus allen Teilen der Britischen Inseln auszubilden, von denen viele für Posten in Deutschland vorgesehen waren, wo die Streitkräfte inzwischen nicht mehr die Rolle einer Besatzungsarmee spielten, sondern der Verteidigung dienten.

Als Ryan 1959 seine Entlassungspapiere erhielt, verbrachte er in Belfast einen Monat damit, in einem winzigen Einzimmerappartement herumzusitzen und die Stellenangebote der Lokalzeitungen zu studieren. Er brauchte dreißig Tage, bis er begriff, dass er überhaupt keine Qualifikationen besaß, die in der Welt da draußen irgendwie nützlich waren, dass er keine Erfahrungen hatte und dass er einem Arbeitgeber nichts zu bieten hatte.

Er war schon drauf und dran, wieder in die Kaserne in Ballymena zurückzugehen und zuzugeben, dass er das Zivilleben nicht in den Griff bekam, als ihn der Brief eines alten Freundes von den Royal Ulster Rifles, einem Infanterieregiment, erreichte. Major Colm Hughes stammte aus der Grafschaft Monaghan und hatte ihre nördliche Grenze überquert, um in die britische Armee einzutreten. Als Ryan aus dem Militärdienst ausschied, hatten sie sich versprochen, in Verbindung zu bleiben. Dass es jemals dazu kommen würde, hätte Ryan nicht erwartet. Der Mann hatte in seinem Brief ein Treffen in der Rotterdam-Bar in Sailortown vorgeschlagen, dem Hafenviertel von Belfast.

Hughes saß an der Bar bei einem Pint Bass-Bier, als Ryan hereinkam. Sie schüttelten sich die Hand, wobei die Herzlichkeit ihrer Begrüßung ein wenig von der ungewohnten Zivilkleidung gedämpft wurde. Ryan stellte fest, dass er Hughes bisher nur in Uniform gesehen hatte.

Sie setzten sich an einen Tisch in einer dunklen Ecke und tauschten ein paar Geschichten über alte Kameraden aus. Manche von ihnen lebten noch, andere nicht.

»Und was treibst du jetzt so?«, fragte Hughes.

»Nichts«, antwortete Ryan. »Das ist das Problem. Seit ich aus der Armee ausgeschieden bin, hat niemand mehr eine Verwendung für mich.«

»Hast du schon mal daran gedacht, wieder in den Dienst einzutreten?«

»Ich weiß nicht. Was sollte ich sonst tun?«

»Wie wäre es, wenn du dich irgendwo niederlässt?«, fragte Hughes. »Heirate, leg dir ein paar Kinder zu. Werde fett und züchte Gemüse im Garten.«

Ryan musste bei der Vorstellung unwillkürlich lachen. »Kannst du dir vorstellen, dass ich bis zum Knöchel im Kompost stecke?«

Hughes lachte. »Ich habe dich schon in Schlimmerem stecken sehen.«

Dann saßen sie eine Weile still da und hörten den groben Witzen der Hafen- und Werftarbeiter zu, die nach Schichtende noch mal vorbeischauten. Es waren harte, sehnige Männer mit tätowierten Mädchennamen auf den Unterarmen, kräftigen Fäusten und mächtigem Durst.

»Ich könnte dir vielleicht einen Tipp geben«, sagte Hughes.

Ryan beugte sich vor. »Worum geht's?«

»Als ich vor einiger Zeit mal meine Mutter in Monaghan besuchte, hat mich jemand angesprochen. Ein Typ im Anzug stellte sich in dem Pub um die Ecke neben mich, redete erst mal beliebiges Zeug und tat, als würde er mich kennen. Dann wollte er plötzlich wissen, was ich denn so vorhätte, was ich machen würde, wenn ich aus der Armee ausscheide. Ich habe da, wo ich herkomme, nie viel von meinem Job erzählt. Du weißt ja selbst, wie das ist. Viele sind nicht gerade begeistert, wenn irische Jungs für die Briten kämpfen. Also habe ich ihm nicht viel erzählt. Nachdem er eine halbe Stunde um den heißen Brei herumgeredet hatte, sagte er, dass er für die Regierung arbeiten würde. Und meinte, dass sie irische Jungs suchen, die in der britischen Armee waren. Jungs, die Action gesehen haben. In der irischen Armee gibt es zwar viel Drill und viele Übungen, aber die meisten Jungs haben noch nie im Schützengraben geschlafen oder auf etwas anderes als einen Pappkameraden geschossen. Er meinte, sie könnten Jungs wie uns in ihrer Abteilung gebrauchen.«

»Welche Abteilung?«, fragte Ryan.

»Die Abteilung für Aufklärung«, antwortete Hughes. »Sie nennen sie G2.«

»Also hat er versucht, dich anzuwerben?«

»Nein«, sagte Hughes. »Er wusste, dass ich auf Lebenszeit dabei bin. Aber er wollte, dass ich das ein paar Leuten stecke und mit Burschen rede, mit denen sie etwas anfangen könnten.«

»Mit solchen wie mir?«, fragte Ryan.

Hughes lächelte, nahm einen Schluck von seinem Ale und zog einen Stift aus der Jackentasche. Er kritzelte einen Namen und eine Telefonnummer auf einen Bierdeckel und schob ihn über den Tisch.

»Denk drüber nach«, sagte Hughes.

Ryan musste nicht lange nachdenken. Schon am nächsten Morgen wählte er die Nummer.

40. KAPITEL

Skorzeny stand früh auf, badete und nahm ein ausgiebiges Frühstück mit starkem Kaffee zu sich. Dann wanderte er eine gute Stunde über die Felder, schaute den Schafen beim Grasen zu und beobachtete Tiernan beim Training mit den Hunden.

Lainé hatte sich seit der vorletzten Nacht nicht mehr blicken lassen und sich in seinem Zimmer verkrochen. Die Sammlung leerer Flaschen an der Küchentür war das einzige sichtbare Zeugnis seiner Anwesenheit. Ab und zu hörte Skorzeny den Welpen jaulen, aber das war fast schon alles.

Eigentlich war er ganz froh darüber. Er fand Célestin Lainé alles andere als umgänglich, aber der Bretone war nützlich, und deshalb tolerierte er seine Anwesenheit im Haus. Frau Tiernan war weniger gewillt, ihn zu akzeptieren, und hatte sich seit seiner Ankunft bereits mehrfach über ihn beschwert. Aber Skorzeny versicherte ihr, dass er schon bald weiterziehen würde und sie sich dann keine Sorgen mehr über die Unordnung zu machen brauchte, die er und der verdammte Welpe hinterließen.

Skorzeny hatte einen Großteil der vergangenen sechsunddreißig Stunden damit verbracht, nachzudenken, Möglichkeiten abzuwägen und über Verdachtsmomente zu spekulieren. Natürlich hatte Ryan recht. Skorzeny sollte einfach nach Madrid fliegen und dort die Sonne genießen, bis dieses ganze Spektakel vorbei war. Aber wenn er jetzt nachgab und floh, nur weil sich am Horizont irgendwas zusammenbraute, wäre er nicht Otto Skorzeny. Er hatte nicht umsonst Ruhm und Frauen genossen, verfügte über die Macht und die Mittel, die ihm jetzt zur Verfügung standen. Wäre er geflohen, dann wäre er immer noch Ingenieur in Wien, würde an seinem Schreibtisch buckeln und auf die Rente oder den Herzinfarkt warten, je nachdem, was zuerst kam.

Wer auch immer diese Terroristen, genau, Terroristen war die passende Bezeichnung, wer auch immer sie sein mochten und was auch immer sie wollten, er würde ihnen auf seinem Grund und Boden die Stirn bieten und sich weder mit Drohungen noch durch Aktionen vertreiben lassen. Wenn sie es auf ihn abgesehen hatten, konnten sie sich auf einen harten Kampf gefasst machen.

Und solche Kämpfe hatte Otto Skorzeny noch nie verloren.

Im Übrigen wäre er wohl zum gegenwärtigen Zeitpunkt in Madrid nicht willkommen geheißen worden.

In Tarragona hatte ihm Luca Impelliteri acht Stunden nachdem er seine Forderungen gestellt hatte, am Tisch gegenübergesessen und überheblich gegrinst. Um sie herum plauderten Francos übrige Gäste. Neben dem Italiener saß eine junge Spanierin, die ständig die gebräunte Haut seiner Unterarme streichelte. Ab und zu hatte Impelliteri ihr etwas ins Ohr geflüstert, woraufhin sie errötend lächelte. Dann hatte er den Blick wieder auf Skorzeny gerichtet. In seinen Augen lag blanke Gehässigkeit und die Erinnerung an seine Forderung. Er war sich seiner Beute sehr sicher, die er bei dem älteren Mann machen zu können glaubte.

Dabei war das Einzige, dessen er sich sicher sein konnte, das Schicksal, das er sich damit eingebrockt hatte.

In den frühen Morgenstunden des folgenden Tages wachte Skorzeny vom Klingeln des Telefons in seinem Hotelzimmer auf.

»SS-Obersturmbannführer Skorzeny?«

Es war die Stimme einer Frau.

»Wer spricht da?« Er fragte, obwohl er die Antwort kannte.

»Ich bin auf Bitten Ihres alten Freundes gekommen.«

»Gut«, erwiderte Skorzeny. »Wo sind Sie?«

»In einem Hotel am anderen Ende der Rambla Nova.«

»Wissen Sie, was ich von Ihnen will?«

»Das weiß ich. Aber ich weiß nicht, wer.«

Vor seinem Fenster brach sich das Mittelmeer an den Felsen, als Skorzeny ihr einen Namen nannte.

Er schlenderte zurück zum Haus, trat sich vor dem Kücheneingang die Stiefel ab und ging hinein.

An der Spüle stand Frau Tiernan und säuberte das Frühstücksgeschirr.

»Ich hätte gern etwas Kaffee in meinem Arbeitszimmer«, sagte er auf Deutsch. »Esteban kann ihn hinaufbringen, wenn er fertig ist.«

Sie blickte vom Spülen auf. »Jawohl. Die Post liegt auf Ihrem Schreibtisch.«

Skorzeny ging in sein Arbeitszimmer, setzte sich an den Schreibtisch und zündete sich eine Zigarette an. Er blätterte fünf Umschläge durch. Ein Brief von Pieter Menten aus Holland, einer von einem Bischof aus Portugal, zwei von alten *Kameraden* aus Argentinien.

Und einer, der in Dublin gestempelt war. Die Adresse mit der Maschine getippt: An SS-Obersturmbannführer Otto Skorzeny.

Sein Mund wurde trocken, er nahm einen tiefen Zug an der Zigarette und legte sie in den Aschenbecher. Dann öffnete er den Umschlag.

Darin befand sich eine maschinengeschriebene Seite.

Er las. Wut brannte in seinen Eingeweiden. Er ballte die Hand zur Faust und las den Brief noch einmal.

Dann lachte er.

41.
KAPITEL

Ryan hatte seine Notizen über die letzte Nacht noch einmal durchgelesen, während die dunklen Stunden der Nacht heruntertickten. Er hörte irgendwo ein Baby schreien, das alle paar Stunden gefüttert werden wollte. Ein Pärchen hatte bis nach Mitternacht laut und wütend miteinander gestritten. Ab und zu hatte ein Hund gebellt. Ryan hörte durch ein geöffnetes Schlafzimmerfenster im Nachbarhaus das Quietschen eines Bettgestells, das Schnaufen eines Mannes beim Höhepunkt, das Weinen einer Frau.

Wenn er seine Blase leeren musste, kroch er vorsichtig durch den Efeu und entfernte sich ein Stück von seinem Versteck.

Während die Nacht voranschritt, kämpfte Ryan mit Kaffee gegen den Schlaf an. Trotzdem nickte er manchmal ein. Als der Morgenzug kreischend vorbeidonnerte, weckte er ihn aus einem Albtraum. Darin stürzten rings um ihn Mauern zusammen und begruben ihn unter sich. Als er sich wieder gefangen hatte, schaute er auf seine Armbanduhr. Es war noch nicht mal sechs Uhr dreißig.

Die umliegenden Häuser erwachten zum Leben. Das Baby weinte, Hunde bellten und Mütter schimpften mit ihren Kindern. Schon bald entdeckte er Männer, die sich zur Arbeit aufmachten. Sie trotteten die Straße hinunter, gegen die kühle Morgenluft tief in ihre Jacken vergraben, die Zigarette im Mundwinkel und unterm Arm das Lunchpaket, eingeschlagen in Zeitungen.

Ein Milchwagen brummte die Straße entlang. Ryan verlor ihn hinter den Häusern aus den Augen, aber er konnte hören, wie der Milchmann vor sich hin pfiff und die Flaschen klirrten.

Der Eckladen gleich hinter Ryans Beobachtungsposten öffnete kurz nach halb sieben. Der Besitzer putzte die Fenster und wischte den Boden.

Eine Bewegung im Haus weckte Ryans Aufmerksamkeit. Er schaute auf die Uhr. Es war gerade acht. Ein kleiner, stämmiger Mann trat durchs Gartentor. Er ging die Allee entlang und kam direkt auf Ryan zu. Mit dem kurzen Haarschnitt und diesem Gang konnte er nur ein Soldat sein, keine Frage. Einer, der bereits einiges mitgemacht hatte. Ryan schätzte ihn auf etwa dreißig Jahre. Zu jung, um im Zweiten Weltkrieg dabei gewesen zu sein, aber ein Einsatz in Korea war sehr wahrscheinlich.

Der Mann ging um die Ecke und betrat den Laden. Obwohl er durch die Scheibe nur schlecht zu erkennen war, sah Ryan, wie er dem Ladeninhaber zunickte und einige wenige Worte redete. Er kam mit einer Schachtel Zigaretten und einem Päckchen Streichhölzer heraus, steckte sich das Wechselgeld in die Tasche und marschierte den Pfad hinauf zum Gartentor.

Ryan hatte mit seiner Vermutung recht behalten. Sie kamen und gingen durch den Hintereingang und benutzten die Vordertür nicht.

Zehn Minuten später tauchten zwei weitere Männer auf. Ryan warf einen Blick durch seinen Feldstecher. Einen der beiden erkannte er. Captain John Carter. Das Gesicht des Offiziers war etwas voller und sein Haar etwas dünner geworden, aber er war es. Der andere mochte gute acht bis zehn Zentimeter größer sein und nickte knapp und beflissen, wenn Carter redete. Sein Gesicht weckte etwas in Ryans Erinnerung. Richtig, er war einer der Männer, die auf der Fotografie, die Weiss ihm gegeben hatte, neben Carter gestanden hatten. Carter ging zur Fahrerseite des Lieferwagens, schloss die Tür auf, schob sie zurück und erklomm die Fahrerkabine. Dann beugte er sich zur anderen Seite und entriegelte die Beifahrertür. Der andere Mann rauchte seine Zigarette zu Ende, bevor er einstieg.

Das Aufheulen des Bedford-Motors wurde von den Häusern und dem Bahndamm zurückgeworfen. Carter blickte in die Rückspiegel, weil der Pfad gerade eben breit genug für den Lieferwagen war.

Ryan zog sich tiefer in den Efeu zurück, als der Wagen näher kam. Durch das Rankwerk und die Blätter hindurch konnte er die Gesichtszüge von Carter und dem anderen erkennen. Der große Mann war mit etwa fünfundvierzig Jahren ungefähr im selben Alter wie sein Befehlshaber.

Der Lieferwagen fuhr über den Pfad und bog am Ende auf die Straße ab. Der Motor knatterte und röhrte, als der Wagen beschleunigte und schließlich nach rechts in Richtung Innenstadt abbog.

Ryan notierte sich die Uhrzeit.

Dann blieb alles ruhig, bis der kleinere Mann das Haus um elf Uhr dreißig ein weiteres Mal verließ. Er benutzte erneut den Hinterausgang. Er ging in die Richtung von Ryans Standort, bog dann zum Eckladen ab und kam eine Minute später mit einer Flasche Limonade wieder heraus.

Ryan hielt den Atem an, als der Mann direkt unter ihm haltmachte und den Verschluss aufdrehte. Er setzte die Flasche an seine Lippen, legte den Kopf in den Nacken und trank. Dann wischte er sich über das Kinn und ließ einen ausgedehnten Rülpser ertönen. Später ging er zur Wegabzweigung und lehnte sich gegen die Mauer. Dort fischte er die Schachtel Zigaretten aus der Tasche, die er zuvor gekauft hatte, und steckte sich eine an.

Der Mann stellte sich ans Ende des Weges, trank ab und zu von seiner Brause und rauchte in Ruhe drei Zigaretten. Während der ganzen Zeit schaute er sich um, beobachtete den Pfad und die Straße.

Ryan kannte so ein Verhalten. Das machten Männer, die

nicht gut damit fertig wurden, in ihren Quartieren eingepfercht zu sein. So etwas hatte er überall gesehen, wo er stationiert gewesen war. Männer, denen jeder Vorwand recht war, um nach draußen zu kommen, selbst wenn sie nur ein paar Runden um die Quartiere drehen konnten.

Schließlich schlurfte der Mann zurück zum Haus und schob sich durch das Hoftor.

Mehr als zwei Stunden vergingen, bis am anderen Ende des Weges der Lieferwagen wieder auftauchte. Er hielt hinter dem Haus. Die beiden Männer stiegen hastig aus, ohne ein Wort miteinander zu wechseln. Sie gingen durch das Hoftor.

Also waren es insgesamt drei Männer. Ryan schrieb zu jedem eine kurze Beschreibung in sein Notizbuch – Größe, Statur, Haarfarbe.

Die Sonne kam zwischen den Wolken hervor und wärmte Ryans Rücken.

Auf der Straße unter ihm bogen fünf Jungs um die Ecke. Einer hatte einen Fußball und ein Stück Kreide dabei. Er trat an die Fassade des Hauses neben Ryans Position und verschwand aus seinem Blickfeld. Ryan hörte die Kreide über die Wand kratzen und stellte sich vor, wie der Junge da unten ein Tor aufmalte.

Einer der Jungs meldete sich als Torwart, und die anderen teilten sich auf. Schon bald hörte er Keuchen, Tritte, Leder, das über den Asphalt scheuerte. Ryan schaute zu, wie sie einander schubsten und mit den Füßen um den Ball hakelten. Alle ein, zwei Minuten hörte er den harten Schlag des Leders gegen die Wand und das dumpfe Auftippen des zurückprallenden Balls. Und jedes Mal brach dann eines der beiden Teams in Jubel aus.

Ab und zu kam der Ladenbesitzer an sein Fenster, schaute zu ihnen hinüber, schüttelte den Kopf und zog sich an seinen Tresen zurück.

Sie spielten über eine Stunde ohne Pause, und jedes Team schoss ein Dutzend Tore, bevor sie atemlos und verschwitzt aufhörten.

»Ich setze mich mal ein Minütchen hin«, sagte der Junge, dem der Ball gehörte.

»Ich auch«, meinte der andere. »Ich bin völlig fertig.«

Die Fünf setzten sich auf den Fußweg, in den Schatten, mit den Rücken gegen die rote Ziegelfront gegenüber von Ryans Versteck. Sie redeten über die Schule, welcher der beiden Christian-Brüder der größere Mistkerl sei und darüber, was sie tun würden, wenn sie älter und größer wären und den schlimmeren von beiden allein auf der Straße träfen. Dann drehte sich ihr Gespräch um ihre Mütter, ihre Väter und die Mädchen, die sie kannten.

»Habt ihr das von Sheila McCabe und Paddy Gorman gehört?«

»Nein, was?«

»Sie hat ihm ihre Titten gezeigt.«

»Quatsch nicht. Außerdem hat sie mit Sicherheit überhaupt nichts zum Vorzeigen.«

»Und ob sie das hat. Ich habe sie mit ihrer Mutter in der Stadt gesehen. Sie haben einen BH gekauft.«

»Hey, vergiss es. Nichts hast du gesehen.«

»Hab ich wohl. Auf jeden Fall hat sie sie Paddy gezeigt. Er hat mir erzählt, er durfte mal dran lutschen und alles.«

Die Jungs barsten vor Lachen.

Der Ladenbesitzer kam nach draußen auf die Straße. »Passt

mal auf! Vor meinem Laden dulde ich keine solchen Ferkeleien. Macht nur so weiter, wenn ich euren Müttern mal erzählen soll, worüber ihr euch das Maul zerreißt.«

Die Jungs standen auf, hefteten ihre Blicke auf den Boden und traten von einem Fuß auf den anderen.

Der Ladenbesitzer ging wieder hinein. Die Jungs lachten und setzten ihr Spiel fort.

Sie hatten noch nicht lange gespielt, als der kleinere Mann wieder aus dem Haus trat und den Weg entlangkam. Die Jungs beobachteten ihn, als er in den Laden ging und mit einem Schokoriegel in der Hand wieder auftauchte. Er ging wieder zur Wegmündung, packte den Riegel aus und aß. Als er mit der Schokolade fertig war, holte er seine Zigaretten aus der Tasche.

Die Jungs unterbrachen ihr Spiel, sammelten sich um ihren Anführer und zerstreuten sich dann wieder.

Der Anführer sagte: »Hallo, Mister.«

Der Mann zündete die Zigarette an und nahm einen Zug. Als er ausatmete, verteilte sich der Rauch im Wind.

»Mister?«

Er schaute wortlos zu dem Jungen hinüber.

»Würden Sie uns welche abgeben, bitte?«

Der Mann zögerte kurz, dann nahm er zwei Zigaretten aus dem Päckchen und hielt sie ihm hin.

Der Junge kam näher und schnappte sie ihm fast aus den Fingern.

Die Jungs rannten mit dem Ball fort. Ihre Schritte hallten unter der Brücke, als sie darunter durchliefen.

»Was sollte das?«

Die Stimme überraschte Ryan genauso wie den Mann unter ihm.

Carter stand mit vor Ärger versteinerten Gesichtszügen hinter dem Mann.

»Das waren nur ein paar Kinder«, erwiderte der Mann. Er hatte einen südafrikanischen oder rhodesischen Akzent – Ryan war sich nicht sicher.

»Wir haben das doch schon besprochen, Wallace«, stieß Carter gepresst hervor. »Haben wir nicht schon darüber gesprochen?«

»Es sind nur Kinder. Ich habe keine …«

Carter schlug dem Mann mit der flachen Handfläche auf die Stirn. »Es ist mir vollkommen egal. Sie erregen Aufmerksamkeit. Wie oft waren Sie heute im Laden?«

Wallace setzte ein finsteres Gesicht auf. »Nur zwei Mal. Es geht mir auf die Nerven, den ganzen Tag in dem verdammten Haus herumsitzen zu müssen.«

»Sie werden verdammt noch mal da sitzen, wo ich es Ihnen befehle. Verstanden?«

Wallace seufzte und nickte.

Carter beugte sich vor. »Haben Sie mich verstanden?«

»Ja.«

»Ja, was?«

»Ja, Sir!«

»In Ordnung.« Carter trat einen Schritt zurück. »Und jetzt zurück ins Haus. Vorwärts!«

Wallace stapfte zum Tor.

Carter stemmte die Hände auf die Hüften und sah ihm hinterher. Dann schaute er die Straße rauf und runter.

Ryan erstarrte, als Carters Blick an dem Efeugewirr auf der Wand über ihm hängenblieb. Der Engländer trat auf die Straße und blinzelte in die Sonne. Ryan hielt den Atem an.

Doch dann schüttelte Carter den Kopf, spuckte aus und folgte Wallace ins Haus. Ryan atmete langsam aus.

42. KAPITEL

»Ich kann ihn nicht erreichen.« Hagheys Stimme knisterte im Hörer des Telefons.

Hinter Skorzenys Stirn meldete sich ein Anflug von Kopfschmerzen. »Was wollen Sie damit sagen?«

»Ich will damit sagen, dass er seit gestern nicht im Hotel war. Fitzpatrick, sein Chef, hat es in der Gormanston-Kaserne versucht, aber dort ist er nicht mehr aufgetaucht, seit die ganze Sache losgegangen ist. Ich habe meine Sekretärin sogar in dem Laden in Carrickmacree anrufen lassen, der seinem Vater gehört. Sie hat sich als seine Freundin ausgegeben. Aber dort hat er sich auch nicht blicken lassen. Kurz gesagt, ich habe nicht die leiseste Ahnung, wo der Kerl ist.«

Skorzeny trommelte mit den Fingern auf den Schreibtisch. »Minister, ich glaube, ich kann gar nicht deutlich genug sagen, wie dringend ich mit Lieutenant Ryan sprechen muss. Dieser Brief verändert den Kern der Arbeit, die er für uns erledigt, und was noch wichtiger ist: Er wirft ein neues Licht auf den Feind, der sich uns da entgegenstellt.«

»Der sich *Ihnen* entgegenstellt, Oberst.«

»Was wollen Sie damit sagen?«

»*Wir* haben keinen Feind«, erwiderte Haughey. »Der Brief war an Sie und niemanden sonst adressiert. Es sind Ihre Feinde, nur Ihre.«

»Glauben Sie mir, Minister, Sie würden sich nicht wünschen, dazuzugehören.«

»Das kann ich nur zurückgeben, Oberst. Überlegen Sie es sich gut, bevor Sie mir drohen. Ich könnte dafür sorgen, dass es in Irland für Sie und Ihresgleichen ziemlich ungemütlich wird. Aber mit so etwas sollten wir jetzt nicht anfangen. Wir brauchen wegen Lieutenant Ryan nicht ausfallend zu werden. Ich bin überzeugt, dass er schon bald wieder auftaucht.«

Skorzeny legte den Hörer auf die Telefongabel zurück und läutete die Handglocke.

Esteban kam herein und nahm den Telefonapparat. Er wandte sich wieder zum Gehen, aber Skorzeny sagte: »Warte!«

Er blieb ein paar Sekunden lang nachdenklich sitzen. »Bring mir meinen Mantel, Esteban«, befahl er dann. »Ich fahre in die Stadt.«

»Werden Sie von Celia erwartet?«, fragte die Frau.

»Nein, Madame«, erwiderte Skorzeny.

Seine Höflichkeit ließ sie lächeln. »Na, dann kommen Sie doch erst einmal herein. Sie können im Salon warten.«

Er folgte ihr durch den Flur bis ins Wohnzimmer.

»Bin sofort wieder da«, sagte sie und ließ ihn allein.

Zwei Minuten später kehrte sie zurück. »Da ist sie.«

Celia betrat den Raum. Als sie Skorzeny sah, blieb sie wie angewurzelt stehen.

»Miss Hume«, sagte er.

Celia antwortete nicht.

»Nun, dann lasse ich Sie mal allein«, sagte die Vermieterin.

»Nein«, sagte Celia. »Es wäre mir lieber, Sie würden bleiben.«

Die Vermieterin zögerte.

»Es geht um eine private Angelegenheit«, sagte Skorzeny.

Celia lächelte höflich. »Auch in diesem Fall wäre es mir lieber, wenn Mrs. Highland bleibt. Bitte setzen Sie sich.«

Das Mädchen setzte sich in den Lehnstuhl, der vor ihr stand. Mrs. Highland nahm auf dem Stuhl ihr gegenüber Platz. Skorzeny blieb stehen.

Nach einigen Sekunden des Schweigens fragte Mrs. Highland: »Möchten Sie vielleicht gern eine Tasse Tee, Mister …? Verzeihen Sie, ich hatte Ihren Namen nicht ganz verstanden.«

»Nein, vielen Dank«, antwortete Celia an seiner Stelle. »Oberst Skorzeny braucht nichts.«

»Oh.« Mrs. Highland faltete die Hände in ihrem Schoß. Als niemand etwas sagte, meinte sie: »Ziemlich wechselhaftes Wetter heute, nicht wahr?«

Die beiden ignorierten sie.

»In welcher Sache wollten Sie mich sprechen, Herr Oberst?«

»Unser beider Freund«, sagte er und nahm auf dem Sofa Platz. »Lieutenant Ryan. Ich muss dringend mit ihm sprechen, aber ich konnte ihn nicht erreichen. Ich hatte gehofft, Sie wüssten vielleicht, wo er sich aufhält.«

»Bedaure. Das weiß ich nicht.«

Skorzeny fixierte das Mädchen mit einem scharfen Blick. »Ich muss betonen, dass meine Angelegenheit mit Lieutenant Ryan außerordentlich wichtig ist, Miss Hume.«

»Ich sage es gern noch einmal: Ich weiß nicht, wo er ist. Tut mir leid, aber mehr kann ich Ihnen nicht sagen.«

Er durchbohrte sie förmlich mit seinem Blick. Sie schlug die Augen nieder.

»Miss Hume, ich werde alles, wirklich alles unternehmen, was in meiner Macht steht, um Lieutenant Ryan zu finden. Wenn Sie verstehen, was ich meine.«

Er sah, wie sie schluckte und ihre Hände zu zittern begannen.

»Ich habe gestern mit Albert gesprochen. Er sagte mir, er müsse für ein, zwei Tage weg. Wegen seiner Arbeit. Aber er wollte mir nicht sagen, worum es ging oder wohin er fuhr. Das ist alles, was ich weiß.«

Mrs. Highland beobachtete, wie das Mädchen die Finger verknotete.

Skorzeny beugte sich vor. »Miss Hume, ich wäre wirklich sehr enttäuscht, falls Sie mir irgendetwas verschweigen.«

Mrs. Highland stand auf. Als sie sprach, zitterte ihre Stimme hörbar. »Mr. ... Verzeihen Sie, wie war doch gleich Ihr Name?«

»Skorzeny«, antwortete er und stand gleichfalls auf. »Oberst Otto Skorzeny.«

»Mr. Skorzeny, mir gefällt Ihr Ton nicht. Ich weiß nicht genau, was Sie hier vorhaben, aber Miss Hume steht unter meiner Aufsicht, und mir ist nicht entgangen, dass Sie sie verunsichern. Das dulde ich nicht. Sie sind in meinem Haus nicht willkommen. Ich würde es sehr schätzen, wenn Sie jetzt gingen.«

Skorzenys Lächeln wich nicht von seinem Gesicht.

»Selbstverständlich, Madame. Bitte verzeihen Sie diese Störung. Ich finde selbst hinaus.«

Er ging zur Tür des Salons, wo er sich noch einmal umdrehte.

»Miss Hume, bitte rufen Sie mich umgehend an, falls Ihnen doch noch einfällt, wo sich Lieutenant Ryan aufhält. Ich wäre Ihnen überaus dankbar.«

Sie starrte geradeaus, stumm und bewegungslos, abgesehen von dem heftigen Heben und Senken ihrer Brust.

Skorzeny ging durch den Flur auf die Straße. Er schaute auf die Uhr und beschloss, zum Dinner eines der besseren Hotels aufzusuchen.

Vielleicht das Shelbourne oder das Royal-Hibernian. Dort war das Essen wenigstens genießbar.

Er hatte Appetit bekommen.

43. KAPITEL

Kurz vor neunzehn Uhr fuhr der Lieferwagen noch einmal weg, diesmal mit allen drei Männern an Bord. Carter saß am Steuer. Als sie zurückkehrten, war es schon dunkel geworden. Die Straßenlaternen leuchteten.

Ryan griff nach seinem Feldstecher.

Die Männer wirkten gut gelaunt und lachten, selbst Carter. Wallace grinste beim Reden und gestikulierte mit den Händen.

Samstagnacht. Ryan vermutete, dass sie weggefahren waren, um zu Abend zu essen und ein paar Biere zu trinken. Selbst bei einer Stationierung im Kampfgebiet müssen Männer sich einmal entspannen können. Vielleicht hatte der Ausflug Wallace'

Lagerkoller gelindert. Ryan wusste jedoch, dass Carter sie unter Kontrolle behalten würde, damit aus einem Drink zur Entspannung nicht mehr wurde.

Die Männer gingen ins Haus, und Ryan sah, wie hinter den Zeitungen, die von innen gegen die Fensterscheiben geklebt waren, Lichter eingeschaltet wurden. Fünfzehn Minuten später erloschen sie, und das Haus lag wieder im Dunkeln.

Ryan schaute auf die Uhr.

Dreiundzwanzig Uhr.

Er grub sich tiefer in seinen Unterschlupf, zuversichtlich, dass sich die Männer zur Nachtruhe begeben hatten. Er zog die Jacke fester um sich und legte den Rucksack als Kissen unter seinen Kopf. Die Straßengeräusche beruhigten ihn, das Bellen der Hunde, das Fluchen von Betrunkenen in der Ferne, die beneidenswerten Liebesspiele des Pärchens im nächsten Haus.

Ryan schloss die Augen.

Der Frühzug weckte ihn. Das Dröhnen riss ihn brutal aus seinen Träumen und schleuderte ihn in den Efeu zurück. Bis er vollkommen bei Bewusstsein war, verging ein verwirrender Moment empfundener Schwerelosigkeit.

Als Erstes sah Ryan nach dem Lieferwagen. Er stand auf dem Weg. Dann schlich er ein Stück von seinem Versteck weg, um seine Morgentoilette zu erledigen. Nachdem das getan war, holte er sein letztes Brot und einen Brocken Käse aus dem Rucksack und frühstückte. Der Kaffee war schon lange kalt geworden. Bei dem bitteren Geschmack verzog er das Gesicht. Seine Finger schabten über Bartstoppeln, als er sich am Kinn kratzte.

Der Sonntagmorgen zog sich in die Länge, und nur wenige Anwohner waren auf den Straßen unterwegs und boten Ryan etwas Abwechslung bei seiner monotonen Wache. Er gähnte, streckte Finger und Zehen und dachte sich zum Zeitvertreib Spielchen aus. Er erfand Namen für die Vögel, die er sah, oder wettete auf die Farbe jedes herannahenden Fahrzeugs.

Niemand besuchte oder verließ das Haus.

Sein kleiner Essensvorrat war aufgebraucht, und als es mittags langsam auf dreizehn Uhr zuging, begann sein Magen zu knurren. Stundenlang hatte er den Duft von brutzelndem Schinkenspeck, von Eiern und von Brot aushalten müssen, der aus den Häusern ringsum herüberwehte. Wäre der Eckladen geöffnet gewesen, hätte er vielleicht sogar riskiert, seinen Posten zu räumen, um etwas einzukaufen, aber das Geschäft blieb den ganzen Tag geschlossen.

Dann schien sich etwas anzubahnen. Männer strömten die Fitzroy Avenue und die Jones Road hinunter. Es zog sie zum Stadion. Ein paar von ihnen trugen blaue Flaggen und Transparente.

Natürlich, es war Sonntag. Und es gab ein Fußballspiel im Croke-Park. Ryan hielt sich, was Sport anbetraf, nicht auf dem Laufenden, auch nicht, was das Programm der Gaelic Athletic Association anging, aber er wusste, dass die Fußballsaison lief und die National Football League allmählich in Fahrt kam. Offenbar hatte Dublin ein Heimspiel.

Die Grüppchen von Männern und Burschen wurden größer, wuchsen zu Strömen an. Hunderte sammelten sich rings ums Stadion, verteilten sich auf die Eingänge und warteten in großen Trauben auf den Straßen, bis sie dran waren und ins Stadion eingelassen wurden.

Gegen vierzehn Uhr hatte das Stadion die Menschenmassen zum größten Teil aufgesogen und aus seinem Inneren drang der Lärm, die brausenden, erwartungsvollen Stimmen. Nach einer plötzlichen, kurzen Stille brandete Jubel auf. Das Spiel hatte begonnen.

Ryan lauschte den Wogen, es war wie ein Stimmenmeer, das bei einer Veränderung des Spielstandes aufbrandete und wieder verebbte. Ryan stellte sich vor, er läge am Strand. Der Efeu wäre Sand, Wellen plätscherten am Rand seines Bewusstseins. Seine Lider wurden schwerer, sein Kopf bleiern vor Müdigkeit. Er kämpfte dagegen an, verdrängte die Schläfrigkeit, aber sie kam immer wieder, so unvermeidlich wie Ebbe und Flut.

Ryan schwebte, fand sich wieder in der kleinen Grotte, die er auf der sizilianischen Insel Ortygia entdeckt hatte. Unter sich den warmen Sand und die glattgeschliffenen Kiesel, die Sonnenreflexe im seichten, glasklaren Gewässer.

Das Geräusch, mit dem die Lieferwagentüren geschlossen wurden, weckte ihn schlagartig. Er wartete, bis sein Blick sich fokussiert hatte, dann sah er durch den Feldstecher.

Alle drei waren im Wagen. Am Steuer saß wieder Carter.

Ryan drückte sich tiefer in den Efeu, als der Lieferwagen das Ende des Pfades unter ihm erreichte. Carter bog nach rechts auf die Straße ab und fuhr in nördliche Richtung. Der Motor heulte auf, als der Lieferwagen beschleunigte. Schon bald übertönte der Lärm aus dem Stadion sein Knattern und Schrammeln.

Jetzt, dachte Ryan.

Er verstaute seine Habseligkeiten im Rucksack, versteckte ihn hinter dem Efeu und kletterte aus seinem Versteck. Seine Muskeln und Gelenke protestierten, weil sie sich wieder regen mussten, nachdem sie so lange unbewegt geblieben waren. Er überquerte die Gleise, kletterte auf der anderen Seite die Böschung hinunter und sprang von der Mauer auf den Fußweg. Während er sich überzeugte, dass er nicht beobachtet wurde, lief er unter der Brücke hindurch und dorthin, wo der Weg begann.

Ryan hielt sich dicht an den Hofmauern, damit man ihn von den rückwärtigen Fenstern der Häuser aus nicht sehen konnte, und näherte sich der Stelle mit dem ölfleckigen, von Zigarettenkippen übersäten Boden.

Er erreichte das Tor und versuchte es zu öffnen. Es war verschlossen, was er erwartet hatte. Es war nur ein paar Zentimeter größer als er selbst. Er griff hoch, hielt sich an der oberen Kante fest, stemmte seinen Fuß gegen das Holz und zog sich hoch.

Als er auf dem Zementboden hinter dem Tor landete, sah er einen leeren Hof, der für ein Haus, in dem Zivilisten wohnten, zu sauber war. In den Ecken türmten sich keine Hinterlassenschaften von Familienleben, es rotteten keine alten Kinderwagen vor sich hin, und an den Wänden lehnten auch keine Fahrräder. Ryan überquerte den Hof bis zur Außentoilette und stieß die Tür auf. Es roch, als wäre sie noch vor kurzem benutzt worden, aber sie war sauber. An einem Dorn neben der Schüssel hingen Zeitungsblätter, auf dem Fußboden stand eine Flasche mit einem Reinigungsmittel.

Er ging weiter zur Rückseite des Hauses. Genau wie die Fenster in der oberen Etage waren auch das Küchenfenster und das Glasfenster in der Tür von innen mit Zeitungspapier beklebt. Er versuchte sein Glück mit dem Türgriff, obwohl er schon wusste, dass es zwecklos sein würde. Dann strengte er sich an, seine Fingerspitzen unter das Schiebefenster der Küche zu bekommen. Es bewegte sich nicht, sondern saß fest im Fensterrahmen. Er vermutete, dass es zugenagelt worden war.

Ryan trat einen Schritt zurück, betrachtete das Gebäude und überdachte seine Möglichkeiten. Er konnte sich unmöglich den Zugang in das Haus erzwingen, ohne dabei Spuren zu hinterlassen. Warum sollte er sich also noch um Zurückhaltung bemühen?

Er nahm seine Walther aus dem Holster und rammte den Griff gegen die Scheibe. Die Splitter schnitten durch die Zeitung und fielen nach innen. Er nutzte den Pistolenlauf, um das restliche Glas und die Zeitung vom Holz zu entfernen, bevor er die Waffe in das Holster zurückschob und in die Öffnung des Fensterrahmens griff.

Er zog sich hoch und kam hinein, kletterte über die Spüle und setzte die Füße auf den Kachelboden. Die kleine Küche roch muffig, nach abgestandenem Essen und früheren Mahlzeiten. Auf dem Herd standen ein paar Töpfe, auf einem Tischchen stapelten sich Teller, die nicht zueinanderpassten. Ein Pappkarton war mit Kartoffeln, Zwiebeln, Kohlköpfen und Karotten gefüllt. An den übermalten Nägeln in den Wänden hingen keine Bilder. Der Fußboden war gefegt worden und die Oberflächen gewischt, aber in den Spinnweben oben am Rand der Zimmerdecke hatte sich Staub gefangen. Es war die Art von Sauberkeit, mit der sich eine Frau vermutlich nicht zufriedengegeben hätte.

Ryan machte sich daran, die Schränke und Schubladen zu öffnen, und stellte fest, dass sie, abgesehen von ein paar Küchenutensilien und Konservenbüchsen, leer waren.

Dann ging er zu der Tür, die zum Wohnzimmer führte, öffnete sie, blieb aber noch einen Moment stehen, um alles auf sich wirken zu lassen.

Im Licht, das an der vor dem Fenster aufgehängten Decke vorbei ins Zimmer fiel, zog zuerst eine über dem Kamin befestigte Korktafel mit ein paar daran gehefteten Fotos seinen Blick an. Bereits von der Türschwelle aus erkannte er mehrere Schwarz-Weiß-Fotografien von Otto Skorzeny. Zwei davon waren Porträtaufnahmen, die übrigen zeigten den Österreicher, heimlich aus der Distanz aufgenommen, in der Stadt oder auf seinem Hof.

Ryan betrat das Zimmer und näherte sich der Korktafel. Er betrachtete die anderen Fotografien. Er kannte ein paar der abgebildeten Personen, andere nicht, aber unter jedem Foto stand ein Name. Hakon Foss, Célestin Lainé, Catherine Beauchamp, Johan Hambro, Alex Renders.

Und bis auf Skorzeny und Lainé waren alle tot.

In der oberen Ecke befand sich ein handgezeichneter Umgebungsplan von Skorzenys Anwesen. Mit roten Linien waren Angriffswege eingezeichnet, und jede war mit einem Namen versehen: Carter, Wallace, Gracey, MacAuliffe.

Vier Namen.

Er hatte nur drei Männer das Haus betreten oder verlassen sehen. Wo war der vierte?

Ryan hielt den Atem an und lauschte.

Es rührte sich nichts.

Wäre jemand im Haus gewesen, hätte ihn das Geräusch des zersplitternden Glases aufschrecken müssen. Er wäre längst gekommen, um nach dem Rechten zu sehen.

Er atmete wieder aus und fuhr fort, zu inspizieren, was an der Tafel aufgehängt war.

Unten rechts befand sich ein Notizzettel.

Alain Borringer

Heidegger Bank

A/C 50664

Unter der Kontonummer war mit dickerem Stift eine Telefonnummer aufgeschrieben. Ryan vermutete, dass es sich um eine Schweizer Nummer handeln musste.

Es war dieselbe Bank, auf der Skorzeny seine Gelder angelegt hatte.

Ryan dachte an Weiss. War er wirklich der, der er zu sein vorgab? Oder mehr als das? Hatte Haughey vielleicht doch recht gehabt? Konnte es sein, dass der Mossad seine Finger im Spiel hatte?

Er ging durchs restliche Zimmer. Blanke Bodenbretter. Gegenüber der Korktafel stand eine Couch. Es gab zwei Lehnstühle, die nicht zusammenpassten, und eine umgedrehte Kiste in der Mitte, die als Tisch herhalten musste. Darauf befand sich eine Schreibmaschine. In einer Ecke stand ein Transistorradio auf dem Fußboden. Ein Telefon gab es nicht.

Ryan ging weiter in den kleinen Flur, kaum größer als ein Quadratmeter zwischen der Vordertür und dem Treppenaufgang. Er stieg die Treppen hinauf. Oben befanden sich drei Türen. Eine stand offen und gab so den Blick auf ein paar Feldbetten mit dünnen Matratzen auf niedrigen Metallrahmen frei, ähnlich wie die Betten, auf denen Ryan während seiner Militärzeit meistens geschlafen hatte.

Er betrat das Zimmer. Der Boden war blank, und wie die Räume unten war auch dieser Raum sauber. Aber hier hing der muffige Geruch von Männerschweiß in der Luft. Jede der Bettdecken lag ordentlich zusammengelegt am Fußende des

Bettes. Obendrauf das Beutelchen mit den Waschutensilien. An der Wand über einem der Betten klebte eine aus einem Magazin ausgeschnittene Fotografie eines nackten Mädchens. Eine Kiste zwischen den Pritschen diente als Tisch. Zwei Seesäcke standen ordentlich in der Ecke.

Der Ort wirkte und roch wie eine Kaserne. Ryan wünschte, es wäre anders, aber er bekam Heimweh nach seinem Quartier in der Gormanston-Kaserne.

Er verließ das Zimmer wieder und ging das kurze Stück bis zur ersten, verschlossenen Tür. Sie öffnete sich nach außen und gab den Blick auf einen Wäscheschrank frei, in dem Handtücher und Bettwäsche lagen.

Außerdem noch vier automatische Gewehre, ein Smith-&-Wesson-Revolver und zwei Browning-HP-Halbautomatik-Pistolen, beide modifiziert, damit man die Schalldämpfer daraufschrauben konnte, die in Öltuch eingeschlagen danebenlagen.

»Jesus«, sagte Ryan.

Er verschloss den Schrank wieder und wandte sich der letzten Tür zu. Sie quietschte beim Öffnen. Das Schlafzimmer war fast wie das andere, von dem Mann abgesehen, der in der Ecke auf einem Feldbett lag. Seine Haut war von einem glänzenden Schweißfilm überzogen, sein rechter Arm war geschient und die Finger waren dunkelrot von Blut.

Der Mann starrte Ryan mit offenem Mund an und versuchte, seinen Blick zu fokussieren.

Ryan sah das Erste-Hilfe-Set auf der Kiste neben dem Bett, die kleine braune Flasche und die Injektionsspritze.

Morphium.

»Hallo«, grüßte der Mann. Er klang undeutlich, als hätte er Watte im Mund.

Er lag mit nacktem Oberkörper da, dünn, das Kinn stoppelig vom Zweitagebart, nicht älter als fünfunddreißig. Auf der Innenseite seines rechten Unterarms befand sich ein kleiner Blutfleck – die Spur eines Einstichs.

Ryan nahm die Walther aus dem Holster und hielt sie an seiner Seite.

Der Mann lachte. An seinem Mundwinkel bildeten sich Speichelbläschen. »Wofür soll die denn gut sein?«

Er hatte einen schottischen Akzent – vielleicht stammte er aus Glasgow –, aber seine Aussprache war durch das Morphium zu verwaschen, um es genau zu sagen.

»Nur um sicherzugehen«, sagte Ryan, »sind Sie Gracey oder MacAuliffe?«

Er runzelte die Brauen. »Was ist hier los? Wer ... Wo ist mein ...?«

Ryan trat ins Zimmer und setzte sich gegenüber von dem Mann aufs Bett. »Wie heißen Sie?«

»Tommy«, antwortete er. »Meine Mam wollte mich James nennen, aber mein alter Herr hat gesagt: ›Nein, das ist Tommy.‹ Ich habe Durst.«

Auf der Kiste stand ein halb gefüllter Becher mit Wasser. Ryan nahm ihn, setzte ihn Tommy an die Lippen und ließ ihn trinken, bis er sich verschluckte. Er spuckte das Wasser über seine nackte Brust.

Ryan stellte den Becher wieder auf die Kiste. »Was ist mit Ihrem Arm passiert?«

Tommy schaute hinunter auf die Armschienen, auf die gelb und lila gefärbte Haut und das Blut. Seine Augen weiteten sich, als wäre er sich vorher seiner Verletzung gar nicht bewusst gewesen.

»Ich bin hingefallen.«

»Wo?«

»Im Wald. Ich bin gelaufen und hingefallen. Es tut verdammt weh.«

»Auf Otto Skorzenys Hof?«

Tommy grinste. »Er hat sich vor Angst fast in die Hosen gemacht.«

Ryan erwiderte sein Grinsen. »So ist es recht.«

»Wir werden richtig reich, Jungs.«

Ryan spürte, wie ihm das Lächeln erstarb. »Ja, werden wir.«

Er erinnerte sich an die Kontonummer, die unten auf den Notizzettel gekritzelt war.

Tommy versuchte, sich aufzurichten. »Habt ihr den Brief abgeschickt?«

»Ja.«

»Und was hat er gesagt?«

Ryan fragte sich, wie lange er Tommy wohl noch täuschen könnte. »Er hat noch nicht geantwortet. Was stand noch mal in dem Brief?«

Tommy grinste und wedelte mit dem Zeigefinger seiner linken Hand in Ryans Richtung.

»Ah, das weißt du.« Dann tippte er mit demselben Finger seitlich gegen seine Nase. »Du weißt schon, Junge.«

»Weiß ich nicht. Sag's mir.«

»Das Gold.« Tommy verzog mürrisch das Gesicht, als redete er mit einem Kind, das sich absichtlich dumm stellt. »Das verdammte Gold.«

»Wie viel Gold?«

»Millionen, verdammt. Wir werden alle stinkreich sein.«

Ryan stand auf. In ihm rotierte es. Draußen tönten die Schlachtengesänge aus dem Stadion durch die Straßen.

Wenn die drei anderen Männer zurückkehrten, würden sie das zerbrochene Fenster sehen und begreifen, dass ihr Versteck aufgeflogen war. Sie würden sich mit Sicherheit absetzen. Ihre paar Habseligkeiten würden in den Lieferwagen passen. Sie würden sie einfach aufladen und wegfahren. Ryan schätzte, dass sie das Haus binnen fünf Minuten räumen könnten.

Um wohin zu ziehen?

Sie würden ihre Mission nicht abbrechen und fluchtartig das Land verlassen, dessen war sich Ryan gewiss. Es war schon zu viel Blut vergossen worden, um jetzt noch aufzuhören.

Er überlegte.

Hätte Ryan die Aktion geplant, dann gäbe es einen Plan B. Ein anderes Haus in einem anderen Stadtteil. Dorthin würde er sich zurückziehen, so schnell es ging.

Eine Woge lähmender Furcht erfasste ihn. Er war mit seinem Latein am Ende. Er hätte Weiss erzählen sollen, was er wusste, und dem Mossad-Agenten das Feld überlassen.

Ryan wusste ganz genau, was der Israeli getan hätte, wäre er hier gewesen. Er hätte den Verwundeten exekutiert, sich auf die Lauer gelegt und die anderen bei ihrer Rückkehr umgebracht. Damit wäre die Geschichte erledigt gewesen. Ryan hätte Skorzeny und Haughey melden können, dass die Bedrohung nicht mehr existierte.

Alles erledigt, einfach so.

War Ryan dazu imstande? Er hatte schon Männer getötet. Mehr als er zählen konnte. Aber das war im Krieg gewesen. Konnte er Männer umbringen, nur weil sie gierig waren?

Nein, das konnte er nicht.

Doch, er konnte es.

Ryan packte den Ladeschlitten der Walther und lud durch. Er zielte Tommy mitten auf die Stirn.

Tommy starrte zu ihm hinauf, und seine Augen waren plötzlich klar.

»Nein«, sagte er, und seine Stimme klang brüchig und dünn wie Papier.

Ryan drückte leicht auf den Abzug, spürte den Widerstand.

»Nein, bitte.«

Schwindel erfasste Ryan. Er schaute weg, atmete durch die Nase ein und durch den Mund wieder aus. Noch einmal brandete der Lärm vom Stadion herüber.

»Gott, bitte nicht.«

Ryan dachte an Celia und an ihren warmen Körper an seinem.

»Jesus«, sagte er.

Er nahm die Pistole weg. Seine Hand zitterte.

Tommys Brust hob und senkte sich. Er wandte den Blick nicht von Ryan ab.

»Danke!«, sagte er.

Ryan wollte antworten, obwohl er nicht wusste, was er dem Mann sagen sollte, als ihm das Geräusch eines Schlüssels im Schloss das Blut in den Adern gefrieren ließ.

Unten wurde eine Tür aufgestoßen und schlug dabei gegen die Wand.

Ein hartes Zischen, der Befehl, zu schweigen.

Ryan schaute zu Tommy, legte die Finger auf seine Lippen. *Psst.*

Er ging zur Schlafzimmertür, achtete auf das Knirschen der blanken Fußbodenbretter. Dann trat er hinaus in den kleinen

Flur, spähte über das Geländer und lauschte. Er hörte nichts als den Lärm der Menschenmenge draußen in den Straßen.

Dann sah er, wie sich ein Schatten über das kleine Stück Wohnzimmerfußboden bewegte, das er von oben im Blick hatte.

Ryan trat zurück ins Schlafzimmer.

Tommy rief: »Hier oben! Er ist hier oben!«

Ryan schloss die Tür und schob den kleinen Riegel vor.

Auf den Stufen polterten schnelle Schritte.

Ryan zerschlug die Fensterscheibe mit dem Pistolengriff, wischte, um die Splitter zu entfernen, einmal innen mit dem Lauf um den Rahmen und steckte die Walther wieder in das Holster, bevor er ein Bein durch das Fenster streckte. Die Tür bebte in ihrem Rahmen. Einmal, zweimal.

Ryan brachte sein anderes Bein durch die Öffnung und ließ seinen Körper folgen. Er sah die Tür nach innen splittern, und im selben Moment, als Carter durch die Tür hechtete, ließ er sich vom Fensterbrett nach unten auf den Boden fallen.

Das Pflaster erwischte ihn hart, zuerst seine Knöchel, danach die Schulter, als er seitlich stürzte. Ryan schrie, rollte sich auf den Bauch und rappelte sich hoch, als er hörte, wie ein Schlüssel ins Schloss der Vordertür gesteckt wurde.

Er rannte.

Hinter ihm wurde die Tür geöffnet, und auf der Straße konnte man das Knallen von Schritten hören. Ryan duckte sich nach links und rechts und hielt den Kopf unten.

»Da ist er«, hörte er. »Hol ihn dir!«

Die Schritte hämmerten auf den Straßenbelag. Ryan bog rutschend nach rechts ab und rannte in den Schatten unter der Eisenbahnbrücke.

Dann weiter geradeaus, zur Holy Cross Avenue und seinem Auto.

Er legte sich ins Zeug, noch heftiger als zuvor und mit rudernden Armen. Ein kurzer Blick über die Schulter ... es war kein Verfolger zu sehen. Das Blattgrün der Avenue war zum Greifen nah. Er rannte.

Jetzt hörte er Schritte. Von einem Paar Füßen, wie es ihm schien. Sie knallten hinter ihm auf den Asphalt. Er ignorierte seinen Verfolger, hielt das Tempo, überquerte die Clonliffe Road und lief in die Avenue hinein, wo sein Wagen nur noch wenige Meter entfernt stand.

Ryan hechtete zu dem Vauxhall. Den Schlüssel hielt er schon in der Hand. Er schloss die Tür auf, sprang in den Wagen, rammte den Schlüssel ins Zündschloss, drehte und hielt, bis sich der Anlasser drehte und der Motor endlich ansprang. Vor ihm lag eine Sackgasse, also würgte er die Schaltung in den Rückwärtsgang und trat das Gaspedal durch.

Sein Verfolger, Wallace, sprang rasch zur Seite, versuchte aber, nach dem Türgriff zu greifen, als Ryan an ihm vorbeifuhr. Er kämpfte mit dem Steuer, als er mit zunehmender Beschleunigung auf das Ende der Straße zu fuhr, und verrenkte sich den Hals, weil er durch die Heckscheibe auf die Straße schaute.

Er rammte den Fuß auf die Bremse, als der Bedford in die Gasse der Avenue einbog und ihm den Weg versperrte.

Das Fahrwerk seines Wagens ächzte, als er stoppte.

Wallace war schon neben ihm, auf der Fahrerseite. In der Hand hielt er eine Browning. Er schlug gegen das Glas, bis es barst und sich die Splitter über Ryan ergossen. Ein Pistolenlauf presste sich gegen Ryans Stirn.

»Keine Bewegung«, sagte Wallace.

44. KAPITEL

Haughey fuhr mit der Zungenspitze über die Lippen. Seine Brauen bildeten eine tiefe Furche auf der Stirn, als er den Brief las.

Er lachte kurz auf.

»Diese dreisten Mistkerle«, sagte er.

Skorzeny war als Erstes in die Stadt gefahren. Trotz des Montagmorgens war nicht viel Verkehr, so dass er kaum Zeit vergeudet hatte. Im Büro des Ministers musste er jedoch fast vierzig Minuten warten, bis Haughey endlich auftauchte. Seine Augen waren noch aufgequollen, und er war schlecht rasiert, als wäre er in Eile gewesen.

»Meinen die das ernst?«

Skorzeny unterdrückte ein Stöhnen. »Herr Minister, die haben sehr viele Männer umgebracht, bis sie an diesen Abschnitt ihres Plans gekommen sind. Deshalb, ja, wir dürfen wohl davon ausgehen, dass sie es ernst meinen.«

»Heiliger Jesus!« Haughey schnaufte und schüttelte den Kopf. »Die haben vielleicht Nerven. Anderthalb Millionen Dollar in Gold. Wie viel ist das in britischen Pfund? Nein, sagen Sie es nicht, verdammt, sonst kommen mir noch die Tränen.«

Skorzeny nahm seine Kaffeetasse vom Schreibtisch, trank einen Schluck von dem bitteren Gebräu und stellte die Tasse wieder auf ihren Platz zurück. »Es ist jedenfalls eine beträchtliche Summe.«

Haughey warf ihm einen abschätzenden Blick über den Rand des Papiers zu. »Hätten Sie dafür überhaupt genügend Mittel zur Verfügung?«

»Darum geht es nicht, Herr Minister.«

»Verdammt, worum geht es denn sonst?« Haughey ließ den Brief auf den Schreibtisch fallen.

Skorzeny griff nach dem Papier. »Bitte achten Sie auf Ihre Wortwahl, Minister. Sie beleidigen mich.«

»Sie können mich mal«, erwiderte Haughey. Speichel flog aus seinem Mund. »Das hier ist mein Büro. Wenn Ihnen meine Ausdrucksweise nicht gefällt, dann können Sie mich kreuzweise.«

Die Fasern des Papiers kratzten unter Skorzenys Fingerspitzen. Er spürte sein Gewicht, die schwere Tinte auf dem Blatt. Er las den Brief jetzt zum hundertsten Mal.

SS-Obersturmbannführer Skorzeny
Sie konnten unsere Arbeit begutachten. Sie haben gesehen, wozu wir imstande sind. Sie haben gesehen, dass wir Sie erwischen können.

Der Preis für Ihr Leben beträgt 1 500 000 US-Dollar in Kilogrammbarren Gold, lieferbar in Kisten von jeweils fünfzehn Kilogramm.

Wenn Sie kooperieren wollen, schalten Sie eine Kleinanzeige in der Irish Times für Constant Follower, und zwar spätestens fünf Werktage ab dem Datum dieses Briefes. Falls bis dahin keine Anzeige geschaltet ist, werden Sie an dem Ort und auf die Weise sterben, die wir für Sie bestimmen.

Sobald Sie das Zeichen Ihrer Bereitschaft zur Kooperation veröffentlicht haben, werden wir uns auf anderem Wege mit Ih-

nen in Verbindung setzen, um Sie wegen der Übergabemodalitäten zu instruieren.

Ihr Leben hängt an einem seiden Faden, SS-Obersturmbannführer Skorzeny. Stellen Sie uns nicht auf die Probe. Versuchen Sie nicht, davonzulaufen. Wir erwischen Sie genauso gut in Spanien oder in Argentinien. Sie sind an keinem Ort der Welt mehr sicher.

Hochachtungsvoll

Als Karikatur einer Unterschrift zierte ein großes, handgemaltes »X« das Blatt.

»Und?« Haughey beugte sich vor und stützte die Ellenbogen auf den Schreibtisch. »Werden Sie bezahlen?«

»Vielleicht.« Skorzeny faltete das Blatt an den Falzkanten zusammen und legte es neben die Kaffeetasse auf den Schreibtisch. »Vielleicht auch nicht.«

»Sie denken doch nicht etwa daran, nein zu sagen, oder? Mein Büro hat getan, was in seiner Macht stand, um Sie zu schützen, aber alles hat seine Grenzen. Diese Burschen sind hinter Ihnen her, und ich kann nichts dagegen tun.«

Skorzeny nahm noch einen Schluck Kaffee. »Herr Minister, Sie müssen verstehen, dieser Brief ändert unsere Situation grundlegend.«

Haugheys Augenbrauen wanderten zur Stirn. »Das will ich meinen.«

»Nur vielleicht nicht so, wie Sie denken.«

Der Minister hob die Handflächen. »Klären Sie mich auf.«

»Bis mich dieser Brief erreichte, glaubten wir, dass wir es mit Fanatikern zu hätten, mit Zeloten, religiösen Eiferern, Männern, die von irgendeinem fehlgeleiteten Ideal ausgingen. Aber jetzt wissen wir, dass es einfache Gier ist, die sie antreibt. Jetzt wissen wir, dass es Diebe sind.«

Haughey zuckte mit den Schultern. »Und?«

Skorzeny hatte schon vorausgesehen, dass ihn der Politiker nicht verstehen würde. Charles J. Haughey redete zwar von Ideen, Träumen und edlen Zielen, aber wie bei den meisten Männern, die auf Macht aus sind, waren diese Worte nur ein Deckmäntelchen, unter dem sich seine wahre Natur verbarg.

»Mit Fanatikern kann man nicht vernünftig reden.« Skorzeny sprach langsam und mit wohl erwogenen Worten, um sicherzustellen, dass ihre Bedeutung bis in Haugheys Schädel vordrang. »Einem Terroristen ist egal, was aus ihm wird. Mit so einem kann man nicht verhandeln. Man kann ihn nicht kaufen. Entweder kriegt er, was er will, oder er stirbt. Einen anderen Weg gibt es nicht. Aber mit einem Dieb kann man verhandeln. Einen Dieb kann man kaufen. Einem Dieb bedeutet sein Leben mehr als seine Ehre.«

»Also wollen Sie mit ihnen verhandeln? Sie wollen mir allen Ernstes weismachen, dass Sie mit diesen Schweinen feilschen wollen?«

»Nein, Herr Minister. Sie haben ihren wunden Punkt offenbart. Das werde ich mir zunutze machen, um sie zu erledigen.«

Haugheys Gesicht schien zu gefrieren, wurde ausdruckslos, als ob er für einen Augenblick die Kontrolle über die Maske verloren hätte, die er sonst zeigte.

»Oberst Skorzeny, meine Nachsicht hat Grenzen. Ich werde nicht zulassen, dass Sie in meinem Land einen verdammten Krieg anfangen. Falls Sie beabsichtigen, es mit diesen Kerlen aufzunehmen und gegen sie zu kämpfen, dann steigen Sie am besten in ein Flugzeug nach Madrid und versuchen, bei

Franco Unterstützung zu finden. Ich werde mich nicht auf so etwas einlassen, das können Sie sich gleich abschminken.«

Skorzeny lächelte. »Hören Sie, Herr Minister, es besteht keine Veranlassung, einen solchen Ton anzuschlagen. Dieses Problem kann mit Ihrer Hilfe aus der Welt geschafft werden. Und mit der Hilfe Ihres Lieutenants Ryan.«

Haughey richtete sich in seinem Sitz auf. Leben kehrte in seine Mimik zurück. »Ja, Ryan. Der ist noch nicht wieder aufgetaucht.«

»Natürlich nicht.«

»Mit diesem Bastard werde ich ein Hühnchen rupfen, sobald ich ihn in die Finger kriege. Ich werde ihm so in den Arsch treten, dass er das Leder meines Schuhs schmeckt.«

Skorzeny stand auf, nahm den Brief vom Schreibtisch und ließ ihn in seine Tasche gleiten. »Lieutenant Ryan wird schon noch zurückkehren. Er weiß mehr, als er uns erzählt hat. Er ist ein scharfsinniger Mann – und gefährlich. Ich werde ihn selbst verhören.«

Haughey lehnte sich in seinem Sessel zurück. »Ihn verhören?«

»Auf Wiedersehen, Herr Minister.«

Skorzeny ging zur Tür. Er griff zur Klinke, drückte sie und lächelte die Sekretärin im Vorzimmer an.

Von hinten rief Haughey: »Oberst!«

Skorzeny drehte sich um. »Ja, Herr Minister?«

»Ein Terrorist oder ein Dieb.« Der Politiker lächelte süffisant. »Was von beidem sind Sie?«

Skorzeny erwiderte das Lächeln.

»Beides«, antwortete er.

45. KAPITEL

Ryan blinzelte in die Dunkelheit. Etwas hatte ihn aufgeschreckt. Seine Augenlider waren feucht. Die Kälte des Fußbodens war ihm in den ganzen Leib gezogen, er spürte sie bis in die Kieferknochen. Seine nackte Schulter und seine Hüfte schmerzten von der Kälte des gestampften Lehmbodens. Er betastete mit den Fingern der rechten Hand seine Gesichtszüge, als wollte er sich durch die Berührung versichern, dass er noch lebte.

Wie lange war er schon hier?

Die Stoppeln an seinem Kinn kratzten stärker unter seinen Fingerspitzen als zuvor.

Mindestens einen Tag. Vielleicht sechsunddreißig Stunden.

Ryan kramte in seinem Hirn nach Erinnerungsfetzen, fügte sie zusammen und brachte sie in die richtige Reihenfolge.

Wallace hatte ihn aus dem Wagen gezerrt und ihm den Lauf der Browning fest in den Rücken gepresst. Die hintere Tür des Lieferwagens hatte sich geöffnet und ihn verschluckt. Dann wurde es dunkel, weil etwas über seinen Kopf gestülpt wurde.

Dann schlugen sie ihn.

Zuerst hinten im Lieferwagen. Unbeholfene Stöße, wütende Fäuste und Füße landeten auf seinem Körper, seinem Kopf, seinen Schenkeln und in seinem Bauch. Er hatte Blut geschmeckt. Er hatte gewürgt, als es ihm die Kehle hinunterfloss, hatte gehustet und gespürt, wie das Material, das sein Gesicht bedeckte, heiß und feucht wurde.

Irgendwer, irgendwas hatte ihm die Hände hinter dem Rücken fixiert. An seiner Schläfe war eine Bombe eingeschlagen. Alles summte, eine Welle von Schmerz riss ihn mit sich fort. Es knallte noch einmal, und dann folgte ein schwarzes Nichts, ein zähes schwarzes Nichts.

Danach hatte er nur noch vage Erinnerungsfetzen. Er wurde aus dem Lieferwagen gezerrt, sein Kopf war noch immer verhüllt, es ging über Gras, dann in ein Gebäude hinein, das einen Holzfußboden hatte.

Man riss ihm die Kleider vom Leib. Peitschte ihn aus, mit einem Lederriemen, vielleicht einem Gürtel, schlug seinen nackten Rücken und sein Gesäß.

Dann wurde wieder alles schwarz, und einen Moment lang war alles schwerelos, bevor ihm auf dem Boden alle Sinne schwanden.

Er wachte an derselben Stelle auf, an der er hingeschlagen war. Er hatte den Baumwollsack vom Kopf gezogen und sich umgeschaut, konnte aber in der konturlosen Dunkelheit nichts erkennen. Auf Händen und Füßen hatte er die Ausmaße des Raumes erkundet, den Lehmboden, die Feuchtigkeit der Ziegelwände.

Aber eine Tür hatte er nicht entdecken können.

Irgendwann, Minuten, vielleicht auch Stunden später, war er eingeschlafen. Und wurde von einem Geräusch geweckt, an das er sich nicht erinnern konnte.

Da … Ein Schlüssel drehte sich im Schloss.

Ryans Blicke suchten fieberhaft links und rechts nach der Tür, die seine Hände nicht gefunden hatten.

Es quietschte, Licht fiel ein.

Er kämpfte gegen seine Verwirrung und die Orientierungslosigkeit, bis er hochsah und den Türeingang bemerkte, der eigenartigerweise zweieinhalb Meter über dem Boden schwebte. In dem schummrigen Licht erkannte er eine Zickzacklinie auf dem ausgewaschenen Kalkanstrich der Wand. Es waren die Spuren einer Treppe, die man entfernt hatte, um diesen Keller in ein Verlies zu verwandeln.

»Er ist wach.«

Ryan erkannte Wallace' südafrikanischen Akzent.

Eine Leiter wurde heruntergelassen, bis ihre Beine auf dem Boden vor ihm auftrafen. Er schaute wieder nach oben zum Türrahmen. Wallace hielt die Browning mit dem Schalldämpfer in der Hand und zielte auf Ryan.

»Aufstehen.«

Ryan richtete sich auf den Knien auf. In seinem Magen breitete sich ein Schwindel aus und strömte bis in seinen Kopf. Er würgte und erbrach sich auf den Boden.

»Hoch!«, sagte Wallace.

Ryan hievte sich hoch, schwankte seitlich und fand sein Gleichgewicht. Er bedeckte seine Genitalien mit seiner linken Hand und fühlte sich wie ein Kind, das man bei etwas Verbotenem erwischt hatte.

»Nach hinten an die Wand.«

Ryan gehorchte und behielt dabei Wallace im Auge, bis das kalte, feuchte Mauerwerk gegen seine Schultern drückte. Er hustete und zitterte.

Wallace richtete die Pistole weiter auf Ryan und trat einen Schritt zur Seite, damit Carter vorbeigehen, sich umdrehen und die Leiter hinunterklettern konnte. Der große Mann folgte ihm; schließlich schob Wallace die Browning in seinen Gürtel und folgte ihnen in den Keller.

Die drei Männer standen mit versteinerten Gesichtern vor Ryan.

Unten zog Wallace wieder die Pistole, packte sie beidhändig und richtete sie mit dem Finger am Abzug auf Ryan.

»Einen Schritt nach vorn«, sagte Carter.

Ryan gehorchte.

»Hände hinter den Kopf.«

Ryan schnappte nach dem bisschen Luft, das noch im Raum übrig war. Er legte seine Finger an den Haaransatz und spürte, wie sich seine Hoden in der Kälte zusammenzogen.

Wallace grinste. Der große Mann schaute immer noch in Ryans Gesicht.

»Beine auseinander«, befahl Carter.

Ryan rutschte mit den Füßen über die gestampfte Erde und spannte schon die Bauchmuskeln an, weil er wusste, was nun folgen würde.

Carter ließ ihn darauf warten. Das einzige Geräusch im Raum stammte von der Luft, die durch Ryans Lungen zirkulierte. Dann holte Carter weit aus und schwang seinen Stiefel aufwärts.

Ein Schlag ins Fleisch, gefolgt von einem tauben Gefühl in Ryans Leiste. Die Hitzewelle kam hinterher, der Druck in seinem Darm, das geschmolzene Blei in seinem Magen. Die Knie sackten ihm weg, und er schlug auf den Boden. Seine Eingeweide verkrampften, Galle stieg in seinen Mund auf und drang ihm aus den Nasenlöchern. Er hustete sie aus. Ein anhaltendes Stöhnen gurgelte durch seine Kehle.

Carter und der große Mann machten sich an die Arbeit. Sie

waren nicht so wütend wie zuvor, als sie ihn verprügelt hatten. Diesmal fügten sie Ryan mit gezielten Schlägen, ihren harten Knöcheln und mit Stiefeltritten an den empfindlichsten Stellen seines Körpers Schmerzen zu.

Sie stellten keine Fragen, und er schrie, bis ihm die Stimme wegbrach. Nach einiger Zeit hatte sich Ryans Bewusstsein so weit von ihm gelöst, dass der Schmerz zu jemand anderem zu gehören schien, als wäre es ein anderer, der blutend in irgendeinem Keller über die Erde kroch.

Ryan kam wieder zu sich und verlor sich dann wieder in der bewusstlosen Dunkelheit, die nur verebbte, um wieder neuen Schmerz in sein Bewusstsein vorzulassen. Er lag bewegungslos da, hörte den eigenen Herzschlag und das Dröhnen in seinen Ohren. Wenn es gar nicht anders ging, atmete er ein.

Seine Flanken und sein Rücken schrien. Die Schreie drangen als Wimmern aus seinem Mund, und sein Bewusstsein zog sich in die Dunkelheit zurück.

Die Zeit schmolz zusammen. Ganz am Rande registrierte Ryan, dass er in etwas Kaltem, Feuchten lag. Es roch säuerlich. Er wusste, dass es sein eigener Urin war, in den sich der Geruch seines Blutes mischte. Die Vorstellung, dass er in seinem eigenen Dreck lag, trieb ihn dazu, sich zu bewegen. Er mühte sich ab, um sich auf die Ellenbogen und seine Knie aufzurichten. Jede Bewegung wurde sofort mit neuen, stechenden Schmerzen bestraft.

Er kroch einen Meter und lag dann wieder flach auf dem Boden. Seine zitternden Gliedmaßen konnten ihn nicht weitertragen. Als sich das Zittern und die Benommenheit etwas gelegt hatten, kroch er weiter, bis er die Wand mit seinen Fingerspitzen berühren konnte. Dort legte er eine Pause ein. Er wusste nicht, wie lange sie gedauert hatte, als er danach dem Mauerwerk bis in die Ecke folgte.

Dort angekommen, hockte er sich hin und presste seinen Rücken in den Winkel, den die Wände bildeten.

Er zischte durch die Zähne, wenn sich der stechende Schmerz zwischen seinen Beinen verströmte und würgte, wenn der Geruch zu ihm aufstieg. Wenn ihn der Schwindel zu überwältigen drohte, drückte er seine Hände gegen die Wände, um sich abzustützen, und war verzweifelt bemüht, nicht das Bewusstsein zu verlieren und in seine eigenen Exkremente zu sinken.

Entleert und erleichtert, entfernte sich Ryan kriechend so weit wie möglich von der Stelle, bis schließlich seine Arme und Beine ihren Dienst versagten. Der raue Lehm streifte seine Wange. Er sank auf den Boden.

Während sein Bewusstsein wieder in die Schwärze stürzte, schwor Ryan, dass er sie alle umbringen würde.

Das Licht brachte ihn wieder zu sich.

»Jesus, stinkt der Kerl!«

Ryan schaute hoch und erkannte verschwommen Wallace in der Tür. Der Mann, der in die Hocke gegangen war, hielt etwas in der Hand. Aber es war keine Pistole, sondern etwas anderes.

»Steh auf«, sagte Wallace.

Ryan kam auf die Füße und biss die Zähne zusammen, als der Schmerz durch seine Leisten und seinen Rumpf schoss. Er blinzelte und versuchte, deutlicher zu erkennen, was Wallace in der Hand hatte. Er begriff, um was es sich handelte, als ihn ein Strahl kalten Wassers traf.

Er heulte im ersten Moment unwillkürlich auf, als ihn der

Schwall kalten Wassers erreichte. Er taumelte rückwärts und stürzte.

»Zurück!«, befahl Wallace und schüttelte den Schlauch so, dass das Wasser über Ryans Körper peitschte.

Ryan kroch nach vorn und richtete sich wieder auf. Er zog die Schultern hoch und machte einen Buckel, um sich vor der Kälte zu schützen, als Wallace das Wasser über seinen Körper spritzte.

»Umdrehen.«

Ryan folgte dem Befehl und spürte, wie das kalte Wasser gegen seinen Rücken prasselte. Wallace konzentrierte den Strahl auf Ryans Hintern und seine Oberschenkel, um die angetrockneten Exkremente abzuspülen.

»Dreckiger Bastard«, sagte er. »Hier, hast du was zu trinken.«

Ryan drehte sich wieder zum Türrahmen. Er öffnete den Mund und schnappte nach dem Strahl, wobei er mehr Luft als Wasser schluckte. Er hustete und krümmte sich, als die Krämpfe seinen Körper zu zerreißen drohten.

Dann verebbte der Wasserstrom. Ein Blecheimer schepperte auf den Boden und rollte über den aufgeweichten Lehm.

»Nimm den beim nächsten Mal.«

Etwas Kleines, Festes prallte gegen Ryans Brust und fiel zu Boden. Er schaute in die Pfütze, die sich um seine bloßen Füße gebildet hatte. Da lag ein Schokoriegel.

»Iss das. Mehr gibt es nicht.«

Dann schloss sich die Tür, und es wurde schlagartig stockfinster. Ryan zitterte vor Kälte am ganzen Körper. Er kniete sich auf die feuchte Erde, fuhr suchend mit den Fingern über den glitschigen Boden und fand den Schokoriegel.

Er aß wie ein Blinder in völliger Finsternis und schluckte, trotz der Schmerzen, die es ihm bereitete.

Sie schlugen ihn wieder, Carter und der große Mann, während Wallace die Pistole auf ihn gerichtet hielt.

Jedes Mal, wenn Ryan die Sinne schwanden, brachte ein harter Schlag ihn wieder zurück. Carters Handfläche hinterließ brennende Spuren auf Ryans Wangen. Sie war der Anker, der ihn wach und in der Welt der Schmerzen hielt.

Als sie mit ihm fertig waren, kauerte sich Carter über Ryans zitternden Körper. Er streckte die Hand aus und krallte sie in Ryans Haare.

»Ruh dich aus, Junge. Morgen werden wir beide uns einmal unterhalten und diese Sache klären. Jetzt hast du erst mal Zeit, gründlich darüber nachzudenken, was du mir erzählen wirst. Denn wenn du mir nicht erzählst, was ich hören will, dann wird dir alles Bisherige vorkommen, als hätten wir dich durchgekitzelt. Verstanden?«

Mit seiner freien Hand verpasste Carter Ryan eine letzte Ohrfeige.

»Guter Junge«, sagte er und ließ Ryans Haar los.

Dann richtete er sich auf und ging zur Leiter. Wallace und der große Mann folgten ihm hinauf zur Türöffnung. Der große Mann zog hinter ihnen die Leiter hoch und verschloss die Tür.

Ryan weinte in der Dunkelheit.

46. KAPITEL

Skorzeny nahm einen letzten Zug von der Zigarette und drückte sie in dem Kristallaschenbecher aus. Er hörte, wie am anderen Ende der Telefonleitung eine Zeitung raschelte.

»Hier steht es«, erklärte Haughey. »Genau so, wie Sie es geschrieben haben.«

»Damit wäre die Sache erledigt«, sagte Skorzeny.

»Es gefällt mir nicht. Diese Burschen sind gefährlich, und Sie reizen sie noch.«

»Ich spiele einfach nach ihren Regeln. Gier ist ihr schwacher Punkt. Gier wird ihr Ende sein.«

»Ich bete, dass Sie recht haben«, sagte Haughey.

Skorzeny lächelte. »Herr Minister, ich habe mich noch nie geirrt.«

Er legte den Hörer auf die Gabel.

Haughey schien zu glauben, es wäre das erste Mal, dass jemand versuchte, Skorzeny zu erpressen. In den achtzehn Jahren seit Kriegsende hatten das schon etliche Leute versucht, aber keiner war damit durchgekommen. Genaugenommen hatte es keiner überlebt.

Obwohl Luca Impelliteri seinem Tod fast entgangen wäre. Aber nur eben fast.

Für Skorzeny und die übrigen Gäste Francos war eine Tour ins römische Amphitheater Tarragonas arrangiert worden, das bereits seit einem Jahrzehnt restauriert wurde. Der Bürgermeister selbst fungierte als Führer. Die Gäste kletterten über die bogenförmig angeordneten Sitzreihen, die vor achtzehn Jahrhunderten errichtet worden waren und von denen aus die wohlhabenden Bürger aus der Region Gladiatorenkämpfe oder Christenverbrennungen verfolgt haben mochten.

Nicht weit von dem Hotel, in dem Francos Gäste untergebracht waren, klammerte sich die Ruine des Amphitheaters an den Rand einer Felsklippe. Hinter seiner östlichen Mauer ging es steil hinunter ins Meer.

Der Bürgermeister unterbrach plötzlich seinen Vortrag über die Laster und Tugenden der Römer, streckte den Finger vor und schrie: »Sie, ja, Sie da!«

Eine zierliche junge Frau, mit beeindruckenden Kurven und in Shorts, drehte sich beim Klang seiner Stimme um. »Meinen Sie mich?«

»Ja, Sie!«, rief der Bürgermeister. »Wer hat Sie hier hereingelassen? Dieser Abschnitt ist nicht für Besucher geöffnet.«

Sie verzog das Gesicht. »Tut mir leid. Das wusste ich nicht.«

Ihr Spanisch hatte einen Akzent, vielleicht französischen Ursprungs.

»Jetzt wissen Sie es!«, rief der Bürgermeister. »Verschwinden Sie hier!«

Skorzeny schaute zu, wie sie die steinernen Sitzreihen hinabstieg, von einer Bank zur nächsten hüpfte und dabei die Arme zum Balancieren ausstreckte. Als sie an Luca Impelliteri vorbeikam, rutschte sie aus. Bevor sie in die Grube der Gladiatoren hinunterfallen konnte, fing er sie auf. Er packte sie an ihrer schmalen Taille, und dann rutschten seine Hände bis unter ihre vollen Brüste, als er sie hochzog.

Sie lächelte ihn an, bedankte sich und legte ihre Hände auf seine.

»War mir ein Vergnügen«, antwortete er.

Skorzeny richtete seine Aufmerksamkeit wieder auf den Bürgermeister, der mit seinem ermüdenden Vortrag fortfuhr.

Beim Dinner am Abend desselben Tages hatte das Mädchen mit dem französischen Akzent den Platz der jungen Spanierin an Impelliteris Seite eingenommen. Sie lachte über seine Witze, ließ ihre Hände unter den Tisch wandern und vermied jeden Blickkontakt mit Skorzeny.

Als Mitternacht vorüber war, stand Skorzeny mit offenem Hemd auf dem kleinen Balkon seines Hotelzimmers und genoss die Brise auf seiner nackten Brust und seinem Bauch. Er zog an seiner Zigarette und fragte sich, ob Luca Impelliteri immer noch lebte. Ein Krachen und ein Schrei aus dem Stockwerk über ihm unterbrachen plötzlich seine Gedanken.

Er blieb ruhig und lauschte.

Schreie, zerberstendes Glas, eine Tür, die zuschlug.

Dann noch mehr Stimmen. Alarm! Hilfeschreie. Jemand schrie, man solle sie aufhalten, sie würde fliehen.

Skorzeny schnürte es die Kehle zu. Er schnippte die Zigarette über die Balkonbrüstung und knöpfte sein Hemd zu, bevor er zur Tür ging. Als er sie öffnete, sah er andere Gäste, die in den Flur hineinspähten. Ihre Augen waren von Alkohol und Schlaf dunkel umrandet.

»Was ist denn hier los?«, erkundigte sich ein Mann auf Englisch.

»Ich weiß nicht«, erwiderte Skorzeny. »Vielleicht hat jemand zu viel Champagner getrunken.

Der Engländer grinste und nickte.

Dann ertönten Stimmen aus dem Treppenhaus am Ende des Flurs, Schüsse und der Todesschrei des Mädchens.

47. KAPITEL

»Zurück an die Wand!«, befahl Wallace.

Ryan gehorchte. Er ging sehr vorsichtig. Seine Eingeweide schienen sich bei jedem Schritt zusammenzukrampfen.

Er schützte mit der Hand seine Genitalien, die noch sehr empfindlich waren.

Die Leiter berührte den Fußboden.

Ryan wartete, bereit, jeden anzugreifen, der sich ihm nähern würde.

Aber es kam keiner.

Carter erschien im Türrahmen.

»Raufkommen«, sagte er.

Ryan blinzelte ihn an.

»Komm schon. Du bist dran.«

Ryan schüttelte den Kopf. »Nein.«

Carter gab Wallace ein Zeichen. Wallace hob die Browning und zielte. Die Pistole spuckte Feuer. Der Knall wurde vom Schalldämpfer erstickt. Vor Ryans Zehen spritzte die Erde auseinander. Reflexartig sprang er zur Seite. Wallace kicherte.

»Keine Spielchen«, sagte Carter. »Rauf hier. Jetzt.«

Ryan schleppte sich zur Leiter. Er griff die Holme mit beiden Händen, setzte einen Fuß auf die zweite Sprosse und zog sich hoch. Noch eine Sprosse und noch eine. So lange, bis er aufhören musste. Die Anstrengung verursachte stechende Schmerzen in seinem Rumpf. Ihm wurde schummerig, und er drückte sich eng an die Leiter, um nicht auf die Erde zurückzufallen.

Carter beugte sich aus dem Türrahmen. »Los, Bewegung.«

Ryan kletterte weiter, bis er in den Flur kriechen konnte. Dort kauerte er auf Händen und Knien auf den Dielenbrettern und rang nach Luft.

Wallace hielt sich im Hintergrund und richtete die Browning schussbereit auf ihn. Carter packte in Ryans Haar und zog daran. Ryan zischte, als der Mann den Zug verstärkte. Er folgte ihm, bis er wieder auf den Füßen stand, und stützte sich haltsuchend an der Wand ab. Etwas Kaltes, Hartes presste sich gegen die Haut hinter seinem Ohr. Langsam drehte er den Kopf und sah den großen Mann mit einer Pistole in der Hand.

»Vorwärts.« Carter ging durch den Flur in einen kleinen Raum. Der Hüne stieß Ryan den Schalldämpfer ans Ohr und befahl ihm zu folgen.

Der Raum troff vor Feuchtigkeit. Die Tapeten waren verrottet und schwarz geworden. Durch das kleine, quadratische Fenster sah Ryan überwachsene Hecken und Gebüsch. Er hörte Vogelstimmen. Es war ein Landhaus irgendwo draußen vor der Stadt.

Ein Holzstuhl war mit Nägeln auf dem Fußboden fixiert worden.

»Setz dich«, sagte Carter.

Ryan gehorchte. Carter fesselte seine Hand- und Fußgelenke mit Seilen an die Stuhlbeine und -lehnen. Ryan roch seinen

Schweiß. Die harte Sitzfläche kühlte Ryans Oberschenkel und Hoden.

Wallace und der Hüne nahmen ihre Positionen in zwei Ecken des Raumes ein, die Waffen locker an der Seite. Carter ging zu einer Tür, trat kurz hinaus und kehrte einen Augenblick später mit einem Metallkasten und einem Stab zurück, der aussah, als wäre er aus Aluminium und leuchtendem, orangefarbenen Gummi gemacht. Zwei Kabel verbanden den Stab mit dem Metallkasten.

Ryans Herz raste. Er versuchte, gleichmäßig zu atmen.

Carter setzte den Kasten auf dem Boden ab. Ryan spürte an den Fußsohlen, wie die Dielenbretter unter dem Gewicht nachgaben. Er sah die Pole und die Drähte, die herumgewickelt waren. Es war eine Autobatterie. Ein kleines schwarzes Kästchen mit einem geriffelten Drehregler war mit Isolierband an der Autobatterie befestigt. Drähte verbanden das Kästchen mit den Batteriepolen; zwei weitere Drähte führten von dem Kästchen bis zu dem Stab in Carters Hand.

»Was wollen Sie von mir?«, fragte Ryan.

Der Stab bestand aus einem Gummigriff, einem Metallschaft und einer Gummispitze, an der sich zwei kupferfarbene Stifte befanden. Carter legte ihn auf den Boden. Er ging wieder in den benachbarten Raum und kam mit einem Eimer Wasser in einer Hand und einem Päckchen Tafelsalz in der anderen zurück. Er stellte beides neben die Batterie.

Ryan wiederholte seine Frage. »Was wollen Sie?«

Carter hockte sich hin und schüttete Salz aus dem Päckchen ins Wasser. Er holte einen emaillierten Becher aus dem Eimer und benutzte ihn, um damit das Salz umzurühren. Als er zufrieden war, stand er auf und spritzte Salzwasser über Ryans

Körper. Noch einmal drückte er den Becher in den Eimer und goss noch mehr von der Flüssigkeit über Ryan.

Als er damit fertig war, legte er den Becher wieder in den Eimer. Er griff zum Drehregler an dem kleinen schwarzen Kästchen und drehte daran.

Ryans Blase tat weh. Seine Brust hob und senkte sich, er hatte den Rhythmus seiner Atemzüge nicht unter Kontrolle. »Sagen Sie mir, was Sie ...«

Carter hob den Stab und berührte mit seiner Spitze Ryans Brust.

Es funkte wie bei einer Zündplättchenpistole und fühlte sich an, als rammte jemand seine Faust in Ryans Brustkasten.

Seine Kiefermuskulatur verspannte sich und schmerzte, als er den Schrei zurückhielt, der aus ihm herauswollte.

Carter grinste. »Tut weh, oder?«

Ryan presste die Augen fest zu. Er knurrte tief in seiner Kehle, als er versuchte, seine Lungen zu kontrollieren. Langsame Atemzüge. Aber immerhin Atemzüge.

Carter berührte Ryans Bauch mit den Elektroden. Seine Bauchmuskeln zogen sich unwillkürlich zusammen. Der Krampf fühlte sich an, als schnitte ein Messer durch sein Fleisch. Ryan schrie auf.

Carter nickte. »Wir kommen der Sache schon näher. Sie antworten, wenn ich Ihnen eine Frage stelle. Ist das klar?«

Ryan hätte geantwortet, wenn ihm auch nur ein Quäntchen Luft geblieben wäre. Stattdessen hustete er die wenige Luft aus, die ihm noch geblieben war, wobei ein Rinnsal von Speichel und Galle von seiner Lippe floss.

Carter führte die Spitze zu dem Haarbüschel unter Ryans Bauchnabel. Ryan krümmte sich, sein Kinn berührte fast die

Knie, während der Schmerz in seinem Unterleib immer stärker wurde. Er roch das versengte Haar, als sich seine Blase entleerte.

Carter machte einen Schritt von dem spärlichen Tröpfeln weg, das auf den Boden plätscherte. Wallace kicherte.

»Also. Ich hatte Sie gefragt, ob es wehtut. Tut es weh?«

Ryan zwang sich, wieder aufrecht im Stuhl zu sitzen, und stemmte sich gegen die entsetzlichen Stromstöße, die durch seinen Kopf donnerten. Carter trat ihm mit der Stiefelspitze ans Schienbein.

»Antworten Sie!«

»Ja!«, entfuhr es Ryan.

»Schon besser.« Carter hielt den Stab vor Ryans Augen.

»Haben Sie so was schon mal gesehen?«

Ryan konnte nicht antworten.

Carter führte die Spitze mit den Elektroden dichter an Ryans Gesicht.

Ryans Kopf zuckte zurück. »Nein.«

»Hatte ich auch nicht erwartet.« Carter zog den Stab weg und machte einen Schritt zurück. »Zum ersten Mal habe ich das hier in Korea gesehen. Die Mistkerle haben mich kopfüber an die Deckenbalken gehängt. Das Ding war noch größer als das hier. Und hatte weit mehr Energie. Die haben damals nicht lange gefackelt, sondern sind mir gleich an die Eier gegangen. Ich habe es zwanzig Minuten lang ausgehalten, bevor ich ihnen alles erzählt habe. Obwohl ich nicht besonders viel wusste. Erst später habe ich herausgefunden, dass man das Ding *Picana Eléctrica* nennt. Sie sind in Südamerika verbreitet, in Ländern wie Argentinien oder Paraguay, in denen Ihr Freund Otto Skorzeny und seinesgleichen so gern herumhängen.«

Ryan spuckte rötlichen Schleim auf den Boden. »Skorzeny ist nicht mein Freund.«

»Tatsächlich? Dann haben Sie wohl nur aus gesundheitlichen Gründen in meinem Haus herumgeschnüffelt?«

»Ich habe einen Auftrag bekommen.«

»Von wem?«

Ryan überlegte fieberhaft. Sie hatten vermutet, dass er für Skorzeny arbeitete. Aber was wussten sie noch?

»Von Skorzeny.«

Carter grinste. »Also hat er einfach irgendwo einen Zettel ans Schaufenster geklebt? ›Hilfe gesucht‹ – so was in der Art?«

Ryan nickte. »So was in der Art.«

Das Lächeln auf Carters Gesicht erlosch, als hätte es jemand ausgeknipst. Er holte eine Geldbörse aus der Tasche. Ryan erkannte sie. Es war seine eigene.

Carter las den Ausweis laut vor. »Lieutenant Albert Ryan, G2, Abteilung für Aufklärung.« Er steckte die Börse wieder ein. »Ich kann also davon ausgehen, dass Sie von Ihren Vorgesetzten den Befehl bekommen haben, sich einzumischen.«

»Ja.«

»Und was haben Sie herausgekriegt?«

»Ihren Namen. Captain John Carter. Sie waren beim Spezialkommando, dem SAS. Ich weiß, dass dessen Name Wallace lautet.« Ryan nickte in die Richtung des großen Mannes. »Der da ist entweder MacAuliffe oder Gracey.«

»Tommy MacAuliffe gehört nicht mehr zum Team«, sagte Carter.

»Er war verletzt. Er brauchte einen Arzt.«

»MacAuliffe war ein guter Kerl, aber wir konnten ihn nicht mehr gebrauchen.«

Ryan blickte Carter ins Gesicht und sah seinen leeren Ausdruck.

»Was haben Sie mit ihm gemacht?«

Carter antwortete nicht. Er schöpfte noch einen Becher Salzwasser aus dem Eimer und spritzte es über Ryans Unterleib. Dann setzte er die Elektroden an Ryans Hoden an.

Ryan schrie und krümmte sich, verdrehte seinen Körper und zog an den Seilen, die ihn an den Stuhl fesselten. Als der Schmerz nachließ, sackte er zusammen und schnappte nach Luft.

Carter beugte sich über ihn. »Eines muss ganz klar sein. Ich stelle hier die Fragen und nicht Sie. Haben Sie mich verstanden?«

Als Ryan nicht antwortete, schlug ihn Carter so hart aufs Ohr, dass sein Kopf zur Seite geschleudert wurde.

»Haben Sie mich verstanden?«

»Ja«, antwortete Ryan.

Carter rückte ein Stück weg. »Gut. Sie wissen also, wer wir sind. Was noch?«

»Ich weiß, dass Sie es auf Geld abgesehen haben. Auf Gold. MacAuliffe hat es mir erzählt.«

Carter hakte nach. »Was haben Sie davon schon an Skorzeny gemeldet?«

»Nichts«, antwortete Ryan. »Ich habe ihm keinen Bericht mehr erstattet, seit ich Ihr Haus gefunden habe. Den Rest habe ich zurückgehalten.«

»Warum?«, fiel ihm Carter ins Wort.

»Wie schon gesagt, Skorzeny ist nicht mein Freund.«

»Aber Sie arbeiten für ihn. Was führen Sie im Schilde?«

»Ich führe nichts im Schilde. Ich traue ihm nicht. Ich wollte erst alles herausfinden, bevor ich entschied, ob ich ihm etwas sage oder nicht.«

»Ich glaube Ihnen nicht.« Carter beobachtete ihn von der anderen Seite des Zimmers aus. »Da muss noch mehr sein. Wie haben Sie uns gefunden?«

Ryan zögerte nicht. »Célestin Lainé. Er hat mir erzählt, wo ich Sie finden würde.«

Die drei Männer sahen sich vielsagend an.

»Woher wusste er es?«, fragte Carter.

»Er hat es sich zusammengereimt«, antwortete Ryan. »Die Bahnlinie und das Stadion.«

Carter nickte. »Er ist schlauer, als er aussieht. Aber warum hat er mit Ihnen gesprochen?«

»Ich drohte ihm damit, Skorzeny zu verraten, dass er der Informant ist. Er hat Angst vor Skorzeny.«

»Aus gutem Grund. Aber woher wussten Sie das über Lainé?«

Ryan suchte nach einer Lüge. »Weil Sie ihn am Leben ließen, als Sie Élouan Groix und den anderen Mann töteten. Es gab keinen anderen Grund, ihn am Leben zu lassen. Er musste es einfach sein.«

»In Ordnung«, sagte Carter. »Das kann ich akzeptieren. Aber das war noch nicht alles. Sie verschweigen uns noch etwas.«

Ryan schloss die Augen. Er dachte an Goren Weiss. »Mehr ist da nicht.«

Schnelle Schritte über die Dielen signalisierten, dass Carter näher kam. Dann explodierte der Schmerz in Ryans Unterleib. Ein zweites Mal, noch bevor er schreien konnte. Und auch noch ein drittes Mal. Der Geruch von verbrannter Haut zog in seine Nasenlöcher. Er hustete und würgte, sein Magen krampfte sich zusammen. Der Druck in seinem Kopf wurde immer heftiger, drückte von innen gegen seinen Schädel und gegen seine Augen.

Alles drehte sich. Ryan sackte seitlich weg. Die Seile hielten ihn am Stuhl fest, und Nägel fixierten den Stuhl am Fußboden. Ein harter Schlag auf die Wange brachte ihn wieder halbwegs zu sich.

»Wer hat Sie mit Skorzeny zusammengebracht?«

Ryans Kinn sackte bis auf die Brust hinunter. Carter packte sein Haar und zog seinen Kopf hoch.

»Wer hat Sie mit Skorzeny zusammengebracht?«

»Charles Haughey«, sagte Ryan.

»Der Politiker? Wie viel weiß er?«

»Weniger als Skorzeny.«

Carter hockte sich hin und schaute Ryan in die Augen. »Wen schützen Sie? Es gibt noch jemand anderen, oder?«

Ryan hätte nur den Namen des Mossad-Agenten auszusprechen brauchen. Er hätte Carter nur von der Unterredung mit ihm zu erzählen brauchen und von der Zeitung über dem Armaturenbrett des Vauxhall. Dann wäre alles vorbei gewesen.

Vorbei.

Sie würden ihn umbringen, sobald sie hatten, was sie wollten. Ryan wusste, dass das Einzige, das ihn jetzt noch am Leben hielt, die Wahrheit war, die er vor ihnen verbarg. Wenn er redete, war sein Leben zu Ende.

»Da ist niemand«, sagte Ryan.

Carter seufzte, holte noch eine Ladung Wasser aus dem Eimer und schüttete es Ryan ins Gesicht.

Ryan spuckte Salzwasser, sagte »Nein«, aber der Blitz schlug unter seinem Auge ein, warf seinen Kopf zurück, der gegen das Holz der Rückenlehne krachte. Noch ein schmerzender Blitz in seinem Unterleib, ein weiterer in seinem Bauch.

Sein Bewusstsein war angeschlagen, fiel in sich zusammen, löste sich auf und sammelte sich wieder. Ryan sah die Männer wie langgezogene Spiegelbilder in einem Zerrspiegelkabinett auf dem Jahrmarkt. Die Farben schienen ineinander zu verlaufen.

»Wen schützen Sie?«

»Niemanden.«

Noch eine Explosion unter Ryans Nabel, eine an seiner Brust, eine unter seinem Auge. Ein Hieb über seine Brust. Und noch mehr Wasser ergoss sich über seinen Oberkörper.

»Wen schützen Sie?«

Ryans Zunge schien in seinem Mund immer dicker anzuschwellen. Sie dämpfte seine Worte. »Niemanden.«

Carter hielt die Elektroden des Stabs gegen Ryans Bauch und ließ sie dort Funken sprühen, während Ryans Bauchmuskeln ohne sein Zutun zuckten und sich verkrampften. Es fühlte sich an, als würde ein wildes Tier die Zähne tief in seine Körper schlagen und das Fleisch herausreißen.

Er hatte jetzt alles ganz klar vor Augen. Ein Löwe, ein Wolf oder was immer es war, knurrte und schnappte an seinem Rumpf. Triumphierte über ihn und fraß ihn lebendig auf. Dabei schauten Männer zu, die sich bis in den Himmel auftürmten. Und dann blieb nur noch die Dunkelheit, in der Ferne das Tosen eines Orkans und die Schreie eines Mannes, der unmöglich Albert Ryan sein konnte.

Dort blieb er, im wirbelnden Schwarz und Grau, bis er sich schließlich noch tiefer hinuntergezogen fühlte, noch weiter in die Schwärze hinein. Ryan kämpfte sich wieder hoch und weg davon, zwang sich, wieder zu Bewusstsein zu kommen. Aber da wartete der Schmerz auf ihn. Seine Muskeln zuckten immer noch, seine Haut brannte. Er öffnete die Augen und versuchte, irgendetwas zu erkennen.

Carter wandte sich an Wallace. »Mehr hat er nicht zu bieten. Mach ihn fertig.«

Wallace nickte, grinste und trat einen Schritt vor. Er hob die Browning.

Ryan schaute in die Austrittsöffnung des Schalldämpfers vor seinen Augen, die ihm alle Luft aus den Lungen und alles Licht aus dem Raum zu saugen schien.

Er sah Wallaces Finger am Abzug, sah, wie der Knöchel weißer wurde.

»Wartet«, sagte eine Stimme.

Wallace schaute auf irgendeinen Punkt hinter Ryan. »Warum? Wir haben schon genug Zeit mit ihm verschwendet.«

»Treten Sie zur Seite«, befahl die Stimme. »Sofort.«

Wallace zögerte einen Moment, dann atmete er aus und schüttelte den Kopf. Er senkte die Pistole und bezog wieder seine Position am anderen Ende des Raumes.

Der Mann, zu dem die Stimme gehörte, trat in Ryans Blickfeld. Eine Hand steckte in seiner Hosentasche, in der anderen Hand hielt er eine Zeitung.

»Hallo, Albert«, sagte Goren Weiss.

III

Kollaborateur

48.
KAPITEL

Goren Weiss sah zu, wie Ryan mit einem verzerrten Gesichtsausdruck und wirrem Blick blinzelte. Der Ire schüttelte den Kopf, als wollte er einen Schleier abschütteln.

»Kommen Sie klar?«

»Ich … Ich kann nicht …«

Weiss hob eine Hand und brachte ihn zum Schweigen. »In Ordnung. Sparen Sie sich Ihre Energie.

Carter trat neben Weiss. »Was tun Sie da?«, fragte er leise. »Wir sollten ihn erledigen und dann machen, dass wir hier wegkommen.«

»Nein«, erwiderte Weiss. »Geben Sie mir noch einen Moment. Lassen Sie mich mit ihm reden.«

Carters Blick wanderte von Weiss zu Ryan und wieder zurück. »Na schön. Fünf Minuten. Dann erlöse ich ihn aus seinem Elend.«

Weiss nickte. Carter ging zum Fenster und setzte sich auf die Fensterbank. Er strahlte wie ein dickköpfiges Kind, das seinen Willen durchgesetzt hatte.

Ryan schloss mühsam die Augenlider, die sich anfühlten, als wären es schwere Vorhänge. »Was geht hier vor?«, fragte er.

Weiss legte seine freie Hand auf Ryans Schulter. »Schon in Ordnung, Albert. Ich will mich nur mit Ihnen unterhalten. Lassen Sie sich Zeit. Kommen Sie erst mal zu sich. Diese Gentlemen werden warten.«

Ryan machte die Augen zu. Weiss holte am anderen Ende des Zimmers einen Stuhl, zog ihn hinter sich her und setzte sich dann mit der Zeitung in seinem Schoß vor Ryan.

»Diese Situation hatten wir schon einmal, richtig?«, meinte Weiss. »Das letzte Mal war sie aber nicht ganz so anstrengend, nicht wahr?«

»Was geht hier vor?«, fragte Ryan noch einmal.

»Captain Carter bestand darauf, Sie auf seine spezielle Art zu verhören. Es tut mir leid, dass ich es ihm erlaubt habe, Albert, aber ich musste herausfinden, ob Sie mich verraten oder nicht. Ich bitte um Verzeihung.«

»Was tun Sie hier?«

»Ich passe auf, dass hier nicht alles außer Kontrolle gerät. Ich hätte wohl früher einschreiten müssen. Aber Sie haben sich wirklich gut gehalten, Albert. Ich bin beeindruckt.«

»Sagen Sie mir, was das hier zu bedeuten hat.«

Weiss nickte. »Okay. Inzwischen wissen Sie ja wohl, worum es hier geht. Es geht ums Geschäft. Otto Skorzeny sitzt auf einem großen Berg Gold, und davon wollen wir etwas abhaben. Nicht alles. Nicht einmal den größten Teil, sondern nur ein wenig.«

Ryan schüttelte wieder den Kopf. »Aber Sie sagten doch, Ihr Auftrag …«

»An meinem Auftrag hat sich nichts geändert«, erwiderte Weiss. »Das hier ist nur ein kleines Nebenprojekt. Ich bin jetzt nicht im Dienst, wie beim letzten Mal. Dieses Projekt hier wurde ursprünglich von Captain Carter begonnen. Er hat sein Team zusammengestellt, und ich bin als Letzter dazugestoßen.

Ich bekomme so nach wie vor die Kontrolle über Skorzenys Schleichwege und kann dabei auch noch meine Pensionskasse aufbessern. Was soll verwerflich daran sein?«

»Aber diese Menschen … mussten sie etwa dafür sterben?«

Weiss grinste. »Das waren verdammte Nazis, Albert. Sie hatten es nicht verdient, zu atmen und unter Menschen zu wandeln.«

»Catherine Beauchamp hatte es nicht verdient zu sterben.«

Weiss winkte zustimmend. »Mag sein, aber sie starb durch ihre eigene Hand. Hätten Sie nicht an ihrer Tür geklingelt, würde sie immer noch leben. Das können Sie mir nicht vorwerfen.«

»All das nur wegen Geld.«

»Selbstverständlich. Braucht es noch mehr Gründe?«

Ryan antwortet nicht. »Warum haben Sie mich in diese Sache reingezogen?«, fragte er stattdessen.

»Das habe ich nicht. Charles Haughey hat Sie ins Spiel gebracht.«

»Aber Sie haben Kontakt zu mir aufgenommen. Sie sind in der Bar zu mir gekommen.«

»Stimmt. Als ich herausgefunden habe, dass Sie herumschnüffeln, wollte ich Sie unter die Lupe nehmen. Und dann dachte ich, ich könnte Sie gut einbinden. Sie waren mein V-Mann, Albert, und zwar von der besten Sorte. Die Sorte, die es nicht einmal weiß. Deshalb hatte ich Ihnen ein paar Brocken hingestreut. Aus Célestin Lainé hatten wir schon so viel wie möglich herausgequetscht. Sie hätten unter Umständen herausfinden können, dass er der Informant war, und ich wollte sehen, ob Sie das bis an Carters Haustür führt. Ich wollte herausfinden, ob Sie dieses Projekt gefährden könnten. Wie sich herausstellte, können Sie es, und deshalb bin ich froh, Sie einkassiert zu haben, bevor Sie noch mehr Schaden anrichten. Außerdem könnten Sie mir immer noch nützlich sein.«

Weiss beugte sich ein wenig vor und hielt Ryan die Zeitung vors Gesicht. Ryan stierte mit offenem Mund die Seite an.

Weiss lehnte sich wieder zurück. »Na schön, ich werde es Ihnen vorlesen.« Er holte Luft und fing an: »›An Constant Follower‹ – das sind übrigens wir – ›Ich bin mit Ihren Bedingungen nicht einverstanden. Ich bin jedoch bereit, ein Drittel der Summe demjenigen zu zahlen, der mir nachweisen kann, dass er der letzte seiner Art ist.‹«

Weiss schaute über den Rand der Zeitung. »Verstehen Sie, was das bedeutet?«

»Nein«, gab Ryan zurück.

»Es bedeutet, dass Oberst Skorzeny schlau ist. Aber vielleicht nicht so schlau, wie er glaubt. Seine kaum verhüllte Botschaft lautet, dass er demjenigen von uns eine halbe Million Dollar zahlen will, der bereit ist, die anderen zu betrügen, umzubringen und ihm den Beweis dafür zu liefern.«

Ryan ließ seinen Blick über die anderen Männer im Raum schweifen.

Weiss klopfte ihm aufs Knie, um wieder seine Aufmerksamkeit zu bekommen. »Natürlich habe ich so etwas vorausgesehen. Wir haben das ausführlich diskutiert und uns gegen jeglichen Betrug ausgesprochen.«

Ryan lachte auf und wimmerte wegen der Schmerzen, die es ihm bereitete. »Glauben Sie wirklich, dass Sie diesen Männern vertrauen können?«

»Das hat nichts mit Vertrauen zu tun. Es ist eine logische Angelegenheit. Sagen wir, ich würde jeden hier im Raum umbringen und die Köpfe zu Skorzeny bringen. Glauben Sie, er würde sein Angebot wahr machen? Oder würde er mir die Eier abschneiden und mich damit ersticken? Ich vermute, eher Letzteres. Nein, wenn wir schlau sind, halten wir zusammen. Wenn wir vereint sind, können wir ihn kleinkriegen. Einen allein wird Skorzeny fertigmachen. Meinen Sie nicht auch?«

»Es ist verrückt. Sie sind alle verrückt.«

»Mag sein. Aber würde ich nur tun, was vernünftig ist, wäre ich immer noch Geschäftsführer in der Drogerie meines Vaters in Brooklyn, anstatt für Israel zu kämpfen.«

»Das ist kein Kampf für Israel. Das ist Gier.«

»Was diesen Punkt anbetrifft, müssen wir uns wohl damit abfinden, dass wir unterschiedlicher Meinung sind. Aber wir müssen eine viel dringendere Frage klären.«

Ryan wartete.

»Interessiert es Sie gar nicht, welche Frage das ist?«

»Das ist mir egal«, antwortete Ryan.

Weiss beugte sich vor. »Das sollte Ihnen aber nicht egal sein. Denn die Frage lautet: ›Was sollen wir mit Lieutenant Albert Ryan anfangen?‹«

49.
KAPITEL

Ryan war klar, dass Weiss eine Reaktion von ihm erwartete, irgendeine wütende oder ängstliche Antwort. Er hielt den Mund.

»Selbstverständlich«, sagte Weiss, »wäre es jetzt schlau, Sie umzubringen und Skorzeny Ihre Leiche vor die Tür zu werfen. Damit er begreift, dass wir nicht mit uns handeln lassen.«

Wallace grinste. Carter und Gracey starrten vor sich hin.

»Worauf warten Sie dann?«, fragte Ryan.

»Nun, das war der Plan«, sagte Weiss.

Carter erhob sich vom Fensterbrett. »Er ist es immer noch.«

Weiss hob die Hand, um ihn zum Schweigen zu bringen. »Ich bin mir nicht mehr so sicher.«

»Völliger Schwachsinn.« Carter stellte sich neben Weiss. »Wir hatten uns geeinigt. Wir schießen ihm eine Kugel in den Kopf und stecken ihm einen Zettel in die Tasche. Wir haben das doch schon zwei volle Tage lang durchgekaut, um Himmels willen.«

Ryan sah den Zorn in Carters Gesicht und die gefasste Ruhe bei Weiss. Wer von den beiden Männern hatte hier das Kommando?

»Lassen Sie uns das noch einmal durchdenken«, sagte Weiss mit einer Stimme, die so ruhig und glatt war wie die Oberfläche eines Sees.

Carter stemmte die Hände in die Hüften. »Nein. Wir haben schon genug geredet. Tu es, Wallace.«

Wallace setzte sich in Bewegung, hob die Pistole und ging auf Ryan zu, während er auf seine Brust zielte.

Weiss bewegte sich mit einer solchen Geschwindigkeit, dass Ryan gar nicht alles wahrnehmen konnte. Der Agent hatte mit der Zeitung und seinen Händen auf den Oberschenkeln dagesessen, als sich Wallace an seine Seite stellte. Dann stand er plötzlich auf seinen Beinen. Ryan sah, wie die Zeitung zu Boden segelte, und bekam nur ganz am Rande mit, wie Weiss den ausgestreckten Arm von Wallace mit der einen Hand und seine Pistole mit der anderen Hand packte. Als Ryan hinschaute, hielt Weiss die Mündung des Schalldämpfers an die Stirn des Rhodesiers.

Carter wich einen Schritt zurück. Gracey wollte seine Waffe hochnehmen. Carter winkte ab.

Weiss ergriff das Wort. Seine Stimme war sanft und leise. Nur ein minimales Beben von der Anstrengung klang in seiner Stimme mit. »Wie ich schon sagte. Lassen Sie uns das noch einmal in Ruhe durchgehen.«

Wallace wich zurück. Er spreizte die Finger. In seinem Gesicht zeichnete sich Wut ab.

»Lass ihn, Wallace«, sagte Carter.

»Ich werde diesen jüdischen Dreckskerl umbringen.«

»Ich sagte, lass ihn. Das ist ein Befehl.«

Wallace ballte die Fäuste.

Carter ging quer durch den Raum und legte eine Hand auf Wallace' Schulter. »Geh vor die Tür und reg dich ab. Sofort. Gracey, du begleitest ihn.«

Gracey verstaute seine Waffe und nahm Wallace am Arm. Als sie den Raum verließen, hörte Ryan, wie Wallace flüsterte: »Ich werde diesen jüdischen Dreckskerl umbringen.«

Carter und Weiss blieben einen Moment lang schweigend stehen, bis Weiss grinste und sagte: »Es ist wohl etwas hitzig geworden, oder?«

Er gab Carter Wallaces Pistole.

Carter nahm die Waffe, verstaute sie in seinem Gürtel und zeigte mit dem Finger auf Weiss. »Wagen Sie es nicht noch einmal, vor meinen Männern meine Autorität infrage zu stellen. Nie wieder! Sonst drehe ich Ihnen persönlich den Hals um.«

»Ihre Männer?« Ein breites Grinsen zog über Weiss' Gesicht. »Die gehören Ihnen nicht. Sie haben sie gekauft, aber die sind nicht loyal zu Ihnen. Für einen Dollar würden die Ihnen die Gurgel durchschneiden. Vergessen Sie das nicht.«

»Ihr Gerede geht mir langsam auf die Nerven. Jetzt sagen Sie, was Sie zu sagen haben, damit ich diesen Bastard erschießen kann.«

»In Ordnung. Lassen Sie mich erst mal ausreden. Wenn Sie die Sache dann immer noch anders sehen als ich, können Sie tun, was Sie tun müssen.«

Carter nahm wieder seinen Platz auf dem Fensterbrett ein. »Dann reden Sie!«

Weiss lief in dem Zimmer auf und ab, während er sprach. »Also. Weil der arme Tommy MacAuliffe ausgemustert wurde, fehlt uns ein Mann. Und nicht nur das. Unser einziger V-Mann ist nicht mehr zu gebrauchen. Célestin Lainé hat Sie sofort verraten, als ihn Ryan einmal in die Mangel genommen hat. Der ist uns zu nichts mehr nütze. Früher oder später wird er Skorzeny alles erzählen.«

»Dann bringen wir ihn um«, sagte Carter.

»Ist das Ihre Antwort auf alle Fragen? In diesem Fall ist es allerdings wahrscheinlich wirklich die beste Option. Aber passen Sie mal auf: Wir haben jetzt eine große Lücke in unserer Organisation. Und ich weiß, wie wir sie schließen können.«

Ryan sah, wie es in Carters Gesicht arbeitete. Schließlich wurden seine Züge härter. »Nein«, sagte Carter.

»Ja«, sagte Weiss. Er zeigte mit dem Finger auf Ryan. »Da sitzt unser Mann.«

»Nein«, sagte Carter noch einmal und schüttelte den Kopf.

»Verstehen Sie denn nicht? Das ist die perfekte Lösung. Er kommt direkt an Skorzeny heran und kann uns melden, was er im Schilde führt. Und darüber hinaus kann er Skorzeny beeinflussen und ihn dahin drängen, wo wir ihn haben wollen.«

»Das ist Wahnsinn«, sagte Carter. »Er wird uns verraten.«

»Das glaube ich nicht. Das würden Sie doch nicht tun, oder, Ryan?«

Ryan gab keine Antwort. Er starrte zu den beiden Männern hoch und blinzelte.

»Natürlich würde er das tun. Er bekommt seine Befehle von einem Nazischwein – von dem und von diesem Politiker. Er ist einer von denen.«

Weiss wandte sich wieder zurück zu Ryan, beugte sich vor und legte ihm die Hände auf die Knie.

»Ist das so, Albert? Stecken Sie mit dem berüchtigten Nazi Otto Skorzeny unter einer Decke? Sind Sie ein Kollaborateur?«

Das Wort quälte Ryan. »Nein«, sagte er.

»Doch, das sind Sie«, sagte Weiss. »Ein Kollaborateur. Genau wie Élouan Groix es war oder Hakon Foss. Oder Catherine Beauchamp.«

»Halten Sie den Mund«, erwiderte Ryan. Die Worte zischten zwischen seinen Zähnen. »Ich bin keiner von denen. Ich bin kein Kollaborateur.«

»Aber Sie bekommen Ihre Befehle von Otto Skorzeny.«

»Ich stehe unter dem Befehl der Abteilung für Aufklärung. Man hat mir eine Aufgabe zugewiesen.«

Weiss streckte den Rücken durch. »Komisch. Nach dem Krieg haben das viele behauptet. Sie hätten bloß Befehle ausgeführt.«

»Mir wurde eine Aufgabe übertragen. Ich wünschte, ich hätte sie nicht angenommen, aber ich hatte keine Wahl. Ich habe in Europa und in Nordafrika gegen Männer wie Skorzeny gekämpft. Ich musste alles dafür geben, aber ich habe es trotzdem getan. Ich bin keiner von denen.«

»Hören Sie das, Captain Carter? Lieutenant Albert Ryan ist kein Kollaborateur. Er ist ein Soldat. So wie Sie. So wie ich einer gewesen bin. Nach allem, was wir wissen, hätte er an Ihrer Seite kämpfen können.«

Carter verschränkte die Arme über der Brust.

»Ja und? Sollen wir ihm jetzt einen Orden verleihen?«

»Nein. Wir sollten ihm einen Platz in unserem Team geben.«

»Einen Dreck sollten wir.«

Weiss kauerte sich vor Ryan. »Was meinen Sie, Ryan. Wollen Sie Ihre Ehre retten und Skorzeny aufs Kreuz legen? Und dabei auch noch stinkreich werden, wie ich vielleicht hinzufügen sollte?«

Carter hüpfte vom Fensterbrett. »Jetzt mal ganz langsam. Der kriegt unter gar keinen Umständen einen Anteil.«

Weiss ignorierte ihn. »Was meinen Sie, Albert? Wollen Sie mir helfen, Skorzeny zur Strecke zu bringen? Wollen Sie mehr Geld verdienen, als Sie bisher in Ihrem ganzen Leben gesehen haben?«

Ryan schaute von einem Mann zum anderen. Carter war wütend, Weiss grinste.

»Was treiben Sie nur, Weiss?«, fragte Carter. »Meine Jungs werden das nicht schlucken.«

Weiss legte seine Hand auf Ryans Knie. Seine Worte waren so sanft wie eine sanfter Hauch: »Was ist jetzt mit Ihnen, Albert? Sind Sie auf meiner Seite?«

»Ja«, antwortete Ryan.

50. KAPITEL

»Das werde ich nicht«, sagte Lainé.

»Warum nicht?«, fragte Skorzeny und setzte sich auf den Stuhl hinter seinen Schreibtisch.

Lainé konnte dem Österreicher nicht in die Augen schauen. Er zog heftig an einer Zigarette, die Skorzeny ihm gegeben hatte. »Sie ist unschuldig und hat mit der ganzen Sache nichts zu tun.«

»Celia Hume hat den Auftrag angenommen. Sie hat sich freiwillig ins Spiel gebracht.«

»Das ist mir egal. Ich werde Ihnen nicht dabei helfen, sie zu verhören.«

»Kommen Sie, Célestin. Frauen zu verhören hat Ihnen doch früher nie etwas ausgemacht.«

Lainé blickte durch den Rauch. »Aber jetzt macht es mir etwas aus. Verhören Sie sie selbst. Ich will damit nichts mehr zu tun haben.«

Skorzeny lehnte sich in seinem Stuhl zurück. Seine Lippen waren zu einem spöttischen Grinsen verzerrt. »Ich beginne, an Ihrer Loyalität zu zweifeln, Célestin. War ich nicht großzügig zu Ihnen?«

»Das waren Sie. Und ich bin dafür dankbar. Aber ich werde diese Frau nicht für Sie foltern.«

Skorzenys Gesicht lief dunkel an. Er wollte etwas sagen, aber das Läuten des Telefons unterbrach ihn. Er nahm den Hörer hoch und sagte: »Ja?«

Lainé beobachtete, wie Skorzenys Augen kleine, schnelle Bewegungen machten. Beim Zuhören öffnete er leicht die Lippen.

»Sehr schön«, sagte Skorzeny. »Dann erwarte ich morgen den Anruf des Ministers.«

Danach legte er den Hörer auf und grinste Lainé an.

»Es sieht so aus, als würden wir Miss Humes Hilfe gar nicht mehr benötigen. Das war Charles Haugheys Sekretärin. Lieutenant Ryan ist wieder aufgetaucht. Er will dem Innenministerium morgen Bericht erstatten. Danach werde ich dafür sorgen, dass ich Lieutenant Ryan persönlich befragen kann. Ganz privat. Haben Sie etwas dagegen, mich bei seiner Befragung zu unterstützen?«

»Nein, das habe ich nicht«, erwiderte Lainé.

51. KAPITEL

Das Klopfen an der Hotelzimmertür riss Ryan aus dem Strudel seiner Albträume. Er erwachte schlagartig und schrie von dem Schmerz, der ihn durchzuckte, unwillkürlich auf. Das Zimmer war dunkel. Wie lange hatte er geschlafen?

»Albert?«, rief sie.

»Celia«, antwortete er.

Die Tür öffnete sich, und in dem einfallenden Licht stand Celia.

»Mein Gott, Albert!«, stieß sie hervor.

Sie trat ein und zog die Tür hinter sich zu.

»Schließ ab«, sagte er.

Ryan hörte, wie sie mit der Kette und dem Riegel herumfummelte, bis sie schließlich einrasteten. Es blieb hell, denn sie hatte die Deckenlampe angeschaltet. Halb geblendet sah er, dass sie mit einer Hand am Lichtschalter im Türrahmen erstarrt war.

»Jesus! Albert, was ist denn mit dir passiert?«

Er lag auf der Bettdecke und war nackt bis auf ein Badelaken, das er sich um die Hüften drapiert hatte. Sein ganzer Körper war von lilafarbenen, braunen und gelben Flecken übersät, die fast wie die Umrisse fremder Länder auf einer Landkarte aussahen. In sämtlichen Falten seines Körpers, unter seinen Armen und um seinen Hals herum waren immer noch Krusten von getrocknetem Blut. Die Spuren der Verbrennungen, rot und voller Bläschen, zogen sich über seine Brust, seinen Bauch, seine Oberschenkel und über sein Gesicht. Die schlimmsten Verletzungen hatte er am Bauch davongetragen. Sein Bauchnabel war eine einzige schorfige Wunde. Er konnte sein eigenes verbranntes Fleisch riechen.

Celia eilte zum Bett und fiel auf die Knie. Tränen strömten aus ihren Augen und fielen warm auf seinen Unterarm.

»O Gott, Albert, was haben sie dir angetan?«

»Das wird schon wieder.«

Ihre Fingerspitzen strichen über seinen Bauch, seine Brust und umkreisten die verbrannten Stellen. »Du musst zu einem Arzt. Wir bestellen ein Taxi und fahren zum Krankenhaus.«

»Nein.« Ryan versuchte aufzustehen, schaffte es aber nur, seinen Kopf aufzurichten. »Kein Arzt. Kein Krankenhaus.«

»Aber du musst …!«

»Nein.« Er umfasste ihr Handgelenk. »Hilf mir hoch.«

Celia schob einen Arm hinter seinen Rücken und half ihm, sich im Bett aufzurichten. Er stellte die Füße auf den Boden und kämpfte gegen die Benommenheit und den Schwindel an, der in ihm anwuchs.

»Sind das Verbrennungen?«, fragte sie. »Wir müssen sie desinfizieren.«

Celia sah die Pistole auf dem Nachtschrank liegen. Weiss hatte Ryan die Waffe wiedergegeben, bevor sie ihn aus dem Lieferwagen gestoßen hatten. Sie öffnete die Schublade, legte die Waffe hinein und schob sie wieder zu.

Sie wischte sich die Tränen ab und ging zum Waschbecken in der Ecke, steckte den Stöpsel ein und drehte die Wasserhähne auf. Dann kam sie zu ihm zurück, bückte sich und schob ihre Arme unter seine.

»Komm schon«, sagte sie. »Steh auf.«

Ryan stieß sich mit den Beinen ab und ließ sie das Gewicht seines Oberkörpers tragen. Dann wankten sie gemeinsam in die Ecke. Celia tauchte die Hand ins Wasser, um die Temperatur zu prüfen, dann drehte sie die Hähne zu.

Sie benetzte ein kleines Handtuch und griff nach dem Badelaken, dass er um die Hüften trug.

»Nimm das weg.«

Ryan hielt es fest. Sie zog fester. Er leistete Widerstand.

»Ich habe drei Brüder und ein Abonnement für den National Geographic«, sagte sie und zwang sich zu einem frechen Grinsen. »Daher gibt es nichts, was ich nicht schon gesehen hätte.«

Ryan ließ sie das Handtuch wegziehen. Sie warf es auf den Boden und schlug die Hand vor den Mund, um ihren Schrei zu ersticken. Als sie aufschluchzte, bedeckte er die verbrannte Haut seines Hodens mit den Händen.

»Ich würde sie am liebsten umbringen!«, sagte Ryan.

Celia wischte sich die Tränen von den Wangen und wrang das Handtuch aus.

»Ich weiß«, sagte sie.

52. KAPITEL

Goren Weiss saß gegenüber von Carter an einem Tisch und musterte den Engländer. Das flackernde Licht der Petroleumlampe ließ den Mann älter erscheinen und schien die Falten in seinem Gesicht zu vertiefen. Zwischen den beiden stand eine halb geleerte Flasche Wodka. Weiss nahm sie und füllte die beiden Schnapsgläser.

Carter nahm seines, führte es an die Lippen, kippte den Alkohol herunter und hustete.

Irgendetwas raschelte und kratzte in der Dunkelheit, die sie umgab, Insekten, die in dem alten, verlassenen Bauernhaus Schutz suchten. Gracey und Wallace schliefen in dem Raum auf der anderen Seite des Gebäudes.

»Sie halten sich wohl für schlau«, sagte Carter, dessen Stimme unter dem Einfluss des Wodkas etwas undeutlich klang.

»Ja, das tue ich«, sagte Weiss.

Es war nicht gelogen. Goren Weiss wusste, dass er schlauer war als jeder, dem er bisher begegnet war. Nicht schlau von der Art eines streberhaften Schuljungen. Er hatte niemals einen richtigen Schulabschluss gemacht, aber er war mit einer Intelligenz ausgestattet, die aus Instinkt und Erfahrung rührte.

Sein Instinkt sagte ihm, dass Carter ein guter Soldat war, jedoch außerstande, selbstständig eine Aktion durchzuziehen. Wallace und Gracey waren nichts als Knechte, wenn auch hervorragend ausgebildete Knechte. MacAuliffe war noch der beste unter Carters Männern gewesen. Es hatte Weiss geschmerzt, ihm eine Kugel durch den Kopf jagen zu müssen.

»Aber nicht schlau genug, um diese Aktion zu starten«, höhnte Carter.

»Nur schlau genug, um dafür zu sorgen, dass sie funktioniert.«

Weiss hatte auf seinem Weg nach Dublin ein paar Tage in Westberlin haltgemacht, um sich dort mit Thomas de Groot, dem Südafrikaner, zu treffen. Weiss genoss es jedes Mal, nach Berlin zu kommen. Ihm gefiel die Vorstellung, wie es in der Luft gehalten wurde, eine Blase westlicher Dekadenz, die inmitten feindseliger kommunistischer Macht gefangen saß.

Die Mauer, die die Stadt in zwei Hälften teilte, die obszöne Brutalität dieser Einrichtung faszinierte ihn. Er ging lange an der Mauer entlang, an dem Stacheldraht und an den unverputzten Zementblöcken. Dabei wurde er von sauertöpfischen DDR-Soldaten beobachtet, die ihre Automatikgewehre vor den Bäuchen trugen.

Und obwohl er wusste, dass es eigentlich nicht der wahren geografischen Lage entsprach, stellte er sich vor, die Stadt seiner Geburt läge gleich auf der anderen Seite der Absperrung. Zwickau, wo sie jetzt diese klapprigen Trabant-Autos produzierten, für diejenigen unter den Ostdeutschen, die privilegiert genug waren, um sich einen leisten zu können.

Weiss' Vater war nach Amerika ausgewandert und hatte sich in Brooklyn niedergelassen, als er den Sturm nahen spürte, der so viele von denen auslöschen würde, die so waren wie er. Benjamin Weiss hatte zwei Brüder und das Grab seiner Frau zurückgelassen, um auf der anderen Seite des Atlantiks einen Neuanfang zu versuchen.

Vor dem Krieg, als Goren Weiss noch ein rotznäsiger Junge war und für seinen Vater Pillen und Salben verpackte, hatte er mit sozialistischen Ideen geliebäugelt. Er hatte sogar ein paar Treffen der Kommunistischen Partei im Brooklyn College besucht, hautsächlich jedoch, um ein Auge auf die Studentinnen werfen zu können.

Irgendetwas in ihrem strengen und ernsthaften Auftreten erregte ihn – wie sie die Augenbrauen hochzogen, wenn sie den Reden zuhörten, oder wie sie scharfsinnige Bemerkungen darüber machten, welchen Preis die amerikanische Arbeiterklasse für den Kapitalismus zahlte.

Einmal hatte er den Mut gefasst, eines der Mädchen zu fragen, ob es mit ihm ausgehen wollte. Zum Eisessen, hatte er gesagt. Sie trug ihr blondes Haar fest nach hinten gebunden, und auf ihrem Kinn sprossen ein paar Pickel. Er dachte, ihr Name sei Melissa. Sie hatte höflich geantwortet, das sei ja süß, aber nein, vielen Dank. Dann war sie wieder zu ihrer Clique gegangen. Sie gingen kichernd weg, und er war mit dem Stapel Flugblätter in den verschwitzten Händen stehengeblieben.

Er hörte das Wort »Itzig«; dann brachen sie in Lachen aus und schauten sich über ihre Schultern nach ihm um.

Der junge Weiss zerriss die Flugblätter und stopfte sie in den nächsten Mülleimer. Er war kein Kommunist mehr.

Als Weiss zum ersten Mal Berlin besuchte, hatte er längst aufgegeben, darüber zu sinnieren, ob nun die Rechten oder die Linken moralisch überlegen waren. Zu dieser Erkenntnis war er gelangt, als er sich seinen Weg quer durch Europa erkämpfte. Die härteste Lektion hatte er ein paar Kilometer vor Weimar gelernt, in einem Areal, das zunächst wie ein eingezäuntes Städtchen wirkte. Die Männer wurden schweigsam, als sie dem Ort näher kamen, der Buchenwald hieß, wie Weiss in Erfahrung brachte. Das Brummen ihrer Motoren wurde noch von schwachen, erbärmlichen Schreien übertönt.

Einen Moment lang hatte Weiss geglaubt, er hätte den Verstand verloren, und die Strichmännchen hinter dem Zaun wären nur Nachtgespenster, die sein Verstand aus Albträumen in den Wachzustand mitgenommen hatte. Männer, Frauen und Kinder, die so zusammengefallen waren, dass ihm unvorstellbar war, wie sie immer noch am Leben sein konnten.

Die Soldaten, seine Kameraden, rangen nach Luft, weinten und hielten sich Tücher wegen des Gestanks vor Münder und Nasen. Sie stiegen aus ihren Fahrzeugen und traten zwischen die taumelnden Menschenmassen, die Leichenberge, die die Deutschen zurückgelassen hatten, als sie in letzter Minute geflüchtet waren.

Weiss machte mit der Brownie-Six-16-Klappkamera, die er bei sich hatte, Fotos von Kindern, deren tote Lippen von Fliegen bedeckt waren, während sie in den Himmel starrten.

Nachdem die Nazis kapituliert hatten, stellte Weiss fest, dass die Sowjets genauso grausam waren wie der gemeinsame Feind, die Nazis. »Barbaren« hatte sie einer aus Weiss' Regiment genannt. Verdammte Tiere. In den Wochen nach dem Fall Berlins sah er es mit eigenen Augen, er hörte die Geschichte aus den Mündern der zu den Amerikanern übergelaufenen russischen Soldaten, und er erfuhr es von den überlebenden Zivilisten in den Ruinen der Stadt. Frauen verkrochen sich in Kellern und auf Dachböden, weil sie so viel Angst vor umherziehenden, betrunkenen Sowjets hatten, die alles vergewaltigten, was atmete.

Nicht lange nachdem die Alliierten den Leichnam Deutschlands wieder ausgegraben hatten, übernahmen die Sowjets das Arbeitslager Buchenwald und nutzten es mehr oder weniger für denselben Zweck, für den es gebaut worden war. Letzten Endes stellte sich heraus, dass Stalin kaum besser war als der schreckliche Hitler. So hatte Weiss die Erfahrung gemacht, dass Faschismus und Kommunismus Geschwister waren, die aus demselben giftigen Samen aufgegangen waren. Wenn sich dann solche Ideologien auch noch mit Nationalismus verbanden, konnte darauf nur ein Blutvergießen folgen.

So wie 1948, als Weiss für die Errichtung des Staates kämpfte, der jetzt seine Heimat war. Er war noch für ein Jahr nach Brooklyn zurückgegangen und hatte seinem Vater in der Drogerie geholfen, aber er verbrachte jede freie Minute auf Versammlungen überall in der Stadt, bei denen junge Männer, die so waren wie er, von Palästina erzählten und von dem Kampf, den ihre Brüder dort kämpften. Nicht viel später reiste er zurück nach Europa, einmal durch Italien und mit der Fähre quer übers Mittelmeer, um sich an den Briten vorbeischmuggeln zu lassen. Er hatte sich den immer zahlreicher werdenden Rängen der Hagana angeschlossen und war schon bald ein Mitglied der Elitekampftruppe Palmach. Er hatte zusammen mit seinen Kameraden Freudentränen vergossen, als David Ben-Gurion während einer Radiosendung Israels Unabhängigkeitserklärung verlas. Es waren die Worte, durch die sein Land Realität wurde. Seitdem hatte er für die Existenz Israels gekämpft.

Vor sechs Monaten hatte er Thomas de Groot nicht weit vom Checkpoint Charlie entfernt in einem Café in der Kochstraße getroffen. De Groot war ein großer Mann, in der Höhe wie auch in der Breite, der sehr viel schwitzte. Man hätte denken können, ein Südafrikaner, der die trockene Hitze seiner Heimat gewohnt war, würde die Temperaturen des einsetzenden Berliner Winters als kühl empfinden. Weiss empfand das auch so, aber auf dem Hemd von de Groot zeichneten sich trotzdem dunkle Schweißflecken ab.

Thomas de Groot arbeitete für keine Regierungsstelle. Zumindest nicht für irgendeine *bestimmte* Regierung. Er hatte weder Verbündete noch Feinde. Stattdessen bot er seine Dienste einfach jedem an, der zu zahlen bereit war. Dafür beschaffte er Informationen.

De Groot schob einen Manila-Ordner über den Kaffeehaustisch. Weiss öffnete ihn, blätterte durch den Inhalt und schloss den Ordner wieder. Dann schob er de Groot einen dicken Umschlag zurück.

»Sie sind ein guter Kunde«, sagte de Groot.

»Ich weiß. Ich wundere mich nur, dass ich mir damit immer noch keinen Preisnachlass verdient habe.«

De Groot grinste und entblößte seine kleinen Stummelzähne. »Keinen Preisnachlass, aber ein Geschenk. Sozusagen.«

Weiss musterte den Südafrikaner einen Moment lang. »Ach?«

»Wie Sie wissen, ziehe ich es vor, Meinungsverschiedenheiten, Interessenskonflikten und dergleichen aus dem Weg zu gehen. Es nützt niemandem etwas, sich da draußen gegenseitig in die Quere zu kommen.«

Weiss nickte. »Das tut es in der Tat nicht.«

»Nun ja, es hat sich da etwas ergeben, und ich halte es für das Beste, Sie darauf hinzuweisen. Nur für den Fall der Fälle.«

»Worum handelt es sich?«

Eine Kellnerin wischte den Nachbartisch ab, und sie schwiegen, bis sie fertig war.

»Es hat sich noch jemand nach Otto Skorzeny erkundigt«, sagte de Groot.

»Wer? Welcher Dienst?«

De Groot schüttelte den Kopf. »Keine Dienststelle. Keine Regierung. Nichts Offizielles.«

»Jemand, der auf eigene Rechnung arbeitet?«

»Ein Engländer. Captain John Carter. Er war früher bei der SAS. Der wollte Informationen über Skorzeny und seine Verbindungsleute in Irland. Nicht direkt von mir, aber vor einiger Zeit wurde ein Freund von mir in Amsterdam angesprochen. Das Ganze hätte mich nicht weiter beschäftigt, schließlich sind Informationen nur Informationen. Ich schnappe sie einfach irgendwo auf und hefte sie ab, um Männern wie Ihnen die Mühe zu ersparen, alles selbst herausfinden zu müssen.«

»Aber?«

»Aber es sieht so aus, als hätte Captain Carter auch Zeit und Geld verwendet, Ausrüstung und ein Team zusammenzustellen.«

»Waffen?«

»Handfeuerwaffen. Saubere, mit denen noch nicht irgendwo herumgeballert wurde. Mein Freund konnte ihn dabei unterstützen. Und eine Mannschaft. Er suchte jemanden, mit dem sein Team komplett wäre. Dieser Jemand sollte sich mit Kommandoeinsätzen auskennen. Er ließ durchblicken, dass es sich dabei um eine interessante Aufgabe handelte, die möglicherweise lukrativ sei.«

»Ich verstehe. Danke, dass Sie mich in Kenntnis gesetzt haben. Ich werde dafür sorgen, dass man Ihnen einen kleinen Bonus anweist.«

De Groot grinste und stand auf. »Nicht zu klein, will ich hoffen.«

Weiss schüttelte den Kopf. »Ich werde sehen, was ich tun kann.«

Er musste einen Monat lang Nachforschungen anstellen, bis er Carter gefunden hatte. Weitere sechs Wochen lang observierte Weiss ihn, bis er sich seiner Sache sicher war und den nächsten Schritt riskierte: sich selbst vorzustellen.

Carter war zwischen Dublin und London hin und her geflogen, hatte eine Woche in der einen und zwei in der anderen Stadt verbracht. Er hatte gerade allein in einem Pub in der Vauxhall Bridge Road gesessen, als sich ihm Weiss zum ersten Mal näherte.

Ihre erste Unterredung nahm keinen guten Verlauf. Auf einem Pfad am Themse-Ufer war es zwischen den beiden sogar zu einem Faustkampf gekommen, bei dem es Weiss aber schließlich gelungen war, den Engländer mit den Knien zwischen den Schulterblättern von seinem Standpunkt zu überzeugen.

Carters ursprünglicher Plan war völlig unzureichend gewesen. Er sah eigentlich nur vor, Skorzenys Farm zu stürmen, ihn gefangenzunehmen und ihn davon zu überzeugen, das Geld herauszurücken. Die Raffinesse, falls ein solches Wort verwendet werden durfte, ihre Entschlossenheit an den *Kameraden* Skorzenys unter Beweis zu stellen, war Weiss' Beitrag zum Plan gewesen. Carter und seine Männer waren ausgezeichnete Soldaten, daran hatte Weiss keinen Zweifel, aber sie konnten nicht taktieren. Nicht so wie er.

Jetzt, in diesem feuchten und stinkenden Bauernhof, starrte Carter quer über den Tisch Weiss mit allem Hass an, zu dem ein Mann fähig ist, der weiß, dass sein Gegenüber besser ist als er selbst.

»Sie sind gar nicht so clever«, sagte er und griff nach der Wodkaflasche.

Weiss schnappte sie ihm weg. »Immer ruhig Blut, mein Freund.«

Carter zeigte seine Zähne, dann zuckte ein Grinsen über sein Gesicht. »Wissen Sie, Wallace wollte Sie heute töten. Er nahm mich beiseite und fragte, warum wir diesem jüdischen Bastard nicht einfach den Kopf wegpusten. Und ich dachte darüber nach. Das habe ich wirklich getan. Sie und diesen Kerl, von dem Sie so angetan sind. Wir wären Sie beide losgeworden und hätten Sie hier am Arsch der Welt liegen lassen. Wir hätten das Ding auch alleine durchziehen können.«

»Und warum haben Sie es nicht getan?«

Weiss nahm einen Schluck Wodka, während er darauf wartete, dass sich Carter eine Antwort zurechtlegte.

Carter lehnte sich zurück und spreizte die Arme in einer Geste der Großzügigkeit. »Weil ich ein Mann bin, der zu seinem Wort steht. Ich habe Ihrem verdammten Plan zugestimmt, dumm, wie ich war, und jetzt halte ich mich daran.« Dann beugte er sich vor und schwenkte seinen Zeigefinger vor Weiss. »Aber reizen Sie mich nicht. Wenn Sie noch einmal so eine Nummer abziehen wie heute, könnte ich anfangen, die Sache mit Wallace' Augen zu betrachten.«

»Das wäre ein Fehler, mein Freund.« Weiss goss Carter Wodka nach. »Ich mache mir Sorgen über den jungen Mr. Wallace.«

Carter nahm das Glas und kippte den Wodka herunter. »Hören Sie auf, mich Ihren Freund zu nennen. Wallace ist ein guter Bursche. Er ist ein Hitzkopf, aber er ist belastbar und gehorcht Befehlen. Er ist loyal.«

»So loyal, dass er Sie nicht an Skorzeny ausliefern würde?«

»Dummes Zeug.« Carter knallte das Glas auf den Tisch. »Er ist ein guter Soldat. Er und Gracey. Und MacAuliffe war auch einer.«

»Aber jetzt nicht mehr.«

Weiss bedauerte fast, es gesagt zu haben, aber dann verwandelte sich der Ausdruck des Schmerzes in Carters Gesicht in Zorn. Der Engländer stand auf und schleuderte den Stuhl so heftig zurück, dass er gegen die Wand knallte. Er blieb einen Augenblick stehen. Seine Brust hob und senkte sich, rote Flecken bildeten sich auf seinen Wangen, und schließlich verließ er heiser fluchend den Raum.

Goren Weiss blieb lächelnd im warmen, gelben Lampenlicht zurück.

53. KAPITEL

Fitzpatrick folgte Haughey in Ryans Hotelzimmer. Der Direktor blieb mit offenem Mund im Türeingang stehen. »Großer Gott, Ryan, was ist passiert?«

Ryan lag auf dem Bett. Er trug eine Weste und Hosen. Neben

ihm saß Celia. Auf dem Nachttisch befand sich eine Schüssel mit warmem Wasser, daneben Mullkompressen, um damit die Wunden abtupfen zu können. Sie hatten vorher einige Zeit darüber diskutiert, wie bewegungsunfähig er wirken sollte.

»Machen Sie die Tür zu«, sagte Ryan.

Fitzpatrick gehorchte.

Haughey warf finstere Blicke. »Das gefällt mir nicht, Ryan.« Er warf dem Direktor einen Seitenblick zu. »Wenn mich jemand in ein Hotel ruft, dann erwarte ich eigentlich, zum Essen eingeladen zu werden, aber nicht, bei jemandem am Krankenbett zu landen.«

»Er muss sich ausruhen«, sagte Celia.

Haughey warf ihr einen strengen Blick zu. »Und was tun Sie hier? Einmal abgesehen von ihren Doktorspielen?«

»Das betrifft Celia genauso wie alle anderen«, sagte Ryan.

»Einen Dreck tut es.«

Celia stand auf. »Herr Minister, vielleicht erinnern Sie sich daran, dass Sie es waren, der mich hineingezogen hat, als Sie Mr. Waugh aufforderten, sich an mich zu wenden.«

Fitzpatricks Gesicht wurde blass. »Waughs Abteilung ist auch in diese Sache verwickelt?«

Haughey wischte die Besorgnis des Direktors mit einer Handbewegung beiseite. »Ich habe ihn um einen Gefallen gebeten, mehr nicht.« Er wandte sich wieder an Ryan. »Wie dem auch sei, ich glaube nicht, dass Miss Hume dabei sein muss.«

Ryan zögerte einen Moment, dann streckte er den Arm aus und berührte Celias Hand. Sie nickte, ging zur Tür und verließ das Zimmer.

»Könnten wir denn jetzt zur Sache kommen?«, fragte Haughey. »Wo in Gottes Namen haben Sie gesteckt?«

Ryan hielt den Blick auf den Minister gerichtet und sagte mit tonloser Stimme: »Ich habe die Männer aufgespürt, die die Angriffe auf Skorzenys Mitarbeiter ausgeführt haben. Ich war dabei, sie zu observieren, als sie mich gefangennahmen. Sie haben mich zwei Tage lang gefoltert, bevor sie mich mit einer Nachricht an Oberst Skorzeny wieder freiließen.«

Haughey schaute kurz zu Fitzpatrick und dann wieder zu Ryan. »Sie haben Sie gefoltert?«

»Ja, Herr Minister. Zuerst haben sie mich geschlagen, dann haben sie ein elektrisches Gerät benutzt, so etwas Ähnliches wie einen elektrischen Viehtreiber.«

Fitzpatrick stöhnte.

»Allmächtiger Gott.« Haughey schüttelte den Kopf.

»Herr Minister«, sagte Fitzpatrick, »ich hätte Ihnen meinen Mann nicht unterstellt, wenn ich geahnt hätte, es bestünde auch nur die geringste Gefahr, dass …«

»Was waren das für Männer?«, fragte Haughey.

Fitzpatrick trat zwischen Haughey und Ryan. »Herr Minister, in diesem Moment bin ich viel mehr an dem Wohlergehen von Lieutenant Ryan interessiert.«

»Was waren das für Männer?«, fragte Haughey noch einmal.

Ryan antwortete. »Es waren drei. Zwei Engländer und ein Rhodesier. Alle hervorragend ausgebildet und kampferprobt. Der Anführer ist Engländer, circa fünfundvierzig Jahre alt, Offizier. Die anderen beiden sind zwischen dreißig und vierzig. Der Rhodesier ist der jüngere von beiden. In meiner Gegenwart haben sie einander nicht mit ihren Namen angeredet.«

»Wie haben Sie sie gefunden?«

»Catherine Beauchamp hat mir erzählte, sie müssten irgendwo am Croke-Park-Stadion sein. Ich habe das Gebiet zwei Tage lang ausgekundschaftet, bis ich sie entdeckt habe.«

Haugheys Augen wurden enger. »Das ist gelogen.«

»Stimmt.« Ryan erwiderte Haugheys Blick kühl. »Aber mehr werde ich Ihnen im Moment nicht erzählen. Direktor, Herr Minister, ich würde gerne eine Sache klarstellen.«

Fitzpatrick sagte: »Reden Sie.«

Ryan hielt unverwandt Augenkontakt mit Haughey. »Ich wurde Zeuge, wie Oberst Skorzeny und sein Vertrauter Célestin Lainé einen Norweger folterten und schließlich umbrachten, weil sie ihn verdächtigten, Informant zu sein.«

Haughey hielt Ryans Blick nicht länger stand.

Ryan fuhr fort. »Ich habe Grund zu der Annahme, dass Oberst Skorzeny irgendwann im Laufe der kommenden vierundzwanzig Stunden versuchen wird, mich gefangenzunehmen und zu foltern, um aus mir herauszubekommen, was ich Ihnen heute Nachmittag nicht verraten habe.«

Haughey leckte über seine Lippen. »Das ist eine ziemlich schwere Anschuldigung, Lieutenant Ryan.«

»Außerdem besteht die Gefahr, dass Oberst Skorzeny das Gleiche auch bei Miss Hume versuchen wird, um mich auf diese Weise dazu zu zwingen, ihm Informationen preiszugeben.«

»Und was erwarten Sie jetzt von mir?«, fragte Haughey.

»Ich erwarte Schutz durch das Innenministerium und die Abteilung für Aufklärung. Falls mir oder Celia Hume in den nächsten Tagen etwas zustoßen sollte oder einer von uns verschwindet, sollten Sie bei Oberst Skorzeny mit der Suche beginnen.«

Ryan verstummte. Das Schweigen wurde immer drückender. Schließlich nickte Haughey und räusperte sich. »In Ordnung.

Ich werde Skorzeny anweisen, keinen direkten Kontakt mit Ihnen aufzunehmen. Falls er etwas von Ihnen wissen will, läuft das über mich. Reicht Ihnen das?«

»Nein, Minister. Ich möchte, dass Sie mir den Schutz durch ihre Behörde und die Abteilung für Aufklärung garantieren.«

Haughey und Fitzpatrick wechselten einen Blick.

»In Ordnung«, sagte Haughey. »Sie haben mein Wort. Falls Ihnen oder Miss Hume irgendetwas zustoßen sollte, wird mir Oberst Skorzeny Rede und Antwort stehen. Also, mit welcher Botschaft haben diese Kerle Sie zurückgeschickt?«

»Sie lehnen das Gegenangebot des Obersts ab.«

Fitzpatrick zog die Augenbrauen hoch. »Gegenangebot?«

»Skorzeny bot ziemlich unverhohlen an, dass nur dann einer von ihnen Geld erhalten würde, wenn er die anderen betrüge. Wenn er sie umbrächte und Skorzeny den Beweis liefere.«

»Stimmt das, Herr Minister?«, fragte Fitzpatrick.

Haughey errötete. »In der *Irish Times* wurde eine Anzeige geschaltet. Ich habe das nicht gebilligt und dem Oberst meinen Standpunkt deutlich gemacht.«

»Mein Gott, Sie haben wissentlich zugelassen, dass Skorzeny eine Anzeige schaltet, in der er zu Morden aufruft?«

Haughey druckste herum. »Wie ich bereits sagte: Ich habe das nicht gebilligt. Rückblickend könnte man vielleicht sagen, ich hätte meine Ablehnung deutlicher machen sollen.«

»Was Sie nicht sagen! Ich hätte nicht übel Lust, damit zum Premierminister zu gehen. Ich könnte mir vorstellen, dass Ihr Schwiegervater in dieser Sache klare Worte finden würde.«

Haughey trat dichter an Fitzpatrick heran, bis sich ihre Körper fast berührten. »Halten Sie die Luft an, Direktor. Bilden Sie sich nicht ein, Sie könnten Charlie Haughey drohen. Wenn

Sie mir in die Quere kommen, sind Sie Ihren verdammten Posten los, noch ehe der Tag zu Ende geht.«

Fitzpatrick machte einen Schritt zurück, richtete seinen Schlips und strich seine Anzugjacke glatt. »Meine Herren, mir scheint, ich habe mein Mögliches zu diesem Gespräch beigetragen. Wenn Sie mich jetzt entschuldigen würden, ich habe noch eine Menge Papierkram zu erledigen.«

Er ging zum Bett und legte Ryan seine Hand auf die Schulter. »Wenden Sie sich an mich, wenn Sie irgendetwas benötigen, Ryan. Ganz gleich, was es ist.«

»Vielen Dank, Sir.«

Fitzpatrick verließ den Raum. Haughey wartete, bis sich die Tür schloss.

»Und was jetzt?«, fragte er dann.

»Sorgen Sie dafür, dass Skorzeny bezahlt«, erwiderte Ryan.

Haughey seufzte; seine Schultern sackten herunter, und sein Körper verlor alle Spannung. »Ich weiß nicht, ob er einwilligt. Er ist ein sturer Hund.«

»Entweder er zahlt, oder er muss sehen, wie er selbst mit denen fertig wird. Diese Männer meinen es ernst. Sie werden nicht aufgeben. Ich habe für Sie alles getan, was in meiner Macht stand. Und noch mehr. Sie haben vierundzwanzig Stunden, um Skorzeny zu überzeugen. Wenn es Ihnen nicht gelingt, bekommen Sie von mir meinen Abschlussbericht und sind dann auf sich allein gestellt.«

Haughey ging zur Tür. »Ich werde sehen, was ich tun kann. Passen Sie auf, dass Sie keinen Ärger kriegen, Ryan.«

Beim Herausgehen nickte er Celia zu. Sie kam herein und zog die Tür hinter sich zu.

Ryan schwenkte seine Beine aus dem Bett, während sein

Körper massiv protestierte, und setzte sich aufrecht hin. Mit einer Hand stützte er sich am Nachtschrank ab.

Celia kam ans Bett und kniete sich vor ihn. Dann griff sie darunter und zog ein tragbares Grundig-Tonbandgerät hervor, das sie am Morgen von dem letzten Geld gekauft hatte, das der Direktor Ryan ausgehändigt hatte. Sie drückte auf den Stoppknopf, und die Spulen hörten auf, sich zu drehen. Aus dem Versteck zwischen den Kissen auf dem Bett schaute ein kleines Mikrofon hervor, dessen Verkabelung hinter dem Kopfteil nach unten verschwand.

Dann kam sie wieder auf die Füße, ging zum Garderobenschrank und öffnete die Spiegeltür. Sie kauerte sich hin und griff hinein.

»Pass auf, sie ist schwer«, sagt Ryan.

»Das weiß ich wohl«, antwortete sie. »Ich habe das Ding schließlich den ganzen Weg vom Büro bis hierher geschleppt. Wenn jemand merkt, dass sie fehlt, kriege ich furchtbaren Ärger.«

Sie hielt den Rücken gerade, hob sie mit der Kraft ihrer Beine an und brachte die Olivetti-Schreibmaschine ans Bett.

»Kannst du tippen?«, fragte Ryan.

»Selbstverständlich kann ich das.« Sie nahm einen Stapel Papier aus dem Garderobenschrank, setzte sich aufs Bett und spannte einen Bogen ein. »Also, welches Datum haben wir heute?«

54. KAPITEL

Skorzeny hatte schon fast eine halbe Stunde in Haugheys Büro gewartet, als der Minister endlich zurückkehrte. Er grüßte den Minister beim Eintreten nicht, und auch nicht, als er sich setzte.

Haughey blieb eine Weile schweigend sitzen. Skorzeny zündete sich eine andere Zigarette an und rauchte abwartend, genoss das Kratzen des heißen Tabakrauchs in seiner Lunge.

Schließlich brach Haughey das Schweigen. »Was für eine verdammte Sauerei!«

Skorzeny antwortete nichts. Er zog noch einmal an der Zigarette, stieß eine Qualmwolke aus und sah zu, wie sie emporschwebte und dann von den Luftströmungen in dem Raum verteilt wurde.

»Eine Katastrophe! Das haben Sie mir eingebrockt. Das ist eine verdammte Katastrophe!«

»Hatte Lieutenant Ryan keine guten Nachrichten für uns?«

Haughey starrte ihn über den Schreibtisch hinweg an. »Nein, hatte er nicht.«

Er berichtete Skorzeny von Ryans Zustand, von seiner Gefangennahme, seiner Folterung und von dem zurückgewiesenen Angebot. Und dass der Chef der Abteilung für Aufklärung jetzt zu viel wusste.

Als er fertig war, ergriff Skorzeny das Wort. »Die Abteilung für Aufklärung ist Ihre Angelegenheit und geht mich nichts an. Ich werde selbst mit Lieutenant Ryan sprechen. Ich bin mir sicher, dass ich ihn dazu überreden kann, offener mit mir zu reden, als er es mit Ihnen getan hat.«

»Nein«, erwiderte Haughey und richtete den Finger auf Skorzeny. »Keine Chance. Halten Sie sich von Ryan fern. Und auch von seiner heißen Braut. Ich habe ihm mein Wort darauf gegeben. Und jetzt will ich, dass diese Sache endlich ein Ende findet.«

»Nur Geduld, Minister. Die Gier wird sie noch packen. Vielleicht nicht heute oder morgen. Aber bald. Und dann wird sich das Problem in Luft auflösen.«

Haughey stand auf. »Nein, mein Problem wird sich dann nicht in Luft auflösen. Es wird immer noch herumsitzen und seine verdammten Zigaretten rauchen.«

Er tigerte mit seinen Händen in den Hosentaschen durch den Raum. »Der Alte Dev hätte niemals zulassen dürfen, dass einer von euch seinen Fuß auf irischen Boden setzt. Und ich will Ihnen was sagen: Es ist noch nicht zu spät, Sie alle wieder an die Luft zu setzen. Gehen Sie zurück nach Spanien oder nach Argentinien oder unter welchem Stein Sie auch hervorgekrochen sind.«

»Was schlagen Sie vor, Herr Minister? Soll ich mich einer Erpressung beugen?«

Haughey hielt ihm den Finger vor die Nase. »Genau das sollten Sie tun. Und Sie werden es auch tun.«

Skorzeny drückte die Zigarette aus. »Wie bitte?«

»Bezahlen die die Mistkerle. Ryan hat recht. Geben Sie Ihnen, was sie wollen, dann ist die Sache erledigt.«

»Herr Minister, halten Sie mich wirklich für einen Mann, der einfach so vor seinen Feinden kapituliert?«

»Ach, hören Sie doch auf mit diesem blöden Frontjargon. Das hier ist kein Kriegsgebiet, und ich werde auch nicht zulassen, dass Sie es dazu machen. Wir haben in ein paar Wochen den Präsidenten der Vereinigten Staaten von Amerika zu Gast, und ich werde nicht zulassen, dass noch mehr Leichen auftauchen, die auf das Konto von Ihnen und ihren verdammten Nazifreunden gehen.«

Skorzeny erhob sich und richtete sich zu voller Größe auf, um den Minister noch zu überragen. »Herr Minister, bitte nötigen Sie mich nicht. Sie sind mir ein guter Freund gewesen, und ich war Ihnen ein guter Freund. Wir sollten keine Feinde werden.«

»Feinde?« Haughey lachte kurz auf. »Ich habe an Feinden keinen Mangel, Skorzeny, und einer mehr wird mir auch nicht den Schlaf rauben. Und jetzt hören Sie mir ganz genau zu. Halten Sie sich von Ryan fern. Wenn Sie sich ihm nähern, setze ich Sie persönlich in das nächste Flugzeug nach Spanien.«

Skorzeny lächelte, knöpfte sein Jackett zu und ging zur Tür.

»Darauf haben Sie mein Wort, Herr Minister. Guten Tag.«

Er ging achtlos an Haugheys Sekretärin vorbei und unterdrückte das wütende Lachen, das aus ihm herauszuplatzen drohte. Was für ein lächerlicher Gedanke, dass er sich einer Erpressung beugen würde!

Der Letzte, der so eine Dummheit versucht hatte, war elendig krepiert.

Skorzeny hatte zusammen mit dem Chef von Francos Leibwache das Hotelzimmer inspiziert, in dem Impelliteri sein Ende gefunden hatte. Sebastian Arroyo stand über den Blutflecken auf dem Teppich und schüttelte den Kopf.

»Sie hat ihm in den Bauch gestochen«, sagte Arroyo. »Hat

ihn regelrecht aufgeschlitzt. Der Leibarzt des Generalissimus hat sich um ihn gekümmert, vergeblich. Señor Impelliteri starb unter großen Schmerzen.«

Skorzeny bemühte sich erfolgreich, angesichts dieser Bemerkung seine Genugtuung zu unterdrücken.

»Ein Mordanschlag, schlicht und einfach«, fuhr Arroyo fort. »Sie waren beide nackt. Ich vermute, sie beabsichtigte, ihn im Schlaf zu töten. Aber er wachte auf, und es gab einen Kampf. Wir konnten sie im Treppenhaus stellen. Ein schönes Mädchen. Wer hätte gedacht, dass sie zu so etwas imstande sein könnte?«

»Hat sie irgendwas gesagt?«, fragte Skorzeny.

»Ich habe sie erschossen, bevor sie reden konnte«, sagte Arroyo. »Aus reiner Menschenfreundlichkeit, wirklich. Sie hätte in Gefangenschaft ganz schrecklich leiden müssen.«

Skorzeny nickte. »Das ist wahr.«

»Trotzdem ist etwas seltsam.«

Der Schweiß an Skorzenys Rücken wurde eiskalt. »Und was?«

»Ich habe das Zimmer in ihrem Hotel durchsuchen lassen. Es sah aus, als hätte sie für einen Urlaub gepackt. Ein paar Kleider, Badesachen und so weiter. Sie war übrigens mit einem Schweizer Pass unterwegs. Seltsam war nur, dass sie in der Unterwäsche in ihrem Koffer einen Zettel versteckt hatte.«

Skorzeny verlagerte sein Gewicht. »Einen Zettel?«

»Ein kleines Stückchen Papier. Darauf standen Ihr Name und die Telefonnummer dieses Hotels. Ach ja, und Ihre Zimmernummer.«

Skorzeny erwiderte nichts.

»Ich mochte Señor Impelliteri nicht«, sagte Arroyo. »Der Generalissimo wollte, dass ich ihn einstelle. Als wüsste ich nicht selbst, wie ich meine Arbeit zu erledigen habe.«

Arroyo drehte sich weg und ging zur Tür. Dort machte er kurz Halt.

»Oberst Skorzeny, Sie wären gut beraten, nach Irland zurückzukehren und dort eine Weile zu bleiben.«

Skorzeny nickte. »Das ist wohl so.«

Einen Monat später bedachte er Arroyo mit einem großzügigen Geschenk. Schließlich gab es einen klaren Unterschied zwischen Bestechung und Erpressung.

55.
KAPITEL

Als Ryan Weiss entdeckte, saß er auf einer Kirchenbank in der Unitarierkirche auf der Westseite von St. Stephen's Green. Er bemerkte Weiss' besorgte Miene, als er sich näherte.

»Ist es schlimm?«, fragte Weiss.

»Ich werde es überleben«, antwortete Ryan. Er ließ sich auf die Holzbank nieder und bemühte sich, den Schmerz nicht in seinem Gesicht erkennen zu lassen.

»Ist das hier passender für Sie als die University Church?«, fragte Weiss. »Die hier ist konfessionell nicht festgelegt, wissen Sie? Wir sind hier beide willkommen. Was sind Sie? Anglikaner? Baptist? Methodist?«

»Presbyterianer«, sagte Ryan. »Aber ich gehe nicht oft in die Kirche.«

»Ich auch nicht. Ich schätze, wir beide haben hier doch nichts verloren. Wie ist denn ihr Treffen gelaufen?«

»Ich habe ihnen vierundzwanzig Stunden gegeben, um Skorzeny dazu zu bringen, einzuwilligen.«

»Glauben Sie, dass er es tun wird?«

Ryan schüttelte den Kopf. »Ich weiß nicht, ob er dazu nicht zu stolz ist.«

»Ja, er ist stur und stolz. Aber er ist auch schlau. Er weiß, dass das kein Krieg ist, den es zu führen lohnt. Merken Sie sich meine Worte: Morgen um diese Zeit wird er zugestimmt haben.«

Ryan wandte sich an Weiss. »Und können Sie Carter und seine Männer so lange unter Kontrolle behalten?«

»Natürlich kann ich das. Sie sind ein gutes Team.«

Weiss schaute hinauf zu den Buntglasfenstern über der Kanzel. Sein Blick täuschte darüber hinweg, dass er an seinen eigenen Worten zweifelte.

56. KAPITEL

Weiss folgte der einspurigen Straße. Das weiße Laken am Himmel wurde immer grauer, und die Regentropfen auf der Windschutzscheibe wurden immer größer. Er schaltete die Scheibenwischer an, die das Wasser nur auf der Scheibe verteilten.

Er hatte Remak am Flughafen zurückgelassen. Er sollte ein paar Tage dienstfrei machen, hatte Weiss gesagt. Damit er sich ein wenig entspannen und währenddessen die Aufzeichnungen durchgehen konnte, bevor sie sie ihren Vorgesetzten in Tel Aviv präsentierten. Nächste Woche, hatte er ihm erzählt, würden sie gegen Skorzeny vorgehen. Sobald das endgültige Okay von oben vorläge. Den Flug hatte er aus eigener Tasche bezahlt. Erster Klasse.

Zwischen den Bäumen vor ihm tauchte das Bauernhaus auf. Es war ein niedriges baufälliges Gebäude. Der Kalkanstrich hatte sich grau und braun verfärbt, und von der Farbe auf der Tür hatten sich nur noch ein paar grüne Flecken auf dem nackten Holz erhalten. Er lenkte den Wagen auf den schmalen freien Streifen vor dem Haus und parkte direkt neben dem Bedford-Lieferwagen.

Nachdem sich der Motor ein letztes Mal geschüttelt hatte und dann verstummt war, hörte er die Stimmen.

Zuerst erkannte er Carters Stimme, sein schroffes Bellen, das so klang wie ein Wachhund, der die Witterung eines Eindringlings aufgenommen hat. Dann hörte er Wallace, dessen spöttischen Ton, dessen Arroganz.

Weiss legte eine Hand an seine Pistole und kletterte aus dem Auto. Die Wagentür drückte er vorsichtig zu, bis sie einrastete. Die Stimmen wurden höher und schriller.

»Er wird uns reinlegen.«

»Vielleicht, vielleicht nicht, aber wir tun, was ich sage, und ich sage, wir warten ab.«

»Wir tun, was Sie sagen? Und wer gibt Ihnen die Autorität?«

»Ich bin Ihr vorgesetzter Offizier. Mehr Autorität brauche ich nicht.«

»Vorgesetzter Offizier? Ich bin nicht in Ihrer verdammten Armee. Sie haben mir oder ihm gar nichts zu befehlen.«

»Wenn Sie bezahlt werden wollen, tun Sie gefälligst, was ich Ihnen sage.«

»Ja, ich will bezahlt werden, aber womit? Wo ist das verdammte Geld. Hmm? Sie haben gesagt, Sie machen mich reich, und ich habe noch keinen verdammten Penny gesehen.«

Weiss öffnete die Tür des Bauernhauses und trat ein. Die Feuchtigkeit in der Luft legte sich wie ein kühler Mantel über ihn.

Carter und Wallace standen in der Mitte des Zimmers so dicht voreinander, dass sich ihre Füße zu berühren schienen. Beide drehten sich wie ertappte Kinder mit schuldbewussten Gesichtern zu Weiss. Gracey hatte die Szene von der Ecke aus mit überdrüssigem Blick verfolgt.

Weiss nahm ein Geldbündel aus der Tasche, das mit einem Clip zusammengehalten wurde. Er zählte laut fünf, zehn, zwanzig Scheine vor und hielt Wallace das Geld hin.

»Eintausend Dollar«, sagte Weiss. »Sie wollen bezahlt werden? In Ordnung. Nehmen Sie das hier als Abfindung und sehen Sie zu, dass Sie fortkommen.«

Wallace schaute auf das Geld, dann wieder zu Weiss.

»Nehmen Sie es.« Weiss wedelte vor ihm mit dem Geld. »Oder halten Sie die Klappe.«

»Ach. Sind Sie jetzt hier der Chef, oder was?«

»Captain Carter und ich leiten diese Operation. Wenn Ihnen das nicht gefällt: Hier ist das Geld, und da ist die Tür.«

Wallace schnaubte. »Wenn es mir auf das Geld ankäme, das Sie in der Tasche haben, würde ich Sie umlegen und es mir nehmen. Darum geht es hier nicht. Ich habe keine Lust mehr, mir hier den Hintern platt zu sitzen und darauf zu warten, dass irgendwas passiert. Hätten wir uns an den ursprünglichen Plan gehalten, wären wir schon vor Wochen aus diesem beschissenen Land verschwunden.«

»Wenn Sie sich an den ursprünglichen Plan gehalten hätten, wäre nichts dabei herausgesprungen, außer dass Sie vielleicht eine Kugel in Ihren Hintern bekommen hätten.« Weiss stopfte das Geld zurück in seine Jackentasche. »Das hier ist kein Wunschkonzert. Entweder machen Sie es so, wie wir wollen, oder Sie sind raus.«

Wallace trat einen Schritt näher. »Sehen Sie, an dieser Stelle liegen Sie falsch. Es könnte ja sein, das ich immer noch über Skorzenys Angebot nachdenke. Wenn ich hier noch lange herumsitzen muss, werde ich mich vielleicht genötigt sehen, euch Bastarde an …«

Weiss riss die Pistole aus seinem Holster, während er die wenigen Meter bis zu Wallace zurücklegte. Noch bevor Wallace die Hände hochbekam, schlug er ihm die Waffe übers Kinn. Er spürte die Kraft des Schlags in seinem Handgelenk, im Ellenbogen und bis hinauf in die Schulter. Wallace wirbelte herum, taumelte zwei Schritte und landete dann unsanft auf allen vieren. Weiss trat dem Rhodesier kräftig in die Eingeweide. Der rollte sich auf dem Boden zusammen und hustete. Sein Kopf war hochrot angelaufen.

»Das reicht«, sagte Carter.

Gracey richtete sich auf, steckte die Hand in seine Hosentasche, zog ein Klappmesser hervor und ließ die Klinge herausschnellen.

Weiss sah Carter an. »Sag deinem Jungen, er soll sein Messer wegpacken.«

Carters Stimme klang fest. »Tu, was er sagt.«

Gracey zögerte einen Moment, dann klappte er die Klinge ein und steckte das Messer wieder in die Hosentasche. Danach hielt er die Arme seitlich, mit offenen Händen und sprungbereit, das Gewicht auf beiden Füßen ausbalanciert.

Weiss kniete sich neben Wallace. »Damit eines ganz klar ist, mein Freund. Wenn Sie noch einmal solche Reden schwingen, selbst wenn es nur ein Scherz sein soll, bringe ich Sie auf der Stelle um. Haben wir uns verstanden?«

Wallace spuckte auf den Boden. »Verdammter jüdischer Bast ...«

Weiss setzte die Mündung der Glock-Pistole auf Wallaces Auge. Der erstarrte.

»Haben wir uns verstanden?«

»Ja.«

Weiss richtete sich wieder auf. Wallace kroch weg, erreichte die Wand und lehnte sich mit dem Rücken dagegen, während er sich mit dem Handrücken über das Auge rieb.

»In Ordnung«, sagte Weiss. »Und wenn sich die Ladies für ein paar Tage ihre hysterischen Anfälle verkneifen würden, könnten wir diese Angelegenheit hier vielleicht auch zu Ende bringen.«

Carter starrte Wallace eine Weile streng an, dann wandte er sich an Weiss. »Und? Was hat Ihr Freund Ryan gesagt?«

»Er hat Skorzeny vierundzwanzig Stunden gegeben, um unseren Bedingungen zuzustimmen. Andernfalls tritt er von seiner Aufgabe zurück.«

»Und wenn Skorzeny nicht einwilligt?«

»Dann sind wir auch nicht schlechter dran als vorher, oder?«

Wallace wischte sich Speichel und Rotz vom Kinn. »Wir hätten Ryan erledigen sollen. Er wird uns reinlegen.«

»Ryan ist härter, als Sie glauben«, sagte Weiss. »Carter hat ihm die Hölle heißgemacht, und er hat nicht klein beigegeben. Ehrlich gesagt ist es mir vollkommen egal, ob Sie ihm vertrauen oder nicht. Ich bin bereit, das Risiko auf mich zu nehmen.«

»Und das ist der Haken, oder? Wir sind diejenigen, die ihren Kopf riskieren. Und nicht Sie.«

Weiss schob die Hände in die Hosentaschen. »Momentan riskiert Lieutenant Ryan mehr als jeder von uns.«

57. KAPITEL

Von seinem Fenster aus beobachtete Célestin Lainé, wie die Sonne über den Himmel zog und immer tiefer zu den Baumwipfeln hinuntersank. Er war in den letzten paar Tagen in seinem Zimmer geblieben und nur herausgekommen, um ein paar Flaschen Wein oder Nahrung für sich und den Hund zu holen.

Vor lauter Langeweile jaulte der Welpe nahezu unentwegt. In der Ecke hatte sich ein Häufchen von Exkrementen angesammelt, der Geruch war unerträglich geworden. Nach einem Tag war Lainé dazu übergegangen, den Dreck zusammenzuschaufeln und aus dem Fenster zu werfen. Den Urin hatte er mit gestohlenen Handtüchern aufgesaugt.

Der Raum stank immer noch, aber bisher hatte Lainé keine Lust verspürt, hinauszugehen. Denn das hätte bedeutet, Skorzeny ins Auge sehen zu müssen, und er hatte das sichere Gefühl, der Oberst würde seinen Verrat klar und deutlich in seinem Gesicht geschrieben sehen.

Nachts hatte er nur ein, zwei Stunden geschlafen, Angst und Ärger hielten ihn wach. Er zitterte am ganzen Körper. Es war die Furcht vor Skorzeny und der Ärger darüber, dass ihn Carter und jetzt auch Ryan im Stich gelassen hatten.

Der Engländer hatte ihm Geld versprochen, mehr als sich Lainé jemals erträumen könnte. Er hatte sich tage- und wochenlang ausgemalt, wie er es ausgeben und was für ein Leben er führen würde. Ein Landhaus an der See, vielleicht so gelegen, dass Catherine ihn hätte besuchen können. Dann hätten sie Stunde um Stunde damit verbracht, Zigaretten zu rauchen, Wein zu trinken und Bretonisch zu reden, während die Gischt des Meeres gegen die Fenster geprasselt wäre.

Alles umsonst.

Deshalb hatte er Ryan seine Sünden gebeichtet und erwartet, der Ire würde Carter und seine Männer an Skorzeny ausliefern. Die Tage waren verstrichen, aber geschehen war nichts. Jeder Verrat war wiederum nur mit Verrat vergolten worden.

Also war er in seinem nach Hundekot stinkenden Kämmerlein geblieben und hatte sich an seiner eigenen Wut hochgezogen, bis er schließlich auf die Idee kam, ein letztes Mal die Rolle des Verräters zu übernehmen.

Er schloss die Augen und stammelte ein Gebet, um sich Mut zu machen, dann war er aus dem Raum herausgetreten. Er ging die Treppen hinunter und bis zu Skorzenys Arbeitszimmer. Vor der Tür machte er Halt und hörte durch das Türblatt die harte Stimme des Oberst. Er öffnete die Tür, ohne anzuklopfen.

Skorzeny saß am Schreibtisch, hielt den Telefonhörer an sein Ohr gepresst. Er sah Lainé hereinkommen, hinter sich die Tür schließen und Platz nehmen. Er beendete das Gespräch und legte auf.

»Célestin, Sie sehen mitgenommen aus.«

»Wir müssen uns unterhalten«, sagte Lainé.

Skorzeny nickte. Er bot ihm eine Zigarette an. Lainé bediente sich. Als er Feuer an den Tabak brachte, konnte er das Zittern seine Hände nicht unterdrücken.

»Also, worum geht's?«, erkundigte sich Skorzeny und steckte sich selber eine Zigarette an.

Lainé hüstelte, seine Augen wurden feucht. »Ich will Ihnen etwas erzählen.«

»Aha?«

»Aber zuerst müssen Sie mir etwas schwören.«

Skorzenys Augen funkelten. »Sagen Sie, was ich schwören soll. Dann werden wir sehen.«

Lainé wollte die Asche seiner Zigarette abstreifen, aber seine Hände zitterten so heftig, dass die Asche auf den Boden segelte.

»Sie müssen versprechen, mich am Leben zu lassen.«

Skorzeny lachte unwillkürlich kurz auf. »Wie könnte ich so etwas versprechen?«

»Sie müssen, oder ich sage Ihnen gar nichts.«

»Célestin, es gibt nichts, was Sie vor mir verbergen können. Sie wissen, dass ich Sie foltern würde, wenn es sein muss.«

Mit seiner freien Hand griff Lainé in seine Tasche und zog ein Filetiermesser heraus, das er tags zuvor aus der Küche mitgenommen hatte. Er führte die Klinge an seine Kehle. Er spürte, wie kalt sie war, und auch den heißen Schmerz, als sie seine Haut ritzte.

»Versprechen Sie es mir«, sagte er und hielt unablässig Augenkontakt mit Skorzeny. »Schwören Sie mir, dass Sie mich leben lassen und dass Sie es niemand anderem erlauben werden, mich umzubringen. Sonst werden Sie nie erfahren, was ich Ihnen zu sagen habe.«

Das Lachen war aus Skorzenys Augen verschwunden. »Célestin, Sie bluten. Legen Sie das Messer weg.«

»Schwören Sie es, oder Sie werden es nie erfahren.«

In Skorzenys Gesicht zeichnete sich Wut ab, verebbte aber rasch und machte kühler Gelassenheit Platz. Er nickte einmal. »Wie Sie wollen. Ich gebe Ihnen mein Wort, dass weder ich noch jemand anders Sie töten werden.«

Lainé nahm die Klinge von seiner Kehle und spürte, wie etwas Warmes innen an seinem Hemd hinuntersickerte.

Dann redete er.

Er erzählte Skorzeny alles. Er sprach von der kranken Wut, die ihm seine Tage in Irland so schwergemacht hatte, von dem Hass auf sein eigenes Leben in Armut, von dem Neid, der ihn quälte, wenn er sah, welchen Wohlstand Männer wie Skorzeny genießen konnten. Dann erzählte er von dem Engländer, der ihm Reichtum versprochen hatte, wie er ihn sich nicht vorstellen könnte. Und was er dann von ihm alles erfahren wollte. Er erzählte von dem Lieferwagen, in dem sie ihn abtransportierten, und auch von den Geheimnissen, die er ihnen verraten hatte.

Und dann sprach er von den Toten, von Élouan Groix und Catherine Beauchamp, und wie sehr sie ihn quälten.

Schließlich berichtete Lainé, wie Lieutenant Albert Ryan ihn oben auf dem Treppenabsatz in die Mangel genommen hatte. Wieso er wusste, dass Lainé der gesuchte Verräter war. Und dass Ryan die Identitäten der Mörder kannte, die Skorzenys Kameraden ausgeschaltet hatten. Außerdem hätte Ryan getrickst, um seine Erkenntnisse geheim zu halten.

Als Lainé zu Ende geredet hatte, blieb Skorzeny noch eine Weile still und ruhig sitzen. Er hatte eine Zigarette aufgeraucht und sich eine zweite angesteckt, die jetzt aber vergessen zwischen seinen Fingern abbrannte.

Irgendwann drückte Skorzeny die Zigarette aus und stand auf. »Danke, Célestin.«

Er ging um den Tisch und kam an Lainés Seite. Dort nahm er den schweren Kristallaschenbecher vom Schreibtisch. Lainé öffnete den Mund, um etwas zu sagen, aber da knallte schon der Aschenbecher in seinen Kiefer.

Sein Bewusstsein flackerte wie eine kaputte Glühbirne, während er den Boden näher rauschen sah, bis er ihn berührte. Aber obwohl sich alles drehte, spürte er noch ein paar harte, scharfkantige Teile auf seiner Zunge. Es waren Zahnsplitter, die er ausspuckte.

Skorzeny hockte sich neben ihn. »Ich halte Wort«, zischte er zornbebend. »Sie werden leben. Aber wenn diese Sache ausgestanden ist, werden Sie mein Haus verlassen und niemals zurückkehren. Es wird keinen Kontakt mehr zu mir oder irgendjemand sonst geben, der sich mein Freund nennt. Verstanden?«

Lainé spuckte Blut und nickte.

Skorzeny richtete sich auf. »Jetzt verschwinden Sie. Ich muss ein paar Telefonate führen.«

Lainé ging wieder die Treppen hoch und in sein Zimmer zurück. Dort legte er sich aufs Bett. Er fuhr sich mit der Zunge im Mund herum und suchte nach weiteren scharfkantigen Bruchstücken seiner Zähne. Der Welpe kuschelte sich an ihn, leckte an seinen Fingern und jaulte mitfühlend.

58. KAPITEL

Sie arbeiteten bis spät nach Einbruch der Nacht, hörten das Band ab und transkribierten die Aufnahme. Ryan diktierte, und Celia tippte. Jetzt lagen sie auf dem Bett. Bis auf die Schuhe, die sie abgestreift hatten, waren sie vollständig bekleidet.

»Charlie Haughey wird dir nie verzeihen«, sagte Celia. Ihr warmer Atem streifte Ryans Nacken.

»Das ist mir egal«, sagte Ryan.

»Mir wird er auch nie vergeben. Er wird mich entlassen.«

»Nicht, wenn wir es richtig angehen.«

Ihre Lippen drückten an sein Ohr. Er drehte seinen Kopf und küsste sie. Ihre Fingerspitzen strichen über die Stoppeln an seinem Kinn.

»Wenn wir einen Fehler machen«, sagte sie, »wird Skorzeny uns beide umbringen.«

Am nächsten Morgen verließ Ryan die Stadt in nördlicher Richtung. Das Päckchen lag neben ihm auf dem Beifahrersitz. An der Amiens-Street-Haltestelle hatte er Celia einen Abschiedskuss gegeben. Sie trug ein Päckchen unter dem Arm, das seinem glich. Sie hatten beschlossen, dass sie bei ihren Eltern bleiben sollte, bis alles vorüber war. Als sie an Celias Pension haltgemacht hatten, um ein paar Sachen zusammenzusammeln, hatte Mrs. Highland geschimpft und ihr mitgeteilt, dass sie dort nicht länger willkommen sei.

Celia hatte gelächelt und gesagt: »Schön. Albert und ich haben sowieso beschlossen, in Sünde zu leben.«

Auf dem Weg nach draußen hatte Celia die Hand von Mrs. Highland genommen, sich zu ihr gebeugt und geflüstert: »Er ist ein wirklich außergewöhnlicher Liebhaber.«

Mrs. Highland hatte nach Luft geschnappt, und Celia hatte gekichert. Sie lachte den ganzen Weg bis zur Haltestelle.

Das Grau der Welt wechselte zu Grün, als Ryan Dublin hinter sich ließ und zusammen mit der Stadt auch die Schinderei der vergangenen Tage in die Ferne rückte. Durch die zerbrochene Seitenscheibe des Wagens peitschte der Wind über sein Gesicht. Wenn der Wagen über Straßenbuckel rumpelte und dadurch einen Moment lang schwerelos wurde, schien Ryans Seele weiter zu schweben.

Er wusste, dass es nur eine Illusion war, eine vorübergehende Atempause von der Angst, weil er jetzt einen Plan gemacht hatte und ihn ausführte. Fürs Erste jedenfalls genoss er die Leichtigkeit des Seins, die sich aus jeder Bodenwelle der Straße ergab.

Ryan parkte neben dem Lieferwagen seines Vaters im Zufahrtsweg hinter dem Laden. Das hintere Tor war verschlossen, also ging er herum bis zur Straße. Seltsam war es, sich dem

Ort im hellen Licht des Morgens zu nähern, nachdem er so viele Jahre lang immer nur im Morgengrauen oder zur Dämmerstunde hinaus- oder hineingeschlüpft war.

Die Klingel über der Tür ertönte, als Ryan hereinkam. Der Laden wirkte jetzt kleiner als damals, als er noch ein Junge gewesen war. Als ob die Mauern enger geworden waren. Seine Auseinandersetzung mit Mahon schien Wirkung gezeigt zu haben. Die Regale waren gut bestückt, an Brot herrschte kein Mangel, und der große Kühlschrank stand voller Flaschen mit Milch.

Aber am Tresen war niemand zu sehen.

Ryan blieb einen Augenblick lang stehen, wie von der Stille gebannt. Dann rief er: »Hallo?«

Er lauschte.

Nichts. Er ging tiefer in den Laden hinein; das warme Licht wurde immer schummriger. Der Kühlschrank rüttelte und begann zu brummen, als der Thermostat ansprang. Ryan fuhr bei dem Geräusch zusammen. Die Milchflaschen klirrten. Er nahm eine, durchstieß die Verschlussfolie mit dem Daumen, nahm einen großen Schluck und spürte, wie die Milch kühl seine Kehle hinunter bis in den Magen lief.

»Hallo? Paps? Ma?«

Beim Rufen fühlte er sich auf einmal wieder wie ein Kind. So als wäre er gerade aus dem Bus von der Schule in Monaghan gesprungen. Einmal, mit zwölf oder dreizehn, war er aus dem Monaghan-Kolleg gekommen und hatte den Laden so leer vorgefunden wie jetzt. Er war dann um den Tresen herumgegangen und hatte den Vorhang beiseitegezogen, der das Hinterzimmer von dem Flur trennte. Dort hatte er seine Eltern gesehen – in einer Art Umarmung. Seine Mutter hatte gekreischt und mit der einen Hand seinen Vater weggestoßen, während sie mit der anderen Hand an den Knöpfen ihrer Bluse herumfummelte. Sein Vater hatte ihm so heftig das Ohr umgedreht, dass es noch eine halbe Stunde lang ziepte. Seitdem hatte er es sich zur Gewohnheit gemacht, immer laut zu rufen, wenn er den Laden leer vorfand.

Ryan rief noch einmal. Als noch immer keine Antwort kam, mischten sich Sorgen in seine Kindheitserinnerungen. Er stellte die Milchflasche auf dem Tresen ab und ging herum. Dann griff er zum Vorhang, schob ihn beiseite und ging hindurch.

Das Hinterzimmer war leer, abgesehen von den paar Möbeln und den aufgestapelten Kartons mit Konserven und verpackter Ware. Die Mitte des Raumes wurde von einem kleinen Tisch und zwei Stühlen eingenommen. An der gegenüberliegenden Wand stand die lange Emaillespüle mit dem Trockengestell. Der Kaltwasserhahn tropfte, wie er es schon so lange getan hatte.

»Ist da jemand?«

Ryans Sorgen drohten zu blanker Angst auszuwachsen. Er war kurz davor, die Treppe hinaufzustürmen und nach seinen Eltern zu rufen, hätte er jetzt nicht die klappernde Spülung des Außenklos im Hof gehört. Er atmete aus und murmelte eine Verwünschung.

Die Hintertür ging auf. Herein kam ein junger Bursche, der nach der Schule und an Samstagen für Ryans Vater arbeitete. Barry Irgendwas, dachte Ryan. Ein fleißiger Kerl, hatte sein Vater gesagt. Er mochte den Burschen und zahlte ihm mehr als nötig.

Der Junge blieb wie angewurzelt stehen und starrte Ryan an.

»Wo ist mein Vater?«, fragte Ryan.

Der Junge glotzte nur. Seine Lippen zitterten.

»Wo ist er?«

Der Junge schüttelte den Kopf. Tränen traten ihm in die Augen. Er fragte: »Haben Sie es denn noch nicht gehört?«

Ryan folgte dem Geräusch des Weinens seiner Mutter durch die Krankenhausflure und -abteilungen, bis er sie schließlich unter einem hohen Fenster am Bett seines Vaters entdeckte. Er blieb stehen, als er die lilafarbene Haut und die stark geschwollenen Finger sah, die unter dem Gipsverband um jeden Arm hervorschauten. Die Mullbinden über seinen Augenbrauen waren durchtränkt von Blut.

Seine Mutter schaute auf. Ihre Augen waren vom Weinen gerötet.

»Albert, ich habe seit letzter Nacht versucht, dich zu erreichen. Ich habe in der Kaserne angerufen. Die wussten nicht, wo du bist. Und ich habe überall angeklingelt, wo ich konnte …«

»Was ist passiert?«, fragte Ryan. Er wagte es nicht, näher zu kommen.

»Männer sind gekommen. Von der IRA, glaube ich. Sie hatten Schlagstöcke und eine Metallstange dabei. Sie sagten, das wäre eine Botschaft an dich. Von einem ihrer Freunde.«

Eine Eiseskälte zog von Ryans Magen bis in seine Brust und seine Kehle. Die Milch, die er getrunken hatte, drohte ihm hochzukommen. Seine Hände hingen schlaff an seinen Seiten herunter.

»Großer Gott, Albert, auf was hast du dich da eingelassen? Und wer hat das meinem Mann angetan?«

Sie stand auf. Ihre Schultern zitterten. Ryan wäre gern geflohen, aber er blieb bewegungslos und stumm. Sie kam zu ihm hinüber, ließ ihren Blick über sein Gesicht wandern und bemerkte seine Verletzungen. Dann öffnete sie ihre rechte Hand und schlug ihn auf die Wange.

Ryans Kopf flog zur Seite, der Schmerz brannte heiß auf seiner Haut.

»In was hast du uns hineingezogen?«

Er hatte keine Antwort. Sie schlug ihn noch einmal. Diesmal fester.

»Wer hat das deinem Vater angetan?«

Ryan nahm sie in die Arme und umarmte sie ganz fest. Sie wehrte sich und versuchte freizukommen, aber er ließ sie nicht los. Dann wurde ihr Körper weich, und er spürte die feuchte Wärme ihrer Wange an seinem Hals und das Zittern ihrer Wimpern an seiner Haut.

Sie bewegte ihre Hand über seine Brust und entdeckte den harten Griff der Walther unter dem Jackenstoff.

»Mein Gott«, sagte sie mit einer Stimme, die von der Umarmung gedämpft wurde.

»Ich weiß, wer das getan hat«, sagte er. »Die werden euch nicht mehr anrühren. Das verspreche ich.«

59. KAPITEL

Als Ryan knappe drei Stunden später vor dem Tor von Skorzenys Anwesen ankam, lag das Päckchen nicht mehr auf dem Beifahrersitz. Auf seinem Weg in den Süden hatte er an einer Telefonzelle haltgemacht und bei Celias Zuhause in der Nähe von Drogheda angerufen. Ihr Vater hatte das Gespräch angenommen. Er reagierte ziemlich barsch, als Ryan darum bat, seine Tochter sprechen zu dürfen. Sie berichtete ihm, dass sie alles wie besprochen erledigt und das Päckchen mitsamt den Instruktionen ausgeliefert hatte.

Er erzählte ihr nichts von seinem eigenen Vater, oder dass er auf dem Weg zu Skorzenys Anwesen war.

Ein stämmiger junger Mann stoppte Ryan am Tor. Ein anderer strich um die Bäume herum und beobachtete alles von dort.

»Hier kommt keiner rein«, sagte der junge Mann. »Wenn Sie eine Lieferung haben, können Sie sie hierlassen.«

Ein lokaler Akzent. Ryan schätzte, dass der Mann zur IRA gehörte und die Wachen ersetzte, die ein paar Nächte zuvor das Zeitliche gesegnet hatten.

»Ich bin Lieutenant Albert Ryan. Richten Sie Oberst Skorzeny aus, dass ich da bin.«

Der junge Mann stützte sich auf das Autodach und brachte seinen Rundschädel so dicht an Ryan heran, dass er seinen Atem riechen konnte.

»Ich habe Ihnen doch schon gesagt, dass niemand hier reinkommt. Es ist völlig egal, was für ein Vogel Sie sind.«

Ryan langte aufwärts, schob seinen rechten Arm um den Hals des jungen Mannes und zog ihn herunter auf die Walther zu, die er in seiner Linken hielt. Die Mündung drückte ein Grübchen in die fleischige Wange des Burschen.

Der Mann bei den Bäumen kam näher heran, und sein Gesicht wirkte besorgt, als er versuchte, zu sehen, was sich am Wagen abspielte. Ryan sah das Gewehr in seinen Armen.

»Sagen Sie Ihrem Freund, er soll sich zurückhalten.«

Der junge Mann winkte seinem Kollegen. Der andere Mann blieb stehen.

»So. Und jetzt teilen Sie Oberst Skorzeny bitte mit, dass Lieutenant Ryan da ist. Vertrauen Sie mir, er wird mich sehen wollen.«

Skorzeny erwartete ihn in seinem Arbeitszimmer.

»Guten Tag, Lieutenant Ryan. Wie mein Torwächter sagte, sind Sie bewaffnet. Es war sehr dumm von ihm, Ihnen ihre …«

Ryans Handfläche erwischte ihn hart quer über den Mund. Er machte einen Schritt zurück.

»Fassen Sie nie wieder meine Familie an«, sagte Ryan, »oder ich bringe Sie persönlich um.«

Skorzeny führte die Hand an die Lippe und kontrollierte seine Fingerspitzen auf Blut. »Das war nur eine Warnung, weiter nichts.«

Ryan zog die Walter aus dem Holster, hob sie an und zielte auf Skorzenys Stirn.

Der Österreicher grinste. »Wie ich schon sagte, mein Torwächter war so dumm, Ihnen die Waffe zu lassen. Gute Männer sind schwer zu finden.«

»Nennen Sie mir einen guten Grund, warum ich Ihnen jetzt nicht das Hirn rauspusten soll.«

»Falls Sie vorgehabt hätten, mich zu töten, hätten Sie es schon getan.« Skorzeny ging um den Schreibtisch herum und angelte ein Schnupftuch aus seiner Hosentasche. Damit tupfte er sich die Lippen und setzte sich hin. »Aber ich kann Ihnen einen guten Grund nennen.«

Ryan zielte weiter auf ihn. »Dann mal heraus damit.«

»Gleich. Bitte nehmen Sie die Pistole runter und setzen sich hin, Lieutenant Ryan. Es gibt keinen Grund, sich so aufzuregen.«

Ryan blieb für einen Augenblick regungslos. In ihm stritten sich Wut und Vernunft. Dann ließ er die Walther sinken, behielt den Finger aber am Abzug.

»Bitte setzen Sie sich«, sagte Skorzeny.

Ryan blieb stehen.

»Vielleicht möchten Sie etwas trinken?«, fragte Skorzeny. »Sie sehen mitgenommen aus. Einen Brandy vielleicht? Oder einen Whiskey?«

»Nichts«, erwiderte Ryan.

»Na schön. Und was die Verletzungen Ihres Vaters anbetrifft – da muss ich um Verzeihung bitten. Ich hatte meinen IRA-Kontakt darum gebeten, Ihren Eltern ein paar Männer vorbeizuschicken. Ich wollte ihnen nur Angst einjagen. Aber die Sache ist anscheinend aus dem Ruder gelaufen. Die Botschaft war allerdings notwendig.«

»Sie hatten keinen Grund, meinem Vater etwas anzutun.«

»O doch, das hatte ich.« Skorzeny steckte das Taschentuch

wieder zurück in seine Tasche. »Wissen Sie, die Lage hat sich geändert.«

»Das ist mir egal.« Ryan hob die Pistole, um seinen Worten Nachdruck zu verleihen. »Falls Sie oder sonst jemand jemals wieder meinen Eltern zu nahe tritt, werden Sie es büßen, das verspreche ich.«

»Ich verstehe Ihren Unmut«, sagte Skorzeny, »aber wenn Sie mir einen Moment lang zuhören wollen, werden Sie begreifen, dass es keinen Grund gibt, warum irgendwem noch etwas zustoßen sollte.«

»Reden Sie weiter.«

»Wider besseres Wissen habe ich mich dazu entschlossen, die Männer auszuzahlen, die uns diese Schwierigkeiten eingebrockt haben. Morgen wird eine Anzeige in der *Irish Times* erscheinen.«

Die Walther in Ryans Hand wurde immer schwerer. Er ließ sie wieder sinken und setzte sich. Er biss die Zähne zusammen, um den Schmerz zu unterdrücken, der von seinem Unterleib ausströmte.

»Es gibt nur eine Bedingung«, sagte Skorzeny.

»Welche?«

»Dass Sie, und zwar nur Sie, das Gold überbringen. Denn ich bin mir sicher, dass Sie es nicht für sich selbst stehlen werden.«

»Wie können Sie sich da so sicher sein?«

Skorzeny grinste. »Wieso? Ich kann mir so sicher sein, weil die Männer, die Ihren Vater angegriffen haben, das Krankenhaus observieren, in dem er sich befindet. Sie wissen, in welcher Abteilung und in welchem Bett er liegt. Sie wissen, dass Ihre Mutter einen roten Mantel und eine schwarze Handtasche trägt. Muss ich fortfahren?«

Ryan beherrschte sich, um die Hände zu lassen, wo sie waren und den Finger am Abzug nicht zu krümmen.

Skorzeny verzog das Gesicht. »Wollen Sie jetzt wieder mit der Pistole auf mich zielen? Oder werden Sie meiner Bitte nachkommen, damit wir diese Sache ein für alle Mal abschließen können?«

Ryan schob die Walther wieder in das Holster.

60. KAPITEL

Goren Weiss drehte noch einmal eine Runde am Buswells vorbei. Ja, die Zeitung lag auf dem Armaturenbrett von Ryans Wagen. Er parkte etwas weiter die Straße hinunter und ging zu Fuß zum Hotel zurück.

Er nannte der Rezeptionistin Ryans Namen und seine Zimmernummer. Sie griff zum Telefonhörer.

»Mr. Ryan kommt sofort herunter«, sagte sie mit einem schiefen Lächeln. »Bitte nehmen Sie in der Halle Platz.«

Weiss dankte ihr und ging weiter in den Raum mit hohen Decken, wo ein paar Männer in Anzügen Zeitungen lasen und dabei ihren Tee oder Kaffee tranken. Er suchte sich einen bequemen Sessel in der Nähe des Fensters.

Ein korpulenter Kellner nahte. »Darf ich Ihnen eine Erfrischung bringen, Sir?«

»Haben Sie Jack Daniels?«

»Sir?« Der Kellner ließ die Unterlippe hängen und atmete scharf ein.

Weiss seufzte. »Ich schätze wohl, nicht. Dann einen Glenfiddich. Einen Doppelten, gut eingeschenkt, auf Eis.«

Der Kellner beugte sich dichter zu ihm und bemerkte in einem vertraulichen Ton: »Sir, das hier ist ein alkoholfreies Hotel.«

»Ein was?«

»Wir servieren keinen Alkohol. Aber ich kann Ihnen eine schöne Tasse Tee bringen, wenn's recht ist.«

Weiss wischte sich mit der Hand über die Augen. »Nein, vielen Dank. Nur ein Glas Wasser, bitte.«

Das Wasser kam gleichzeitig mit Ryan an. Der Ire ließ sich auf den Stuhl neben Weiss sinken und verzog das Gesicht wegen des Schmerzes, den ihm diese körperliche Anstrengung bereitete.

»Tut immer noch weh, was?«, erkundigte sich Weiss. »Wollen Sie etwas Tee? Vielleicht fahren die hier ja sogar etwas so Starkes wie Kaffee auf.«

»Nichts«, sagte Ryan.

»Also, was gibt's?«

»Ich war heute bei Skorzeny.«

Weiss musterte Ryan, während er darauf wartete, dass er weiterredete. Er sah, dass er herumdruckste. Als Ryan stumm blieb, sagte Weiss: »Spucken Sie es aus, Albert. Ich mag es nicht, wenn mir die Leute etwas vorenthalten.«

Ryan atmete aus. Es war ein langgezogenes, ermattetes Seufzen.

»Skorzeny hat meinen Vater zusammenschlagen lassen. Als eine Warnung.«

»Und ich vermute mal, dass Sie deswegen irgendwie sauer sind.«

Ryan antwortete nicht.

»Das ist verständlich. Aber die Wut darf Sie nicht beherrschen. Was hatte der Oberst in eigener Sache zu berichten?«

»Dass er bezahlen wird. Morgen wird eine Anzeige in der *Irish Times* erscheinen.«

Weiss erhob sein Glas für einen Toast. »Das sind gute Nachrichten. Ich habe Ihnen doch gesagt, dass er seine Meinung noch ändern wird.«

Ryan schüttelte den Kopf. »Das ging zu leicht. Etwas stimmt da nicht.«

»Ach, hören Sie auf, Albert. Seien Sie nicht so negativ. Ich habe Ihnen doch gesagt, Otto Skorzeny ist nicht dumm. Für den sind eineinhalb Millionen nur Kleingeld. Zu zahlen ist das Vernünftigste.«

»Ich bin mir nicht so sicher«, sagte Ryan. »Wir müssen jetzt sehr vorsichtig sein. Er könnte uns eine Falle stellen. Er ist zu stolz, um so schnell aufzugeben.«

»Vielleicht ist der Oberst doch nicht so mächtig, wie Sie glauben.«

Er sah Ryan in die Augen.

»Wie meinen Sie das?«

Weiss konnte ein Grinsen nicht unterdrücken. »Haben Sie schon mal darüber nachgedacht, dass Skorzenys Kriegsabenteuer vielleicht zu schön sind, um wahr zu sein?«

»Wenn Sie etwas wissen«, meinte Ryan, »dann sagen Sie es mir.«

»Ich habe einen Kontaktmann. Ein ehemaliger Mitarbeiter Himmlers. Er hatte ein paar wirklich gute Informationen für uns, also haben wir ihn am Leben gelassen. Wie auch immer – er war dabei, als man für einen Film das Kommandounternehmen vom Gran Sasso rekonstruierte, wo man sieht, wie Skorzeny und seine Leute mit ihren Lastenseglern angeflogen kommen und sich Mussolini schnappen. Die Sache ist nur die, dass der aufgeblasene Skorzeny eigentlich nur als Beobachter dabei sein sollte.«

»Er hat die Aktion geplant«, sagte Ryan. »Ich habe darüber gelesen. Es gibt Bücher über …«

»Das war alles Propaganda«, fiel Weiss ihm ins Wort. »Er hat nur die Aufklärung erledigt, und das auch noch ziemlich mies. 1943 war das Reich ziemlich unter Druck, und die SS brauchte einen Helden. Skorzeny kam zu der Rolle wie die Jungfrau zum Kind. Eigentlich sollte er mit einem der letzten Gleiter landen, aber irgendetwas ging schief, und schließlich landete er als Erster genau am Haupteingang des Hotels, in dem Mussolini festgehalten wurde. Die Carabinieri haben sich vor Angst in die Hosen gemacht und an Ort und Stelle ihre Waffen niedergelegt.

Also – mein deutscher Freund erzählt, dass der Vordereingang des Hotels verbarrikadiert war und Skorzeny ums Gebäude gelaufen ist, um auf anderem Wege hineinzukommen. Er schüttelte die Wachhunde ab und versuchte, über eine Mauer zu klettern. Schließlich gelang es ihm, hineinzukommen. Gegen den Befehl. Dort lief er kreuz und quer die Flure rauf und runter, bis er schließlich Mussolini fand. Dann hat er dafür gesorgt, dass er den Lorbeer erntet. Die Italiener hatten keinen Widerstand geleistet. Bei der ganzen Aktion fiel kaum ein Schuss. Die einzigen Verletzungen waren darauf zurückzuführen, dass ein paar Gleiter eine Bruchlandung hinlegten. Es war kaum das riskante Bravourstück, als das es die SS-Propagandaabteilung darstellte. Fast alles, was Sie in diesen Büchern lesen konnten, ist Fiktion, und nichts davon ist wirklich passiert. Skorzeny ist kein Supermann. Er ist ein Hochstapler mittleren Alters, der von einem Ruf zehrt, den er sich erschlichen hat.«

»Trotzdem ist er gefährlich«, sagte Ryan.

»Ja, er ist gefährlich. Sehr gefährlich. Aber er ist nicht unbesiegbar. Vergessen Sie das nicht. Wir können ihn schlagen.«

Ryan holte Luft. »Er will, dass ich den Geldboten spiele.«

»Damit habe ich kein Problem. Kommen Sie, Albert. Entspannen Sie sich. In ein paar Tagen sind Sie einer der reichsten Männer in diesem gottverlassenen Land. Sie müssen jetzt nur die Nerven behalten.«

Er stand auf, griff nach dem Glas und kippte den Rest Wasser herunter.

»Ich brauche einen richtigen Drink.« Er klopfte Ryan auf die Schulter. »Wir haben es fast geschafft, Albert. Lassen Sie uns morgen weiterreden.«

Weiss ließ Ryan im Salon zurück. Trotz des Whiskymangels und trotz des beunruhigten Blickes des Iren war ihm dabei ganz warm ums Herz.

Weiss näherte sich dem Bauernhaus am Ende der überwucherten Fahrspur. Er stoppte den Wagen in der Nähe des Vorplatzes, als er Carter entdeckte, der mit dem Kopf zwischen den Händen auf der Türschwelle saß.

Weiss stieg aus und schloss die Tür.

Bei dem Geräusch schaute Carter erschrocken auf, so als hätte er gar nicht mitbekommen, dass sich ein Wagen genähert hatte.

In Weiss' Magen machte sich ein mulmiges Gefühl breit. »Was stimmt nicht?«

Carter schüttelte den Kopf und starrte zwischen die Bäume.

Seine Browning lag neben ihm auf der ausgetretenen steinernen Türschwelle.

»Kommen Sie, Carter. Was ist los?«

Der Engländer zeigte mit dem Daumen hinter sich zur offenen Tür. »Da drin.«

Weiss überquerte den Vorplatz. Carter lehnte sich zur Seite, damit er an ihm vorbeisteigen konnte.

Zuerst war es der Geruch, ein metallischer Duft, und als sich seine Augen an das schummerige Licht im Bauernhaus gewöhnt hatten, sah er den umgestoßenen Tisch, die Blechteller und Tassen, die auf dem Boden verstreut lagen, und die Stühle, die auf die Seite oder die Rückenlehne gefallen waren.

Und dann sah er die Leichen.

»Verdammter Mist«, sagte Weiss. »Verdammter Mist.«

An die gegenüberliegende Wand gelehnt saß Wallace. Ein Stück seines Gesichts und des Schädels waren weggerissen, und zwei Kugeln hatten Löcher in seine Brust geschlagen. Das übrig gebliebene Auge, trübe wie eine Regenwolke, starrte quer durch den Raum auf den anderen Mann.

Gracey lag mit dem Gesicht nach unten. Er hatte ein Loch zwischen den Schulterblättern und noch eines im Hinterkopf. Seine Hände umklammerten immer noch ein Automatikgewehr.

»Verdammter Mist«, sagte Weiss wieder. Er ging nach draußen und setzte sich neben Carter auf die Schwelle.

»Was ist passiert?«

Carter fuhr sich mit der Hand über das Gesicht und wischte sich Mund und Augen ab.

»Es war Gracey. Dieser verdammte Idiot. Seit wir Ryan laufen ließen, hat er nichts mehr gesagt. Aber er war immer ruhig, schon drüben in Nordafrika, deshalb habe ich mir keine großen Gedanken darüber gemacht. Wir hatten gerade ein wenig zum Mittag gegessen. Wallace hatte gekocht. Wir haben über das Geld geredet und planten schon mal, was wir mit unserem Anteil anfangen würden.

Dann hat Wallace einen blöden Witz darüber gemacht, dass Skorzeny dem, der alle erledigt, ein Drittel der Summe geboten hätte, und dass das ja mehr wäre, als jeder Einzelne von uns sehen würde, wenn man die volle Summe durch fünf teilt. Ich sagte ihm, er sollte sein dummes Mundwerk halten, das wäre nicht komisch, aber er ließ einfach nicht locker. Gracey saß einfach nur da, sagte nichts und stocherte in seinem Essen herum. Dann schnappte er sich plötzlich sein Gewehr und erledigte Wallace. Ich hatte gerade meine Browning zum Reinigen herausgeholt, sonst hätte ich auch noch was abbekommen. Verdammter Idiot.«

»O ja«, sagte Weiss. »Ein verdammter Idiot. Skorzeny will zahlen.«

Carter schaute Weiss mit großen Augen an.

»Ryan hat es mir gerade erzählt. Morgen früh wird eine Anzeige in der Zeitung erscheinen. Haben Sie noch was von dem guten Wodka übrig?«

Carter stand auf und ging hinein. Eine Minute später kam er mit zwei Flaschen zurück. Eine war fast leer, die andere fast voll. Er gab Weiss die erste Flasche.

Dann saßen sie eine Weile schweigend da. Weiss nippte an seinem Drink, Carter schluckte in großen Zügen.

»Ich war mal ein Soldat«, sagte Carter.

Weiss zuckte mit den Schultern. »So wie ich.«

»Das hat einmal etwas bedeutet. Für König und Vaterland und den ganzen Schmus. Dass man sein Leben dafür hergibt. Aber eines Tages gibt's keinen Krieg mehr zu gewinnen, und dann sitzt man nur noch herum und zählt seine Tage, weil keiner mehr Verwendung für einen hat.«

Weiss spürte, wie ihm der Wodka die Brust und die Zunge wärmte. »Mein Kampf ist nie zu Ende. Ich kämpfe für ein kleines Stück Land, das von zwölf Nationen umgeben ist, die jede Spur von uns von der Erde wegradieren wollen. Wäre es kein Fakt, dass sie sich gegenseitig fast genauso hassen wie uns, hätten sie uns schon vor zehn Jahren ins Meer getrieben. Seien Sie dankbar für die Ruhe, die Sie jetzt haben, mein Freund. Nicht jeder kehrt lebendig nach Hause zurück.«

Er stieß seine Flasche gegen die von Carter.

»Und was passiert, wenn euer Krieg aufhört?«, fragte Carter. »Oder wenn Sie zu alt sind, um noch zu kämpfen? Was fangen Sie dann mit Ihrem restlichen Leben an?«

Weiss dachte darüber nach. Das hatte er schon oft getan, aber nie am helllichten Tag, sondern nur in den dunklen Stunden, wenn er auf Schlaf aus war. Er kam wieder zur einzigen Antwort, die er jemals gefunden hatte.

»Ich habe keine Ahnung«, sagte Weiss und hoffte, man würde seiner Stimme die Angst nicht anmerken.

61. KAPITEL

In Ryans Hotel lag eine *Irish Times* vor der Zimmertür, als er aufwachte. Er holte sie rein und blätterte durch die Seiten, bis er die Kleinanzeigen fand. Dort, zwischen den Kontaktanzeigen von einsamen Landmännern, die eine Dame mit gutem Charakter suchten, fand er sie.

Constant Follower: Ich akzeptiere Ihre Forderungen, stelle aber Bedingungen. Ich erwarte Ihre Instruktionen.

»Das ist zu einfach«, sagte er, und seine Stimme klang brüchig in dem kleinen Zimmer.

Er legte die Zeitung beiseite und ging zu dem mannshohen Spiegel, um die Verbrennungen an seinem Kinn zu betrachten. Sie waren verschorft; der Heilungsprozess hatte eingesetzt. Noch immer brannte der Schmerz in seinem Körper. Schmerzen, die er nicht genau lokalisieren konnte, wanderten von einem Körperteil in den nächsten.

Ryan ging zum Badezimmer in das nächsthöhere Stockwerk, um seine Blase zu leeren. Er spürte eine stille Erleichterung, als sein Urin klar blieb und nicht mehr das trübe rötliche Braun der letzten zwei Tage aufwies. Wenn er Glück hatte, wäre auch sein Stuhlgang frei von Blut. Er brachte es nicht über sich, das herauszufinden, weil es zu schmerzhaft war, etwas anderes als Wasser auszuscheiden.

Er steckte den Stöpsel in den Badewannenausguss, drehte die Hähne auf und stoppte den Wasserstrom, als das Wasser so tief war, dass er sich hineinknien und seine Wunden reinigen konnte. Als er damit fertig war, trocknete er sich ab und rasierte sich, wobei er die geschundenen und empfindlichen Stellen seiner Haut mit Vorsicht behandelte.

Sobald er angezogen war, ging er wieder in sein Zimmer, setzte sich auf den Bettrand und ließ sich von der Vermittlung eine Nummer geben.

Celias Vater ging ans Telefon. Er war wieder schroff und ungehalten.

»Spreche ich mit Ryan?«

»Ja.«

»Ich glaube nicht, dass Celia im Moment …«

Dann hörte er Rascheln, gedämpfte Stimmen und das Geräusch des Telefonhörers, der von Hand zu Hand gereicht wurde.

»Bertie?«, fragte sie.

»Was? Nein, Albert.«

»Ich finde, du solltest Bertie sein.«

»Und was, wenn ich nicht Bertie sein will?«

»Ich kann dich so nennen, wie ich will.« Ihr neckischer Ton gefiel ihm. »Dann ist das also geklärt«, meinte sie. »Du bist Bertie.«

»Hast du die Zeitung gelesen?«

»Ja«, sagte sie, und ihre Belustigung war wie weggeflogen. »Paps, kann ich bitte ungestört telefonieren?«

Ryan hörte beleidigtes Grummeln. Dann schloss sich eine Tür.

»Was geschieht als Nächstes?«

»Ich soll Skorzeny die Instruktionen mitteilen. Und er will mich als Geldboten.«

»Nein. Das ist zu gefährlich.«

»Ich kann nicht ablehnen.«

»Doch, das kannst du. Du kannst ihm sagen …«

»Nein, kann ich nicht.«

»Aber wenn dir etwas passiert?«

»Wird es nicht«, entgegnete Ryan, obwohl er selbst nicht daran glaubte.

»Und wenn doch?«

»Dann gehst du wie besprochen zum Reisebüro und kaufst eben ein Ticket für dich allein.«

Sie schwieg, aber er wusste sehr genau, was sie dachte. Dasselbe wie er. Falls irgendetwas schieflief und er nicht zurückkehrte, würde Skorzeny nicht vor ihr haltmachen. Weder er noch Celia hatten es laut ausgesprochen, aber beide wussten, dass es so war.

»Versprich mir, dass du gehst.«

»Ich verspreche es.«

»Gut. Bald ist alles vorbei.«

»Das hoffe ich. Ruf mich bald wieder an.«

»Das werde ich«, sagte er. Dann legte er auf. Noch bevor er Luft holen konnte, klingelte das Telefon. Er nahm den Hörer ab.

»Ein Anrufer für Sie, Mr. Ryan«, sagte die Rezeptionistin. »Er wollte seinen Namen nicht nennen, aber er klingt wie ein Amerikaner.«

»Stellen Sie durch.«

»Guten Morgen, Albert«, sagte Weiss. Er klang etwas heiser, es konnte jedoch an der Verbindung liegen. »Es sieht so aus, als wären wir im Geschäft.«

»Ich habe die Anzeige gesehen.«

»Genau wie Sie gesagt haben. Der Plan ist folgender: Sie und ich werden uns nicht mehr sehen. Alle Kommunikation läuft übers Telefon oder schriftlich. Ab jetzt werden wir eine perfekte Vorstellung liefern. Gegen elf Uhr morgens finden Sie eine an Sie adressierte Nachricht unter dem Scheibenwischer Ihres Wagens. Sie werden überrascht sein, dass Sie sie dort finden. Sie lesen sie und bringen sie dann zu Ihren Vorgesetzten. Soweit alles klar?«

»Alles klar.«

»Gut. Nerven behalten, Albert. Wir haben es fast geschafft.«

Fünf Minuten nach elf verließ Ryan sein Hotelzimmer. Er trat hinaus auf die Straße und ging die paar Meter vom Hoteleingang bis zu seinem Wagen.

Ein brauner Firmenumschlag klemmte hinter dem Scheibenwischer und flatterte im Wind.

Ryan hob den Wischer an und griff sich den Umschlag. Die Worte LIEUTENANT RYAN waren mit der Schreibmaschine quer über die Vorderseite getippt worden.

Er ließ den Zeigefinger unter die Lasche gleiten und riss den Umschlag auf.

62. KAPITEL

Skorzeny fuhr noch einmal in die Stadt und ging zu Charles Haughey in dessen Büro. Der Minister begrüßte ihn an der Tür mit einem festen Handschlag.

»Ich bin froh, dass Sie sich für ein zurückhaltendes Vorgehen entschieden haben«, sagte Haughey.

»Ich möchte einfach nur, dass das Blutvergießen ein Ende hat, Herr Minister.«

Haughey führte ihn hinein. Ryan saß mit dem Rücken zur Tür vor dem Schreibtisch. Als Skorzeny hereinkam, machte er keine Anstalten, ihn zu begrüßen.

Haughey nahm hinter seinem Schreibtisch Platz. Skorzeny setzte sich neben Ryan.

Der Minister legte einen Umschlag vor Skorzeny auf den Schreibtisch. Er nahm ihn an sich und zog das einzige Blatt heraus.

Sie werden die vereinbarte Zahlung in zwei Tagen bei Sonnenuntergang an uns übergeben. Sie soll an Bord eines kleinen Motorbootes transportiert werden, das bei den folgenden Koordinaten ankern wird:

»Wo ist das?«, fragte Skorzeny.

»Etwa fünf Meilen vor der Ostküste«, sagte Haughey. »Südlich von Dublin.«

Auf dem Boot werden nur zwei Personen sein. Asif Hussein, Ihr Kurier, und der Bootsführer. Sie setzen an Bug und Heck ein Po-

sitionslicht und sitzen draußen an Bord, mit den Händen hinter dem Kopf.

Wenn Sie sich an diese Instruktionen halten, wird Ihnen nichts geschehen. Ansonsten werden Sie getötet. Beide Männer werden sich über die Gefährlichkeit der Situation im Klaren sein. Wenn Sie sich an die Anweisungen halten, werden Sie aus der Fracht bezahlt werden.

Falls eine weitere Person an Bord des Bootes angetroffen wird, müssen alle an Bord sterben.

Wir werden uns dem Boot aus westlicher Richtung nähern. Die Fracht wird auf unser Schiff verladen. Wir haben noch andere Boote in der Gegend. Falls jemand versucht, unser Schiff anzugreifen, wird das ernste Konsequenzen haben.

Lieutenant Ryan wird heute um drei Uhr nachmittags an der Telefonkabine im Foyer des Royal-Hibernian-Hotels auf einen Anruf warten, um die Übergabemodalitäten zu bestätigen.

Skorzeny faltete das Schreiben und steckte es in den Umschlag zurück. »Lieutenant Ryan, Sie werden ihnen mitteilen, dass ich allen ihren Anweisungen zustimme mit der einen Ausnahme, die wir besprochen haben: Als Kurier werden Sie dienen und nicht Mr. Hussein.«

»Und wenn sie mich nicht haben wollen?«

»Dann kriegen die ihr Geld nicht. Sie werden auf alles achten, was passiert: wie viele es sind, wie sie aussehen und welchen Akzent sie haben. Welches Boot sie benutzen, wie es heißt und welche Kennzeichen es hat.«

»Wozu?«, fragte Haughey. »Sobald das Gold übergeben wurde, ist die Sache gelaufen. Sie werden sie nicht jagen, das habe ich nicht nur so dahingesagt.«

»Natürlich nicht, Herr Minister. Aber ich würde trotzdem

gerne wissen, wer mich beraubt hat. Nur um meine Neugier zu befriedigen.«

Haughey warf ihm einen scharfen Blick zu. Er hob den Zeigefinger. »Wenn es um mehr geht, als nur um Neugierde, lasse ich Sie ausweisen und schicke Sie zurück nach Spanien.«

Skorzeny lächelte und neigte ehrerbietig den Kopf. »Sie brauchen sich keine Sorgen zu machen, Herr Minister.«

Haughey erwiderte Skorzenys Blick. Der spöttische Unterton war ihm nicht entgangen. Dann richtete er seine Aufmerksamkeit auf Ryan.

»Sind Sie bereit, diese Rolle zu übernehmen, Lieutenant Ryan?«

Ryan schwieg immer noch und schaute zum Fenster.

»Ryan?«

»Ja, Herr Minister«, antwortete Ryan.

63. KAPITEL

Eine Minute vor drei betrat Ryan die Telefonkabine und setzte sich auf den ledergepolsterten Hocker. Unter dem Telefonhörer lugte ein zusammengefalteter Zettel hervor. Er zog ihn heraus und faltete ihn auseinander.

Telefonzelle am nördlichen Ende der Kildare Street. Sie haben zwei Minuten.

Er verließ die Kabine und rannte.

Das Telefon klingelte, als er angehumpelt kam und ihn nur noch ein paar Meter von der Telefonzelle trennten. Ein junger Mann, der rauchend an der Ecke stand, drehte sich um und griff schon nach der Tür.

»Das ist für mich!«, rief Ryan.

Der junge Mann ließ die Tür los und wich zurück.

Ryan schlüpfte hinein, hob den Hörer von der Gabel und sagte seinen Namen.

»Wird sich Oberst Skorzeny an unsere Instruktionen halten?«

Es war Weiss' Stimme. Liefern Sie eine perfekte Vorstellung, hatte er gesagt. Und gehen Sie immer davon aus, dass sie alles sehen und hören. Verhalten Sie sich so, als wären wir uns nie begegnet.

»Ja«, antwortet Ryan. »Aber es gibt eine Planänderung.«

»Welche?«

»Ich bin der Kurier.«

»Unsere Anweisungen müssen bis aufs Kleinste befolgt werden. Keine Veränderungen.«

»Ich bin der Kurier. Skorzeny besteht darauf. Falls nicht, wird aus dem Geschäft nichts.«

Einen Moment lang blieb es still. Dann sagte Weiss: »In Ordnung. Sie haben die Koordinaten. Sie wissen, was passiert, wenn Sie uns reinlegen wollen. Übermorgen, Sonnenuntergang.«

Es klickte, und die Leitung war tot.

64. KAPITEL

Asif Hussein wartete in einem grauen Citroën-Lieferwagen mit eingeschalteten Scheinwerfern vor dem Flughafenterminal.

»Mr. Ryan?«, fragte er.

Hussein trug einen gutgeschnittenen Anzug, der seinen drahtigen Körper betonte, und dazu einen Seidenschlips, den er über dem obersten, offenen Hemdknopf etwas gelockert hatte. Er war glatt rasiert bis auf einen dichten Schnurrbart.

Hussein beugte sich zur anderen Seite und öffnete die Beifahrertür. Ryan stieg ein. Er war ohne Gepäck in Dublin aufgebrochen, war zuerst nach London und dann weiter nach Zürich geflogen.

Als Ryan neben ihm Platz genommen hatte, tastete Hussein zuerst dessen Oberkörper ab und arbeitete sich dann tiefer bis zu den Oberschenkeln.

»Ich bin nicht bewaffnet«, sagte Ryan.

Hussein antwortete nicht. Er setzte seine Durchsuchung fort und schloss sie mit einem zufriedenen Grunzen ab.

Eine Metallwand trennte die Fahrerkabine von der Ladefläche. In der Wand befand sich eine Tür, die offen stand. In der Dunkelheit dahinter erkannte Ryan zwei dunkelhäutige Männer, deren Augen die hellen Lichter des Flughafenterminals reflektierten, als sie ihn anstarrten.

»Habib und Munir«, sagte Hussein. »Sie werden auf uns aufpassen, bis wir Camaret-sur-Mer erreichen.«

Innen waren Stahlbleche an die Seitenwände des Lieferwagens geschweißt worden, um ihn mit einer Panzerung zu versehen. In die Bleche vor den Rückfenstern hatte man Schlitze geschnitten, die ein paar Lichtstrahlen hindurchließen.

Hussein zündete sich eine Zigarette an. Ihr Qualm war dicht und beißend. Dann legte er einen Gang ein und startete den Lieferwagen.

Eingefasst von einer hohen Mauer, befand sich die Heidegger-Bank an den Ausläufern eines Städtchens, das versteckt zwischen bewaldeten Hügeln über dem Zürichsee lag und vom Flughafen aus in weniger als vierzig Minuten zu erreichen war. Ein solides Metalltor blockierte die einzige Zufahrt, einen Rundbogen, der das Mauerwerk unterbrach. Ein Wachmann, dessen Pistole in einem Holster an seiner Hüfte steckte, untersuchte das Schreiben, das Hussein ihm ausgehändigt hatte, und las es im Licht einer Taschenlampe. Danach leuchtete er damit jedem der Insassen der Reihe nach ins Gesicht. Schließlich nickte er zufrieden und sprach etwas in sein Funkgerät.

Das Tor öffnete sich nach außen. Hussein lenkte den Lieferwagen durch den engen Torbogen und parkte bei dem einfachen, eingeschossigen Gebäude, das in der Mitte der Anlage stand. Dann überprüfte er sein Aussehen im Rückspiegel, knöpfte den Hemdkragen zu und richtete seinen Schlips. Schließlich nahm er einen Kamm aus der Tasche und glättete damit seine wilden Locken.

»Kommen Sie«, sagte er, steckte den Kamm wieder in die Tasche und stieg aus dem Lieferwagen.

Ryan folgte ihm.

Ein dünner, elegant gekleideter Herr wartete am Gebäudeeingang. Er streckte die Hand aus, als der Araber näher kam.

Hussein schüttelte sie. »Monsieur Borringer, bitte verzeihen Sie die späte Stunde.«

»Monsieur Hussein, Sie sind jederzeit gern gesehen.« Er warf Ryan einen Blick zu, grüßte ihn aber nicht. »Ich hatte befürchtet, ich würde in der kurzen Zeit nicht genug Gold bereitstellen können, aber ich habe ein paar Kollegen in anderen Instituten um Hilfe gebeten. Die Familie Heidegger genießt in unserer Branche hohes Ansehen, deshalb haben mich meine Kollegen gern unterstützt.«

Borringer wandte sich um und führte Hussein und Ryan ins Gebäude. Habib und Munir folgten ihnen. Das Foyer war modern, aber geschmackvoll mit einem großen Empfangstresen gegenüber dem Eingangsbereich ausgestattet. Türen führten zu dahinterliegenden Büros, vor denen zwei Wachen den Einlass kontrollierten. An den Wänden waren die Porträts von grauhaarigen Herren aufgereiht, die alle denselben strengen Gesichtsausdruck, lange Nasen und hellblaue Augen hatten.

Es waren acht, und der Stil ihrer Kleidung reichte vom zwanzigsten bis zurück ins achtzehnte Jahrhundert.

Ryan sah, dass unter jedem Porträt eine kleine Messingtafel mit dem Namen des Dargestellten angebracht war. Sie hießen allesamt Heidegger.

»Bitte folgen Sie mir«, sagte Borringer.

»Wartet hier«, befahl Hussein seinen Leibwächtern. Dann wandte er sich wieder zu Borringer. »Mr. Ryan wird sich uns anschließen.«

Borringer blickte zuerst auf Ryans Schuhe und dann auf seine Uhr, bevor er sich seinem Gesicht zuwandte. Ryan spürte, wie er abgeschätzt und taxiert wurde.

»Ganz wie Sie wünschen«, sagte Borringer, gab sich keine Mühe, seine Missbilligung zu verhehlen, und ging auf den vergitterten Fahrstuhl zu. Er drückte die Tür beiseite und winkte Hussein und Ryan hinein, bevor er ihnen folgte und die Tür hinter sich zuschob.

Dann zog Borringer eine silberne Kette hervor, die er um den Hals trug, und wählte einen der Schlüssel, die daran befestigt waren. Er steckte den Schlüssel in das Bedienfeld des Fahrstuhls, drehte ihn um und drückte auf den einzigen Knopf.

Der Fahrstuhl sackte abwärts. An dem Käfig zogen Ziegelmauern vorbei, bevor er schließlich unten zum Halten kam. Borringer zog den Schlüssel ab und befestigte ihn wieder an seiner Halskette. Danach schob er die Tür auf.

Ein Wachmann saß an einem kleinen Schreibtisch in der Mitte des Raumes. Er stand auf, die Hände stramm an den Hosennähten, und starrte stur geradeaus. Es gab neun Stahltüren, drei an jeder Wand und jede mit einem Zahlenschloss und einem schweren Riegel versehen.

Borringer ging zur mittleren Tür in der Wand, die sich gegenüber vom Fahrstuhl befand. Er stand mit dem Rücken zwischen dem Schloss und den Besuchern, als er sich an die Arbeit machte. Ryan hörte das Klicken und Ticken beim Drehen des Zahlenschlosses und das kräftigere Einrasten, als alle Schließstifte in der richtigen Position waren. Dann trat Borringer zur Seite, damit der Wachmann die Tür aufziehen konnte.

»Meine Herren, Ihre Lieferung.«

Die Wände des Tresorraumes zierten unzählige nummerierte Schließfächer, alle mit jeweils zwei Schlössern, von denen viele mit Wachssiegeln versehen waren. Auf dem Fußboden stand ein flacher, mit Holzkisten beladener Rollwagen. Dutzende Kisten, würfelförmig mit einer Kantenlänge von höchstens siebzehn bis achtzehn Zentimetern.

Borringer räusperte sich, bevor er sprach. »Neunundachtzig Kisten, jede mit jeweils fünfzehn Kilobarren Gold. Ein Wert von sechzehntausendneunhundertzweiundzwanzig Dollar pro Kiste im Gesamtwert von einer Millionfünfhundertund-sechstausendachtundfünfzig Dollar.

Seine Stimme wurde schwächer, weil ihm der Atem ausging. Er holte tief Luft, bevor er weiterredete.

»Monsieur Hussein, bitte überprüfen Sie die Kisten, bevor der Rest versiegelt wird.«

Hussein und Ryan machten einen Schritt nach vorn. Ryan sah den Widerschein in den fünf offenen Kisten oben auf dem Stapel, erkannte die Worte *Crédit Suisse*, die ins Metall gestempelt waren. Sein Herzschlag beschleunigte sich.

Borringer hob eine Hand. »Bitte nur Monsieur Hussein, wenn's recht ist.«

»Warten Sie hier«, sagte Hussein auf der Schwelle des Tresorraums.

Ryan gehorchte.

Die Haut unter Husseins Kinn strahlte gelb von dem reflektierten Licht. Er muss Butter mögen, dachte Ryan, und die alberne Erinnerung an irgendein Märchen geisterte durch seine Gedanken. Hussein prüfte der Reihe nach jede der offenen Kisten. Währenddessen lauschte Ryan auf das unablässige leise Klappern der Belüftung. Ein Luftzug kühlte seinen Hals.

»Alles in Ordnung«, meinte Hussein schließlich. »Sie können sie versiegeln.«

Borringer nickte, und der Wachmann nahm den Hammer, der neben den aufgestapelten Kistendeckeln lag. Dann begann er, sie zuzunageln. Drei feste Hammerschläge für jeden Nagel, sechs Nägel für jede Kiste.

Ryan konnte sich nicht gegen den Eindruck wehren, er sei Zeuge einer Zeremonie, einer obszönen Kommunion in einer Kirche aus Beton und Stahl, bei der sich das Blut Christi in Gold verwandelte.

Habib und Munir luden die Kisten in den Lieferwagen. Borringer stand daneben. Er hatte die Hände auf seinem Rücken verschränkt. Ryan stand neben ihm und versuchte, sich das Gähnen zu verkneifen. Hussein beriet sich mit dem Fahrer des ersten Begleitwagens und zeichnete mit dem Bleistift eine Route in die Straßenkarte. Zwei Autos, eines vorweg und das andere hinterher, würden sie bis zur französischen Grenze begleiten. Dort angekommen, würde die weitere Fahrt des gepanzerten Wagens und seiner Ladung vorwiegend von Husseins Männern gesichert werden. Zwei andere Autos würden irgendwann auf einer französischen Straße an ihnen vorbeifahren. Hussein erklärte, dies geschähe nur, um sicherzustellen, dass ihnen niemand folgte.

Als die Kisten aufgeladen waren, kletterten Habib und Munir hinterher und verriegelten hinter sich die Hecktüren.

Borringer schüttelte Husseins Hand, bevor der Araber auf den Fahrersitz kletterte. Ryan setzte sich auf den Beifahrersitz, ohne dass sich jemand von ihm verabschiedet hatte.

Sterne glitzerten über den Mauern, die das Gelände umschlossen. Bevor Hussein den Motor des Fahrzeugs durchstartete, fröstelte es Ryan angesichts der Stille, die über der Welt lag. Er schaute auf die Uhr. Bald zwei Uhr früh.

Der Konvoi ließ die Mauern der Heidegger-Bank in der Dunkelheit hinter sich. Der Citroën-Motor brummte, und Ryan sah, wie die Lichter des ersten Fahrzeugs ihres Konvois durch die Kurven schwenkten. Seine Augen fielen zu, sein Kopf sank nach vorn, bis er zusammenschreckte.

Hussein stieß durch seine Nasenlöcher Zigarettenrauch aus. »Schlafen Sie, Mr. Ryan. Wir haben noch einen weiten Weg vor uns.«

Ryan lehnte sich in den Winkel von Beifahrersitz und Tür und überließ sich dem beruhigenden Motorengeräusch. Er träumte vom Gold, das Leichen geraubt und Toten aus dem Gebiss gerissen war, und wie schwer es in seinen Händen wog.

Das Geräusch der zuschlagenden Fahrertür riss ihn aus unruhigem Schlaf. Der Himmel hatte sich von Nachtschwarz zu Dunkelblau aufgehellt, aber die Sonne war noch immer hinter dem Horizont verborgen.

Der Lieferwagen stand am Rand einer engen Straße. Eines der Begleitfahrzeuge parkte ein paar Meter voraus. Ryan konnte kaum den Fahrer erkennen, der sich gegen das Autodach lehnte. Er vermutete, dass der zweite Wagen hinter dem Lieferwagen parkte. Sie waren von Bäumen umringt, die so weit reichten, wie Ryan sehen konnte.

Husseins Wachen stießen am Straßenrand zu ihm. Jeder der drei Männer trug einen zusammengerollten Teppich. Habib oder Munir – Ryan konnte die beiden nicht auseinanderhalten – stellte ein großes Plastikgefäß auf den Seitenstreifen. Dann streiften sie Schuhe und Strümpfe ab, rollten die Ärmel hoch und setzten sich Wollkappen auf. Sie spülten ihre Hände mit Wasser aus dem Gefäß, danach wuschen sie ihre Gesichter, ihre Köpfe, ihre Arme bis zu den Ellenbogen und schließlich ihre Füße.

Ryan sah ihnen zu, wie sie ihre Teppiche auf der Erde ausrollten, dann stellten sie sich hin, ihre Hände wiesen gen Himmel, und sie sangen. Als junger Soldat hatte er das Ritual in Libyen gesehen. Dort gab es sogar welche, die die rituelle Reinigung mit Sand vollzogen, wenn kein Wasser zur Verfügung stand.

Er lauschte, wie sie ihre Gebete murmelten, und beobachtete, wie der orangefarbene Schein am Horizont alle Dunkelheit vertrieb.

Die Luft war schon ziemlich kühl geworden, als der erste Wagen an den Rand gefahren war und angehalten hatte. Sein Fahrer winkte, als der Citroën-Lieferwagen an ihm vorbeifuhr. Hussein erwiderte den Gruß. Dann waren sie in Frankreich.

Vor Ryans Blicken erhoben sich die Berge mit nebelverhangenen Gipfeln. Er hatte kein anderes Auto mehr gesehen, seit sie durch das letzte Städtchen gekommen waren, eher eine lose Ansammlung von Chalets und Bauernhäusern. Ziegen und Hornvieh hatten ihnen nachgeschaut. Jetzt erschien vor ihnen ein Fahrzeug, das so langsam fuhr, dass Hussein es einholen konnte. Als der Wagen nahe genug herangekommen war, streckte Hussein am Steuer einen Zeigefinger in die Höhe. Es war nur eine unscheinbare Geste, aber sie reichte aus, um dem Fahrer des anderen Wagens zu signalisieren, dass er beschleunigen und wegfahren konnte.

Ryan spürte den Druck auf den Ohren, als sie immer höher kamen. Hussein hatte nicht geredet, seit sie das Gelände der Bank verlassen hatten, aber jetzt holte er Luft. »Bald werden Sie fahren. Wir machen halt und essen, dann bringen Sie uns nach Crozon.«

»In Ordnung«, sagte Ryan.

Es war achtzehn Jahre her, seit er in Frankreich gewesen war, und genau wie heute hatte er es meistens von einem Fahrzeug aus betrachtet. Er dachte an Celia, an die Zeit, die sie in Paris verbracht hatte, und an den verträumten Ausdruck in ihren Augen, wenn sie davon erzählte.

Vielleicht würden sie dahin zurückkehren, wenn alles vorbei war. Einerseits genoss er diese Vorstellung, aber andererseits sagte er sich, dass das alles nur dummes Zeug war. Er konnte nicht weiter planen als bis zu dem Moment, wenn er die Kisten an Weiss und Carter übergeben würde.

In seinen Gedanken endete Ryans Leben an diesem Punkt, obwohl er sich seinen eigenen Tod nicht vorstellen konnte. Er konnte sich einfach nicht ausdenken, wie sein Leben weitergehen würde, wenn die Sache vorbei war.

Furcht wäre ein angemessenes Gefühl gewesen. Aber was er verspürte, war weder Furcht noch Aufregung, sondern nur der kalte Luftzug durch die Verriegelung der Citroën-Tür.

Er schlug den Mantel fester um sich, verschränkte die Arme vor der Brust und schloss die Augen.

65.
KAPITEL

Sie erreichten Camaret-sur-Mer in der Morgendämmerung. Nachmittags hatten sie bei einem Dorfcafé angehalten und nacheinander den Lieferwagen verlassen, um etwas zu essen. Ryan hatte sich einen Kanincheneintopf mit ein paar Brocken Vollkornbrot bestellt. Das Fleisch war trocken und langweilig gewesen, der Eintopf wässrig, aber er war so hungrig, dass es ihm egal war. Jetzt knurrte sein Magen schon wieder und wollte von neuem gefüllt werden.

Habib und Munir hatten sich irgendein Fladenbrot geteilt und mit einem gefährlich aussehenden Messer Stücke davon abgeschnitten. Ryan hatten sie nichts davon angeboten. Hussein schien nur von Tabak und Gebeten zu leben.

Trotz der abendlichen Kühle hatte Ryan das Fenster heruntergekurbelt, um den penetranten Geruch von Schweiß und Zigaretten loszuwerden. Als er zum kleinen Hafen abgebogen war, roch er das Salz in der Luft und hörte, wie die Flut gegen die Hafenmauern schlug. Möwen segelten kreischend durch den Himmel. Fischkutter und Freizeitboote dümpelten in der schwarzen Dünung.

»Dort«, sagte Hussein und wies auf das alte Fischerboot, das ganz dicht bei den Treppenstufen vertäut war, die hinunter ins Wasser führten. Auf dem Holzrumpf waren noch ein paar Flecken verwitterter blauer Farbe übrig geblieben. Ein stämmiger Mann mit struppigem grauem Haar und geröteten

Wangen beobachtete sie vom Bug aus und stützte sich mit einer Hand auf eine rostige Winde. Er tippte zum Gruß lässig mit einem Finger an die Augenbraue.

»Er heißt Vandenberg«, sagte Hussein. »Er ist kein freundlicher Mann.«

Nachdem der Araber während der Fahrt so gut wie gar nicht gesprochen hatte, fragte sich Ryan, was er wohl unter »freundlich« verstand.

Sie kletterten aus dem Lieferwagen. Ryan streckte Arme und Beine.

»Wer ist der Passagier?«, fragte Vandenberg, und der Singsang seines Akzents klang für Ryan wie Holländisch oder Flämisch, vielleicht auch Dänisch.

»Dieser Mann«, sagte Hussein und zeigte auf Ryan. »Kommen Sie, helfen Sie uns. Die Fracht ist schwer.«

Vandenberg schüttelte den Kopf. »Nein. Ich werde dafür bezahlt, das Boot zu lenken. Nicht fürs Tragen. Schleppen Sie Ihr Zeug selbst.«

Hussein murrte und spuckte aus. Dann zog er Ryan am Ärmel mit nach hinten zum Lieferwagen. Sie bildeten eine Kette. Habib brachte die Kisten aus dem Wagen zu Ryan, Ryan übergab sie an Munir, der mit ihnen die Treppen heruntersteig und sie Hussein reichte, der auf dem Boot stand und die Kisten übereinanderstapelte, sobald sie bei ihm angekommen waren.

Als sie die Arbeit erledigt hatten, waren Ryans Hände aufgerissen und blutig, sein Rücken schmerzte, und unter seiner Kleidung klebte der Schweiß auf der Haut. Er hatte kurz daran gedacht, zu jammern und ihnen von den Verletzungen zu erzählen, die er sich erst ein paar Tage zuvor zugezogen hatte, aber das ließ sein Stolz nicht zu.

Als die Sonne den Horizont berührte, zog Hussein einen dicken Umschlag aus der Tasche und warf ihn Vandenberg hinüber. Der öffnete ihn und ließ den Daumen über den Inhalt gleiten. Zufrieden verstaute er ihn in seinem Mantel und nickte Hussein zu.

Ohne beim Vorübergehen noch ein Wort an Ryan zu richten, stieg Hussein zurück auf den Fahrersitz des Citroëns. Habib und Munir kletterten hinten in den Wagen. Der Motor des Fahrzeugs heulte einmal auf, dann verließen sie den Hafen.

Ryan sah zu, wie die Rücklichter immer schwächer wurden.

»Kommen Sie«, rief Vandenberg vom Boot aus. »Zeit, aufzubrechen.«

Ryan lag zusammengekauert in der einzigen Koje der Kajüte und wünschte, er hätte wärmere Kleidung mitgebracht. Vandenberg steuerte das Boot durch die Fahrrinnen und an den Sandbänken Camaret-sur-Mers vorbei; er ließ die Halbinsel von Crozon hinter sich und nahm dann Kurs aufs offene Meer.

Die Kisten waren mit einer Baumwollplane bedeckt und mit Seilen und Haken festgemacht. Die Kanten der Plane flatterten im Wind.

Schon bald erreichte das Boot im offenen Meer volle Fahrt, hob und senkte sich mit den Wellen.

Schiffsreisen hatten Ryan noch nie etwas ausgemacht. Damals im Krieg fand er das Schaukeln beruhigend, sogar noch wenn viele seiner Kameraden bereits über der Reling hingen. Das Boot knirschte und ächzte, als sein Bug durch die Wellen schnitt.

Durch das verdreckte Bullauge war schwach zu erkennen, wie sich der Himmel allmählich aufklarte. Es war ein Streifen von tiefstem Schwarz, mit Spuren von Orange und Blau ganz hinten am Horizont. Weit weg vom Dunst und den Lichtern der Menschen waren jetzt auch Sterne als zahllose leuchtende Punkte zu sehen.

Dann zuckte ein heller Streifen quer über den Himmel, und er wünschte, er würde Celias warmen Körper neben sich spüren.

Als er aufwachte, hatte er das Gefühl, zu treiben. Das Boot hob und senkte sich, aber es fühlte sich nicht so an, als würden sie sich vorwärtsbewegen. Ryan schlug die Augen auf und sah das Deck vor der Kabine im blauen Mondlicht gebadet.

Dort stand Vandenberg und zog an der Plane, um eine Kiste freizulegen. Dann versuchte er, sie mit seinen dicken Fingern zu öffnen, stellte aber fest, dass sie fest verschlossen war. Er grummelte und öffnete einen anderen, länglichen Kasten, der an Deck stand. Dann wühlte er durch seinen Inhalt, bis er ein kurzes Stemmeisen fand. Ryan sah, wie er versuchte, damit die Goldkiste aufzuhebeln.

»Finger weg.«

Beim Klang von Ryans Stimme fuhr Vandenberg herum.

Ryan stand auf, ging bis zur Kajütentür und hielt sich dort fest, um das Schaukeln des Bootes auszugleichen.

»Das ist mein Schiff«, sagte Vandenberg. »Ich will wissen, was ich transportiere.«

»Der Araber hat Sie bezahlt. Mehr brauchen Sie nicht zu wissen.«

Vandenberg machte sich gerade, streckte die Brust raus und hielt das Stemmeisen drohend an der Seite. »Er ist kein Araber. Er ist Algerier. Und ich will wissen, was ich transportiere.«

»Es ist mir egal, woher er kommt. Diese Kisten gehen Sie

nichts an. Ihre Aufgabe ist es, das Boot zu lenken. Ich schlage vor, Sie tun es jetzt.«

»Nein«, sagte Vandenberg und wandte sich wieder den Kisten zu. »Ich bin hier der Captain. Ich werde hineinschauen.«

Ryan machte einen Schritt auf ihn zu. »Weg da.«

Vandenberg hob das Stemmeisen. »Verziehen Sie sich.«

»Legen Sie das runter«, sagte Ryan und machte noch einen Schritt auf ihn zu.

Vandenberg schlug in die Luft zwischen ihnen.

Ryan kam noch näher. Er roch Whisky.

»Gehen Sie weg von mir.« Vandenberg hob das Stemmeisen in die Höhe, um es auf Ryans Kopf heruntersausen zu lassen.

»Ich sage es nur noch einmal«, meinte Ryan. »Runter damit.«

Vandenberg schwang das Eisen, und Ryan hob den rechten Unterarm, um den Schlag zu blockieren. Er spürte, wie das Metall an seinem Ohr vorbeisauste. Im selben Moment packte er Vandenbergs Handgelenk und warf ihn aus dem Gleichgewicht. Ryans rechte Faust traf auf Vandenbergs Kinn, und der Seemann schlug lang auf das Deck.

Ryan bückte sich und sammelte mit seiner rechten Hand das Stemmeisen ein. Vandenberg kroch keuchend und ächzend an ihm vorbei zur Kajüte. Ryan folgte ihm. Vandenberg kam wieder auf seine Füße, taumelte durch die Tür und griff nach etwas, das er unter dem Funkgerät verstaut hatte.

Ryan hieb mit dem Stemmeisen fest auf Vandenbergs ausgestreckte Hand, spürte, wie unter der Gewalt des Schlages seine Knochen nachgaben, und sah die kleine Pistole auf den Boden fallen.

Vandenberg schrie auf und ging auf die Knie, als Ryan die Schusswaffe mit dem Fuß wegstieß. Der Seemann kauerte auf dem Kajütenboden und presste die zerschmetterte Hand gegen seine Brust.

Ryan hielt ihm die scharfe Kante des Stemmeisens an die Wange. Vandenberg blinzelte zu ihm hoch.

»Es reicht«, sagte Ryan. »Tun Sie jetzt, wofür Sie bezahlt wurden.«

Am fernen Horizont hellte es sich auf. Die Sterne verblichen oder verloren sich hinter der dichter werdenden Wolkendecke. Ryan hatte den Eindruck, schon einen verschwommenen dunklen Streifen Land zu erkennen, aber er war sich nicht sicher.

Vandenberg verlangsamte die Maschine und stoppte sie schließlich. Die verletzte Hand, die er in einer improvisierten Schlinge vor der Brust trug, behinderte ihn. Ryan beobachtete eine Weile von Deck aus, wie er mit Karten und Geräten herumhantierte, bevor er schließlich ins Freie trat.

»Hier ist es«, sagte Vandenberg. »Was jetzt?«

Ryan lehnte sich gegen die Kisten. »Wir warten.«

Müdigkeit kroch ihm in die Glieder. Die Welt wirkte so viel ruhiger, sogar die Geräusche des Wassers schienen von der Stille und dem Grau gedämpft zu werden. Vandenberg stellte eine Petroleumlaterne an das eine Ende des Bootes und eine batteriebetriebene Lampe ans andere. Ryan bemühte sich, seine Augen offen zu halten; sein Kopf bewegte sich mit dem sanften Auf und Ab des Meeres.

Er war ins Tagträumen gekommen. Dort wirbelten Bilder durcheinander von schlanken Handgelenken, die mit Sommerspossen bedeckt waren, und von schimmernden Lippen. Plötzlich sagte Vandenberg: »Sie kommen.«

66. KAPITEL

Ryans Hand zuckte zu der Pistole, die er in seiner Manteltasche verstaut hatte. Er suchte die graue Nebelwand ab, bis er in nordwestlicher Richtung das Boot ausmachte, das sich ihnen in einem Bogen näherte.

Der Kabinenkreuzer zog einen Bogen aus Gischt in seinem Kielwasser hinter sich her, dessen Weiß zur Lackierung des Bootes passte. Das Grollen der kraftvollen Maschine war weithin zu hören. Als der Kreuzer näher kam, erkannte Ryan die Gestalt eines Mannes am Steuerruder. Er musterte ihn, bis er sicher war, dass es sich um Carter handelte.

Ryan kontrollierte die Uhrzeit. Sieben Uhr fünfunddreißig. Er erinnerte sich daran, was er tags zuvor gedacht hatte. Dass er sich ein Leben nach dieser Übergabe nicht vorstellen konnte. Er hatte ein mulmiges Gefühl in seinen Eingeweiden. Er steckte die Hand wieder in seine Manteltasche und tastete nach der Rundung des Abzugs.

Die Maschine des Kreuzers klang tiefer, als er die Fahrt drosselte. Im Kabinenfenster zeigte sich die Silhouette eines Mannes, bei dem es sich nur um Goren Weiss handeln konnte.

Dann schaute Ryan zu Vandenberg hinüber, der den Kreuzer

mit besorgtem Blick im Auge behielt. Er rieb sich mit der unverletzten Hand über die Lippen. Dann spürte er Ryans Aufmerksamkeit.

»Was ist in diesen Kisten?«, fragte er. »Würden Männer töten, um es zu bekommen?«

»Ja«, antwortete Ryan.

»Haben Sie meine Waffe?«

»Ja.«

»Wir sollten aufpassen.«

Ryan nickte.

Carter lenkte das Boot in einen weiten Kreis, dann änderte er die Fahrtrichtung, so dass seine Backbordseite auf Vandenbergs Steuerbordseite wies. Danach drosselte er die Fahrt noch mehr und manövrierte das Boot längsseits. Weiss kletterte aus der Kabine an Deck, knotete seitlich eine Leine fest und warf das andere Ende zu Ryan hinüber. Ryan zog, brachte die beiden Boote zusammen und befestigte die Leine auf seiner Seite. Der Fischkutter lag höher im Wasser als der Kabinenkreuzer.

Carter hob ein Automatikgewehr und legte auf Vandenberg an. »Bleiben Sie da, wo ich Sie sehen kann.«

Vandenberg hob seine unverletzte Hand. »Wo sollte ich wohl hin?«

»Ist alles in Ordnung?«, fragte Weiss.

»Ja«, antwortete Ryan.

»Was ist mit seiner Hand passiert?«

Ryan glaubte, die Wahrheit würde Vandenberg nicht gut bekommen. »Er ist hingefallen.«

»Mist«, sagte Weiss. »Zur Seite.«

»Warum?«

»Tun Sie es einfach, Albert.«

Ryan machte zwei Schritte von Vandenberg weg. Weiss schaute zu Carter und nickte.

Ein Feuerstoß, und Vandenberg fiel um.

Ryan schloss kurz die Augen. »Das hätten Sie nicht tun müssen«, meinte er, als er sie wieder öffnete.

Weiss hievte sich auf den Fischkutter. »Das hätte ich auch nicht getan, wenn er noch zwei gesunde Hände gehabt hätte, um uns beim Verladen dieser Kisten zu helfen.«

»Wenn ich Ihnen nicht mehr nützlich bin«, sagte Ryan, »werden Sie mich also auch erschießen?«

Weiss lachte. »Also wirklich, Albert. So denken Sie von mir?«

»Ja.«

»Jetzt haben Sie mich verletzt. Nein, wirklich. Aber jetzt lassen Sie uns an die Arbeit gehen.«

Carter verließ das Steuerruder, und Weiss fing an, ihm Kisten hinüberzureichen. Carter brachte jede für sich in die Kabine hinunter, während Ryan den Horizont absuchte. Vom Streifen Festland im Nordwesten bis hinüber nach Westen und von dort wieder südwärts.

»Es ist sauber«, sagte Weiss. »Wir sind über eine Stunde lang herumgekreuzt. Da draußen ist sonst niemand. Und jetzt helfen Sie mir endlich mit den Kisten, verdammt.«

»Es ist zu leicht«, sagte Ryan.

»Hören Sie auf, sich Sorgen zu machen, Albert. Wir sind bald zu Hause und im Trockenen. Und jetzt halten Sie die Klappe und fangen Sie an, Kisten zu schleppen.«

Die graue Wolkendecke über ihnen war schmutzig-weiß gebleicht, als sie die Fracht verstaut hatten.

Carter reichte Weiss einen Kanister.

»Ich würde an Ihrer Stelle da stehen bleiben«, sagte Weiss. Er goss Flüssigkeit aufs Deck, über die Kajütenwände und über Vandenbergs Körper.

Ryan roch Benzin. Er kletterte hastig zu dem anderen Boot hinüber, damit Weiss ihn nicht mit dem Benzin traf. Weiss folgte Ryan kurz darauf und nahm den Kanister mit.

Er löste die Leine auf der Backbordseite des Kreuzers und warf sie Carter zu, der Vandenbergs Kutter am Wegdriften hinderte.

Weiss nahm ein Taschentuch aus der Tasche, drehte kurz den Kanister, um es zu befeuchten, und stopfte das Tuch danach in die Öffnung. Als Nächstes zog er ein Feuerzeug heraus, führte die Flamme ans Tuch, holte aus, als es Feuer fing, und schleuderte den Kanister auf das andere Boot.

Das Benzin an Deck entzündete sich mit einem Fauchen. »Wenn Sie wollen, können Sie jetzt loslassen«, sagte Weiss zu Carter.

Der Offizier ließ die Leine los und gab Vandenbergs Kutter einen Stoß. Die beiden Schiffe trieben auseinander. Zwei Meter, fünf Meter, bis schließlich der Kanister explodierte. Carter ging ans Steuerruder und startete die Maschine. Ryan spürte die Vibrationen durch die Schuhsohlen hindurch. Das Boot nahm Fahrt auf.

Während sie immer schneller wurden, beobachtete er die aufsteigende Rauchsäule, die, von schmutzigen orangefarbenen Flammen gejagt, schwarz in den Himmel stieg. Schließlich explodierte der Treibstofftank des Kutters mit einem dumpfen Knall. Ryan spürte eine Hitzewelle in der Luft und sah Planken und Funken durcheinanderfliegen.

Weiss trat neben ihn. »Was ist das für ein Gefühl, reich zu sein, Albert?«

Seine Hand auf Ryans Schulter fühlte sich kalt an.

»Wo sind Wallace und Gracey?«, fragte Ryan.

Als sie knapp eine Stunde später an der hinteren Hafenmauer von Balbriggan festmachten, lagen Land und Meer unter einer dichten Nebelschicht.

Oben stand der Bedford-Lieferwagen für sie bereit. Er parkte parallel zur See, hinter ihm verlief die Hochtrasse der Eisenbahnbrücke, dunkelgrauer Beton und Steine begrenzten ihn von drei Seiten.

Der Hafen wirkte ruhig, die Fischkutter der Einheimischen waren schon in See gestochen, und die Freizeitboote lagen vertäut und unbemannt da. Ryan vermutete, dass Weiss und Carter den Kabinenkreuzer hier gestohlen hatten. Wellen klatschten an den Strand hinter der nördlichen Mauer.

Carter kletterte die rostige Leiter hinauf, und Ryan reichte ihm die Kisten hoch. Als sie endlich alles in den Laderaum des Lieferwagens verstaut hatten, protestierten seine Schultern und sein Rücken vor Schmerz. Die drei Männer lehnten sich einen Moment an den Wagen, um wieder zu Atem zu kommen.

Carter sagte: »Wenn ich gewusst hätte, dass es so viel Arbeit ist, hätte ich die Sache nie angefangen.«

Weiss spuckte auf die Erde. »Sie brauchen nie mehr zu arbeiten. Kommen Sie, sehen wir uns an, was wir da haben.«

Carter packte sein Gewehr in einen Baumwollsack und verstaute es neben den Kisten.

Sie standen an den hinteren Türen des Lieferwagens und betrachteten die Ladung.

Weiss schaute sich noch einmal um und kletterte in das Fahrzeug. Er zog einen langen Schraubenzieher aus einem kleinen Werkzeugkasten, der auf dem Sperrholzboden stand. Er trieb ihn unter den Deckel der nächstbesten Kiste und zog ihn hoch.

Ryan hörte, wie das Holz knirschte und krachte.

Dann fiel der Deckel zur Seite, und er beobachtete, wie alle Farbe aus Weiss' Gesicht verschwand. Einen Augenblick lang wurde sein Grinsen breiter, dann erlosch es langsam. Er schüttelte den Kopf.

Carter fragte: »Was ist los?«

Weiss hob einen mattgrauen Barren aus der Kiste. Dann noch einen.

Carter lehnte sich vor. »Was zum …!«

Weiss ließ die Keile auf den Wagenboden fallen. Sie landeten klackend aufeinander. Carter hob sie auf und prüfte ihr Gewicht.

»Was ist das?«, fragte er. Er wandte sich an Ryan. »Was zum Teufel ist das?«

Weiss lachte auf. Es war ein Lachen, das tief aus seinem Bauch heraufstieg. Aber es klang hohl in dem Wagen. Er lachte wieder, viel höher diesmal, fast schon hysterisch.

Carters Stimme zitterte, als sei er den Tränen nah. »Was ist hier los? Wo ist das verdammte Gold?«

Weiss schlug die Hände vors Gesicht. Jetzt lachte er laut und kräftig. Es prustete nur so aus ihm heraus, und seine Schultern zuckten.

»Wo ist es?«, fragte Carter.

Aber Ryan wusste es. Er wusste es schon, bevor Weiss wieder in die Kiste griff, aber er verspürte keinen Drang, zu lachen.

Carter beugte sich in den Wagen, griff die Kiste am Rand

und zog sie von Weiss weg. »Um Gottes willen, wo ist das Gold?«

Dann schaute er in die Kiste und schüttelte den Kopf. »Nein.«

Weiss johlte und gackerte. »O ja, mein Freund.«

Er nahm zwei weitere Bleibarren aus der Kiste, schlug sie gegeneinander und lachte, bis ihm die Tränen in die Augen schossen.

67. KAPITEL

Weiss hatte Seitenstiche und konnte durch die Tränen kaum noch etwas sehen. Ihm wurde schwindelig, sein Magen verkrampfte sich und drohte seinen gesamten Inhalt auszuspucken. Er ließ die Barren auf den Sperrholzboden des Lieferwagens fallen und trat die Kiste weg. Sie überschlug sich, und ihr Inhalt verteilte sich draußen auf dem Boden. Carter und Ryan sprangen zur Seite, um ihre Zehen zu retten. Fünfzehn Barren wertlosen Metalls lagen verstreut auf der Erde. Weiss griff sich die nächste Kiste, rammte den Schraubendreher unter den Deckel und hob an. Das Holz splitterte und brach. Drinnen das Gleiche, kein Goldglanz, sondern nur der matte Schimmer von Blei.

Er brach an der Innenwand zusammen. Er lachte immer noch, ein Lachkrampf folgte dem nächsten, selbst als vor seinen Augen alles den Bach herunterging, blieb ihm nichts, als nur zu lachen.

Dann spürte er einen brennenden Schmerz an seiner Wange.

Einen Augenblick lang wunderte er sich, wer ihn getroffen hatte, dann merkte er, dass es seine eigene Handfläche gewesen war. Er ohrfeigte sich noch einmal.

»Verdammt!«, stieß er hervor.

Er griff unter seinen Mantel, zog seine Pistole und richtete sie auf Ryans Stirn.

»Albert, verdammt! Haben Sie es denn nicht überprüft?«

Ryans Gesicht zeigte keinerlei Gefühl, er war nicht einmal überrascht.

»Ich habe nur ein paar Kisten gesehen. Ich sah das Gold. *Crédit Suisse* war darauf eingestanzt. Skorzenys Kurier hat es überprüft. Ich durfte den Tresorraum nicht betreten, um sie von nahem zu betrachten.«

Carter schnappte nach Luft. »Ich wusste, dass er uns reinlegen würde. Habe ich es nicht gesagt? Ich habe es Ihnen gesagt, aber Sie …«

Weiss hob den Arm und zielte auf Carter. »Schnauze halten.«

»Mir war klar, dass es zu einfach war«, meinte Ryan.

»Zielen Sie mit dem Ding nicht auf mich«, sagte Carter.

Weiss behielt sein Ziel im Visier. »Ruhe, alle beide! Ich muss nachdenken.«

»Ich sagte, Sie sollen nicht auf mich zielen.«

»Halten Sie den Mund, Carter! Sonst schieße ich Ihnen ins Gesicht, das schwöre ich.«

Carter griff nach Weiss' Handgelenk, aber Weiss stieß seinen Arm weg. Er brachte die Pistole wieder nach vorn, drückte sie auf Carters Stirn und legte den Finger an den Abzug.

»Fassen Sie mich nicht an, Carter, Sie wissen, dass ich Sie …«

»Alle weg von dem Wagen!«

Die Stimme kam von oben. Es war ein krächzendes, verzerrtes Bellen, dem ein Durcheinander von Rückkopplungen und Echos folgte.

»Hier spricht Chief Inspector Michael Rafferty. Sie sind umstellt. Ich habe hier ein Dutzend Polizisten, alle bewaffnet, und ein Scharfschützenteam der Armee. Wenn Sie irgendwelche Dummheiten riskieren, erteile ich den Feuerbefehl. Los jetzt, alle raus aus dem Wagen!«

Weiss beugte sich vor, schaute hoch und sah oben auf der Eisenbahnbrücke einen sehr kräftigen Mann stehen, der ein Megafon in den Händen hielt. Ihm zur Seite befanden sich zwei Polizisten, die mit gezogenen Waffen zielten. Zwischen ihnen strich der Nebel. Weiter die Brücke entlang lag ein weiterer Mann, der das Zielfernrohr seines Gewehrs auf sie richtete. In den Schatten unter der Brücke, in den dunklen Pfützen zwischen den Brückenbögen: noch mehr Polizisten, noch mehr Waffen.

»Lieutenant Albert Ryan, geben Sie sich zu erkennen.«

»Bastard«, sagte Carter. »Sie Bastard«

Weiss schaute zu Ryan, sah das Entsetzen in seinem Gesicht und sagte: »Er wusste es nicht.«

Carter kochte. »Und ob er es wusste.«

Ryan sagte nichts. Er ging mit erhobenen Händen vom Wagen weg.

Carters Augen wanderten zu dem Baumwollsack, in den er sein Automatikgewehr gewickelt hatte.

»Nicht«, sagte Weiss. Er nahm jetzt selbst die Hände über den Kopf und ging zur hinteren Tür des Lieferwagens.

»Bastard«, sagte Carter.

Wieder rauschte das Megafon.

»Runter auf die Knie, Ryan, und die Hände hinter den Kopf. Die anderen weg vom Wagen.«

Carter drehte den Polizisten den Rücken zu und nutzte die Hände, um den Baumwollsack zu öffnen.

»Lassen Sie das«, sagte Weiss. »Sie werden uns beide umbringen!«

Carter zog das Gewehr aus dem Beutel, richtete sich auf und drehte sich dann Richtung Ryan, während sein Finger den Abzug suchte.

Sein Schädel zerplatzte einen Sekundenbruchteil bevor Weiss den Schuss hören konnte und die warmen Spritzer in seinem Gesicht spürte. Carter stürzte. Er hatte Mund und Augen weit aufgerissen.

»Alles klar«, rief Weiss. »Ich komme heraus.«

Das Megafon quäkte. »Wie viele sind da unten?«

»Nur Ryan und ich. Mehr nicht.«

»Raus aus dem Wagen. Hände auf den Kopf.«

Weiss schlüpfte hinaus, kam auf die Füße und machte ein halbes Dutzend Schritte, wobei er versuchte, Carters Blut auf dem feuchten Beton auszuweichen.

»Auf die Knie. Neben Ryan.«

Er tat wie ihm befohlen. Ryan starrte mit leerem Gesichtsausdruck geradeaus.

»Ich habe eine Suite im Shelbourne-Hotel«, sagte Weiss leise. Ryan wandte den Kopf zu ihm um. »Auf den Namen David Hess. Alles, was ich über Skorzeny gesammelt habe, ist dort in einer Stahlkassette eingeschlossen. Falls ich nicht aus der Untersuchungshaft herauskomme oder ausgewiesen werde, gehen Sie hin und holen Sie es sich. Bringen Sie das Material zu Hedder und Rosenthal, eine Anwaltskanzlei in Ballsbridge. Geben Sie es Simon Rosenthal. Niemandem außer ihm. Haben Sie mich verstanden?«

Ryan antwortete nicht.

Aus den Schatten kamen Polizisten hervor. In ihren Gesichtern zeichnete sich Furcht ab, die Waffen zitterten in ihren Händen.

»Hören Sie, Ryan? Bringen Sie die Informationen zu Simon Rosenthal. Schnappen Sie Skorzeny für mich!«

»Nein«, sagte Ryan. »Ich hole ihn für mich selbst.«

68.
KAPITEL

Rafferty ließ schnaufend und mit rotem Kopf seinen massigen Körper in den Stuhl vor Ryan fallen. Er stellte einen Becher dampfenden Tee auf den Tisch, vom anderen Becher trank er selbst einen Schluck.

»Himmel, das artet ja in Arbeit aus«, sagte er. Er deutete auf den Becher, der vor Ryan stand. »Kommen Sie, trinken Sie schon.«

Ryan griff danach und führte ihn an seine Lippen.

»Sehen Sie. Ist das nicht besser?«

Dann verstummte der Polizist und betrachtete ihn über den Tisch hinweg. Auf den rohen Betonwänden des Verhörraums hatte sich Feuchtigkeit niedergeschlagen. Zwischen ihnen stand ein ausgeschaltetes Tonbandgerät, in dem keine Spulen waren.

»Ihr Freund, dieser Amerikaner oder Israeli oder was zum Teufel er auch ist ...« Rafferty stellte seinen Becher wieder auf den Tisch und zog eine Schachtel Zigaretten aus der Jackentasche. »Der sagt mir nur seinen Namen. Er fragt immer nach einem Anwalt namens Rosenthal. Was führt der im Schilde? Was macht der hier?«

»Er ist vom Mossad«, sagte Ryan.

»Er ist was?«

»Mossad. Israelischer Nachrichtendienst.«

»So was wie ein Spion?«

»Etwas in der Art.«

Rafferty schnaubte. »Heilige Muttergottes. Hier?« Er zog eine Zigarette aus dem Päckchen und zündete sie an. »Ich muss Ihnen sagen, das ist für mich alles zu viel Aufregung. Das Schlimmste, das ich hier gewöhnt bin, sind Viehdiebstähle oder eine Kneipenschlägerei. Aber nicht dieses Tamtam. Ich kriege längst nicht genug bezahlt, um mich mit Spionen und geschmuggeltem Gold zu befassen. Obwohl es ja wohl eigentlich eher Blei als Gold ist, wie es aussieht. Immerhin, in fünf Kisten lagen jeweils drei Goldbarren oben drauf. Aber egal, worauf ich hinauswill, ist Folgendes: Sehe ich vielleicht aus wie James Bond?« Er beugte sich vor, hielt die Zigarette zwischen seinen dicken Fingern. »Haben Sie den Film gesehen?«

»Ja«, sagte Ryan.

»Ich hab meine Misses mitgenommen. Sie hat mir die Hand über die Augen gelegt, als dieses Mädel aus dem Wasser stieg, so ganz nass und all das. Na, in der Nacht habe ich ihr einen Grund zum Grinsen gegeben, das kann ich Ihnen sagen.«

Rafferty stieß den Rauch zwischen den Zähnen aus.

Ryan räusperte sich. »Ich muss mit Ciaran Fitzpatrick von der Abteilung für Aufklärung sprechen.«

»Man hatte mir schon erzählt, dass Sie das sagen würden.« Rafferty zog einen zusammengefalteten Zettel aus der Zigarettenschachtel. »Leider steht Mr. Fitzpatrick momentan nicht zur Verfügung. Aber Sie haben Freunde in hohen Positionen.«

Er faltete den Zettel auseinander, auf dem ein paar Schreibmaschinenzeilen und eine schwungvolle Unterschrift zu sehen waren.

»Hier habe ich ein Schreiben von niemand anderem als dem Justizminister, Mr. Charles J. Haughey, demselben Mann, der befohlen hat, den Lieferwagen zu verfolgen und seine Insassen zu verhaften. Das Schreiben ist vor zwanzig Minuten per Kurier geliefert worden. Hier steht, dass Sie über den Vorfall nicht befragt werden dürfen und dass überhaupt keine Stellungnahme aufgezeichnet werden soll. Ich soll Sie nach eigenem Ermessen freilassen. Er will, dass die Sache ohne Aufsehen erledigt wird. Nur für den Fall, dass wir sonst die Amerikaner beunruhigen und sie beschließen könnten, dass uns Präsident Kennedy doch nicht besucht. Was halten Sie davon?«

»Ich finde, Sie sollten mich gehen lassen.«

Rafferty nickte. »Das könnte ich wohl, vermute ich. Aber hier steht: ›Nach eigenem Ermessen‹, und nach meinem Ermessen ist es noch nicht so weit. Ich glaube, ich lasse Sie noch eine Weile schmoren, Mr. Ryan.«

Der Polizist hievte seinen Wanst aus dem Stuhl, wobei er vor Anstrengung seufzte.

»Warum?«, fragte Ryan. »Sie können mich nicht verhören, also warum behalten Sie mich hier?«

Rafferty beugte sich über den Tisch, bis Ryan seinen warmen Atem spürte.

»Weil ich keinen Ärger vor meiner Haustür mag. Und ganz besonders, weil ich es nicht ausstehen kann, wenn mir Regierungsheinis erzählen, wie ich in meinem eigenen verdammten Bezirk meinen Job zu erledigen habe. Aber vor allem werde ich Sie hierbehalten, weil ich es kann. Reicht Ihnen das als Antwort?«

69.
KAPITEL

Vom Öffnen der Zellentür schreckte Goren Weiss aus seinem unruhigen Schlaf. Er wandte den Kopf und erwartete den fetten Polizisten, der einen neuen, unbeholfenen Versuch starten wollte, ihn zu verhören. Stattdessen kamen drei Männer in Anzügen herein. Er kannte keinen von ihnen.

»Wer sind Sie?«, fragte er.

»Stehen Sie auf«, befahl der Älteste. Er zog die Tür hinter sich zu. Es war ein Mann um die fünfzig mit kurzgeschorenem, bereits ergrauendem Haar. Der gutgeschnittene anthrazitfarbene Anzug saß straff über seinen breiten Schultern. Die beiden anderen waren jünger, Mitte dreißig, hatten aber den gleichen Körperbau.

Weiss spürte, wie sich seine Eingeweide verkrampften, als er aufstand. »Ich will mit meinem Anwalt sprechen, Simon Rosenthal von Hedder und Rosenthal.«

Die beiden jüngeren Männer schoben sich neben Weiss. Jeder packte ein Handgelenk.

»Ich schlage vor, Sie kontaktieren ihn auf der Stelle, oder es gibt Ärger, das verspreche ich Ihnen.«

Die jüngeren Männer verstärkten ihren Griff. Der ältere Mann ging zu der Pritsche von der Weiss eben aufgestanden war. Er zog an dem Laken, bis es sich löste.

Weiss versuchte, seinen rechten Arm freizubekommen, aber der Griff des jungen Mannes war fest wie ein Schraubstock.

»Verdammt, die israelische Regierung wird das nicht ruhig mit ansehen. Sie handeln sich einen Krieg ein.«

Der ältere Mann breitete das Laken aus und rollte es zu einem dicken Seil zusammen.

Weiss trat nach einem der Beine der jüngeren Männer. Sie wechselten ihre Position, um ihm zu entgehen, dann stießen sie ihn auf den Boden. Seine Wange schrammte über den Beton.

Der ältere Mann legte eine Schlaufe in ein Ende des Lakens und knotete eine einfache Schlinge.

»Haltet ihn fest!«, sagte er, als er sich hinkauerte.

Weiss schrie. Er warf sich mit seinem ganzen Gewicht hin und her. Ein Knie presste sich in seinen Rücken und nagelte seinen Brustkorb auf dem Boden fest. Er schrie wieder – ein Wort, das vielleicht »Nein« bedeuten mochte.

Die Schlinge wurde über seinen Kopf gezogen und scheuerte über seine Nase und seinen Mund. Unter seinem Kinn zog sich der kühle Stoff enger und würgte seine Flüche ab. Der

Druck in seinem Kopf wuchs. Er fühlte, wie er hinter seinen Augen anschwoll. Ihm wurde rot vor Augen, in seinen Ohren dröhnte es.

Die Zellentür öffnete sich. Weiss erkannte die Stiefel des fetten Polizisten und noch zwei weitere Stiefelpaare.

Der Druck in seinem Kopf ließ schlagartig nach.

»Was zum Teufel geht hier vor?«, wollte der fette Polizist wissen.

70. KAPITEL

»Wir haben einen gemeinsamen Freund«, sagte der Mann.

Er stand da, die Hände in den Hosentaschen vergraben. Ryan bemerkte den Schmutz auf seinen Knien.

Er war allein ins Verhörzimmer gekommen, mit einer ledernen Aktentasche, hatte die Tür hinter sich zugezogen und geächzt, als er die Tasche auf den Tisch wuchtete. Sie landete mit einem dumpfen Schlag auf dem Tisch.

»Wer sind Sie?«, fragte Ryan.

»Ich heiße James Waugh. Ihre Freundin Celia Hume hat früher ein paar Aufträge für mich erledigt.«

Er sprach die Worte mit der weichen Melodie seines Akzents aus dem Südwesten Dublins aus.

»Sie hat Sie erwähnt«, sagte Ryan. »Sie hatten Ihr befohlen, Sie über mich auf dem Laufenden zu halten.«

Waugh setzte sich ihm gegenüber an den Tisch, zwischen ihnen stand die Aktentasche.

»Ehrlich gesagt wünschte ich fast, ich hätte es nicht getan. Hätte ich gewusst, in was für eine Sauerei der Minister da hineingezogen wurde, hätte ich das gar nicht erst zugelassen.«

»Für wen arbeiten Sie?«, fragte Ryan.

»Ich leite meine eigene kleine Abteilung. Ganz klein, kaum zwei Dutzend Mitarbeiter. Wir unterstehen weder der Abteilung für Aufklärung noch dem Justizministerium, aber wir übernehmen ab und zu vertrackte Aufgaben für sie. Sehen Sie uns einfach als so etwas wie Handwerker an, die die Drecksarbeit für andere Abteilungen übernehmen, damit die sich die Finger nicht schmutzig machen müssen.«

»Was wollen Sie?«

»Ihnen sagen, dass Sie jederzeit gehen können. Allerdings gibt es da vorher noch eine Kleinigkeit.«

»Was ist mit Weiss?«

Waugh schürzte die Lippen. »Mr. Weiss hat vor einer Stunde versucht, sich in seiner Gefängniszelle das Leben zu nehmen. Er wollte sich mit einem Bettlaken aufhängen. Zum Glück konnten wir rechtzeitig einschreiten und ihn retten.«

In Ryan kochte Wut hoch. »Sie lügen!«

Waughs Augenlider zuckten. Er holte tief Luft. »Mr. Weiss wurde zur Behandlung in ein Krankenhaus verlegt. Also, der Minister hat angeordnet, dass Sie morgen Nachmittag um zwei alle Unterlagen, die Ihre Untersuchung betreffen, in sein Büro bringen. Sie erstellen Ihren Abschlussbericht, und das war es dann.«

»Weiß Haughey, dass Sie versucht haben, Weiss zu ermorden?«

Waugh grinste. »Wie ich bereits erklärt habe, hat Weiss einen Selbstmordversuch unternommen. Aber, ich wiederhole es gern, weder ich noch meine Abteilung sind dem Justizministerium unterstellt. Ich handle unabhängig nach meinen eigenen Vorgaben. Beantwortet das Ihre Frage?«

Ryan betrachtete Waughs Gesicht. Seine Augen waren so grau und kalt wie Schiefer. »Sie sagten: ›Bis auf eine Kleinigkeit.‹ Was wollen Sie noch?«

Waugh stand auf und holte eine Visitenkarte aus der Tasche. Er legte sie mit der Schrift nach oben auf den Tisch neben die Tasche und schob sie mit den Fingerspitzen zu Ryan. Auf der Karte standen nur Waughs Name und seine Telefonnummer.

»In meiner Abteilung ist eine Stelle frei«, sagte er mit einem einladenden Lächeln, das seinen Blick nicht weicher machte. »Das ist weit interessantere Arbeit, als Ihnen die Abteilung für Aufklärung bieten kann. Ich hätte Verwendung für einen Mann wie Sie.«

Ryan warf einen Blick auf die Karte. Dann schnippte er sie weg. »Nein, danke.«

Waugh schob die Karte zurück. »Denken Sie in Ruhe darüber nach.«

Er ging zur Tür, hielt inne und drehte sich wieder um, als hätte er noch etwas vergessen. Er deutete auf die Aktentasche.

»Ich wusste nicht so recht, was ich damit anfangen sollte. Ich glaube, darum sollten Sie sich kümmern.«

Waugh ging hinaus und zog die Tür hinter sich zu.

Das Leder der Aktentasche schimmerte im Neonlicht des Verhörraums. Ryan löste die Schnalle und schlug die Klappe zurück. Als er das gelbe Glitzern sah, wurde sein Mund trocken.

71. KAPITEL

»Ich dachte, irische Polizisten tragen keine Waffen«, sagte Weiss. Die Worte kratzten in seiner Kehle wie Sandpapier.

Rafferty setzte sich auf das Fußende des Krankenhausbettes. Er war neben Weiss die einzige andere Person im Krankenhauszimmer. Er hatte den einsamen Polizisten abtreten lassen, als er hereingekommen war. Seine Hand tastete nach dem Revolver an seiner Hüfte. »Das kommt schon mal vor«, antwortete er. »Wenn die Situation es erfordert.«

»Und jetzt ist so eine Situation?«

Rafferty grinste. »Würde ich sagen. Finden Sie nicht?«

»Doch.«

Weiss legte die rechte Hand hinter seinen Kopf und lehnte sich im Bett zurück. Ein Paar Handschellen fixierten seine linke Hand am Bettgestell. Er trug seine Weste und eine Hose, die Füße steckten in Socken. Auf seinem Hals waren Blutergüsse zu sehen.

»Wann lassen Sie mich gehen?«, fragte er.

»Sie können hierbleiben, bis die Quacksalber sagen, dass Sie wieder fit sind«, meinte Rafferty. »Danach kommen Sie zurück in meinen Knast. Dann sehen wir weiter. Dieser Regierungsheini war ja nicht sehr beeindruckt davon, dass Sie ein – wie sagt man? Genau: ein Mossad-Mann sind. Es hat ihm gar nicht gefallen, dass der Mossad in diesem Teil der Welt herummacht. Ich wäre nicht überrascht, wenn da draußen jemand wäre, der Sie gern ins Flugzeug stecken würde. Sie vielleicht?«

»Wahrscheinlich nicht. Was ist mit Lieutenant Ryan?«

»Der ist weg. Dieser Regierungsheini hat ihm eine Ledertasche gegeben und mir gesagt, dass ich ihn laufen lassen soll.«

Weiss benetzte seine Lippen. »Eine Ledertasche?«

»Ganz recht.« Rafferty nickte, sein Doppelkinn zitterte und bebte.

»Was, glauben Sie, war drin?«

»Kann ich nicht sagen. Sah aber richtig schwer aus.«

Weiss ließ seinen Blick erneut zum Revolver an Raffertys Hüfte gleiten.

»Aber ich will Ihnen noch was Komisches erzählen. Als dieser Regierungstyp weg war, habe ich mal diesen Rosenthal angerufen, den Sie so dringend sprechen wollten. Diesen Rechtsanwalt. Er wusste, wer Sie sind, das war also richtig, und er meinte, Sie seien ein Klient und so, aber als ich ihm erzählte, wo ich Sie aufgelesen habe und was Sie angestellt hatten … Jedenfalls wirkte er ein bisschen überrascht, irgendwie. Und auch verärgert. Wie ist das nur möglich? Was meinen Sie?«

»Keine Ahnung«, sagte Weiss.

»Wollen Sie wissen, was ich glaube?«

»Eigentlich nicht.«

»Ich glaube, dieser Rosenthal ist Ihr Kontaktmann hier in Irland. Weil Israel keine Botschaft in Dublin hat, brauchen Sie jemanden, zu dem Sie hinrennen können, wenn alles schiefläuft. Liege ich richtig?«

Weiss antwortete nicht.

»Wie auch immer. Ich glaube, Sie haben sich hinter dem Rücken Ihres Kontaktmannes auf eine krumme Sache eingelassen. Ich glaube, Sie haben denen einen Haufen ins Nest gesetzt, wie man hier so schön sagt. Denn sonst wäre Ihr Mann noch in derselben Sekunde, in der ich den Hörer aufgelegt habe, hier hergekommen und hätte ein mordsmäßiges Geschrei angestimmt, damit ich Sie freilasse. Trifft es das ungefähr?«

Noch bevor Weiss antworten konnte, kam ein Arzt ins Krankenzimmer.

»Sind Sie der zuständige Beamte für den Patienten?«, erkundigte er sich bei Rafferty.

»Bin ich.« Rafferty stand auf.

»Er hat ein paar Blutergüsse am Hals, aber Kehlkopf und Luftröhre sind unverletzt, so weit wir sehen können. Sie haben ihn wohl gefunden, bevor er sich größeren Schaden zufügen konnte. Also kann ich Mr. Weiss jetzt wieder in Ihre Obhut übergeben.«

»Sehr schön«, sagte Rafferty. »Danke.«

Der Doktor ging, und der fette Polizist trat wieder ans Bett. Er fischte ein Schlüsselbund aus seiner Hosentasche und wollte die Handschellen lösen.

Als er danach griff, musste er feststellen, dass sie bereits geöffnet waren. Und das offenbar schon seit geraumer Zeit. Weiss hatte einfach eine Heftklammer vom Arztschreibtisch im Untersuchungszimmer mitgenommen, mehr war nicht nötig.

Rafferty machte große Augen, als Weiss nach seinem Handgelenk griff. Seine freie Hand zuckte zu dem Revolver an seiner Hüfte, aber dafür war es schon etwas zu spät.

72. KAPITEL

Der Empfangschef, ein dürrer Mann mittleren Alters, machte fast ein erschrockenes Gesicht, als Ryan an seinen Tresen trat. »Kann ich Ihnen helfen, Sir?«

»Sie haben einen Gast namens David Hess«, sagte Ryan.

Der Mann blätterte durch die Seiten seiner Anmeldungen, bis er den Gesuchten fand. »Ja, Mr. Hess. Aber ich fürchte, er war schon seit ein paar Tagen nicht mehr hier. Kann ich etwas ausrichten?«

Ryan sah die Zimmernummer, die neben der Anmeldung von Mr. Hess vermerkt war.

»Nein, danke«, sagte Ryan.

Er verließ den Empfangstresen und wartete, bis ein anderer Gast die Aufmerksamkeit des Mannes beanspruchte. Dann lief er die Treppen hinauf.

Ryan blickte in beide Richtungen des Korridors, dann keilte er das blanke Ende des Schraubenziehers dort zwischen Tür und Türrahmen, wo das Schloss sie zusammenhielt. Er drückte mit seinem ganzen Gewicht gegen den Griff, drückte, zog wieder und drückte noch einmal. Das Holz splitterte und krachte.

Die Tür öffnete sich, und Ryan trat ein. Dann steckte er den Schraubendreher wieder ein und drückte die Tür zurück in den Rahmen.

Um einen Couchtisch standen ein Sofa und zwei Armstühle.

An einer Wand befand sich ein niedriges Regal, an der anderen ein Schreibtisch. Alle Oberflächen blitzten vor Sauberkeit und zeigten keine Spuren von Staub oder Abnutzung. Er ging im Raum herum, schaute in die Schubladen, hob die Kissen hoch und fand nichts.

Das Schlafzimmer war ebenso makellos, die Decken und Laken waren weiß und unberührt. Ryan ging zum großen Garderobenschrank und öffnete ihn. Dort hingen ein Anzug in der Plastikfolie einer Reinigung und ein halbes Dutzend gebügelter Hemden.

Auf dem Boden stand eine Metallkassette. Er hob sie heraus und stellte sie aufs Bett.

Die Kassette war mit einem Schloss gesichert. Ryan holte noch einmal den Schraubenzieher aus seiner Tasche und stieß die scharfe Spitze unter die Verriegelung. Er bog sie nach außen, bis das Schloss nachgab, dann steckte er sein Werkzeug wieder in seine Brusttasche.

Im Inneren lagen ein Stapel zusammengebundener Akten, Mappen und einzelne Papiere. Er blätterte sie durch, nahm einzelne Seiten heraus und überflog sie, dann legte er sie wieder an ihren Platz. Er entdeckte zwei Pässe, der eine Deutsch, der andere Amerikanisch, beide ausgestellt auf den Namen David Hess.

Gegen Ende fand er endlich, was er suchte. Eine Mappe mit Kopien von Skorzenys Kontobewegungen. Ryan folgte den Spalten mit dem Finger, verfolgte den Fluss des Geldes von einem Konto aufs nächste, sah, wo sich Zinsen ansammelten, wo hier ein paar Zehntausend verschwanden und wo an anderer Stelle Hunderttausende wieder auftauchten.

Er faltete die Blätter zusammen und steckte sie in seine

Jackentasche. Dann schloss er die Kassette wieder und stellte sie in die Garderobe zurück. In seinen Armen und Beinen spürte er die Erschöpfung, als er sich aufrichtete und zur Schlafzimmertür ging. Er schritt hindurch und gelangte ins Wohnzimmer.

Da stand Goren Weiss. Er hielt einen Revolver in der Hand, der auf den Boden zeigte.

»Was tun Sie hier, Albert?«, fragte er.

73. KAPITEL

Weiss ließ die Pistole locker an der Seite seines Körpers herunterhängen.

Ryans Gesicht blieb ungerührt. »Ich wollte diese Papiere, von denen Sie mir erzählt haben.«

»Haben Sie sie gefunden?«

Ryan bewegte seine rechte Hand langsam zu seiner Brusttasche unter dem Jackett. »Ja.«

»Das ist gut«, sagte Weiss. »Ich kann sie jetzt nicht mehr brauchen. Wollen Sie Skorzeny erwischen?«

»Vielleicht«, sagte Ryan, und nahm die Hand wieder aus seiner Tasche.

»Viel Glück«, sagte Weiss.

Ryan blieb bewegungslos in der Schlafzimmertür stehen und antwortete nicht.

»Es gibt aber noch etwas, das ich von Ihnen will.« Weiss trat einen Schritt näher. Er hielt die Pistole auf den Boden gerichtet.

»Man hat Ihnen eine Aktentasche gegeben. Was war drin?«

»Das wissen Sie.«

»Ja. Wo ist es?«

Ryan schüttelte den Kopf. »Nicht hier.«

Weiss lachte, hob die Pistole und zielte auf Ryans Herz. »So weit habe ich auch schon gedacht, Albert. Aber ich habe Sie nicht gefragt, wo es nicht ist. Ich habe Sie gefragt, wo es ist. Jetzt ist nicht der geeignete Zeitpunkt, um sich dumm zu stellen, mein Freund.«

»Es ist nicht hier.« Ryan streckte die Hände nach beiden Seiten von sich weg. »Ich habe es nicht.«

Weiss machte zwei Schritte vorwärts. Die Revolvermündung befand sich jetzt nur noch dreißig Zentimeter vor Ryans Brust. Er legte den Daumen auf den Hahn, spannte.

»Ich brauche diese Tasche, Albert. Was glauben Sie, wie viel war drin? So viel wie sie brauchten, um das Blei in diesen Kisten abzudecken. Ich schätze mal im Wert von fünfzehn-, sechzehntausend, vielleicht sogar mehr. Was meinen Sie?«

»Ich weiß es nicht.«

»Ohne diese Tasche bin ich ein toter Mann, Albert. Meine Vorgesetzten wissen, was ich vorhatte. Sie kriegen mich wegen Landesverrats dran. Ich muss fliehen, und dazu brauche ich das Gold. Ich will, dass Sie begreifen, wie wichtig es für mich ist, Albert. Damit Ihnen klar wird, dass ich nicht darauf verzichten werde. Und jetzt sagen Sie mir, wo es ist.«

»Nein«, sagte Ryan. »Das werde ich nicht tun.«

Noch ein Schritt. Die Pistole befand sich nur noch Zentimeter von seiner Stirn entfernt.

»Ich wette, es ist in Ihrem Zimmer im Buswells, habe ich recht? Es ist da bei Ihrem Mädchen. Diesem Rotschopf. Wenn es sein muss, jage ich Ihnen eine Kugel ins Gehirn. Dann gehe ich zu Ihrem Hotel und nehme es ihr ab. Und Sie wissen, dass ich sie nicht am Leben lassen kann. Zwingen Sie mich nicht dazu, Albert. Bitte.«

Ryan machte einen Schritt zur Seite. Von der Tür weg. Die linke Hand hielt er sich jetzt vors Gesicht, seine rechte war immer noch seitlich abgespreizt.

»Ich kann Sie nicht davon abhalten«, sagte er. »Ob Sie abdrücken, ist allein Ihre Entscheidung.«

»Verdammt sollen Sie sein, Albert.« Weiss verstärkte den Druck auf den Abzug. Da sie bereits gespannt war, würde er die Pistole bei der kleinsten Fingerbewegung auslösen. »Sie verdammter …«

Die Bewegung von Ryans Hand war winzig, fast, als wäre sie gar nicht geschehen. Ein leichtes Klopfen innen gegen das Handgelenk seines Gegenübers. Doch der Schuss verfehlte Ryans Kopf, und die Kugel schlug in der Wand ein.

Plötzlich spürte Weiss einen heftigen Schmerz in seinem Bauch.

Als seine Beine ihm den Dienst versagten, blickte er an sich hinunter und sah den Schraubenzieher in Ryans Hand. Hätte er schneller geschaltet, hätte er vielleicht den Revolver herumreißen und Ryan den Kopf wegpusten können, aber stattdessen bohrte sich die Spitze des Schraubenziehers noch einmal in sein Fleisch.

Weiss fiel auf die Knie, presste die Hände an den Körper und spürte, wie Blut warm aus seinem Bauch in seinen Schoß lief. Der Revolver fiel nutzlos zu Boden, wo er ihn nicht mehr greifen konnte. Er rollte auf die Seite, weil ihn seine Beine nicht mehr trugen.

Ryan wich zurück. Er ging ans Fenster und wischte den Schraubenzieher an der Gardine ab, bevor er ihn wieder einsteckte.

»Albert«, flüsterte Weiss.

Ryan verharrte auf seinem Weg zur Tür.

»Holen Sie einen Arzt, Albert. Ich will nicht sterben. Bitte, Albert.«

Ryan kam zurück. »Sie haben zugelassen, dass sie mich foltern«, sagte er. »Sie haben ihnen dabei zugeschaut.«

»Albert.« Weiss suchte nach Worten. Sein Kopf wurde schwerer und sank auf den Teppich.

Er sah, wie Ryan seine Kleidung überprüfte, danach das Zimmer verließ und die Tür hinter sich schloss.

74. KAPITEL

Niemand bemerkte Ryan, als er aus dem Zimmer kam, und niemand rannte aufgescheucht durch die Gänge, um der Quelle des Schusses auf den Grund zu gehen. Er nahm den Ausgang Richtung St. Stephen's Green. In seinen Ohren dröhnte es noch von dem Knall. Den Schraubenzieher warf er in den ersten Mülleimer, den er fand.

Bis zu seinem Auto vor dem Buswells musste er nur ein paar Minuten laufen. Er stieg ein und startete den Motor.

Ryan verharrte kurz, schloss die Augen und atmete langsam durch. Er fand seine Ruhe wieder, indem er sich aufsagte, was er zu tun hatte.

Jetzt nahm er das Heft in die Hand.

Als Ryan nach zwei Stunden ins Buswells zurückkehrte, wartete Celia in seinem Zimmer. Verglichen mit der Suite, die Weiss nur ein paar Straßen weiter im Shelbourne bewohnt hatte, wirkte das Zimmer schäbig und eng, aber Celia ließ es erstrahlen. Das späte Morgenlicht glühte in ihren Haaren.

Sie hatte es sich auf dem Bett bequem gemacht und lang ausgestreckt.

»Hast du es?«, fragte sie.

»Alles, was da war.« Er zog sein Jackett aus und hängte es in den Garderobenschrank.

»Irgendwelche Schwierigkeiten?«

»Überhaupt nicht«, antwortete er.

Celia streckte den Arm aus und lockte ihn zu sich ins Bett. Er legte sich neben sie, mit seiner Brust an ihrem Rücken, und legte ihr den Arm um die Taille. Sie nahm seine Hand und führte sie zu ihren Brüsten.

»Wie lange hast du das Zimmer gebucht?«, fragte sie.

»Bis zu dem Treffen heute Nachmittag«, antwortete er. »Danach werfen sie mich raus.«

Sie drehte sich auf den Rücken und schob seine Hand tiefer, zwischen ihre Schenkel.

»Dann sollten wir es so gut wie möglich ausnutzen«, schlug sie vor.

Ryan durchquerte Haugheys Vorzimmer, wartete nicht, bis die Sekretärin seine Ankunft meldete, und öffnete die Tür, ohne anzuklopfen.

Haughey und Fitzpatrick schauten ihn an. Im Gesicht des Direktors zeichnete sich Überraschung, im Gesicht des Ministers Verärgerung ab.

»Sie vergessen sich, Großkotz«, sagte Haughey. »Oder hat Ihnen Ihre Mutter nicht beigebracht zu klopfen?«

Ryan zog die Tür hinter sich zu. Dann warf er die Unterlagen auf Haugheys Schreibtisch.

»Ist das alles?«

»Alles«, erwiderte Ryan, ohne sich seiner Lüge zu schämen.

»In Ordnung. Setzen Sie sich.«

Ryan setzte sich auf den Stuhl neben Fitzpatrick.

Haughey warf ihm einen durchdringenden Blick zu. Seine Adleraugen funkelten. »Also, was haben Sie zu Ihrer Entschuldigung vorzubringen?«

»Nichts, Herr Minister. Alles, was Sie wissen müssen, steht im Bericht.«

Haughey nickte. »Ich wünschte, ich könnte wenigstens sagen, das war gute Arbeit. Aber die Sache ist vom Tisch, und darauf kommt es an.«

Fitzpatrick streckte die Hand aus. »Ich nehme dann die Wagenschlüssel, vielen Dank.«

Ryan sagte: »Ich glaube, ich behalte die Schlüssel noch. Danke, Sir. Außerdem ist sowieso eine Scheibe kaputt.«

Fitzpatrick klappte der Unterkiefer herunter. Er schaute zu Haughey.

»Hören Sie zu, Sie Großkotz, mir gefällt Ihr Ton nicht.«

»Minister, was Ihnen gefällt, ist mir egal. Ich unterstehe Ihnen nicht mehr.«

Haughey stand auf. Sein Gesicht hatte sich rot gefärbt. »Jetzt hören Sie mir mal zu, Ryan. Sie reiten sich gerade richtig rein. Und das sage ich nicht einfach so dahin. Ich werde Sie fertigmachen.«

»Herr Minister. Im Augenblick sind zwei unterschiedliche Anwälte im Besitz zweier identischer Päckchen. In beiden Päckchen befindet sich eine Aufnahme der Unterredung, die wir vor ein paar Tagen im Buswells miteinander hatten. Es war das Gespräch, in dem Sie zugaben, es Oberst Skorzeny gestattet zu haben, eine Anzeige in der *Irish Times* zu schalten, in der er unbekannte Personen dazu auffordert, Morde zu begehen. In den Päckchen befindet sich außerdem ein unterschriebener Brief, in dem ich beschreibe, welchen Auftrag ich für Ihr Büro zu erledigen hatte. Diese Anwälte haben Anweisung, den Inhalt der Päckchen an die Presse, an die Garda Síochána sowie an Matt McCloskey, den amerikanischen Botschafter, weiterzuleiten, falls mir irgendetwas zustößt oder wann immer es mir beliebt.«

»Sie verdammter kleiner Bastard«, sagte Haughey. »Diesen Tag werden Sie noch bereuen.«

Ryan stand auf. »Wie gesagt, wann immer es mir beliebt, Herr Minister. Vergessen Sie das nicht. Wenn Sie mich jetzt bitte entschuldigen würden, Gentlemen.«

Sie starrten ihm nach, als er hinausging.

Ryan nahm sich die Zeit, durch St. Stephen's Green zum Buswells zurückzulaufen. Er genoss die klare Luft und die warme Sonne auf der Haut. Andere Spaziergänger schauten auf die noch immer nicht ganz geheilten Verbrennungen an seinen Wangen und seinen etwas eigenartigen Gang, aber er kümmerte sich nicht darum.

Es schien Wochen her zu sein, seit er zum letzten Mal frei durchatmen konnte, ohne dass ihm Schuldgefühle und Furcht die Brust zuschnürten. Er war nicht mehr von Haughey und seinem Geld abhängig und ließ sich von Skorzenys Einfluss weder beeindrucken noch in Angst versetzen.

Trotz ihrer Macht, ihrer Kontakte und ihres Einflusses waren es doch nur Menschen.

An Goren Weiss dachte er überhaupt nicht.

Ryan ging auf der Kildare Street in nördlicher Richtung und sah die Gärten des Trinity College vor sich. Dahinter stand die Universität wie ein Königspalast, völlig unberührt vom Verkehr, der um sie herum strömte, oder von den Menschen, die in ihren Schatten wanderten, aber niemals einen Schritt hineinsetzen würden. Er wandte sich nach links in die Molesworth Street und betrat das Hotel.

»Mr. Ryan!«, rief der Rezeptionist.

Ryan trat an den Tresen. Der Empfangschef lächelte bedauernd.

»Mr. Ryan, ich habe einen Anruf aus dem Büro von Mr. Haughey bekommen. Mir wurde gesagt, dass Ihr Aufenthalt bei uns heute endet.«

Ryan nickte. »Mein Koffer ist schon gepackt.«

Das Lächeln des Mannes wurde etwas gequälter. »Leider ist die Check-out-Zeit zwölf Uhr mittags, und jetzt ist es schon nach drei. Dürfte ich Sie bitten, das Zimmer so schnell wie möglich zu räumen, damit es saubergemacht werden kann?«

»Selbstverständlich«, sagte Ryan. »Ich möchte Mr. Haughey nicht mehr Geld kosten als unbedingt nötig.«

Er wandte sich zum Gehen, aber der Mann hielt ihn noch einmal auf. »Sir, da wäre noch etwas.«

Ryan blieb stehen.

»Da wartet jemand auf Sie«, sagte der Empfangschef. »In der Hotelhalle. Ein Mr. Skorzeny.«

75. KAPITEL

Skorzeny wartete in demselben Sessel, in dem Goren Weiss erst wenige Tage zuvor gesessen hatte, am Fenster mit Blick auf die Molesworth Street. Vor ihm auf dem Tisch stand die Ledertasche. Außer ihnen befanden sich nur noch zwei weitere Personen in der Hotelhalle, ein älteres Paar auf der gegenüberliegenden Seite des Raums.

Auf dem Sessel neben Skorzeny saß mit geröteter und geschwollener Unterlippe Celia. Sie sah ihn kommen und schlang ihre Arme um ihren Körper. »Bertie, es tut mir leid. Ich dachte, es wäre das Zimmermädchen. Aber dann stand er vor der Tür.«

»Du kannst nichts dafür«, sagte Ryan. Er unterdrückte seine Wut. »Was hat er dir angetan?«

Sie tupfte mit den Fingerspitzen auf ihre Lippe. »Es geht mir gut.«

»Miss Hume wollte nicht kooperieren«, erklärte Skorzeny. »Ich war gezwungen, sie auf handfestere Weise zu überzeugen.«

»Was wollen Sie?«, fragte Ryan.

Skorzeny lachte. »Was glauben Sie wohl? Sie haben mich betrogen, Lieutenant Ryan. Célestin hat mir alles erzählt. Sie wussten, wer mich zu erpressen versuchte, und behielten dieses Wissen für sich. Dann habe ich erfahren, dass Sie sich mit einem Zionisten gegen mich verbündet haben, und dann kommt dieser Zionist zusammen mit der Fracht an Land, die Sie ausliefern sollten.«

»Goren Weiss ist tot.«

»Das sollte er auch sein«, sagte Skorzeny. »Sie dagegen hätten mich sogar bestohlen, wenn Célestin nicht gebeichtet, wenn sich Monsieur Borringer nicht an meine Anweisungen gehalten und Mr. Haughey nicht die Polizei gegen Sie und Ihre Freunde mobilisiert hätte.«

»Also wollen Sie mich umbringen«, meinte Ryan.

»Selbstverständlich. Aber nicht jetzt und nicht hier. Außerdem muss ich noch etwas erfahren. Setzen Sie sich bitte.«

Ryan setzte sich gegenüber von Skorzeny und Celia an den Tisch. Sie griff nach seiner Hand und streichelte sie mit ihren Fingerspitzen.

Ein Kellner näherte sich ihnen, aber Skorzeny winkte ihn zurück.

»Fahren Sie fort«, sagte Ryan. »Stellen Sie Ihre Fragen.«

»Dieser Zionist Weiss arbeitete für den Mossad. Der Mossad mag so einiges sein, aber es sind keine Diebe. Warum war er auf dem Boot? Und inwiefern war der Mossad darin verwickelt?«

»Weiss hatte seine eigene Agenda. Er fand heraus, was Carter im Schilde führte, und wollte selbst ein Stück vom Kuchen.«

»Gier.« Skorzenys Augen funkelten. Er lächelte. »Ich habe Haughey gesagt, dass die Gier sie vernichten würde. Also, sagen Sie mir, Lieutenant Ryan, wie Weiss von Carters Plan erfuhr, mich zu erpressen?«

»Er führte ein Mossad-Team bei einer Operation gegen Sie. Seine Nachforschungen führten ihn zu Carter.«

Skorzenys Lächeln erlosch schlagartig. Er beugte sich vor. »Eine Mossad-Operation gegen mich? Was für eine Operation? Wollen sie mich umbringen?«

»Nein«, sagte Ryan. »Weiss wollte Sie nicht töten. Er sagte, tot wären Sie für ihn nutzlos.«

»Was dann?«

Jetzt grinste Ryan. Er erwiderte Skorzenys forschenden Blick und verheimlichte ihm die animalische Freude nicht, die er empfand.

Skorzeny beugte sich vor und zog ganz beiläufig sein Jackett ein wenig zur Seite, damit der Griff seiner Pistole zu sehen war. »Reden Sie.«

»Die Operation war erfolgreich«, sagte Ryan.

Skorzeny lehnte sich zurück und nahm Celias Hand in seine. Seine Finger ließen ihre Finger ganz klein erscheinen. Celia wimmerte, als er drückte. »Reden Sie schon.«

»Sie wussten über das Geld Bescheid.«

Auf Skorzenys glatter Stirn erschien eine Falte. »Geld? Welches Geld?«

»Das Geld, das Sie aus dem Fluchtfonds abgezweigt haben. All die Millionen und Abermillionen. Ich habe die Kontoauszüge gesehen. Sie haben ihre *Kameraden* seit Jahren geschröpft. ›Die Sahne abschöpfen‹, nannte Weiss es. Und er hatte Beweise.«

Skorzeny blieb einen Moment lang schweigend sitzen. Man sah ihm an den Augen an, wie es in ihm arbeitete. »Also hatte er die Beweise. Was interessiert mich das?«

»Oh, es interessiert Ihre Freunde in Südamerika. Und die anderen Naziverbrecher, für die Sie die Gelder verwalten, ebenso. Wenn diese Leute herausfinden, dass Sie sie bestohlen haben, gibt es in der großen weiten Welt keinen sicheren Ort mehr für Sie. Dann könnte Sie nicht einmal Franco schützen.«

»Also lässt mich Weiss lieber von meinen *Kameraden* umbringen, anstatt es selbst zu tun? War er so ein Feigling?«

Ryan schüttelte den Kopf. »Ich habe Ihnen doch gesagt, er wollte gar nicht, dass Sie sterben. Er wollte etwas, das viel wertvoller ist als Ihr Leben.«

»Was?«

»Die Rattenlinien. Er wollte den Fluchtweg jedes einzelnen Nazis wissen, dem Sie geholfen haben, aus Europa zu fliehen. Jedes einzelnen. Und zwar von Anfang an. Entweder hätten Sie Ihre Freunde ans Messer geliefert, oder er hätte Sie Ihren Freunden ans Messer geliefert.«

Skorzeny lachte, hoch und schrill. »Aber jetzt ist Weiss tot, und seine Beweise nützen ihm auch nichts mehr.«

»Oh, da irren Sie sich. Das können sie immer noch.« Ryan sprach langsam und sehr deutlich, um jedes Zucken in Skorzenys Gesicht auszukosten. »Sie müssen nämlich wissen, dass er mir erzählt hat, wo ich das Material finden kann, das er gegen Sie in der Hand hat. Ich habe heute Morgen alles zu einer Anwaltskanzlei in Dublin gebracht, die auf der Seite Israels steht. Die Operation wird weitergeführt, nur mit einer kleinen Erweiterung.«

Skorzeny ließ Celias Hand los. »Fahren Sie fort.«

»Falls mir etwas zustößt oder jemandem, der mir nahesteht, wird das Material an ihre Freunde übermittelt. Wenn Sie mich umbringen, werden die Sie umbringen.«

»Glauben Sie, Sie könnten sich dadurch in Sicherheit wiegen?« Skorzeny grinste. »Wieso glauben Sie, ich würde lieber als Sklave der Juden leben, als durch die Hand meiner *Kameraden* sterben?«

»Weil Sie stolz sind.«

Skorzeny neigte den Kopf. »Stolz?«

»Ich glaube, Sie würden lieber unter der Fuchtel des Mossads leben, als Ihre Freunde wissen zu lassen, dass Sie sie bestohlen haben. So wird Ihr Ruf nicht befleckt.«

»Sie scheinen sich Ihrer Sache sehr sicher zu sein, Lieutenant Ryan. Wären Sie bereit, Ihr Leben darauf zu setzen?«

»Wären Sie es?«

Sie starrten einander an. Skorzeny schien Ryan bis in die Seele blicken zu wollen.

»Wenn Bücher über Sie geschrieben werden«, sagte Ryan, »was soll dann im Schlusskapitel stehen? Dass Sie am Ende nur ein billiger Dieb waren?«

Skorzeny saß erstarrt da. Nur seine Atemzüge waren im Raum zu hören. Irgendwann stand er auf.

»Sie werden niemals Ruhe finden, Lieutenant Ryan. Vielleicht sind Sie erst mal sicher. Für ein, zwei Jahre – vielleicht auch länger. Aber vergessen Sie nie: Eines Tages werde ich Sie dafür büßen lassen.«

Skorzeny griff nach der Aktentasche.

»Weiss hat mir noch etwas erzählt«, sagte Ryan.

Skorzeny hielt inne, behielt aber den Griff der Tasche in der Hand.

»Er hat mir von der Aktion am Gran Sasso erzählt. Die Befreiung Mussolinis, die Sie so berühmt gemacht hat. Er hat mir erzählt, dass nichts davon stimmt. Er hat mir erzählt, dass alles nur Propaganda war und dass Sie eine Lüge gelebt haben.«

Skorzeny machte Anstalten, die Tasche vom Boden aufzuheben.

»Lassen Sie sie stehen«, sagte Ryan.

Skorzeny rührte sich nicht.

»Ich sagte, Sie sollen sie stehen lassen!«

Skorzeny richtete sich auf. »Jetzt sind Sie ein Dieb.« Seine Stimme klang brüchig.

»Damit kann ich gut leben.« Ryan erhob sich. »Sie dürfen gehen.«

Skorzeny verharrte noch einen Moment, dann lächelte er Celia zu. »Leben Sie wohl, Miss Hume.«

Danach verließ er die beiden.

Celia brach zusammen. Ihre Tränen tränkten Ryans Schultern, als er sie umarmte.

EPILOG

Herberts Cukurs konnte sich ein Ferngespräch aus dem Hotel kaum leisten, aber er wollte ganz sichergehen. Er musste es noch einmal hören.

Er hörte den Wählton, das verzerrte Knistern, das den ganzen Weg von einer kleinen Gemeinde in der Nähe von Dublin bis zu ihm zurücklegen musste.

»Ja?«, sagte eine Stimme, die so tief klang wie immer, aber vielleicht nicht mehr so schneidend, wie sie es einmal gewesen war.

»Otto, ich bin's. Herberts.«

»Ja, Herberts«, sagte Skorzeny. »Was kann ich für dich tun. Hier ist es mitten in der Nacht.«

Cukurs schluckte. Die Hitze Uruguays kochte ihn in seinem eigenen Schweiß. Er war nun schon seit einigen Jahren in Südamerika, aber an die Hitze konnte er sich noch immer nicht gewöhnen. Er war am Morgen aus São Paulo hergeflogen. Das Ticket hatte sein neuer Wohltäter bezahlt – der Geschäftsmann, der Cukurs als Partner wollte.

»Habe ich dich geweckt?«, fragte er.

»Nein«, sagte Skorzeny. »Ich schlafe nicht sonderlich gut.«

»Ich auch nicht«, sagte Cukurs. Er nahm die Brille ab und rieb sich die trockenen Augen.

In diesen nächtlichen Stunden hatte er sich oft gefragt, warum es nicht die schreienden Seelen von dreißigtausend Juden waren, die ihm den Schlaf raubten, sondern einfach nur der Gedanke, nein, die Gewissheit, dass sie eines Tages wiederkehren und zurück verlangen würde, was er ihnen schuldete.

»Mein Freund, sprich«, sagte Skorzeny. »Was kann ich für dich tun?«

»Ich bin in Montevideo. Unten in der Lobby wartet Anton Künzle auf mich. Er will, dass ich ihn begleite, um Grundstücke für unsere neue Firma zu besichtigen.«

»Gut«, sagte Skorzeny. »Ich habe dir doch gesagt, dass er dich reich machen wird. Du warst viel zu lange in der Wildnis, mein Freund. Es wird Zeit, dass du wieder den Erfolg hast, den du verdienst.«

Cukurs wischte sich den Schweiß von der Stirn.

»Aber kann ich ihm vertrauen? Er …«

»Er was?«

»Er sieht aus wie ein Jude.«

Skorzeny lachte. »Herberts, hör mir zu. Ich kannte Anton schon vor dem Krieg, damals in Wien. Wir sind zusammen in die Partei eingetreten. Glaub mir, du kannst ihm vertrauen.«

Cukurs atmete hörbar aus. »Es tut mir leid. Natürlich kann ich ihm vertrauen. Schließlich hast du uns miteinander bekannt gemacht.«

Und zwar vor fünfzehn Monaten in Buenos Aires, bei einer privaten Feier wegen der Ermordung von Präsident John F. Kennedy in Dallas.

»Entschuldige dich nicht, Herberts. Geh einfach und triff dich mit ihm. Lass dich von ihm reich machen.«

»Eines Tages werden sie mich holen kommen!« Cukurs schlug sich schnell die Hand über den Mund, doch es war schon zu spät, um die Worte zurückzunehmen.

»Aber nicht heute«, sagte Skorzeny. »Das Leben ist zu kurz, um es in Angst zu verbringen.«

Cukurs spürte das Verlangen zu weinen, es schnürte ihm die Kehle zu.

Skorzeny sagte: »Vertrau mir.«

Albert Ryan streckte sich auf den rundgeschliffenen Kieseln aus und spürte die Sonne auf seinen nackten Beinen und seiner Brust. Über ihnen erhob sich Forte Vigliena, die uralte Aussichtsplattform mit den ausgeblichenen Brüstungen, die über das Mittelmeer wachte. Der schmale Strand der Grotte war kaum groß genug für zwei und lag verborgen unter den östlichen Küstenbefestigungen von Ortygia, dem kleinen Eiland vor der Küste Siziliens, wo Ryan als junger Soldat gewesen war.

Celia saß auf einem Felsen und las ein Taschenbuch. Sie kaute beim Lesen vor Konzentration leicht an der Unterlippe, ihre Füße plätscherten im klaren Wasser. Zwischen den Felsen zogen Schwärme kleiner, silbriger Fische ihre Bahnen. Celias nackte Schultern glitzerten im Licht. Sie schimmerte von dem Wasser, dass sie sich zur Abkühlung über den Körper gespritzt hatte. Ein breitkrempiger Hut beschattete ihr Gesicht.

Neben Ryan stand ein Transistorradio im Sand, in dem der BBC-World-Service eingestellt war. Der Nachrichtensprecher sagte gerade, dass Herberts Cukurs, der berüchtigte Schlächter von über dreißigtausend Menschen, in Südamerika einem Anschlag zum Opfer gefallen war. Er verlas eine Erklärung, die anonym an Nachrichtenagenturen in Berlin und Bonn verschickt worden war.

»Angesichts der schweren Anschuldigungen und besonders seiner persönlichen Verantwortung für die Ermordung von dreißigtausend Männern, Frauen und Kindern und unter Berücksichtigung seiner besonderen Grausamkeit, die er dabei an den Tag legte, wird der Angeklagte Herberts Cukurs hiermit zum Tode verurteilt.«

Das war fast so gut wie ein Geständnis der Israelis. Als Ryan in sich ging, um zu prüfen, ob er Mitleid mit dem Toten hatte, kamen ihm immer nur die Bilder von den Kindern und den Fliegen auf ihren toten Lippen in den Sinn.

Der Nachrichtensprecher verlas die Erklärung weiter.

»Der Angeklagte wurde von denen, die nie vergessen, am 24. Februar 1965 hingerichtet. Seinen Leichnam findet man im Casa Cubertini Calle Colombia, Septima Section del Departamento de Canelones, Montevideo, Uruguay.«

Ryan fragte sich, wer wohl Cukurs in den Tod geschickt und ihn reingelegt haben könnte. Tief in seinem Inneren jedoch wusste er es.

»Was hörst du da?«, fragte Celia, während sie in Richtung Kieselstrand watete. Von ihren langen, schlanken Beinen perlte das Wasser.

»Die Nachrichten«, sagte Ryan.

»Gute oder schlechte?« Sie setzte sich neben ihn. Ihre Haut an seiner Haut fühlte sich kühl und glatt an.

Er antwortete nicht.

DANKSAGUNGEN

Wieder einmal muss ich mich bei vielen Menschen für ihre Hilfe beim Schreiben dieses Buches bedanken.

Bei all den Verlagsprofis, die mir ihren Rat, ihre Unterstützung und ihre Freundschaft angeboten und mich so manches Mal auch daran gehindert haben, einen Narren aus mir zu machen: Nat Sobel, Judith Weber, Sobel Weber Associate, Dennis und alle Mitarbeiter bei Abner Stein Ltd.; Geoff Mulligan, Briony Everroad, Alison Hennessey und alle Mitarbeiter bei Harvill Seeker and Vintage Books; Bronwen Hruska, Juliet Grames und alle Mitarbeiter bei Soho Press.

Bei all jenen, die mich so großzügig mit ihrem Wissen und ihrer Erfahrung unterstützt haben, als ich für dieses Buch recherchierte: bei Ruth Dudley Edwards für ihr Insiderwissen über die irischen Schalthebel der Macht und ihr wertvolles Feedback; bei Mary McVeigh für ihre Einblicke in das Dublin der frühen sechziger Jahre, bei James Benn für seine Hinweise auf einige unschätzbare historische Fakten ebenso wie dafür, dass er so ein großartiger Reise- und Fotobegleiter ist; bei Jay Faulkner für die Fecht-Tipps; bei der Armagh Branch

Library und der Irish & Local Studies Library für einen Platz zum Schreiben und Forschen. Alle Fehler oder Freiheiten, die ich mir bei den historischen Schilderungen erlaubt habe, unterliegen ausschließlich meiner eigenen Verantwortung.

Bei meinen Freunden und meiner Familie für ihre unermüdliche Unterstützung: bei meiner reizenden Frau Jo, die irgendwie mit mir klarkommt, selbst wenn ich es am wenigsten verdiene; bei unserer Tochter Issy, die mir geholfen hat, endlich zu verstehen, worum es eigentlich überhaupt geht; bei all den Nevilles und Atkinsons dafür, dass sie so hilfsbereite Familienmitglieder sind; bei meinem besten Freund und Literaturberater Dr. James Morrow; bei Betsy Dornbusch, ohne die ich schon vor Jahren mit dem Schreiben aufgehört hätte; bei David Torrans und allen Mitarbeitern des No-Alibis in Belfast dafür, dass sie eine der besten Buchhandlungen dieses Planeten betreiben; bei Hilary Knight dafür, dass sie so hart für mich arbeitet; bei meinen vielen Freunden in der Krimi-Community, deren Freundlichkeit grenzenlos ist; und bei unserem treuen, begeisterungsfähigen und haarigen Freund Sweeney, der mich zu vielen ausgedehnten Spaziergängen mitgenommen hat, bei denen ich überlegen konnte, was als Nächstes zu tun war.

QUELLENVERZEICHNIS

Die folgenden Bücher sind nur eine Auswahl von den vielen, die mir bei den Recherchen für diesen Roman enorm geholfen haben:

Fugitive Ireland: European Minority Nationalists and Irish Political Asylum, 1937–2008, by Daniel Leach, Four Courts Press.

Commando Extraordinary: Otto Skorzeny, by Charles Foley, Cassell Military Classics.

Rescuing Mussolini: Gran Sasso 1943, by Robert Forczyk, Osprey Publishing.

Haughey's Millions: Charlie's Money Trail, by Colm Keena, Gill & Macmillan.

JFK in Ireland: Four Days that Changed a President, by Ryan Tubridy, Collins.

News from a New Republic: Ireland in the 1950s, by Tom Garvin, Gill & Macmillan.

Ganz zum Schluss muss ich Cathal O'Shannon danken, dessen Dokumentation *Ireland's Nazis* mich auf die Idee zu dieser Geschichte brachte.